한국 현대 생태시 교육

김성란

제이앤씨
Publishing Company

커 가는 아이들을 바라보면 안쓰러운 생각이 든다. 지금보다 더 나은 세계에서 살아갔으면 하고 바라지만 얼마나 더 고달픈 삶을 살아내야 할지 모르기 때문이다. 아이들은 하루하루 자신의 부족함을 스스로 채워나갈 줄 안다. 그런데, 그 아이들이 미래에 스스로 문제를 해결할 수 없는 상황에 처한다면 어떤 생각을 할까? 왜 나를 낳은 부모들이 좀더 미래를 바라보고 절제하지 않았을까 하고 원망할 것이다.

부모들은 누구나 자신의 아이들에게 최상의 유산을 물려주고 싶은 마음을 갖고 있다. 그런데 지금 우리들은 어떤 유산이 최상의 것인지 알지 못한다. 물질적 가치만을 우선시하여 아이들이 살아가야 할 환경에 대해 고려하지 않는다. 물질적 가치보다 더 중요한 가치를 도외시하면서 미래의 환상을 꿈꾸는지 모른다. 미래에 대한 환상 때문에 현재의 편리함을 포기하지 않으려고 한다.

하지만 우리는 준비해야 한다. 어른들이 해야 할 일은 아이들을 통제하는 교육보다 아이들이 살아갈 수 있는 환경을 만들도록 도와주어야 한다. 생태시는 아이들이 살아가야 할 세계를 보여준다. 그리고 현재의 삶에서 무엇이 문제인지 일깨워주며 아이들이 지켜야 할 것을 일러준다. "본고에서는 생태시를 통한 생태 환경 교육의 필요성을 제기하고 교육 방법을 제시하고자 한다."

몇 년 동안 생태시를 읽고 꼼꼼하게 분석했다. 그리고 생태시의 특성을 파악하고 그것을 학교 현장에 어떻게 적용할 수 있을지 고민했다. 교사들은 평소에 많은 생각을 하지만 교실 현장에서는 교육 과정에 쫓겨 고민을 현실화시키지 못한다. 본고는 그런 고민을 현실화시키기 위한 과정으로서 의미 있다. 학위 논문에서 삭제되었던 생태시의 유형 분석을 실어 다양한 생태시의 양상을 소개하고자 한다.

이 책을 내기까지 함께 해 주신 분들이 많다. 무모한 열정을 다듬어 주신 윤정룡 선생님과 국어교육과 국어국문학과, 문예창작학과 교수님들께 감사드린다. 그리고 항상 용기와 열정을 잃지 않도록 격려해준 남편과 아이들, 나를 거쳐간 학생들에게 고마움을 표한다. 저를 이 자리에 있도록 해 주신 부모님을 비롯한 많은 분들과 나무 한 그루, 풀 한 포기에 이르는 만물에게 감사함을 전하고 싶다. 앞으로 살아가면서 보답하는 길을 찾고 싶다. 부족한 글을 출판해 주신 제이앤씨 출판사 여러분께 감사드린다.

2009년 5월 14일
김성란

한국 현대 생태시 교육

4장. 교육 과정의 생태시 • 173

5장. 생태시 교수 – 학습의 실제 • 231

1장

연구 목적
연구사 검토
연구의 방법과 범위

한국 현대 생태시 교육

1장

| 서론 |

1. 연구 목적

생태시 교육은 학교 교육 과정 중에 실시하여 학습자들이 '생태 환경에 대한 인식'을 함양하는 데 목적을 두어야 한다. 현재 학교 교육 과정에서는 생태시가 수록되어 있어도 '생태 환경에 대한 인식'이 목표 체계에 설정되어 있지 않기 때문에 제대로 교육할 수 없는 형편이다. 학습자들이 처한 현 세계의 문제 상황을 고려해 볼 때 목표와 현실이 부합하지 않는다.

학습자들이 살아가야 할 미래에는 '생태 환경에 대한 인식'이 반드시 필요하다. 따라서 학습자들에게 '생태 환경에 대한 인식'을 교육시켜야 한다. '생태 환경에 대한 인식'은 생태시 교육을 통해 가능하다. 생태시 교육으로 '생태 환경에 대한 인식'을 실현했을 때, 학습자들의 미래 생태 사회를 위한 내면화와 영속화 작업이 용이하게 이루어졌다고 할 수 있을 것이다.

　최근, 충남 연산초등학교에서 학생들이 급식을 먹고 식중독을 일으켰다. 식중독의 원인은 장어 양념 튀김 재료에 함유된 농약 성분인 카보퓨란 때문으로 밝혀졌다. 어린아이들이 먹는 음식에 농약 성분이 포함되어 있는 사실을 학교관계자는 까맣게 몰랐다. 학교관계자와 어른들을 믿고 있는 학생들은 자신도 모르는 사이에 농약을 먹은 것이다. 급식 문제는 우리 나라의 교육 행정 체계의 문제점을 보여준다.

　학생들은 거듭되는 급식 문제로 인해 학교와 교육 행정에 대하여 불신을 갖는다. 앞으로 나라를 책임져야 할 주체들이 기본적인 식재료 유통에 대해 불신을 갖는다면 신뢰를 바탕으로 한 사회가 형성될 수 없다. 어른들은 학생들이 깨끗하고 안전한 음식을 먹고 행복한 삶을 추구할 수 있도록 기본적인 권리를 지켜줘야 한다. 바로 이러한 상황에서 생태 환경에 대한 교육의 필요성이 제기된다고 하겠다.

　생태 환경에 대한 인식은 우리가 살고 있는 지구 환경과 자신의 삶의 방식·사회 전체에 대한 인식을 바탕으로 형성된다. 개인이 삶을 영위할 수 있는 환경 조건과 사회 구조에 대한 이해는 필수적이다. 학습자들이 지금 살아가고 있는 삶의 조건과 환경은 자신의 노력에 의한 것이 아니다. 그들은 조상들로부터 물려 받은 생태 환경 속에서 살아가고 있다. 그런 현실을 직시하고 자연 생태 환경이 미래 환경을 어떻게 바꿀지에 대하여 고려해 볼 필요가 있다.

　지구 생태계는 인류의 세계관 변화 때문에 많은 재난을 겪고 있다. 인류는 산업혁명 이후 과학 기술의 발달을 위해 모든 자연 자원을 이용했다. 농업에 있어서도 더 많은 생산을 위해 농약과 화학 비료를 살포하여 토양과 해양이 오염되고 있다. 지구상의 토양과 해양 오염은 인류의 생존을 위협하지만, 인간의 물질적 욕구는 생존 문제와 직결된 생태 환경 문제를 인식하지 못한다.

인간은 구름이나 바람같이 단순해 보이는 자연 현상조차도 매우 복잡하게 얽혀 있어서 과학적인 결과들이 본질적으로 불확실성을 내포한다는 것을 깨닫지 못한다.[1] 우리는 과학자들의 정보를 맹신하는 것이 우리들의 생존을 더욱 위협한다는 사실을 인식해야 한다. 반다나 시바는 핵물리학을 전공하면서 새로운 인식에 도달한다. 그녀는 현대인의 과학 기술 사용에 대해 문제를 제기하고, 그것을 바탕으로 새로운 세계관의 전환을 요구한다.[2] 특히 생물학에서의 생물의 다양성을 파괴하는 환원주의적 사고를 경계한다.

현대 산업 사회에서는 지식과 자본이 새로운 경쟁력을 생산한다. 그런데 지식과 자본은 환원주의적 사고와 마찬가지로 살아 있는 생물의 다양성을 훼손한다. 그 자본가들은 자신들의 이익을 위해서 토착민의 지식과 생물의 다양성을 소유하고자 한다. 따라서 토착민의 지식은 자본가의 판단 하에 선택되거나 버려진다. 사라져가는 지식

---

[1] George Philander, 김신・반창현・최은솔 옮김, 『지구 온난화의 비밀』, 민사고, 2007.

[2] 그녀는 생물학에서 나타나는 환원주의에 대해 회의적이다. 환원주의는 단 하나의 종(즉 인류)에만 본질적인 가치를 부여하고, 다른 종들에 대해서는 도구적 가치만 부여하는 것이다. 1차 환원주의는 인간을 위해서 도구적인 가치가 없거나 그 가치가 낮은 종들은 제거되고 마침내 멸종에 이르게 된다. 단작과 그로 인한 생물 다양성의 훼손은 임업과 농업・어업에 적용된 생물학의 환원주의가 초래한 필연적인 결과이다. 이것은 점차 2차 환원주의로 변화된다. 이것은 유전자적 환원주의로 성격이 변하면서 인간을 포함한 생명체의 모든 행태를 유전자로 환원하려는 시도를 한다. 그 결과 2차 환원주의는 1차 환원주의 생태학적 위험을 더욱 증폭시키면서 아울러 생명체에 대한 특허와 같은 새로운 문제를 불러일으킨다. 환원주의적 생물학의 특징 가운데 하나는, 그 구조와 역할에 대해서 자세히 알지 못하는 상황에서 생명체들과 그 기능들을 불필요한 것이라고 단정짓는 것이다. Vandana Shiva, 한재각 외 옮김, 『자연과 지식의 약탈자들』, 당대, 2000, p. 57 참고.

은 인류가 생존하기 시작한 이래의 모든 지식과 정보를 포함한다. 잃어버린 지식은 인류가 단시간 내에 복구 불가능하다. 그것이 예측할 수 없는 생태 환경의 변화에서 인류가 살아남기 위한 최선의 방책일 수 있는데 말이다.

토착민들의 지식은 자연의 순환 원리를 이해하고 인간이 그에 순응하는 삶의 형태로 실현됐다. 그런데 산업 발달 이후의 자본은 생태 환경을 파괴한다. 생태 환경의 파괴는 생물이 본래 가지고 있는 '자기조직화(self-organization)'[3]와 '자기치료(self-healing)'와 '복구능력'을 사라지게 한다. 이런 생명활동을 통해서 지구의 생태계는 안정적이며 구조적으로 존재해 왔다. 그런데 인간들이 생태계를 통제하려는 시도가 자행되면서 시스템의 자기 조정 능력이 사라지고 있다.

지구 시스템의 자기 통제 능력이 파괴되면서 인류의 멸망에 대한 가설이 제기되고 있다. 이 논의들은 지구의 생태 환경을 지키기 위해서 인간이 주의해야 할 내용을 제시한다. 인간이 과학 기술의 편리를 추구하면서 파괴되는 생태 환경은 대기 오염과 토양 오염뿐만이 아니다. 대기권의 오존층 파괴[4]나 핵 방출로 인한 오염,[5] 인간이 만들어낸 또 다른 생명체로 인한 위협[6]과 자원의 소멸[7]이 그 예이

---

3) '자기 조직화'는 생명체는 스스로 환경과 구조적인 상호 작용을 통해 재생하고 순환한다는 개념이다. 위의 책, p. 67.
4) 프레온 가스에 의해 대기권의 오존층이 파괴되어 모든 생명체가 살 수 없다는 것이다.
5) Gudrun Pausewang, 함미라 옮김, 『핵폭발 뒤 최후의 아이들』, 보물창고, 2007. 소설책으로 핵폭발 뒤의 상황에 대해 자세하게 묘사되어 있다. 학습자들에게 투입시키기에 적절하다.
6) 강인한 생명력의 조류 또는 박테리아의 공생합체로 인해 가이아가 손상을 입고 자가 조절 시스템이 파괴될 것이라고 예상한다. 인간의 생존 문제의 위기의식은 선진 공업국에서 진행되는 환경의 황폐화로부터 시작한다. 고도의 공업화는 대기 속으로 방출되는 유독 금속, 예를 들면 수은, 납, 니켈, 카드뮴 등의 양을 증가시킴으로써 대기에서 대지로 쌓인다. 그리고 토양의 생태계는 곡물로 인간에게 전해진다고

다. 이런 부분의 위협을 제거하기 위해서는 현재의 산업 구조를 변화시켜야 한다. 그래야 지속적으로 생태 환경을 보존할 수 있다.

지구 시스템에 대한 설명으로 '가이아' 이론이 있다. '가이아'는 하나의 '생물권(biosphere)'으로 묶여 있다. 이 생물권은 지리학적으로 생물들이 서식하는 지표면의 지역들을 지칭하는 것뿐만이 아니라 지리학적인 특성을 뛰어넘는 의미로 사용된다.[8] 가이아에 대한 인식은 지구 생태 환경의 위기의식에 대처하는 하나의 방법이다. 현재의 생태 환경 파괴 상황은 학습자들에게 불안감을 확산시킨다. 따라서 미래 사회에 대한 불투명성이 학습자들의 삶을 불안하게 한다. 학습자들의 이런 불안감을 해소하기 위해서 정확한 생태 환경의 현실을 알고 그에 대처하는 방법을 교육시켜야 한다.

지구 생태계에 대한 위기 의식은 다양한 영역에서 해결 방향을 고찰해야 한다. 학습자들은 이러한 생태 환경에 대한 위기 의식을 막연하게 인식할 뿐이다. 그들은 본능적인 감각으로 생태계의 위기를 느끼지만 교육 과정에서는 이런 문제들에 대한 원인이나 해명, 또는 해결책에 대해 언급하지 않는다.[9] 그럼으로써 더 많은 생태 위기를

경고한다. 두 번째 위기는 핵전쟁이다. 그리고 세 번째는 인구과잉으로 인한 식량 부족을 원인으로 든다. Commer Barry, 송상용 옮김, 『원은 닫혀야 한다』, 전파과학사, 1980, pp. 217~245.

7) 열역학 제2법칙에 의거하여 자원의 소멸이 지구 생명체의 파멸을 예고한다. 하지만 어느 경우에서도 인류가 아닌 다른 생명체의 존재 가능성은 보이며, 결국 사라지는 것은 인류라는 의견이 지배적이다. James Lovelock, 홍욱희 옮김, 『가이아』, 갈라파고스, 2007, p. 37.

8) 위의 책, p. 17. '가이아'라는 명칭은 윌리엄 골딩(William Golding)이 붙인 것으로, 그는 살아 있는 지구를 표현하는 이름으로 그리스 신화에 등장하는 대지의 여신을 차용했다.

9) 정수복은 환경운동이 발전하기 위해서는 환경 문제에 관심을 갖고 참여하는 사람이 많아져야 한다고 하고, 지식인들은 환경 문제 인식의 선구자들이 이루어놓은 환경에 관한 전문 지식을 쉽게 재구성하여 일반인들에게 제공할 '교육자(publiceducator)'로서의 역할을 수행해야 한다고 한다. 방법으로는 잡지나 팜플렛 등에 환

조장한다. 지금이라도 우리는 교육 과정에서 생태 환경 교육을 위한 지침을 제시해야 한다. 그럼으로써 우리들의 삶 속에서 자연스럽게 생태 환경을 지켜내기 위한 노력이 강조되어야 한다.

생태시는 자연에 관해 단순히 쓰고 감상하는 문학적 태도만이 아니라 문학작품을 통해 자연과 인간의 관계를 규명하고, 이들의 바람직한 관계를 제시하고자 한다. 생태시에서는 생태 환경에 대한 위기의식을 바탕으로 하여 새로운 인식 세계를 표현한다. 학습자들은 생태시를 통해서 지구상에 펼쳐지는 생태 환경의 중요성을 안다. 그리고 생태 환경 파괴 현실을 직시하고 그에 대한 문제를 제기할 수 있다. 그럼으로써 스스로의 삶을 변화시킬 수 있는 의지를 다져야 한다.

특히 생태시는 자연의 구조와 형식을 문학의 형식과 구조에서 조화시키고자 한다.10) 시의 특성상 시인은 생태학적 상상력을 통해 작품을 창작하고, 독자는 시적 상상력을 통해 감동받는다. 시인은 의도하는 바를 구체적인 사물이나 상황을 통해 표현하고, 독자는 상상력을 통해서 인식하게 된다. 그 상상력은 이미지로 정립되고 독자의 가치 체계를 형성할 수 있으므로 시는 어떤 문학의 갈래보다 쉽게 내면화할 수 있다.

시 교육의 의의는 시 교육이 무엇보다도 인간과 인간 사이에 놓여 있는 존재임을 언어적으로 자각하도록 하는 교육이라는 점이다. 시 교육은 언어의 본질과 시의 특성, 그리고 인간에 대한 이해가 강조되는 교육이며, 그 교육의 결과로 자신의 언어와 삶, 자신을 둘러싼 사람들과의 관계와 사회 등에 대한 폭넓고 깊이 있는 이해에 이르게

경에 관한 글 발표, 토론회 개최, 환경 강좌나 현장 환경 실습 교육 프로그램의 담당, 초청 강연 등을 제시했다. 『녹색 대안을 찾는 생태학적 상상력』, 문학과 지성사, 1996, pp. 101~102.
10) 구자희, 『한국 현대 생태담론과 이론 연구』, 새미, 2004, p. 39.

하는 교육이다.

언어 능력이란 매우 다양한 모습으로 구체화되는 것이기는 하되, 자신과 언어 그리고 타인에 대한 깊이 있는 이해가 언어 능력 향상의 근본을 이룰 것임은 분명하며, 이러한 점에서 시 교육은 학습자로 하여금 언어에 대한 분명한 인식과 끊임없이 자기 자신을 둘러싸고 있는 한계를 벗어나 보는 상상을 하게 한다. 능동성과 창의성을 가진 인간으로의 성장을 도모하게 하는 역할을 담당한다.[11]

특히 시 작품에서는 시적 상상력이 중요한 역할을 담당한다. 시적 상상력은 다양한 사물과 사물들의 관계뿐만 아니라 삶의 다양한 장면 장면들을 변형하고 미화시킨다. 미화의 과정에서 작용하는 시적 상상력은 독자인 학습자들에게 인지적 능력의 확산뿐만 아니라 정서적 측면에서 호응을 이끌어 낸다. 따라서 시를 통한 학습의 내용은 내면화의 과정을 갖게 되고, 내면화와 구조화된 의미들은 학습자들의 삶으로 표출된다.

현대인들은 생태계 파괴로 인한 위기의식을 느끼며 살고 있다. 그런데 생태계 파괴와 위기의식에 대한 해결을 과학에만 의존함으로써 문제는 더욱 심각해져 가고 있다. 지속 가능한 지구 생태 환경을 만들기 위해서는 과학뿐만 아니라 다양한 방법이 모색되어야 한다. 그 중 문학은 문학 속에 형상화된 현실을 통해 생태계 문제를 효과적으로 보여준다. 즉, 학습자들은 생태계 변화로 인한 현실을 문학 작품 안에서 문학적 형상화의 다양한 방법을 통해 찾을 수 있다. 학습자들은 다양한 생태시의 표현 기법과 구조를 해석하고, 주제를 이해함으로써 '생태 환경에 대한 인식'에 도달할 수 있다.

---

11) 김정우, 「시 교육과 언어 능력의 향상」, 『현대시 교육의 쟁점과 전망』, 월인, 2001, p. 63.

　　생태시를 제재로 사용할 때 학습자들은 '생태 환경에 대한 인식'을 갖고 생태 환경을 위한 삶의 방식을 선택할 수 있다. 그러기 위해서 그들은 자신이 살아가고 있는 사회와 생태 환경에 대한 올바른 인식이 필요하다. 생태시 교육에서는 현 사회와 인간 생태 환경을 이해하는 '생태 환경에 대한 인식'에 대한 방법이 제시된다. 따라서 학습자들은 생태시를 읽어가면서 생태시에 드러난 바람직한 생태 환경을 찾을 수 있다. 그들은 생태 환경에 대한 이상적 세계를 꿈꾸면서 자신들의 삶을 변화시킬 수 있을 것이다.

　　학습자들의 미래 사회는 새로운 가치 체계로 전환된 세계관을 바탕으로 해야 한다. 미래 사회까지 현대의 과학 기술 문명이 초래하는 위험한 세계관을 지속시킬 수는 없다. 내가 살아가고 있는 환경은 복잡하게 얽혀 있는 생태계의 구조를 가질 뿐만 아니라 인간이 그 세계를 지켜야 하기 때문이다. 생태 사회를 만들기 위해서는 현재의 삶의 방식이 문제된다. 따라서 학습자들은 생태시 교육을 통해서 '생태 환경에 대한 인식'[12]을 갖고 삶을 변화시킬 의지와 노력을 통해 생태 환경과 생태 사회를 추구해야 한다.

---

12) 생태적 관심(ecological concern)은 단순히 환경 문제가 아니라, '생태 – 환경 문제'로 인식된다. 이는 인간과 자연의 관계 양상만이 아니라, 삶의 양식, 세계관의 문제가 된다. 생태 – 환경 문제는 인간과 자연의 관계 양상만이 아니라, 삶의 양식, 세계관의 문제로 확산된다. 물 부족, 공기의 오염, 자원의 고갈 등 환경의 변화는 인간 생활에 직접적인 영향을 미치게 되었고, 그리하여 21세기 생태 – 환경 문제는 단순한 환경 문제를 벗어나 '생태계에 순응하는 삶을 위한 생활 세계의 문제'로 자리잡아가고 있다. 구승회, 『생태철학과 환경윤리』, 동국대학교 출판부, 1999, p. 103.

2 연구사 검토

생태학 논의는 환경 시민운동과 결합하여 확산되는 계기가 이루어졌다. 우리 나라에서는 1960년대 공단 주변의 피해자 보상 운동으로부터 시작하여 1980년대에는 민주화 운동의 일환으로 전개되었으며, 1990년대에는 가장 중요한 사회 운동으로 등장하였다.[13] 특히 김지하는 생명사상을 바탕으로 시민 운동을 전개하였다. 생태 환경 파괴로 인한 국민들의 피해 현장을 고발하면서 시민 운동으로 연결되고, 이와 같은 운동은 시인들의 감수성을 자극함으로써 생태시로 창작되었다. 생태시 창작 이후 생태시에 대한 논의도 활발해지는데 그 내용은 다음과 같다.

생태시 용어에 대한 논란은 생태시의 정착에 기여한다. 첫째, 김용민은 '환경시'와 '생태시' 문제를 제기한다.[14] 계몽의식이 강한 작품을 환경시로, 생태학적 대안을 모색하는 시를 진정한 생태시로 구분하고 있다. 둘째, 이건청에 의해 제기된 '생태환경시'라는 명칭이 있다.[15] 이 용어에 부합하는 내용으로 ①생태파괴의 심각성에 대해 고발하는 시, ②새로운 삶의 관점을 제시하는 시, ③생명의 존귀함을 통해 생명 보존의 필요성을 노래하는 시 등을 포함시킨다. 이는 앞서 제기한 '환경시'와 '생태시'의 잠정적인 결합으로 쓰여진다.

셋째, 남송우의 '생명시' 용어다.[16] 그는 생태 위기의 자각과 극복을 위한 인식의 핵심에 생명이 놓여 있음을 지적하면서 생명 자체를

---

13) 정수복, 앞의 책, pp. 162~164.
14) 김용민, 「생태사회를 위한 문학」, 신덕룡, 『초록생명의 길』, 시와사람사, 1997.
15) 이건청, 「시적 현실로서의 환경오염과 생태파괴」, 신덕룡, 위의 책.
16) 남송우, 「생명시학을 위하여」, 신덕룡, 앞의 책.

다루고 있는 시, 식물성 이미지를 통해 생명의식을 고양하는 시, 신생의 꿈을 통해 생명의식을 고양하는 시를 범주에 넣고 있다. 이 경우 생태시에 생명 사상을 포함시켜야 하지만 생명시로 모든 생태시를 지칭하기에는 어려움이 있다.

넷째, 송희복에 의해 제기된 '생태학적 문명비판시'나 '생태학적 서정시', 최동호의 '생태지향시'와 같이 명칭과 정의가 문학사적으로 도출되지 않은 잠정적인 용어가 있다.[17] 이 용어는 '생태'라는 명칭을 어두에 붙임으로써 '생태'에 대한 의미 고찰을 시도한다. 그러나 기존의 서정시의 개념 안에 생태시를 포함한다는 측면에서 문제점이 보인다.

다섯째, 장정렬이 제기하는 '생태주의 시'가 있다.[18] 이들은 생태주의가 환경보호와 함께 환경과 관련된 사회, 정치적 생활양식에서의 근본적 변화를 전제해야 한다는 앤드류 돕슨(Andrew Dobson)의 생태주의에 대한 정의에 기대고 있다. 생명시와 생태시, 또는 환경시와 생태시를 포괄하는 개념으로서 '생태주의 시'라는 용어를 제시하고 있다.[19] 이 용어에서는 '-주의'라는 범위에 문제가 제기된다.

이와 같은 논의에서는 '생태'에 관련된 연구 범위가 문제의 초점이 되고 있다. '생태학'은 지구의 생물이 생물과 비생물의 환경 속에서 생명을 유지·보존하는 상호작용을 하여 항상 조화를 이루어 살고 있는 생명 현상을 연구하는 학문이다. 즉, 생물과 환경과의 상호관계를 연구하는 학문이다.[20] 이와 같은 생물과 환경과의 연관성을

---

17) 송희복, 「서정시의 화엄경적 생명원리」, 최동호, 「21세기를 향한 에코토피아의 시학」, 신덕룡, 위의 책.
18) 장정렬, 「한국 현대 생태주의 시 연구」, 한남대 박사학위 논문, 1999.
19) 신덕룡, 「생명시의 성격과 시적 상상력」, 신덕룡 엮음, 『초록 생명의 길 Ⅱ』, 시와사람, 2001.

드러내면서 인간이 살아가기에 바람직한 생태 사회를 지향하는 작품으로 '생태시'의 개념을 사용한다.

생태시 창작 초기에는 산업 발달로 인해 파괴된 환경을 노래함으로써 생태 위기 의식을 토로하였다. 그 당시에는 물질 문명과 산업 사회의 병폐로 등장하는 여러 현상을 보여줌으로써 생태시를 부각시켰다. 그와 더불어 김지하의 생명 사상은 자연의 순환과 대상물에 대한 새로운 인식을 바탕으로 작품을 형상화하였다. 이후에는 점점 세계화되고 자본주의가 심화되는 사회에서 생태 환경의 위기의식을 해결할 수 있는 본질적 대안을 드러내는 작품이 대량 생산되고 있다.

학자들은 각자 생태시의 개념을 통해 유형을 분류함으로써 생태시 논의에 적극성을 보인다. 정효구는 생태시 논의를 위해서 기독교 세계관을 바탕으로 하는 인간 중심적인 세계관을 부정하였다. 그에 의하면 인간은 자연을 관리하고 이용할 권리를 부여받은 것이 아니며, 우주 구성원의 일부분으로서 역할을 다해야 한다는 것이다.[21] 그의 대안은 인간의 세계관 전환을 통해 이루어질 수 있다는 것이다.

도정일은 생태계의 전면적 위기라는 모순 앞에서 문학을 통한 극복의 모색 지점은 '문명의 재편'을 통한 자연 회복이라고 하였다. 그는 문학의 역할을 중요시하고, 특히 문학 교육은 학교라는 제도적 장치를 통해 수행된다는 점에서뿐만 아니라 그 자치가 '장치(apparatus)'라는 의미에서 문명의 의미이고, 그러므로 문명의 재편에 중요한 역할을 할 수 있다고 보았다.[22]

김욱동은 인간중심주의와 휴머니즘에 문제를 제기한다. 그는 미

---

20) 장남기 외, 『생태학』, 아카데미서적, 1993, p. 13.
21) 정효구, 「우주공동체와 문학」, 『현대시학』293~303호, 현대시학사, 1993. 9.~1994. 6.
22) 도정일, 『시인은 숲으로 가지 못한다』, 민음사, 1994, p. 359.

국의 초월주의자 헨리 데이빗 소로우의 말을 인용하면서 인류를 자연에 맞게 개조하는 것이 문제의 해결 방안이라고 주장한다.[23] 작품 유형은 녹색시와 생태 페미니즘 유형의 시에 관심을 갖고 특히 김지하의 생명 사상을 깊이 있게 다룬다.

송희복은 생태시를 생태학적 문명 비판시로 규정하고, 생태시의 유형을 생태학적 문명 비판시, 생태학적 서정시로 나누었다. '문명 비판시'는 손상된 세계와 파괴된 자연 생태계를 냉소적 어조와 비판적 관점을 통해 사멸의 이미지와 종말론적 세계인식을 드러낸다고 보았다. '생태학적 서정시'는 생명의 조화와 환희, 인간과 자연, 생물과 환경 사이의 조응과 교감을 노래한다.[24] 특히 생태학적 서정시를 강조하고 생명시라는 용어를 사용하고자 한다 여기에는 김지하, 정현종, 고재종 등의 시가 포함된다.[25]

최동호는 생태 지향주의 시를 거론하면서, 생태 지향주의가 풍요성 이론에 근거한 낭만주의적 자연관에 근거한다고 본다. 이어 우리 시가 현재 '환경 공해시'에서 '생태 지향시'로 전환해야 할 만큼 생태계의 위기가 심각해지고 있다고 한다. 그는 '생태 지향시'를 '민중적 생태 지향시', '전통적 생태 지향시', '모더니즘적 생태 지향시'로 구분한다.[26]

이숭원은 생태 환경의 오염실태를 제시하면서 고발과 비판과 분노의 목소리를 담은 시와 훼손된 삶의 공간에서 우리가 어떤 정신의 변화를 도모해야 하는가를 모색하는 시편으로 구분했다. 전자가 왜

---

23) 김욱동, 『문학생태학을 위하여』, 민음사, 1998,

24) 평론가 남송우는 생명시학이라는 용어를 제안함. 남송우, 「생명시학을 위하여」, 신덕룡, 앞의 책, pp. 237~245.

25) 송희복, 「푸르른 울음, 생생한 초록의 광휘」, 신덕룡, 위의 책, pp. 237~245.

26) 최동호, 「21세기를 향한 에코토피아의 시학」, 신덕룡, 위의 책, pp. 264~292.

곡된 현상을 보여준다면, 후자는 왜곡을 바로잡을 수 있는 새로운 가치의 세계를 모색하는 경향을 보인다.[27]

위에서 제기하고 있는 논의들은 생태시에 대한 분류를 생태 환경에 대한 위기 의식으로부터 시작한다. 그 위기 의식을 통해 문제 해결 방향을 제기하고 문제 해결 방법을 찾는다. 해결 방법은 인류의 인식 변화를 바탕으로 해야 한다는 공통점을 지닌다. 이것은 '생태 환경에 대한 인식'을 생태시 교육의 목표로 설정하고 다양한 생태시 작품을 제재로 사용 가능하게 한다.

지금까지 '생태시'에 대한 연구로는 생태시의 주제 분류, 생태 페미니즘에 대한 연구 업적을 찾아볼 수 있었다. 이러한 연구로 장정렬과 임도한의 논문을 시작으로 김명원이 생태 페미니즘 시에 대한 연구를 정리했다. 장정렬의 논문은 생태시로 읽히는 작품을 찾아 작품을 유형화하고 그에 대한 분석을 바탕으로 한다.[28] 생태주의 시의 변모 단계와 특성을 '손상된 생태계의 고발', '문명의 위기와 생태주의적 상상력', '자연과 인간의 총체성 회복과 전망의 제시'로 구분하여 문학사적 의의을 규명하고 있다.

임도한은 생태 문학의 범주를 정하고, 생태학적 시의식의 발전 과정에 대한 내용을 최승호·정현종, 김지하·고진하의 작품을 통해 살펴보았다.[29] 그는 문학적 현실로서의 환경 위기 때문에 생태시가 발생했다고 보고 생태 문학의 범주를 구분했다. 생태시의 유형을 '환경 고발시', '문명 비판시'로 구분하고 생태학적 시의식이 확장되고 심화된 형태로 창작되고 있음을 밝힌다.

---

27) 이숭원, 「생태학적 상상력과 우리 시의 방향」, 신덕룡, 위의 책, p. 249.
28) 장정렬, 앞의 논문.
29) 임도한, 「한국 현대 생태시 연구」, 고려대 박사학위 논문, 1999.

   김지연은 한국 생태주의 시의 범위를 구분하고, 그 안에 생태시의 특성을 정리하였다. 생태주의 시의 특성은 '생물·비생물에 대한 물활론적 자연', '생물·비생물과의 교감을 통한 시적 비유', '모성성·식물성·광물성 이미지에 투영된 자연'으로 규명했다.[30] 이 연구에서는 생태시가 제재로 사용하는 자연을 분류하고 자연을 표현하는 방법을 규명하였다. 생태시의 제재로 드러나는 자연물은 생물뿐만 아니라 비생물까지 포함하고 있다.

   김명원의 연구는 생태시의 하위 분류를 통해 생태시의 발전 과정을 파악할 수 있다.[31] 김명원은 생태시의 하위 범주로 생태 페미니즘시를 규정하고, 생태 페미니즘시에 대해 연구하였다. 생태 페미니즘시의 연구 대상은 여성 시인들의 작품에서 발췌하였다. 생태 페미니즘은 과거 페미니즘 이론에서 주장하던 권력의 이동이 아니라 남성과 여성의 균형과 보완을 통한 조화를 꿈꾼다.

   연구사를 검토하면서 생태시에 대한 관심과 현실적 필요성에 반해 생태시에 대한 연구가 미약함을 확인할 수 있었다. 생태시 연구에서는 생태시의 주제적 특성에 따라 유형을 분류하는 작업이 전개되었고, 이후 생태시의 하위 분류로 생태 페미니즘시에 대한 연구가 진행되었지만 앞으로 더 많은 생태시 연구가 활발하게 진행되어야 할 것이다.

   '생태시 교육'에 관한 연구는 생태시에 대한 지대한 관심에도 불구하고 아직까지 찾을 수 없다. 따라서 생태시 교육에 대한 연구 내용을 정리할 수 없다. 이에 '생태시 교육'에 관한 연구가 시급함을 느끼고 교육 과정에서 생태시 교육을 수용할 수 있는 방법을 찾아본

---

30) 김지연, 「한국 현대 생태주의 시 연구」, 제주대 박사학위 논문, 2003.
31) 김명원, 「생태 페미니즘시 연구」, 성균관대 박사학위 논문, 2006.

다. 교육 과정에서 수용해야 할 '생태시 연구'를 위한 기초 작업으로 '생태 문학 연구'와 '시 교육 연구'의 성과를 정리하였다.

다양한 생태 환경의 위기설에도 불구하고 교육 과정에서는 아직까지 생태 문학 교육에 대한 언급을 찾기 어렵다. 생태 문학 교육이 교육 과정에 수용되지 않은 것은 교육 과정 설계자들이 학습자들에게 필요한 생태 환경 교육이 부재한 사실과 그 필요성을 인식하지 못했기 때문으로 보인다. 그러나 교육이 학습자의 삶과 부합하는 내용이어야 한다는 측면을 고려한다면 시급하게 생태시 교육이 이루어져야 한다.

'교육'과 관련된 연구로는 교과서 연구, 교육 이론 및 방법·적용에 대한 연구가 있다. 교육 이론 및 방법에 대한 논의도 생태시 교육에서 활용될 때 의미가 있다. 시 교육 관련 논문은 유년석, 최성은, 김남희, 이재림의 논문을 주의 깊게 보았다. 박사학위 논문으로는 정재찬, 권혁준, 김정우, 김창원, 유영희의 논문이 있다.[32] 최근 10년 동안 발표된 시 교육 관련 논문을 찾아본 결과 수적으로 미약했다. 그만큼 시 교육에 대한 연구도 부진하다고 볼 수 있겠다.

시 텍스트를 읽기 자료로 선택할 때, 독서 교육의 일환으로 생태시를 고려해 볼 수 있다. 생태시 교육에서 독서 교육의 방법을 원용하여 일부 사용할 수도 있을 것이다. 작품에 대한 이해를 돕기 위한 방법적 측면으로 다음과 같은 내용을 생태시 교육에 접목시키고자

---

32) 정재찬, 「현대시 교육의 지배적 담론에 관한 연구」, 서울대 박사학위 논문, 1996.
　　권혁준, 「문학 비평 이론의 시교육적 적용에 관한 연구 : 신비평과 독자반응이론을 중심으로」, 한국교원대 박사학위 논문, 1999.
　　김정우, 「시 해석 교육 내용 연구」, 서울대 박사학위 논문, 2004.
　　김창원, 「시 텍스트 해석 모형의 구조와 작용에 관한 연구」, 서울대 박사학위 논문, 1994.
　　유영희, 「이미지 형상화를 통한 시 창작 교육 연구」, 서울대 박사학위 논문, 1999.

한다.

김창원은 '기호 – 소통론적 시교육 이론'을 제안하면서 시 텍스트의 기호적 특성과 학습자의 해석 과정을 과제 분석의 관점에서 살펴보고 있다.[33] 김도남은 상호텍스트성을 바탕으로 한 읽기 지도 방법을 제시한다.[34] 김정우는 시 해석 교육의 내용을 '전략'과 '태도'로 나누어 체계화하고 시 해석에서 필요한 '상호텍스트성'의 의미를 파악하고자 한다. 김혜정은 텍스트 자체의 형성이 사회·문화적 상황과 밀접한 관련을 맺음에 초점을 두고 맥락을 중요하게 다룬다.[35] 생태시는 사회·문화적 맥락의 의미를 중요하게 가지므로 이에 대한 연구 방법을 교실 수업에서 사용할 수 있다. 남민우는 텍스트 가치 평가 활동이 문학 교육의 기본임을 명시했다.[36] 이를 바탕으로 생태시 교육에서도 텍스트 선정시 '문학성'이라는 가치 기준에 대해 고려한다.

본고에서는 위의 연구 성과를 바탕으로 학습자들에게 이론을 적용하는 방법에 대해 고찰하였다. 생태시 교육을 위해 '상호텍스트성', '사회·문화적 맥락', '학습자 중심 학습', '생태시의 통합 교육'을 중요하게 고려하여 교수·학습 방법에 적용하고자 했다. 연구 업적을 활용하여 생태시 교육에서 '생태 환경에 대한 인식'을 목표로 하는 교수·학습 방법을 찾았다.

그 외 교육대학원 석사학위 논문들이 다수 있었는데, 생태 교육의

---

33) 김창원, 위의 논문.
34) 김도남, 「상호텍스트성을 바탕으로 한 읽기 지도 방법 연구」, 한국교원대 박사학위 논문, 2002.
35) 김혜정, 「텍스트 이해 과정과 전략에 관한 연구 : 비판적 읽기 이론 정립을 위한 학제적 연구」, 서울대 박사학위 논문, 2002.
36) 남민우, 「텍스트 가치평가 활동을 위한 시교육 연구」, 서울대 박사학위 논문, 2006.

제재를 고전문학, 현대문학, 영문학으로 나누어 고찰한 점이 특징이
다. 연구 내용은 시작 단계로서 다양한 작업이 이루어지지 않고 있
다. 이러한 현상은 생태시에 대한 창작이 다양하게 이루어지고, 그
에 따른 비평 작업이 활발한 것과 차이를 보인다. 생태시 교육은 교
과서를 바탕으로 '생태 환경에 대한 인식'을 드러내거나,[37] 생태시를
교육학적으로 접근하고자 한 것[38]으로 나눌 수 있다. 생태시를 교육
학적으로 접근하고자 한 경우에는 고전문학을 통한 생태 교육의 내
용,[39] 현대문학 작품으로 생태 교육에 접근하려는 내용이 있다.

위의 연구로는 생태시를 제재로 한 생태시 교육의 방법에 대한 내
용을 찾을 수 없다. 이것은 생태시의 주제적 특성을 고려한 내용이
다. 따라서 생태시를 주제별로 분류하고, 그 특성 규명을 통해서 학
습자들에게 투입할 수 있는 방법을 찾기 어렵다. 교사는 학습자들에
게 생태시를 통해서 새로운 인식에 도달할 수 있는 기회를 제공해야

---

37) 김홍성, 「초등학교 교과서 수록 동시의 생태 시학적 연구」(경인교대 교육대학원,
   2004. 08), 김경희, 「중고등학교 국어과 교과서 작품의 생태학적 성격 분석」(한국
   교 원대 대학원, 2005. 02), 심재성, 「고등학교 문학 교과서에 나타난 생태의식 연
   구」(충남대 교육대학원, 2001. 02), 김순래, 「문학 작품 감상 교육의 효율성 제고
   를 위한 '식물'이미지 분석 : 고등학교 문학교과서 게재소설을 중심으로」(강원대 교
   육 대학원, 1999. 02). 신문수, 「생태의식 함양을 위한 바람직한 문학 교수 모형
   연구」『영미문학교육』, 제8집 1호, 2004).

38) 권정애, 「생태시 교육 연구」(부경대 교육대학원, 2005. 08), 전영민, 「한국 현대 생
   태시 연구」(인하대 교육대학원, 2001. 08), 이동훈, 「생태시의 양상 연구」(영남대
   교육 대학원, 2006. 02), 김향미, 「생태문학 지도방안 연구」(숙명여대 교육대학원,
   2004. 08), 문현경, 「생태사상과 국어교육적 활용에 대한 소고」(동국대 교육대학원,
   2005. 02).

39) 권혁진, 「한시를 통한 생태교육 연구 : 이규보의 한시를 중심으로」(『한자한문교육』
   16권 단일호, 2006), 최홍길, 「우리 시조에 나타난 생태미학 연구 : 자연 친화와
   생명 존중 사상을 중심으로」(선문대 교육대학원, 2003. 08), 이소영, 「전래 동화에
   나타난 생태주의 양상과 지도방안 연구」(제주교대 교육대학원, 2004. 08). 신경선,
   「연암 박지원의 생태사상 연구 : 호질을 중심으로」(경기대 교육대학원, 2001. 02).
   윤미경, 「한국의 생태동화 내용 분석」(경희대 교육대학원, 2003. 08).

한다. 따라서 본고에서는 생태시의 내용과 형식적 측면의 특성을 고려한 생태시 교육 방법을 연구하고자 한다.

3. 연구의 방법과 범위

우리 문학사에서는 생태학이 1980년대 중반부터 유입되어 다양한 개념으로 분화되었다. 이후 생태시, 생태소설, 생태비평, 생태미학, 생태페미니즘과 같은 다양한 형태로 확산되어 하나의 커다란 문학의 흐름을 이루고 있다. 1990년대 이후에는 환경 문학, 녹색 문학, 생명주의 문학, 생태 문학의 명칭에 대한 논의 과정을 거쳤다.

'환경 문학'은 문학에서 환경 오염이나 자연 파괴의 실상을 고발하고 이러한 오염과 파괴가 인간의 삶에 얼마나 치명적인 해를 끼치는지를 일깨움으로써 사실적, 실제적인 성격을 띤다.[40] 그런데 환경문제에 대해 직접적인 논의를 펴고 있는 작품에서는 문학성을 찾아보기 어려우므로 학습자들에게 가르치는 제재로 적절하지 않다.

'녹색 문학'은 환경 문학, 생태 문학, 그리고 자연 문학을 포함시키는 포괄적 개념으로서, 생태주의 가운데서도 더욱 극단적인 심층생태학적 입장을 지닌다. 심층생태학(deep ecology)에서는 인간의 이기적 입장에서 환경문제를 보고 또 해결을 모색하는 태도를 피상생태학(shallow ecology)이라고 비판한다.[41] 그러나 녹색 문학은 명칭에서 다양한 생태시를 포용하지 못하는 한계를 지닌다.

'생명주의 문학'은 우주 생명이 지니는 영성, 다양성, 관계성, 순환

---

40) 장정렬, 『생태주의 시학』, 한국문화사, 2000, p. 27.
41) 이남호, 「녹색 문학을 위하여」, 신덕룡, 앞의 책, p. 69.

성의 속성을 종합적으로 구현한 명칭으로 본다. 생명주의 문학은 김지하의 생명 사상에 의해서 이론화되고 보편화되었다. 그런데, 생명주의란 용어가 지나치게 광의적이므로 구체적 개념어로서 적절하지 못하다는 지적이 제기되었다.[42]

'생태 문학'은 모든 유기체는 서로 연결되어 있으며 인간은 지구라는 거대한 집에 다른 생물 그리고 무생물과 함께 세 들어 산다는 사유태도를 일컫는다.[43] 이러한 인식은 자연과 인간의 관계를 새롭게 인식시킬 뿐만 아니라 관계론적 존재라고 보는 '생태 환경에 대한 인식'을 바탕으로 한다. 또, 심각한 수준에 이른 환경오염과 파괴의 실상을 드러내 보여주는 작품을 포함한다.

생태 문학의 개념은 현재 '생태 환경에 대한 위기 의식'을 폭넓게 다루면서도 위기에 대한 대안을 제시할 수 있는 것으로 파악한다. 따라서 본고에서는 생태 문학을 수용하여 그 하위 개념으로서 생태시와 생태소설로 분류하고자 한다. 이 때 생태시는 자본주의의 발달과 더불어 산업 문명의 폐해로 나타난 환경 오염과 생명에 대한 새로운 인식을 드러내거나 생태 환경에 대한 위기의식을 바탕으로 그 대안을 제시하는 작품이다.

국어 교육의 내용은 듣기·말하기·읽기·쓰기·국어지식·문학의 여섯 영역으로 구분한다. 이 모든 영역에서 문학은 다양한 제재로 기능하기도 하고, 문학 자체로서의 의미를 지니기도 한다. 이는 언어 교육과 더불어 문학적 사고를 바탕으로 가치 교육을 실현하고자 하는 의도를 반영한다. 그런데 최근 교수 - 학습의 내용적 측면에서 더욱 가치 교육의 중요성이 부각된다. 왜냐하면 가치관의 붕

---

42) 홍용희, 「생명주의와 한국문학」, 위의 책, pp. 101~102.
43) 김용민, 『생태문학』, 이레, 2003, pp. 34~35.

괴로 인해 다양한 사회 문제가 발생하기 때문이다.

생태시 교육에서는 생태 환경에 대한 가치 교육이 필요하다. 생태 환경에 대한 가치관 교육을 위한 교육적 방법도 제시된 것이 없다. 하지만 생태시가 많이 창작되고 그 생태시가 학습자의 삶과 밀접한 관련을 가지고 있으므로 생태시를 자료로 한 생태 교육이 가능하다. 생태시의 특성을 고려해 볼 때 생태시에 대한 이론적 접근을 바탕으로 한 교육적 적용 방안을 구안할 수 있다.44)

시는 유의미한 감동을 끌어내기 위해 삶의 단편들을 유기체적 총체로 조직한다. 유기체가 가지는 부분들의 합이 더 큰 총체성을 지닌 삶으로 표출되는 것과 같은 이치이다.45) 시의 유기체적 속성은 생태 환경이 가지고 있는 속성과 맞물린다. 생태 환경 또한 생태계에 존재하는 많은 생물과 무생물이 환경과 상호 작용하면서 더 많은 에너지를 창출한다.

문학 교육은 문학 작품을 대상으로 하여 "문학 현상이 바람직하게 이루어지기 위한 일체의 의도적 모색의 과정과 결과이다."46) 여기에서 문학 현상(文學現象)은 문학 교육에서 다루어야 할 내용으로 작품의 생산, 작품 자체의 구조, 작품의 수용, 작품이 외적 세계를 반영하는 방법 등을 말한다. 따라서 생태시 교육을 위해서 문학 현상의 생산, 구조, 수용, 반영 등의 네 가지 측면을 고려해야 한다. 이것은 학습자들에게 생태시 교육을 통한 '생태 환경에 대한 인식'을

---

44) 김대행은 학문 이론의 유형을 서술적 이론, 수행적 이론, 표상적 이론으로 구분하여 받아들이고, 서술적 이론과 수행적 이론의 중요성을 명시하면서 수행적 이론이 국어 교육의 학문적 연구가 지향해야 할 이론이라고 하였다. 박영목・민현식・김종철 외, 「국어교육학의 연구 방법론」, 『국어교육론1』, 한국문화사, 2005, pp. 37∼39.
45) 구인환・우한용・박인기・최병우, 『문학교육론』, 삼지원, 2004, p. 92.
46) 위의 책, p. 43.

높여주는 데 기여한다.

시 교육은 교육에서 더 적극적이면서 구체적인 '자아'에 대한 개념을 형성시킨다.[47] '자아'의 개념은 인간 개체의 총체적 정신 현상을 전제로 하는 개념이고, 온전한 인간을 설명한다.[48] 학습자들은 독자로서 생태시를 이해함으로써 환경과 자아에 대한 개념을 형성함으로써 온전한 인간이 된다. 또 생태 환경의 위기적 상황에 부합하는 현실대응력을 지닐 수 있다.[49] 생태시 교육은 학습자 자신이 처한 생태 현실을 바르게 이해하고 문제를 해결할 수 있는 현실대응 방법으로 중요하다.

생태시 교육에서 학습자는 현실 대응력을 바탕으로 한 작품의 주체적인 수용 능력이 필요하다. 또 생태시를 통해 감동을 느낄 수 있는 문학적 상상력은 필수적이다. 학습자들은 문학적 감동을 통해 문학 행위에 주체적으로 참여하고 문학적 결단을 수행해야 한다. 특히

---

47) 박인기, 「문학교육과 자아(自我)」, 문학과문학교육연구소 편, 『문학 교육의 인식과 실천』, 국학자료원, 2000, pp. 23~24. 자아는 네 가지 작용의 차원의 다름으로 인해 구분해 낼 수 있다. 자아란 우리 각개 개체가 스스로 자신을 완전 지배하는 공간에 서 있을 때 비로소 성립된다. 자아 성찰의 주체로서 문학 작품을 통해 자아를 발견해 낼 수 있다. 또, 다른 타자(他者)와의 관계를 인식하고, 그 인식의 결과를 다시 자기 자신에게 투사할 수 있을 때 성립된다. 또, 세계의 총체상(總體相)을 발견하고, 이해하며, 그 세계와 교섭하는 데서 필연적으로 거치게 되는 일종의 검색 기제이다. 자아를 이렇게 자리매김하는 입장은 삶과 현실 속에서 무언가 의미 있는 실천에 의의를 두는, 바로 그런 인간을 지향하는 것이다. 자아란 개체의 내적 욕망(포부)을 형성하고 실현하는 기제이다. 동시에 그 욕망 기제를 한 단계 높은 데서 변별하고 추동(推動)하는 근원으로서의 힘 또한 자아의 개념에 포함되어야 한다.
48) 위의 책, p. 25. 박인기는 문학 연구의 방법이나 감상의 한 독법으로 심리적 영역과 사회적 영역으로 나누고, '자아' 자체를 염두에 두는 문학 교육의 방법은 심리적 자아와 사회적 자아의 조화로운 통합을 기하도록 요구한다. '자아'는 주체와 타자의 교섭 맥락에서 보면 어디까지나 전인(全人)의 이상을 담고 있는 개념으로 보기 때문이다.
49) 우한용, 「문학교육의 현실대응력에 대한 고찰」, 문학과문학교육연구소 편, 위의 책, p. 107.

생태시의 문학적 감동은 학습자들의 내면화와 영속화 과정과 연결
되어 교육 목표를 실현시키는 데 기여한다.

생태시 교육을 효율적으로 활용하기 위한 연구 범위는 ①학습 주
체인 인간, ②그 대상의 자리에 놓이는 문학, ③문학 경험의 수행,
④교육의 틀이라는 네 개의 축에 의해 그 영역을 구축한다.[50] 생태
시 교육은 학습 주체인 학습자 요인을 고려하면서 교육 목표를 실현
시킬 수 있어야 한다. 교육 목표는 학습자들이 살아야 할 미래의 생
태 사회를 지향한다. 생태 사회를 만들어야 할 책임은 학습자 자신
에게 있고 학습자 개개인이 '생태 환경에 대한 인식'을 가질 때 가능
하다.

생태시 교육의 연구 범위 중에서 '문학'은 생태 사회 건설을 지향
하는 생태시를 제재로 활용한다. 생태시 교육 연구는 생태학과 생태
문학에 대한 이해를 바탕으로 생태시를 이해할 수 있어야 한다. 생
태학이 어디에서부터 시작되었고, 현대 사회에서 어떤 의미를 지니
는지 파악함으로써 생태시에 대한 이해가 바람직한 가치를 지닐 것
이다.

생태시를 제재로 교육 연구를 할 때, 문학 이외의 다른 영역을 고
려하여 수업 설계가 이루어지도록 한다. 수업 설계에서는 교사 요인
과 학습자 요인을 바탕으로 하여 꼼꼼하게 실현 가능한 계획이 이루
어져야 한다. 특히 생태시 교육에서는 다양한 수업 상황에서 발생하
는 문제를 적절히 조절하는 교사의 역할이 중요하다. 수업 전개 후
에는 적절한 방법으로 평가하고 피드백하는 과정이 필요하다.

생태시 교육을 위해서 현 교과서에서 생태시가 수록된 작품을 살

---

50) 노명완·박영목·권경안, 『국어과교육론』, 갑을출판사, 1988, pp. 24~30.

펴 보았다. 교과서에 수록된 생태시 주제 유형은 현재 창작되고 있는 작품 유형과 차이점을 파악하는 데 용이하다. 생태시 주제 유형을 파악하는 과정에서 생태시를 통한 '생태 환경에 대한 인식'이 형성될 수 있다. 이런 유형 분류를 통해 생태시의 내용을 이해하고, 교과서의 생태시를 활용하여 다양한 교수 – 학습 방법의 가능성을 확인하고자 한다.

9학년 국어 교과서 중에서 나희덕의 「배추의 마음」을 선택해서 '생태시 분석'을 시도한 후 그것을 바탕으로 작품에서 생태학적 의미를 찾고 주제를 정리한다. 이것은 교사가 학습자들에게 교수 – 학습 방법을 실현하기 위한 전 단계의 작업이다. 이를 바탕으로 교사는 학습자의 수준이나 상황에 적절한 교수 – 학습 방법을 찾을 수 있다.

'상호 텍스트성'을 활용하는 방법은 교과서에 수록된 황동규의 「귀뚜라미」와 나희덕의 「배추의 마음」을 분석했다. 상호 관련성을 찾아봄으로써 생태시의 특성을 파악하고 생태시에 드러나는 '생태 환경에 대한 인식'을 파악할 수 있다. 상호 텍스트성은 다른 생태시뿐만 아니라 미술·음악·사진·영화나 그 밖의 다양한 생활 환경·사회구조적 측면에 대한 연구도 가능하다.

'토론 학습 방법'은 기존의 시 수업에서는 진행하지 않았다. 그런데 생태시의 주제적 측면을 고려해 볼 때 생태 환경에 대한 배경지식을 이해하고 새로운 가치 체계를 확립하는 데 필요하다. 토론 학습에서는 생태시 중에서 두 작품을 제시하고 그 밖의 다양한 자료를 첨가하여 시도한다. 다양한 자료는 학습자들에게 배경지식이 되며 학습자들이 주장과 근거를 제시할 때 사용가능하다.

'비평문 쓰기' 교육은 학습자가 생태시를 이해·감상하고 난 후 자신의 주장을 명확하게 쓰도록 한다. 학습자들에게 자신의 생각을

비평문으로 표현하는 방법에 대한 교수 - 학습이 필요하다. 학습자
들은 특히 비평문 쓰기를 생소하게 생각하므로 교사는 생태시 비평
문을 자료로 제시한다. 다른 비평문을 많이 읽을수록 자신의 비평문
에서 근거를 명확히 제시할 수 있다.

'생태시의 통합 교육'은 생태시를 다른 교과 학습 또는 다른 매체
교육이나 현장 학습과 관련지어 교육하고, 평생 교육 내용으로 활용
하도록 한다. 생태시의 주제 특성상 범교과적 학습 내용과 연관성이
크기 때문에 이와 같은 학습 방법이 용이하다. 그리고 생태시를 통
한 인식이 학습자들의 삶에서 실천되도록 평생 교육 프로그램을 만
들어 지속적으로 교육해야 할 것이다.

본고에서는 생태시의 특성을 분석하고 교과서의 작품과 비교해
보려고 한다. 또한 생태시 교육에 접근하기 위한 전 단계로 작품을
세밀하게 분석하는 기초적인 고찰을 하겠다. 그것을 바탕으로 다양
한 교수 - 학습 방법을 활용하고 학습자들에게 '생태 환경에 대한
인식'을 교육하는 것을 본고의 목적으로 한다. 학습자들에게 '생태
환경에 대한 인식'을 충분히 교육해야 미래에 생태 사회를 만들 수
있기 때문이다.

2장

생태학과 생태 문학
생태시의 개념과 특성
생태 비평의 교육적 적용

한국 현대 생태시 교육

2장

| 생태 문학과 생태시 |

1. 생태학과 생태 문학

'생태학(ecology)'의 기원은 히포크라테스, 아리스토텔레스, 데오프라스투스에 바탕을 두는 고대 그리스의 자연 과학이나 또는 린네와 뷔퐁에 의한 18세기의 박물학이나, 심지어 다윈식의 진화론적 생물학과 연결시켜 볼 수 있다.[1] 초기의 연구는 생물학으로부터 발전하여 생태계의 식물이나 동물이 해양이나 토양에서 어떻게 환경과 상호 작용하는가에 초점을 맞추었다. 그런데 1960년대 환경 오염이 발생하면서 인간이 생태 환경을 파괴하고 있음을 알게 되었고 생존에 대한 위기 의식이 발생한다.

---

1) Robert P. Mclntosh, 김지홍 옮김, 『생태학의 배경 : 개념과 이론』, 아르케, 2002, p. 54.

'생태학'이라는 용어는 에른스트 헤겔에 의해 19세기 중엽에 처음으로 사용되었다.[2] 그는 생태학을 "식물이나 동물 같은 유기체가 물리적으로 맺고 있는 총체적 상호 관계를 연구하는 학문"이라고 정의하였다. 생태계 문제에 대한 문학적 접근은 '문학 생태학'이라는 용어 사용 이후인 80년대 중반부터 다양한 개념으로 분화되었다.

우리나라에서 생태학과 문학에 대한 구체적인 논의는 1990년 이동승이 독일의 생태시 개념에 대해 소개하면서 이루어졌다. 그는 '생태학'이란 "식물이나 동물 같은 유기체가 물리적 환경과 맺고 있는 총체적 상호관계를 연구하는 학문이다." 이동승은 생태학이 환경과 유기체(생명체)간의 상호 작용과 유기체의 자연적인 관련 구조와 실존 조건들을 연구 대상으로 한다고 언급하였다.[3] 이에 송희복은 생태학을 공생성·연계성·순환성·다양성 등을 기본 원리로 삼고 있다고 본다.[4]

송용구는 '생태시(Oekolyrik)'의 어원이 '생태학(Oekologie)'과 '시(Lyrik)'의 결합으로 이루어졌다고 소개하고,[5] '생태학'이란 특정한 유기체와 주변 환경간의 연관을 연구하는 학문이라고 규정했다. 김욱동은 '생태학'이란 식물이나 동물 같은 유기체가 물리적 환경과 맺고 있는 총체적 상호관계를 연구하는 학문이라고 정의했다.[6] 이러한 논의들은 모두 유기체로서의 생명체를 존중하고, 그 생명체가 생존하기 위한 모든 환경과의 상호 관계에 초점을 맞춘다.

논의의 공통점은 인간을 포함한 모든 생명체는 생명을 존중하고

---

2) 앞의 책, p. 481.
3) 장정렬, 앞의 책, p. 20. 생태학과 문학의 관계에 대한 논의를 참고할 것.
4) 송희복, 「푸르른 울음, 생생한 초록의 광휘」, 신덕룡 엮음, 앞의 책, p. 237.
5) 송용구, 『현대시와 생태주의』, 새미, 2002, p. 21.
6) 김욱동, 앞의 책, p. 25.

생존에 적합한 환경을 지향한다는 것이다. 작가는 인간들의 삶을 소재로 하여 인간들에게 바람직한 삶의 방향을 제시한다. 또한 작가는 생태계의 파괴에 위협을 느끼고, 생태 환경의 위기 의식을 노래한다.

'생태 문학'은 "환경 문제에 대한 위기의식으로부터 시작하여 그 환경 문제의 원인을 규명한다. 그것은 인간과 자연, 인간과 인간 사이의 관계를 보여주며, 인간이 살아가야 할 긍정적인 삶을 제시해 주는 문학을 이른다."[7]

'생태 문학'이라는 용어는 생태계의 다양한 생물의 관계성과 조화의 현상을 포괄하고 있다는 측면에서 보편화되어 있다. 본고에서도 '생태 문학'이라는 용어를 사용하여, 생태 교육의 의미를 살리고자 한다. 생태 교육의 대상으로서 생태소설과 생태시를 구분하고 생태시 교육 방법에 대한 논의를 전개하고자 한다.

김용민은 생태 문학의 유형을 생태적 인식의 깊이에 따라 구분하였다. 그것은 환경과 생태계 파괴를 직접적이며 사실적으로 서술하느냐, 그 원인까지 제시하느냐, 간접적으로 생태계 문제를 심도 있게 다루느냐에 따라 나눈다. 생태 문학을 환경 문제를 논하거나 미래 생태 사회를 모색하는 작품으로 나눔으로써 생태 사회에 대한 이상적인 측면을 보여준다.

생태시에 대한 논의에서 환경 문제를 드러내면 환경시, 심층 생태학의 관점을 드러내면 녹색시, 생명 사상을 드러내면 생명시, '생태 환경에 대한 인식'을 드러내면 생태시로 본다. 그런데 생태시는 앞에서 살펴본 바와 같이 생태계 파괴와 환경 오염을 고발하는 작품으로부터 시작한다.

---

7) 김용민, 앞의 책, pp. 98~99.

  바람직한 생태 환경을 노래하는 작품도 산업 사회의 폐해를 비판하는 입장을 내포한다. 산업 사회의 폐해를 비판하지 않고서는 미래 사회를 추구할 수 없다. 따라서 본고에서는 생태시의 개념 규정을 산업 발달로 인해 생태계가 파괴되고 환경이 오염된 시점을 기준으로 한다. 생태계가 파괴된 현장의 고발과 비판을 위해 생태시가 대량 생산되고 그 논의가 활발해졌기 때문이다.

  생태시 교육에서 앞으로 지향해야 할 세계는 '생태학적 세계관'으로 이해할 수 있다. 박이문은 이 세계관을 동양의 전통적 세계관과 서양의 근대적 세계관이 통합된 세계관을 지칭한다고 하였다.[8] 김용민은 생태시의 개념에 '관계론적 인식'을 합친 개념을 '생태학적 인식'으로 확장한다.[9] 따라서 세계관에 대한 논의는 생태 문학이 가지고 있는 성격상, 관련 학문의 포괄성이나 인간 삶과의 관련성 때문에 지속적으로 확장되고 있다.

  본고에서는 앞의 이론적 배경을 바탕으로 하여 '생태 환경에 대한 인식'의 필요성을 제기하고자 한다. '생태 환경에 대한 인식'은 생태학적 인식보다 더 구체성을 가진다. 구체성 확보에 대한 중요성은 생태시를 학습자들의 교육 내용으로 삼고 그들의 가치 체계의 변화를 목표로 삼아야 하기 때문이다. 학습자들에게 확실하게 인식시키기 위해서 '-학적'이라는 접미사보다는 '환경'이라는 구체적 용어가

---

8) 박이문은 생태학적 세계관의 특징을 다음과 같이 제시한다. 첫째, 생태학적 세계관은 서양의 인간중심주의에서 불교나 도교의 자연중심주의로의 시각 전환을 의도한다. 둘째, '이성'의 객관적 '사유' 대신 '미학적·예술적' 이성을 더 근본적인 것으로 본다. 셋째, 자기 중심적 배타성과 공격적 지배성 대신 포용적 협동과 조화로운 유연성으로 전환한다. 넷째, 대상중심적 인식과 시각에서 가치중심적 인식과 시각으로의 전환을 요구한다. 다섯째, 물질적 소유, 쾌락적 경험 대신 관조적 감상, 내면적 체험을 중시하는 가치관으로의 전환을 의미한다.『문명의 미래와 생태학적 세계관』, 당대, 1997, pp. 96~104.
9) 김용민,「생태사회를 위한 문학」, 신덕룡, 앞의 책, pp. 29~40.

필요하다. 학습자들의 삶에서 '환경'은 구체적으로 인지 가능하기 때문에 생태시에 대한 이해를 높이는 데 기여할 수 있다.

따라서 '생태 환경에 대한 인식'이란 "모든 유기체는 서로 연결되어 있으며, 인간은 지구상의 모든 생명체와 관계를 통해 존재한다는 인식하에 인간을 둘러싼 물리적·심리적 환경에 대한 인식"을 말한다. 결국 인간의 환경을 이루고 있는 기독교적 세계관에 대한 이해, 경제이론의 합리적 경영, 과학 이론을 바탕으로 하는 적절한 자원의 활용은 인류의 생존을 위해 불가분의 선택이다. 이런 가치 인식을 명확하게 하기 위해서 문학적 사고방식을 활용하는 것이 적절하다.

'생태 환경에 대한 인식'을 위한 논의는 다양한 학문과 철학적 기반을 가지고 있다. 특히 '생태학'을 이해하기 위해 필요한 이론으로 다음 세 가지를 꼽을 수 있다. 그것은 고대로부터 내려오던 자연관에 반하는 기독교적 세계관, 경제적 이론, 과학적 사고의 틀이다. 이들 이론을 이해할 때 왜 생태계가 파괴되었고, 생태계를 보존해야 하는지 알 수 있다.

기독교적 세계관은 전통적 자연관10)과 다른 입장을 취하는데, 그들은 신의 모습을 닮은 인간이 자연을 지배하고, 자연을 보존할 책임을 가진 존재라고 믿는다. 따라서 인간은 자신의 필요에 따라 자연을 파괴할 수도 있고, 파괴된 자연을 복구할 책임도 지닌다고 본다.11) 이런 세계관은 지속적으로 인간 중심주의적 사고에서 벗어나

---

10) 전통적 자연관의 입장에서는 아리스토텔레스에서 시작해 브루노, 스피노자, 괴테, 라메트리, 다윈, 헤켈을 거쳐 듀이, 아인슈타인, 줄리언 헉슬리에 이르는 자연주의의 전통에 맥이 닿는다. 이들은 인간을 자연의 일부로 보고, 자연에 대한 숭고한 가치를 인정한다. 송상용, 「휴머니즘과 환경위기」, 김성진 외, 『생태문제와 인문학적 상상력』, 나남출판, 1999, p. 35.

11) 서구의 식민지 건설에서 기독교 교황의 교서는 식민통치자들의 행위를 정당화하는 역할을 했다. 그들은 식민주의 국가를 건설하면서 식민지의 토착 원주민들의 삶을

지 못하므로 생태계의 파괴가 가속화될 수밖에 없다.

경제적 이론은 고전주의적 경제관과 마르크스주의적 사고에 바탕을 두고 있다. 고전 경제학자들은 자연 자원을 이용 대상물로 간주했다. 이들은 대개 인간의 자연 자원 사용이 어떠한 한계도 갖지 않는다고 생각하였다.12) 이들은 낙관적 전망을 바탕으로 하여 자연 자원에 대한 고갈이나 환경 파괴에 대한 문제를 고려하지 못했다. 다만 인간이 자연을 이용할 수 있는 권리에 대해서만 강하게 인식하고 있었다.

고전주의적 경제론자뿐만 아니라 현재의 모든 인간들은 경제적 발전을 추구한다. 이 경제적 발전의 지표는 GNP나 GDP로 수치화된 개념으로 인간들의 끊임없는 욕망이 숨겨져 있다.13) 그러나 인간들의 '발전'14)은 물리적 성장 외에도 정신적 성숙을 바탕으로 해야 한다. 인간이 살 수 있는 생태 환경은 생태계의 순환 원리가 생명체를 생성하고 양육하는 곳이어야 한다.

그런데 세계주의를 추구하는 현실은 식민주의 체제와 자본주의의

───────────────

무참히 파괴하고 그들의 권리를 인정하지 않음으로써 자신들의 이익을 극대화시켰다. Vandana Shiva, 앞의 책, pp. 15~17.

12) Donald Worster, 문순홍 편역, 『지속가능한 사회를 향한 생태전략』, 도서출판 나라사랑, 2002, p. 83.

13) 자본주의는 유한한 재화의 한계 시점에서 새로운 식민지를 건설하고자 한다. 식민지의 대상은 여성·식물·동물의 내부 공간(즉 육체)이다. 생명공학을 바탕으로 하여 생명공학에 특허권을 제공하는 것이 합법화된 생물 해적질이다. Vandana Shiva, 앞의 책, pp. 21~23.

14) "지속가능한 발전"은 『우리 공동의 미래』라는 브룬란트 보고서를 통해 알려짐. 개념은 두 가지 핵심적 목표, 즉 환경보호와 성장이란 목표를 결합한 것으로 본다. "지속가능성"은 인류의 생활양식이나 경제활동을 환경적으로 지탱가능하게 만들려면, 재생 가능한 자원이나 재생불가능한 자원의 사용, 쓰레기 방출, 그리고 환경 충격 등과 관련하여 엄격하게 준수되어야 할 조건이 마련되어야 한다. "발전"은 성장을 바탕으로 하는 것으로, 대개 물질적 상황과 관련이 된다. 그러나 삶의 다양한 측면, 즉 유용성, 복지, 환경 등과도 관련이 된다. 양적 발전과 질적 발전을 구분하기가 모호한 측면을 지닌다. Donald Worster, 앞의 책, pp. 61~68.

팽창으로 세계의 생태 환경 위기를 가속화한다.15) 현재 경제 영역에 대한 생태 전략은 전 지구적 규모로 이행되어야 한다. 전략은 생태 환경의 재구조화를 통해 실현 가능하다. 그것은 기존의 경제 생산 체제를 인정하고, 경제적 주체 개념의 변형, 자본 형성 및 구성 과정의 변화, 산업 연관관계의 변형 등을 주요 주제로 삼고 있다.16) 생태 환경을 지켜내기 위해서는 생태 환경을 위협하는 산업구조를 밀어냄으로써 실현가능하다. 또, 필연코 경제적 이익에서 양보해야 할 부분도 고려해야 한다.

과학적 사고 틀 또한 현재 생태 환경 파괴에 큰 역할을 담당했다. 17세기부터 발전된 과학은 이전의 우주에 대한 경외심과 자연의 위대함을 도외시함으로써 자연을 인간의 편리대로 이용할 수 있는 기반으로 삼는다. 자연을 기계처럼 도식화하고 실험실 내로 옮김으로써 자연의 에너지는 모두 갇힌 채 제 역할을 발휘할 수 없게 되었다. 17세기 이후 자연철학자들의 기계론적 자연관은 자연은 부분으로 분할 가능하며, 부분들이 배열되면 다른 종을 만들어 낼 수 있다고 가정한다.17)

반면, 생태 환경에 대해 걱정하는 환경 과학자들은 전체는 부분의

---

15) 세계화는 세계가 하나의 체계로 되어가고 있는 현상(the crystallization of the world as a single place)을 표현하는 용어이다. 이것은 세계 여러 지역 사이의 상호 의존성의 증가를 의미한다. 경제에 있어서 초국적 기업의 성장과 새로운 국제 분업 체계의 형성, 문화적인 영역에 있어서 미디어 메시지와 문화적 양식의 국제적 이전의 확대, 정치에 있어서 유엔과 유럽 공동체, 석유수출국기구(OECD)의 힘이 커지는 것과 핵무기와 환경 파괴의 위협 등이 세계화 현상의 표현들이다. 정수복, 앞의 책, p. 32. 세계화의 영향으로 초국적 기업과 강대국의 영향력이 거대해지면서 자국의 환경 파괴 산업을 약소국으로 이전함으로써 생태 환경 위기가 가속화되고 있다.

16) Donald Worster, 위의 책, p. 22.

17) Carolyn Merchant, 『래디컬 에콜로지』, 이후, 2007, pp. 91~92.

단순한 합이 아니라는 전제하에 부분과 부분들이 결합하여 상호작용함으로써 어떤 결과물이 생성될지 예측할 수 없다고 한다. 따라서 자연 자원의 가공을 위한 원자의 변형은 생태 환경의 변화뿐만 아니라 또 다른 변종을 생성해 낼 수 있다는 것이다. 그럼으로써 생태 환경의 위기는 기계론적 사고틀을 수정함으로써 가능하다고 본다. 우리는 생태 환경의 위기를 극복하기 위해서 과학의 힘을 수용하지 않을 수 없다. 과학을 수단으로 한 객관적 기준과 이론을 바탕으로 하여 생태 환경을 지키고 가꾸어야 한다.

경제 구조의 친 생태적 변화, 환경 정책의 실현, 환경 기술의 발전을 실현하기 위한 총체적 인식을 위해서 문학적 방법은 유용하다. 문학이야말로 인간의 모든 삶을 내용으로 하여 바람직한 인간 형성을 지향하기 때문이다. 이와 더불어 교육 정책의 설계와 실천 과정에서도 '생태 환경에 대한 인식'을 도모하는 교육 방법을 모색해야 한다. '생태 환경에 대한 인식'을 교육함으로써 삶의 양적 발전과 더불어 질적 발전을 누리며 살아갈 수 있을 것이다.

1990년대 이후의 생태 문학은 대체로 다음 세 가지 유형으로 발전되어 왔다.[18] 생태 문학의 발전 과정에서 나타나는 심층생태론(Deep Ecology), 사회생태론(Social Ecology), 생태페미니즘(Eco Feminism)은 모두 현대인의 삶의 방식을 결정하게 한 다양한 철학적 기반을 바탕으로 한다. 그것은 인류의 삶을 이해하고 설명하는 방식이므로 이에 대한 이해가 현재 인류의 생태 환경의 위기를 해결할 수 있게 한다.

심층생태론(Deep Ecology)이 제시하는 원칙은 새로운 자연과

---

18) 구자희, 앞의 책, pp. 23~106.

철학에 대한 인식을 요구한다. 카프라(F. Capra)에 의하면 심층생
태론에 입각한 자각은 모든 자연 현상들의 근본적인 상호의존성을
인식하며, 사회의 구성물로서의 개인 모두가 자연의 순환과정들 속
에 깊숙이 묻혀 있다는 사실을 인식하는 것이다.[19] 이 이론은 생물
지역 단위이거나 국가 단위 또는 초국가 단위의 무수히 많은 정치
행동 집단들에게 급진적인 영감을 주었다.[20]

　　심층생태론자는 환경문제를 해결하기 위해 그 문제의 원인에 대
해 깊이 있게 고찰함으로써 문제를 해결하고자 한다. 이들은 경제
발전이나 성장에 대해 깊은 회의를 갖고, 인간 중심주의를 탈피해
경제 발전이나 성장보다는 생태환경을 추구하는 데 목적을 둔다. 이
것은 인간 또한 자연의 일부분이라는 일원론적 사고를 바탕으로 생
태 환경에 대한 인식론을 전개한다. 생명체의 상호 의존성을 바탕으
로 모든 생물의 본질적인 가치를 인정하고, 인간을 생명이라는 그물
속에 포함되어 있는 일부분으로 본다.

　　사회생태론(Social Ecology)[21]은 머레이 북친(M. Bookchin)에

---

19) Fritjof Capra, 김용정·동광 옮김, 『생명의 그물』, 범양사출판부, 1995, pp. 53~
　　56.
20) 구자희, 앞의 책, p. 50.
21) 사회생태론은 세 가지 측면에서 문제점을 노출한다. 첫 번째는 그가 '제2의 자연'이
　　라 설정한 인간의 문화가 자연의 문화와 분리되면서, 인간과 자연을 이분법적으로
　　파악하는 산업사회의 관점과 차이를 갖지 못한다는 것이다. 이 논리는 '인간을 자
　　연 생태계를 이끄는 후견자'로 지정하면서, 인간의 자연에 대한 주도권을 인정하게
　　되는 결과를 빚는다. 두 번째는 '심층생태론'에 대한 그의 비판에서 시작한다. 그는
　　인간이 자연에 동화되어야 한다는 '심층생태론'의 입장에서 인간이 환경문제 해결
　　에서 중요한 역할을 할 수 있다는 점을 강조한다. 이 때 생태위기의 원인을 제공한
　　사람들을 영향력 있는 인간들로 구분하면서 새로운 위계를 형성하고 있다. 세 번째
　　는 심층생태론자들은 북친이 강조한 자유주의적 아나키즘의 세계가 도래해도 결코
　　생태 문제 해결은 이루어지지 않는다는 것이다. 식민지 지배의 역사를 지닌 서구
　　근대사에 대한 반성 없이는 생태 문제에 대한 대안이 아니라는 점에서 비판한다.
　　김용민, 앞의 책, p. 79.

의해 본격화된 이론으로 사회학과 생태학을 접목시킨 이론이다. 그는 오늘날의 생태위기가 인간의 지배논리에 의해 형성되었다고 지적한다. 심층생태론자들이 생태위기를 주로 인간중심주의 탓으로만 돌린다면, 사회생태론은 더 나아가 인간에 대한 인간의 지배에서 그 원인을 찾으려고 한다. 현대 사회의 다양한 문제와 심각한 생태 위기는 근본적으로 인간이 같은 인간을 지배하고 억압하고 착취하는 과정에서 비롯되었다는 것이다. 생태위기는 인간의 최소한의 생존 자체를 위협하고 있다.

사회생태론의 가장 기본적인 전제는 오늘날 생태위기의 원인이 경쟁적인 시장 이데올로기에 있다는 것이다. 즉, 오늘날의 인류는 무제한적인 성장을 진보와 동일시하였고, 자연에 대한 지배를 문명과 동일한 것으로 간주함으로써 이것이 자연에 대한 착취로 이어지고, 그 결과 지구는 생태 위기에 처하게 되었음을 강조한다. 그는 현재 우리를 지배하고 있는 시장 경제 속의 원칙은 성장과 이기주의의 한계를 설정하지 않음으로써 끊임없이 인간의 욕망을 부추긴다. 이러한 개인주의는 사회 진보의 일차적 동기를 제공하고 '경쟁'은 사회를 발전시키는 동력으로 작용하고 있다고 비판한다.[22]

생태시 교육에서 중요하게 거론해야 할 문제는 환경 문제에 대한 논의뿐만 아니라 자본주의 사회에서 거대 권력에 의한 지배와 피지배의 논리가 강화되는 것에 대해 견지할 수 있는 논리성의 확보이다. 그래야만 미래에 필요한 생태시 교육의 의미가 드러난다. 만약 환경 문제에 대한 논의로 끝난다면, 거대 권력의 가치 체계가 현재의 시장 경제 체계에서 더욱 기득권을 확보할 것이다. 그렇다면, 최

---

22) M. Bookchin, 문순홍 역, 『생태학의 담론』, 솔출판사, 1999, p. 110.

적의 생태 환경을 꿈꾸고자 하는 생태시 교육에서는 목표를 달성하
지 못할 것이다.

생태 페미니즘(Eco Feminism)은 마르크시즘의 이론으로부터 영
향을 받아 사회의 지배가 자본과 계급에 기초한다는 논리를 받아들
이고 남성에 의한 여성의 가부장적 지배를 모든 지배와 착취의 원형
으로 간주한다.[23] 그리고 남성들의 사회적 질서들이 실제로는 남성
의 우월성과 특권을 타당화하기 위해서 만들어졌다고 비판한다.[24]
생태 여성주의자들은 그 지배와 피지배구조를 인간이 자연을 지배
함과 마찬가지로 남성에 의한 여성들의 지배에 문제제기 한다. 그들
은 현재의 생태 파괴를 빚어온 지배와 피지배 구조를 해체함으로써
새로운 사회를 건설하고자 한다.

그들은 여신 숭배 사상의 신화와 관련지어 이해를 이끌어 낸다.
고대 문화인류학에 등장하는 여신상의 모습에서 현대 환경 문제의
해결책을 찾는데, 여신을 숭배하던 시대에는 자연과 친근한 관계를
맺었음에 초점을 맞춘다. 따라서 자연의 목소리에 귀 기울일 줄 알
았던 과거의 삶의 형태를 그리워한다. 이들은 자연의 조화와 균형을
깨지게 한 남성신의 출현에 대해 부정적 태도를 지닌다.

러브록의 가이아 이론에서 가이아란, 물리적·화학적 환경을 스
스로 조절함으로써 지구를 건강하게 유지시켜 주는 자기조정 능력
을 지닌 생물권이다.[25] 여기서 가이아의 역할을 행하던 존재가 바로
대모신이며, 이의 역할은 지구 전체의 삶을 창조해 내고 양육하여
삶을 번성하게 하는 기능을 담당하고 있다는 것이다. 실제로 '가이

---

23) Fritjof Capra, 앞의 책, p. 25.
24) Irene Diamond and Gloria Feman Orenstein, 정현경·황혜숙 옮김, 『다시 꾸
　　며보는 세상 : 생태여성주의의 대두』, 이화여자대학교 출판부, 1996, p. 15.
25) 김욱동, 앞의 책, p. 365.

아'라는 말은 지구나 대지를 뜻하는 그리스어로 현대인들의 내재화
된 의식적 표현으로 이해 가능하다.

생태 페미니즘은 여성성이 남성성보다 우위를 차지하기 위한 외
침이 아니다. 다만, 자연과 일치했던 경험을 기억하고, 자연의 풍요
로움을 지속적으로 누리기 위한 노력이다. 이들은 여성들의 삶의 형
태가 자연과 밀접한 관련을 맺고 있었음에 주의를 기울여 현대 사회
에서 발생하고 있는 다양한 문제를 해결하기 위해 노력한다. 생명을
잉태하고 보살피던 여성성의 회복을 통해 새로운 사회에서 필요한
에너지를 이끌어내고자 한다.

사회 생태론과 생태 페미니즘은 생태 파괴의 원인을 '통제'와 '지
배'라는 사회 문제와 관련된 것으로 본다. 생태학의 함축적 의미는
자본주의 권력 구성체와 주체성 전체에 대해 문제를 제기한다.[26] 따
라서 미래 세계는 지배와 피지배의 관계를 바탕으로 하지 않는 삶의
형태를 이끌어 내야 한다. 생태 페미니스트들은 자연 세계에 대한
기반의 결여, 펼쳐진 우주 세계의 이야기 속에 있는 소속감의 상실,
종(種)으로서 여성과 남성 관계의 건전성 파괴 등의 문제로부터 전
체적인 문화가 너무 막연하게 흘러가고 있다고 지적한다.[27]

인류는 산업화 과정에서 자연에 대한 의식을 변화시켰다. 산업 발
달은 인간을 자연의 일부로 보고, 자연에 순응하면서 살아가던 모습
을 점점 잊게 했다. 서구 사회의 산업과 문명 발달은 바로 자연 환경
을 희생양으로 했기 때문에 가능했다. 유럽의 팽창은 신세계에 대한
생물학적 정복으로 가능했고, 생물학적 정복은 과학의 발달로 인해

---

26) Felix Guattari , 윤수종 옮김, 『세 가지 생태학』, 동문선 현대신서 126, 2003, p.
   37.
27) Irene Diamond and Gloria Feman Orenstein, 앞의 책, p. 36.

가능했다.[28)

서구의 생태학의 근원은 길버트 화이트(Gilbert White)의 『셀본의 자연사(The Natural History of Selborn)』에서 찾을 수 있는데,[29) 서구에서는 산업 혁명 이후 목가적인 자연에 대한 그리움을 드러냈다. 이후 레이첼 카슨(Rachel Carson)은 당시 환경 공해에 대한 위험성을 경고하면서 우리들의 '알 권리'를 주장했다.[30) 그녀는 전자포착감지기(electron capture detector)를 개발하여 남극의 펭귄에서부터 모유에 이르기까지 지구상의 모든 피조물에 살충제와 기타 독성 잔류물이 존재한다는 사실을 알렸다.[31)

펠릭스 가타리는 지구 전체에 생긴 생태학적 불균형 현상과 개인적이고 집단적인 인간 생활양식의 변화에 대한 해결 방안을 제시했다. 그는 생태 철학(ecosophie)이라고 말하는 것의 세 가지 생태학적 작용 영역을 환경·사회관계·인간 주체성으로 파악하고 세 가지 작용 영역이 윤리·정치적 접합을 통해서만 답할 수 있을 것이라고 했다.[32) 그는 지구 전체의 생태 위기가 환경에만 국한된 문제가 아님을 지적한다. 그는 공장 노동자의 수가 60% 이상 줄어듦에도 생산성은 75% 이상 상승했다는 이야기를 통해 '생태 환경에 대한 인식'이 인간들의 지배와 피지배 구조에까지 미쳐야 함을 제시한다.

우리나라에서 생태학의 근원은 고대 가요로부터 현대 시에 이르

---

28) Alfred W. Crosby, 안효상·정범진 옮김, 『생태제국주의』, 지식의 풍경, 2000.
29) Donald Worster, Nature's Economy, 강헌·문순홍 옮김, 『생태학, 그 열림과 닫힘의 역사』, 아카넷, 2002, p. 25.
30) Rachel Carson, 김은령 옮김, 『침묵의 봄』, 에코리브르, 2002, pp. 313~314. 그녀는 또 다른 길로 생물학적 해결법을 제안한다. 곤충학자, 병리학자, 유전학자, 생리학자, 생화학자, 생태학자 등 광범위한 분야를 대표하는 전문가들이 생물학적 조절이라는 새로운 분야를 개척한다고 본다.
31) Eugene P Odum, 이도원·박은진·송동하 옮김, 『생태학』, 민음사, 1995, p. 86.
32) Felix Guattari, 앞의 책, p. 8.

기까지 자연에 대한 목가적 그리움에서 찾을 수 있다. 서양이나 동양에서 생태학의 근원으로 보는 자연에 대한 인식과 감정은 같다고 볼 수 있다. 서양에서는 자연을 현미경이나 망원경이라는 과학적 방법으로 관찰하고 수치로 명확히 제시했다. 그리고 지속적으로 길버트 화이트로부터 시작하는 많은 과학자들이 과학적 발달을 존중하면서도 그로 인한 부작용을 지적했다. 그럼으로써 생태학에 대한 인식의 중요성을 더 강하게 거론하고, 환경 운동과 더불어 다양한 방면의 이론적 결실을 이루어 냈다.

그런데 동양에서는 자연을 과학적 방법으로 설명하는 대신 막연한 그리움의 대상으로 그려낸다. 생태 담론이 동양적인 사유 체계에서 비롯된다는 발상은 다분히 낭만주의적 발상[33]이 될 수 있다. 흔히 생태 담론은 노자와 장자의 사유 체계로부터 새로운 이해를 탐구해 낸다. 하지만 이들의 사유체계로부터 생태 담론을 이끌어내는 것에는 논리성과 체계성이 부족하다.

현재 학습자들은 이미 과학적 사유 체계에 길들여져 있으며, 동양적 사유 체계에 대해서는 학습한 경험이 없다. 우리들은 과학적 사고 체계에 길들여져 있어서 어떤 논리도 과학적 증거물이 뒷받침될 때 비로소 인정하고 수용한다. 동양적 사유 체계를 무시해서는 안 되겠지만, 이런 상황에서 그것만으로 편협하게 논리를 이끌어서도 안 된다. 따라서 교육은 과학적 체계와 동양적, 서양적 철학을 바탕으로 생태 담론을 이끌어 내 학습자들을 교수해야 할 의무가 있다.

---

33) M. Bookchin, 앞의 책, p. 239.

2 생태시의 개념과 특성

　본고에서는 '생태 환경에 대한 인식'을 바탕으로 하는 시 작품을 '생태시'로 인정하고 그것을 인용하고자 한다. '생태시'는 현대문명의 이기로 인해 자연과 인간 세계가 분리되고, 그 분리의 결과로서 자연의 섭리가 파괴되고 인간 삶의 환경이 파괴되는 현상에 대한 비판 의식을 바탕으로 한다. 또한 인간들의 생태 환경을 개선함으로써 인간이 인간답게 살기 위한 전망을 제시해 준다.

　현재 생태 환경의 위기 의식을 드러낸 작품은 김광섭의 「성북동 비둘기」를 시작으로 보는 경우가 있다.[34] 이 작품은 물질 문명의 이기로 인한 현대인들의 고통을 대변하고 새로운 삶의 지향점을 노래하고 있기 때문이다. 그런데 생태 환경에 대한 현 위기는 우리 나라의 산업 발달과 밀접한 관련을 맺는다. 이것은 세계의 생태 환경에 대한 위기의식이 산업혁명과 맞물려 발생한 것과 무관하지 않다.

　생태시의 발생 시점은 우리나라가 산업 발달을 시작하여 생태 환경의 파괴가 지속되는 1970년대를 출발점으로 한다. 이 시점을 기준으로 했을 때, 앞에서 제시한 김광섭의 「성북동 비둘기」는 물질문명으로 인한 생명체의 파괴 현상을 이야기하고 있지만, 생태시의 다수 작품이 쏟아져 나오기 이전의 작품이다. 따라서 생태시의 유형을 분류하기 위해서 우리 나라에서 산업발달의 폐해가 드러나면서 생태시가 다량 창작되고, 위기 의식이 고조되는 시점을 중요하게 보고자 한다.

　이 시점에 생태시를 쓴 작가들로는 정현종, 최승호, 고진하, 김용

---

34) 장정렬의 논문에 생태 시인들에 대한 연구가 1960년대부터 1990년대 말까지 시대 구분으로 정리되어 있다. 장정렬, 앞의 논문, 1999.

택, 최문자, 박찬일, 장옥관, 문태준, 고형렬, 정성수, 최하림, 신덕룡, 이문재, 이성선, 김혜순, 최승자, 이하석, 이정록, 허수경, 김선우, 배한봉, 정끝별, 문정희, 최정례, 함민복 등이 있다. 최근에는 더 많은 시인들에 의해 '생태 환경에 대한 인식'이 다양하게 표현되고 있다.

우리나라에서는 동양의 자연관을 바탕으로 자연시가 창작되었다. 이 때의 자연관은 자연을 대하는 관점이나 태도, 즉 사고 방식을 드러낸다. 자연시에서는 동양의 일원론적 사고방식을 바탕으로 자연의 섭리를 따르는 인간의 삶이 드러난다. 이런 사고 방식은 동양에서만 가능했던 것이 아니라 서양에서도 지속적으로 유지되어 왔다. 그것은 낭만주의의 전통, 미국의 초월주의, 독일의 자연철학, 마르크스의 초기 철학 등에서 찾아 볼 수 있다. 이런 작품에서는 자연을 소재로 자연을 통한 인간의 깨달음을 노래하고 있다.

그러나 자연시에서는 '생태 환경에 대한 인식'을 찾아볼 수 없다. 자연시란, "자연을 대상으로 한 시"라는 소박하고도 포괄적인 의미로 정의되기 때문이다. 이 때 자연을 대상으로 한다는 의미는 인간의 시각에서 자연을 바라보고 있다는 의미이다. 인간은 자연을 관조하면서 자신의 삶을 반성하고 깨달음을 구했다. 그러나 이 때 대상물로서의 자연은 현재의 생태 환경에 대한 위기의식을 드러내는 대상과는 거리감이 있다.[35]

산업 사회에서는 자연을 물질적 가치로 환원시킴으로써 생태 환경에 대한 문제를 발생시킨다. 문제 발생 이전부터 자연은 인간들에게 끊임없이 생태 환경 파괴의 전조를 보여주며 이를 경고했다. 그

---

35) 송용구는 자연에 대한 인식과 대응 방법, 자연의 실상을 인식하여 자연 대 인간의 관계를 비판적으로 성찰하고, 전통적 '자연시'의 낙관적 자연인식을 부정한다는 점에서 생태시를 비판적 '자연시'이자 새로운 '자연시'로 한다. 앞의 책, p. 22.

러나 인간들은 과학 기술에 대한 맹신으로 쉽게 자신의 욕망을 채우고, 쉽게 자연의 경고를 무시했다.

생태시는 전통적 자연시와 다르다. 자연시는 자연을 소재로 하여 자연의 아름다움을 완상하거나 자연으로부터 깨달음을 얻는 작품을 말한다. 그런데 생태시는 자연 자체의 위기 상황을 문제 삼고, 인간의 생존마저 위협하는 황폐한 생명적 토대를 극복할 방법을 모색한다.[36] 본고에서는 생태시 구분에서 생태학적 논의가 이루어지기 이전의 '자연시'와 소재적 측면의 '자연시' 작품은 배제하였다.[37]

교과서에 실린 시 작품 중에는 자연을 노래하는 작품이 대다수이며, 최근에 발표되는 현대시에서도 자연을 바탕으로 하는 시가 많다.[38] 특히 산업 발달 이전의 작품은 인간과 자연이 조화를 이루는 양상의 작품이 많다. 한국 문학의 발전 과정 속에서 자연관은 끊임없이 변한다.[39] 전통적 자연시가 바라보던 자연과 우주는 생태시가 보여주는 자연과 우주가 아니다.

따라서 생태시는 1970년대의 산업 발달을 기준으로 구분하고자 한다. 산업 발달 이후부터 인간에 의한 자연 파괴가 가속화되었고, 자연 파괴로 인한 다양한 문제가 표출되었기 때문이다. 지금은 자연

---

[36] 성기옥 외, 『한국시의 미학적 패러다임과 시학적 전통』, 소명출판, 2006, p. 527.

[37] 전통적인 '자연시'가 자연의 아름다움과 평화로움, 세상을 벗어난 호젓함을 노래하였다면, 현재의 '자연시'는 과거의 자연의 아름다움을 노래할 수 없다. 김용민, 「생태사회를 위한 문학」, 신덕룡, 앞의 책, pp. 40~41.

[38] 정효구, 「도시에서 쓴 자연시의 의미와 한계」, 신덕룡 엮음, 앞의 책, p. 259.

[39] 한국문학과 자연과의 상관 관계를 논의하면서, 고대 제천의식으로부터 시작하여 현대문학에 나타난 자연관에 대한 논의까지 통시적 입장에서 연구. 고전문학에 나타난 자연관의 특성을 탐미적 시각, 우주공간 안에서의 신성시한 경외적 시각, 교훈적 시각, 인간과 일체의식으로 인식한 내용으로 파악함. 현대 문학에 나타난 자연 관조의 시각은 산업 발달로 인한 학대와 파괴의 우려를 드러낸다고 파악하였다. 박요순, 「韓國文學에 나타난 自然觀」, 『서의필 선생 회갑기념 논문집』, 1988.

스럽게 자연에 대한 인간의 가해 행위에 대한 자각이 일어나고 그에 대한 비판 의식이 생겼다. 인간의 자연 파괴는 또 다른 인간의 희생으로 확대됨으로써 사회 문제를 야기하고 있다. 생태시는 인간과 인간의 관계, 자연과 인간의 인식관계에 대한 깨달음과 현대 사회의 문제의식을 바탕으로 한다. 결국 생태시는 현대 사회의 자연과 인간 문제를 해결할 수 있는 가능성을 가진 작품으로서 의미 있다.[40]

생태시와 환경시는 환경 파괴에 대한 의미를 부각시키는 용어로 혼용되었다. 환경시는 산업 문명의 발달로 인하여 발생되는 환경 파괴의 현장 고발과 환경 파괴의 원인을 제시하는데 생태시는 더욱 넓은 범위를 포함한다. 이 두 개념의 공통점은 시인이 환경에 대한 위기의식을 주제로 드러낸다는 것이다.

또, 생태시와 환경시는 학습자들에게 주석 설명이 없이도 이해와 감상을 기대할 수 있다. 첫째 이유는 주제 의식이 분명히 드러나기 때문이다. 둘째는 학습자들이 삶에서 체험한 내용이므로 이해하기가 쉽다는 것이다. 셋째는 학습자들에게 미래의 생태 환경은 생존을 위해 반드시 필요하기 때문이다. 학습자들이 삶을 설계할 때 놓칠 수 없는 문제를 다루므로 이해와 감상의 폭을 넓힐 수 있다.

앞서 살펴본 바와 같이 '생태시 교육'에서는 환경시를 포함하여 고찰한다. '생태시 교육'에 '환경시'를 포함하는 이유는 환경시 역시 '생태 환경에 대한 인식'을 바탕으로 하기 때문이다.[41] 또한 '생명시'

---

40) 김용민은 '생태시'는 "모든 유기체는 서로 연결되어 있으며 인간은 지구라는 거대한 집에 다른 생물 그리고 무생물과 함께 세 들어 사는 관계론적 존재"라고 보는 '생태학적 인식'을 바탕으로 한다고 설명한다. '생태'란 수식어를 통해 개체 생명의 상호 연관성, 유기체의 자연적인 관련구조와 사슬체계에 대한 의미를 드러낸다. 김용민, 「생태사회를 위한 문학」, 신덕룡, 위의 책, pp. 30~33.

41) 환경 운동과 연결돼, 인간이라는 생명체를 중심으로 한 그것을 둘러싼 조건을 규정하는 문학의 한 형태. 생태비평가들에 의해서 받아들여지지 않고 있다.

도 생명현상에 대한 깊이 있는 인식을 바탕으로 하므로 포함하기로 한다.[42] 환경시가 창작되기 시작한 시점에서 시인들은 당대의 문제를 인식하고 그 문제를 해결하기 위해 폭넓고 깊이 있는 사고를 표출하고 있었다. 하지만 '생태 환경에 대한 인식'을 함양시키고 생태시 교육을 교육 과정에 수용하기 위해서는 다양한 방법을 구안해야 한다.

'생태시'는 "산업 발달 이후에 모든 유기체 간의 관계를 바탕으로 생태 환경 파괴에 대한 위기 의식을 다루거나 생명 의식을 바탕으로 바람직한 생태 환경에 대한 지향점을 다루는" 작품이다. 즉, '생태 환경에 대한 인식'[43]이란 인간이 살아가는 유·무형의 환경에서 인간이 살아가기에 최적의 생태적인 환경에 대한 깊이 있는 사고를 말한다. '생태'란 수식어는 생명체 간의 상호 연관성, 자연의 순환 구조와 가이아의 조절 기능을 인식하는 의미를 드러낸다.

'생태 환경'은 인간의 외적 환경뿐만 아니라 심리적 환경까지도 포함하는 개념이다. 현대인들은 물질적이거나 물리적 환경 요소만으로는 행복을 추구할 수 없고 심리적·정서적 만족감을 느껴야만 한다. 인간은 사회적 동물이므로 사회 안의 다양한 구성원들과의 관계 속에서 자아를 실현해 나감으로써 인간다운 삶을 누릴 수 있다. 우리들은 독립적인 삶의 내용을 원하면서도 사회적인 인정을 통해 자신의 존재 가치를 재확인한다. 따라서 생태 환경은 자연 환경과

---

42) 생명시는 우주 생명이 지니는 영성, 다양성, 관계성, 순환성의 속성을 종합적으로 구현한 작품에 대한 명칭으로 본다. 홍용희, 「생명주의와 한국문학」, 신덕룡, 앞의 책, pp. 101~102. 김지하는 환경 운동을 통해 생명주의 시학을 전개하고 생명시를 창작하였다. 『생명학 2』, 화남, 2004.

43) '생태 환경에 대한 인식'은 김용민에 의해서 '생태학적 인식'으로 사용되었다. 그것은 유기체가 서로서로 얽혀 있기 때문에 유기체를 개별적으로 고찰해서는 안 되고 다른 환경과 총체적으로 파악하려는 사고 체계를 이른다.

더불어 인간들의 사회적 환경까지 포함하는 개념으로 이해해야 할 것이다.

'생태 문학'이라는 용어는 앞으로 교과서에서 다룰 생태 교육의 방향과 일치한다. 일반적으로 생태 문학을 생태시와 생태소설로 구분할 때 '생태'의 의미가 문학 작품이나 '비평'과도 잘 결합될 수 있다. 환경 운동으로부터 시작한 생태 환경에 대한 문제제기는 다양한 작품 창작으로 확산되고 있다. 학습자들이 평생 삶을 살아가야 하는 자연 환경뿐만 아니라 개인의 질적 환경을 지키기 위해서라도 생태 환경에 대한 교육은 필요하다. 따라서 '생태'는 포괄적인 환경 교육의 의미와 더불어 자아실현의 목적을 달성할 수 있는 환경 개념으로도 적절하다고 할 수 있다.

생태시는 해가 거듭될수록 시인들의 인식 확장과 생태학적 세계관에 따른 변화 내용을 담아낸다. 이에 따라 학습자들 또한 자연에 대한 새로운 인식의 확장 과정을 거듭해야 할 것이다. 생태시는 자연이 인간과 어떤 관계를 가지며, 어떤 관계로 나아가야 하는지에 대한 방향을 보여준다. 학습자들이 생태시를 이해하고 감상하는 빈도가 많을수록 생태시에 대한 기대 수준도 높아질 것이다.

학습자들은 '생태시'를 읽고 자신과 자연, 자신과 타인의 관계를 깨닫고 자신의 삶의 지향을 그려야 한다. 반복적인 학습은 학습자들에게 '생태시'를 통해 '교육'의 최종 목표에 도달하게 할 것이다. '교육'은 자아실현을 이루어 개인이 사회와 국가에 기여할 수 있는 국민으로 변화시키는 것을 목표로 하기 때문이다. 따라서 '생태시 교육'은 생태시를 내용으로 다양한 국어 영역의 학습 목표44)에 도달하

---

44) 7차 교육 과정 이후 국어과 교육의 목표는 "언어활동과 언어와 문학의 본질을 총체적으로 이해하고, 언어 활동의 맥락을 고려하면서 국어를 정확하고 효과적으로 사

기 위한 교육 내용과 방법으로서 적절성을 확보해야 한다.

환경시를 포함한 생태시를 교과서에 수록할 때, 가장 중요한 것은 생태시가 문학 교육의 대상물이 될 수 있는가 하는 점이다. 우리 교과서에 실을 문학 작품을 선정할 때의 기준은 '문학성'이다. 문학성이란, 궁극적으로는 문학 작품의 내용과 형식의 완성도를 염두에 둔 개념으로 이해된다.45) 실제 문학 교육의 제재로서의 교과서에 실린 시는 이데올로기의 시험을 거친 후 자리를 잡게 된다.

국어과의 교수 · 학습은 국어사용 기능을 바탕으로 한 도구교과적 성격을 지닌다. 또, 생태시 교육을 통한 '생태 환경에 대한 인식'은 범교과적 성격을 가질 수밖에 없다. 생태 환경에 대한 인식은 생물학에서부터 출발하여 물리학, 철학, 종교 등의 타 영역과의 연관성을 중요시하기 때문이다. 타 교과 학습을 위한 배경지식으로서의 역할을 수행한다는 측면에서는 도구교과적 성격도 지닌다. 학습자들

용하며, 국어 문화를 바르게 이해하고, 국어의 발전과 민족의 국어 문화 창달에 이바지할 수 있는 능력과 태도를 기른다."로 규정되어 있다. 교육인적자원부, 『국어과 교육 과정』, 1997, p. 29. 국어 교육의 목표는 다음의 세 가지로 손꼽을 수 있다. 첫째는 '자아' 인식을 통한 개인의 성장 도모이다. 언어 능력의 발전은 개인이 사회에서 자신의 역량을 발전시키고 발휘할 수 있는 기초이다. 따라서 다양한 언어 상황에 맞춰 의사소통하고 자신의 생각을 표현할 수 있으므로 사회 구성원으로서 만족감을 얻을 수 있다. 사회 구성원으로서의 만족감은 '자아' 발전으로 이어지고 자아의 정체성 확립에 기여한다. 자아 정체감을 바탕으로 '자아'는 타인과 다른 미적 · 예술적 욕구를 지니고 충족시켜 사회 발전에 중요한 역할을 담당한다. 둘째는 도구 교과적 성격을 바탕으로 한다. 언어는 모든 교과의 학습을 수행하는 도구이다. 언어를 바탕으로 하는 이해력과 사고력이 뒷받침되지 않는다면 타교과 학습에 어려움을 겪게 된다. 뿐만 아니라, 정보 수집과 분석, 판단 등의 기초가 되는 것이 모두 언어를 바탕으로 하기 때문에 국어 능력이 바탕이 되어야만 타학습이 가능하다. 셋째는 문화의 계승과 창조이다. 학습자는 민족과 인류의 문화를 계승하고 발전시켜야 할 존재이다. 따라서 언어 사용 능력 중에서도 문학 작품 감상에서 창의적이고 다양한 이해와 감상을 시도해야 한다. 문학 작품 외에도 다양한 문화적 양상을 이해하고 판단함으로써 미래의 언어 문화를 창조하고 방향성을 제시할 수 있어야 할 것이다. 김대행, 『문학교육의 틀짜기』, 역락, 2000, pp. 261~262.

45) 윤여탁, 『시교육론 I: 시의 소통구조와 감상』, 태학사, 1996, p. 189.

이 현재 자신의 삶을 이해하는 방법으로 기능하는 생태시도 도구교
과적 성격을 드러내는 요소로 파악된다.

　국어과 교육의 목표에 드러난 학습자의 요소는 이해를 바탕으로
한 맥락 파악과 효과적인 언어 사용 능력의 신장이다. 개정 교육 과
정의 내용 체계는 '실제, 지식, 기능, 맥락'으로 구분하였다. 특히 '맥
락'은 '상황 맥락'과 '사회·문화적 맥락', '수용·생산의 주체', '문학
사적 맥락'46)으로 나누고 영역별 학습을 구체화시키고자 한다.

　생태시는 현재 학습자들의 삶에서 그 맥락을 파악하고 이해하는
내용으로 교수 - 학습할 수 있다. 생태시가 보여주는 현실 인식의
측면은 학습자들이 세계를 이해하는 방법과 내용에 도움을 준다. 그
럼으로써 학습자들은 세계에 대한 '맥락'을 이해하고 이해한 내용을
언어 생활로 수행할 것이다. 생태시는 특히 일상어를 바탕으로 하여
학습자들이 쉽게 이해하고 감상할 수 있으며, 시에서 표현된 어휘를
학습함으로써 일상생활에서 풍부한 언어 생활을 경험할 수 있다.

　생태학이 문학으로 흡수·발전된 지 30년이 지났는데도 아직도
교육 과정에서는 생태 문학을 적극적으로 교육하지 않고 있다. 현재
환경 위기와 학생들의 인성 문제를 고려해 본다면, 시급히 생태시
교육이 교육 과정에 수용되어 적극적인 교육 내용을 확보해야 할 것
이다. 특히 시 교육은 이해와 감상을 통해 학습자들이 평생 동안 학
습 내용을 내면화하고, 가치 체계를 실천한다는 측면에서 중요하지
않을 수 없다.

　우선 문학 교육에서 생태 교육의 목표를 정확히 설정하고 내용 체
계를 세워 학년별 내용으로 구조화할 필요가 있다. 국어과에서는 다

---

46) 교육인적자원부, 『개정교육 과정』, 대한교과서주식회사, 2007.

양한 글의 종류를 통해서 생태 교육이 가능하다. 다양한 글 중에서
도 문학적 감수성과 상상력을 바탕으로 하는 시는 학습자들에게 더
욱 생태 교육적 측면에서 효과가 기대된다. 앞으로 생태소설47)에 대
한 논의도 교육 과정에서 다루어져야 할 것이다.48) 현재의 양적 질
적 성과를 바탕으로 하는 생태시 교육을 선두로 더욱 다양한 생태
문학의 논의가 국어과 교육에서 이루어져야 한다.

생태 문학에 대한 연구는 1980년대 이후 계속되었다. 특히 생태
시는 작품에 있어서 양적 질적 성과를 거듭하고 있다. 이에 따라 생
태시를 연구 대상으로 하는 생태 비평 또한 활발하게 이루어지고 있
지만 교육에 적용되지 않고 있다. 생태시는 현대 문명의 다양하고
복잡한 문제를 포괄적으로 언급함으로써 미래 사회에 대한 가능성
과 방향을 제시해 준다.

특히 생태시는 시어와 시어의 관계, 시어와 다양한 비유적 표현을
통해 생태 환경에 대한 인식을 드러낸다. 본고에서는 '생태 환경에
대한 인식'을 드러내는 작품을 산업 사회의 발전과 관련지어 분류하
고자 한다. 산업 사회의 발전을 생태계 파괴의 가장 중요한 원인으
로 파악하기 때문이다. 문명의 발전으로 인해 생태 환경이 파괴되고,
그로 인해 자연의 일부로서의 인간의 삶 또한 파괴되었다. 이에 인
간들은 인간성을 상실한 기인적인 노동자와 소비자로 변했다.

여성들은 생태 환경이 파괴되는 현상을 바라보면서 가부장제와
자본주의 사회에서 여성들의 억압과 소외의 현상을 읽어냈다. 그럼
으로써 생태 환경 파괴에 대한 위기감을 드러내고, 여성과 남성의

---

47) 생태 소설에 대한 정리는 구자희의 앞의 책에서 자세하게 언급되어 있다. 생태 소
　설에 대한 개념 정리와 함께 생태 소설을 다양하게 분류했다.
48) 이승준은 「한국 현대소설의 생태학적 쟁점 연구」(『우리어문연구』 제27집, 2006)
　에서 생태 소설 교육에 대한 필요성을 언급한 바 있다.

배타적 삶이 아닌 공동체적 삶을 추구하고자 한다. 따라서 생태시는 자연과 인간의 관계를 드러낼 뿐만 아니라 인간 사회의 다양한 문제와 그 해결 방향을 제시하고 있다.

생태시의 주제를 파악하여 유형을 분류하면 다음과 같다. '생태계 파괴와 환경 오염을 고발'함으로써 생태 환경에 대한 위기 의식을 드러내는 작품, 위기 의식을 타개하기 위한 방법으로서 '생태계를 보호하고 유기체적 생명 의식을 고양'하는 작품, 이런 유기체의 상호 작용을 바탕으로 하여 '우주 공동체적 삶을 지향'하는 작품이다. 학습자들이 이와 같은 생태시를 학습함으로써 새로운 인식에 도달할 수 있을 것이라고 믿는다.

우리가 살 수 없는 환경에 봉착했을 때, 시는 못 견디겠다고 소리를 지르고, 더없는 기쁨에 처했을 때는 환호한다고 한다.[49] 이것은 시의 기능을 얘기한 것이지만, 이로 미루어 생태 환경에 대한 위기 의식을 표출하는 생태시의 기능을 이해할 수 있다. 지금 우리의 물질적 풍요는 생태 환경을 파괴함으로써 빚어졌다. 이런 상황에서 생태시는 시의 기능을 다하기 위해서 생태계의 파괴와 환경오염을 고발하는 내용으로 창작된다.

생태계 파괴와 환경 오염을 고발하거나 비판하는 작품으로는 최승호의 「코뿔소는 죽지 않는다」, 정일근의 「로드 킬」, 정현종의 「비스듬히」를 제시할 수 있다. 이 작품들은 멸종 위기에 처한 동물로 자본주의 사회가 어떻게 이익을 추구하는지 보여주거나 이익을 위해서 동물과 인간의 생명을 중시하지 않는 모습을 비판적으로 보여준다.

---

49) 신경림, 『뿔』, 창작과 비평사, 2002, p. 94.

위기 의식을 타개하기 위해 생태계를 보호하고 유기체적 생명 의식을 고양하는 작품으로는 문정희의 「딸기를 깎으며」, 김신용의 「벌레길」, 김선우의 「뻘에 울다」를 제시할 수 있다. 이 작품들은 농약 때문에 '딸기'가 썩지 않는 상황을 보여줌으로써 생태계를 보호해야 한다거나 '벌레길'과 '뻘'에 대한 새로운 인식으로 유기체적 생명 의식을 전달한다.

이런 유기체의 상호 작용을 바탕으로 하여 우주 공동체적 삶을 지향하는 작품으로는 김선우의 「깨끗한 식사」, 장석주의 「단감」, 김선우의 「얼룩 서사(敍事)」를 제시할 수 있다. 이 작품들은 자연 생태계의 소중함을 드러내는 것을 바탕으로 우주에 대한 새로운 인식을 추구한다. 신화적 상상력을 바탕으로 한 우주에 대한 경외심을 통해 인간의 겸손함을 배우도록 한다.

이와 같이 생태시의 유형을 분류함으로써 생태시의 특성은 주제적 측면이 강조된다는 것을 알 수 있다. 생태시의 발생은 생태 환경에 대한 위기의식으로부터 시작한다. 시인들은 생태 환경 파괴의 심각성을 인식하고 그것에 대해 노래하여 환경과 인간에 대한 이해를 추구한다. 인간은 환경에 대한 이해를 바탕으로 생태 환경에 포함되어 있는 모든 유기체의 생명에 관심을 돌리고 새로운 인식에 도달한다. 그럼으로써 우주의 생성에 대해 이해하고 우주 안에 공존하고 있는 모든 유기체의 삶에 의미를 둔다.

생태시는 다른 현대시와 달리 시인의 정서 표출보다는 생태 환경에 대한 배경지식을 생태학적 상상력으로 형상화 한다. 현대인은 생태 환경 파괴로 인해 생존의 위협을 겪고 있다. 따라서 시인은 생태학적 상상력을 바탕으로 하여 지구의 생태계에 대한 고민과 생명체에 대한 인식을 드러낸다. 더 나아가 우주의 일부분으로서의 지구와 인류에 대한 인식을 확장한다. 생태시는 이와 같은 '생태 환경에 대한 인식'을 바탕으로 하는 특성을 지닌다.

3. 생태 비평의 교육적 적용

1990년대 생태 비평은 생태학과 문학의 결합을 통해 생산된 다양한 생태시를 분석하면서 출발한다. 초기의 생태 비평은 전 지구적 생태 환경의 위기의식을 바탕으로 하여 환경 파괴의 현장을 고발하는 형태로 진술되었다. 이후 김욱동은 1998년 '문학생태학'이라는 용어를 바탕으로 하여 국내외 생태 환경의 위기 의식을 소개한다.[50] 송희복은 1998년에 환경 고발에서 생명의 고양으로 변화된 생태시에 비중을 두고 소개하였다.[51] 이들을 바탕으로 하여 현재는 다양한 작품이 창작되고 그것을 자료로 하는 생태 비평이 활발하게 이루어지고 있다.

생태학의 범위는 다양한 철학적 기반을 바탕으로 현대 사회에서 그 영역을 넓히고 있다. 생태학은 인간의 삶과 밀접한 관련을 가지므로 인간이 만들어낸 문명과 모두 결합한다. 생태학은 생물학을 바탕으로 하는 과학뿐만 아니라 생태 철학, 생태 윤리, 생태 문학으로 확산되었다. 특히 페미니즘과 관련하여 에코 페미니즘, 생태 페미니즘, 여성 생태문학이라는 용어가 사용되기에 이르렀다.

---

50) 김욱동, 앞의 책, 1998.
51) 민중주의 문학의 내성화를 제기하면서, 장르 비평의 입장에서 볼 때 '내성성'은 자아와 세계관의 관계론적 삶의 전망을 밝히는 서정성의 또 다른 표현으로 보고 곽재구, 박노해, 백무산, 고재종, 이재무 등을 예로 들었다. 송희복,「서정성과 생태주의」, 신덕룡, 앞의 책, pp. 271~284.

김욱동은 '생태 페미니즘'을 전통적 페미니즘의 유산을 물려받으면서도 인간과 자연의 관계에 관심을 갖고 있다고 한다.[52] 종래의 페미니즘이 가부장제 사회에 대한 비판에만 초점을 가지고 있다면, 생태 페미니즘은 여성 운동이나 문학 이론보다는 오히려 생태학적 상상력을 통해 문학을 이해한다. 그리고 가부장제의 여성 억압과 마찬가지로 자연이 지배와 억압의 대상이었음을 환기시킨다.

생태 비평은 위와 같은 이론과 결합하여 인류의 생존 문제에 대한 위기 의식을 논한다. 이것은 지구의 생태 환경이 파괴되면서 생산된 작품을 문학 비평을 통해 좀더 깊이 있게 다루고 의미를 규명한다. 구자희는 생태 비평을 "문학과 물리적 환경과의 관계를 연구하는 학문"[53]으로 보았다. 또 문순홍은 "생태적인 사유와 생태학에 터하여, 개인·공동체·제도·문명에 들어와 있는 반생명적인 요소들을 드러내고 이를 비판하는 분석 장르"이면서 동시에 "그동안 억압되어 온 타자들의 목소리를 드러내주고 평가하는 장르"라고 정의한다.[54]

생태 비평은 모든 유기체와 환경과의 관계를 분석할 뿐만 아니라 자아와 타자에 대한 인식으로부터 시작한다.[55] 자아와 타자에 대한 인식을 바르게 정립해야만 생물과 환경 사이의 상호 작용의 오묘함을 이해할 수 있기 때문이다. 생태 비평은 '문학 작품을 생태 환경에 대한 인식과 생명 사상을 원용하여 비평하는 것이다. 생태 비평을 하기 위해서는 과학·철학·문학적 배경지식이 필요하다. 그러면서 유기체가 처한 모든 물리적·정신적 환경과 어떤 관계를 맺고 있는가에 초점을 맞추는 작업이어야 할 것이다.

---

52) 김욱동, 앞의 책, pp. 347~413.
53) 구자희, 앞의 책, p. 41.
54) 문순홍, 『생태학의 담론』, 솔, 아르케, 2002, p. 16.
55) 장남기 외, 앞의 책, p. 14.

문학 비평이 우리의 문학 교육 활성화에 기여할 수 있는 것은 세 차원에서이다. 문학 교육의 영역 중에서 교육의 '내용', '방법', '목표의 재편과 조정'을 시도할 수 있다는 것이다.[56] 교육의 내용 측면에서는 생태시를 대상으로 하고 교육의 방법은 생태시 교육으로 수행한다. 그럼으로써 교육의 목표는 '생태 환경에 대한 인식'을 가치 체계로 확립할 수 있다는 것이다. 문학 비평은 이와 같은 영역의 재편과 조정을 통해 생태시 교육의 활성화에 기여할 수 있을 것이다.

생태시는 생태 환경의 현실을 다양하게 보여주며 문학적 형상화 과정을 거친다. 문학적 형상화로 구체화된 생태 환경은 학습자들의 이미지를 통해 저장된다. 학습자는 생태시를 제재로 활용하여 생태시 교육을 받을 때, 구체적이며 영구적인 경험 내용을 가진다. 생태시에 대한 이해 과정은 자연스럽게 생태 비평으로 정리되면서 '생태 환경에 대한 인식'을 형성한다.

교육의 '방법적 측면'에서 '생태 비평문 쓰기'는 글쓰기 영역에 포함되어 교수 - 학습이 가능하다. '비평문 쓰기'는 기존의 글쓰기 영역 중에서 감상문 쓰기와는 다른 점을 지닌다. 기존의 학습자들이 감상문에서 자신의 정서와 감동을 중심으로 쓰기 활동을 했다면, 비평문 쓰기에서는 비평의 근거를 제시함으로써 구체적이고 논리적인 쓰기 활동을 해야 한다. 교육 과정에서 비평문 쓰기를 의도하면서 학습자들에게 새로운 쓰기 방법을 제공할 수 있다.

'목표의 재편과 조정'에서는 글쓰기의 목표 중에서 '비평문을 쓸 수 있다'는 구체적인 활동 목표로부터 비평문을 통한 국어 교육의 목표를 재편하고 조정한다. 비평은 현대인의 삶의 내용과 현실을 직

---

56) 도정일, 앞의 책, p. 324.

시하고, 현대인의 삶에서 무엇을 지향해야 하는지 목표를 설정하게
한다. 그럼으로써 학습자들의 국어과 교육 목표에 새로운 인식 체계
를 추가하게 한다.

교사는 문학교육에서 이루어진 생태 비평을 토대로 학습자들에게
그것을 적용할 수 있다. 학습자들은 작품을 이해하고 감상할 때, 우
선적으로 '생태 환경에 대한 인식'을 바탕으로 해야 한다. 교사는 생
태시 중에서 학습자들이 생태 비평을 용이하게 할 수 있는 것을 구
분하여 제공한다. 특히 학습자들의 관심도가 높은 작품을 선정하는
것이 좋다.

교사는 문학 비평 영역에 접근하는 학습자들을 이상 독자(super
-reader)[57]의 수준으로 끌어올릴 때 비로소 생태 비평 교육을 쉽게
할 수 있다. 생태 비평은 문학 작품 안에 드러나는 생태 의식을 확인
하고 도출해 내는 작업이다. 현재 우리가 처해 있는 인류의 위기로
부터 벗어나기 위해서는 생태 비평의 활성화가 중요한 역할을 할 것
이다. 따라서 학습자가 이상 독자의 수준에 도달했을 때 생태 비평
이 더욱 효과적일 것이다.

내용적으로는 인간과 자연, 인간과 인간, 인간과 문화, 인간과 사
물, 텍스트와 컨텍스트 사이에 조화와 균형을 꾀하는 것이 생태 비
평의 기본적인 목표이자 임무이다.[58] 생태 비평에는 '나' 이외의 타
인과 객체로 떠돌던 많은 대상물이 함께 포함된다. 따라서 인간 외
의 다양한 사물과 대상에 대한 관심과 관계 형성을 요구한다.

가타리는 생태 비평이라는 문학 연구에 지구 환경과 관련된 접근
방법을 시도하였다. 따라서 학습자들에게 생태 비평을 접근시키려

---

57) 차봉희 편저, 『독자반응비평』, 고려원, 1993, p. 19.
58) 구자희, 앞의 책, p. 44.

면 다양한 배경지식을 먼저 확보하도록 한다. 그 배경지식은 과학·철학·문학 등 다양한 방면의 내용을 바탕으로 한다. 특히 교육 과정에서 학습자들은 다양한 과목에 대한 배경지식을 활용해야 할 것이다.

이 때, 배경지식은 범교과적 학습 내용으로 다른 영역을 넘나들며 이해해야 한다. 학습자들은 각 교과에서 배운 지식을 활용하고, 부족한 부분은 보충하면서 생태 비평에 접근할 수 있다. 생태시 한 편을 이해하고 감상하기 위해서 다른 교과목에서 배웠던 지식을 활용해 봄으로써 통합적 사고 능력이 향상될 것이다. 학습자들은 학교 교육 과정의 학습 내용이 학습자 자신의 삶과 밀접한 관련을 가진다는 것을 깨닫게 된다.

생태 비평은 문학 비평이 지녀야 할 사회적 역할과 책임 의식을 회복하려는 것으로 기존의 문학 연구가 대상으로 삼았던 제도와 조직으로서의 사회뿐만 아니라 자연계 전체를 포함한 '생태권'과의 관계를 그 중심에 두고 있다. 생태 비평은 여러 가지 이질성에도 불구하고 인간이 궁극적으로 의미의 중심이 될 수 없고 세계의 제 요소가 네트워크를 형성하면서 상호 관련성을 낳는다는 포스트모더니즘과도 공통점을 지니고 있다. 우리나라에만 국한된 시야에서 벗어나 전 지구적 관심사에 자신의 논의를 전개시킬 수 있다.

기존의 문학 비평에서 인종·계급·젠더의 관점이 대체로 인간의 문제에만 관심을 한정지었던 것에 대하여 생태 비평은 생명 중심주의 또는 환경 중심주의의 입장에 서서 그 생명의 범위 안에 인간 이외의 자연계의 생명을 모두 포함시키고 있다. 생태학적 내지 생태론적 사고는 인간의 가치관에 근거하여 자연을 해석하고 이용하려는 인간 중심주의와 대극을 이루는 것으로, 자연 생태계를 중심으로 하

는 세계관의 복권을 주장하는 것이다.59)

　독자가 한 편의 시가 좋다 또는 아름답다고 말할 때 그가 실제로 의미하는 바는 그에게 미친 특별한 영향에 대한 것이다. 왜냐하면 아름다움이란 경험이기 때문이다.60) 독자인 학습자들은 생태시를 읽고 나서 삶의 순간순간에 작품에 대한 아름다움에 공감할 수 있어야만 한다. 특히 미래의 지구를 살아가야 할 학습자들은 생태시에 대한 아름다움을 인식해야 할 것이다.

　개정된 교육 과정에서도 위와 같은 비평의 중요성을 바탕으로 '비평문 쓰기' 활동을 포함하고 있다. 비평문을 읽어보고 스스로 비평을 하여 글을 쓰도록 하는 목표를 설정했다. 따라서 교육 과정에서는 비평의 행위에 이를 수 있는 다양한 활동 영역을 추가시키고 교사나 학습자의 교육 활동에 비평문 작성 방법을 구체적으로 제시해야 할 것이다.

　생태시 작품에 대한 해석과 감상을 학습자의 역할만으로 규정하기는 어렵다. 특히 생태시 교육은 현대 사회에 우리들이 직면한 문제의식을 포함하고 있다는 측면에서 더욱 그렇다. 독자들에게만 생태시 작품 해석을 맡겨 둔다면, 생태시에 대한 인식과 상상력을 얼마나 발휘할 수 있을지 알 수 없다. 생태시는 현대 사회에 대한 문제의식과 더불어 현대 철학의 함의를 포함하고 있기 때문이다. 학습자들은 교사의 조력을 통해 생태시 작품의 내용에 대하여 좀더 깊이 있는 인식에까지 도달할 수 있을 것이다.

　시의 의미 파악은 대체적으로 이미지의 파악을 통해 가능하다. 이

---

59) 경상대학교 인문학연구소 엮음, 『인문학과 생태학』, 백의, 2001. pp. 12~13.
60) Elizabeth Drew, Discovering Poetry, Norton, 1961, pp. 48~49 ; 박호영, 『몽상 속의 산책을 위한 시학』, 푸른시학, 2002, p. 249 재인용.

미지는 경험을 통해 학습자에게 기억되었다가 표층으로 구성되는 경우와 텔레비전이나 영화와 같이 만들어진 이미지를 그대로 기억했다가 복원하는 경우가 있다. 이 때 학습자는 상상력의 동원을 필요치 않는다. 그러나 시의 의미 파악에서의 이미지는 시적 상상력을 동원해야만 한다. 이 때 시적 상상력은 시적 상황에서 적절하게 이루어지는 생태시 내부의 화자와 청자의 소통 구조에 의해서 구성된다.

만약 시에 대한 이해 수준이 낮은 학습자라면 작품 내부에서의 소통 구조에 익숙하지 않을 것이다. 그렇다면 교사는 조력자로서 기꺼이 학습자에게 소통 구조를 설명하게 되고 이해시키려 할 것이다. 반면, 이상 독자는 학습자들이 스스로 소통 구조를 찾는다. 학습자는 그 소통 구조를 통해 작자의 언표를 바탕으로 자신의 상황에 맞는 이해와 감상으로 나아갈 것이다. 이런 이상 독자의 경우는 좀 더 나아가 생태시를 창작할 수 있는 역량을 발휘할 수도 있을 것이다.

그러나 교실 수업 현장에서는 이상 독자와 수준 이하의 독자를 명확하게 구분해 내기가 어렵다. 학습자들은 개인의 경험과 배경지식을 바탕으로 하여 생태시를 학습하고, 이해와 감상에 도달할 것이다. 교사는 학습자들의 경험과 배경지식에 따라 작품을 제시하기에 곤란을 겪는다. 생태시 교육을 위해서 개인차에 따른 배경지식을 선별하기는 어렵다. 다만 학습자들의 공통 분모를 정리해 내고, 그에 따른 배경지식을 준비해야 할 것이다. 교사는 학습자들과의 정서적 교류와 친밀감을 바탕으로 판단하고 준비함으로써 학습 목표에 성공적으로 도달해야 한다.

결국 수업의 질을 담당하고 결론지을 존재는 학습자들과 더불어 교사이다. 학습자들의 적극적 참여와 시적 상상력을 불러일으키는 작업이 없다면 학습 효과는 극히 미미할 것이다. 하지만, 교사 또한 학습자들에 대한 이해와 노련미를 바탕으로 하여 수업을 계획하고 실현시키고 정리, 평가하는 작업을 시행할 수 있다. 이후 피드백의 과정을 통해 생태시 교육의 결과가 어떻게 학습자들의 삶의 순간순간에 표출되는가를 평가할 수 있는 존재도 교사이다. 따라서 생태시 교육의 현장에서 학습자와 더불어 교사의 역할이 부각될 것이다.

이러한 생태시 교육의 필요성을 통해 교육 과정 개편에 따른 교과서에서 생태시 비평 교육이 이루어지길 기대한다. 다음은 현재 교과서에 나타나 있는 생태시 교육 내용을 살펴보고자 한다. 이를 통해 현재 이루어지고 있는 시 교육에서 생태시 교육을 위해 어떤 부분을 보충하고 첨가할 수 있는지를 알아본다. 그럼으로써 시 교육의 본질적 측면을 고려한 생태시 교육의 새로운 방법을 찾아 낼 수 있을 것이다.

3장

한국 현대 생태시 교육

3장

| 생태시의 유형 |

1 문명과 생태시

생태 문학에 대한 연구는 80년대 이후 계속되었다. 특히 생태시는 작품에 있어서 양적 질적 성과를 거듭하고 있다. 이에 따라 생태시를 연구 대상으로 하는 생터 비평 또한 활발하게 이루어지고 있다. 비단 교육학적 접합이 이루어지지 않고 있는 실정이다. 생태시는 현대 문명의 다양하고 복잡한 문제를 포괄적으로 언급함으로써 미래 사회에 대한 가능성과 방향을 제시해 준다. 따라서 교육 현장에서 '생태 환경에 대한 인식'을 바탕으로 하는 생태시 교육이 시급하다.

특히 생태시는 시에서 시어와 시어의 관계, 시어와 다양한 비유적 표현을 통해 '생태 환경에 대한 인식'을 드러낸다. 본고에서는 '생태 환경에 대한 인식'을 드러내는 작품을 산업 사회의 발전과 관련지어 분류하고자 한다. 산업 사회의 발전을 생태 환경 파괴의 가장 중요한 원인으로 규정하기 때문이다. 문명의 발전으로 인해 생태 환경이 파괴되고, 그로 인해 자연의 일부로서의 인간의 삶 또한 인간성을 상실한 개인주의적인 것으로 변화했다. 여성들은 생태 환경이 파괴되는 현상을 바라보면서 남성 중심 사회에서 여성들의 억압과 소외의 현상을 읽어냈다. 그럼으로써 생태 환경 파괴에 대한 위기감과 여성과 남성이 함께 하는 삶을 추구하고자 했다. 곧, 생태시는 자연과 인간의 관계를 드러낼 뿐만 아니라 인간 사회의 다양한 문제를 제기하고, 그 해결 방향을 제시한다.

다음은 생태시의 주제를 파악하고, 그것을 분류하였다. 생태시는 문명과 자연의 관계, 여성과 자연의 관계, 인간과 인간의 관계를 드러내고, 이를 바탕으로 공동체적 삶을 지속하기 위한 지향점을 보여주는 작품으로 나눌 수 있다. 우선 문명과 자연의 관계를 드러내는 작품은 문명의 발전과 더불어 자연의 섭리가 무너짐으로써 발생하는 문제 의식을 다룬다. 이것은 주로 생태시 초기의 작품들로 협의의 생태 환경을 의미한다. 이와 같은 주제적 접근 방법은 생태시의 특징을 가장 잘 살려 낼 수 있는 방법이다. 주제를 파악해 내는 과정에서 다양한 시학적 방법을 동원하여 '생태 환경에 대한 인식'과 '문학성'을 규명해 내고자 한다. 다음과 같은 작품을 학습자들이 이해하고 감상할 때 '생태 환경에 대한 인식'을 실천할 수 있는 힘이 생길 것이라 기대한다.

1) 자본주의로 인한 생태계 파괴

"시는 우리가 살 수 없는 환경에 봉착했을 때 못 견디겠다고 소리를 지르고, 더없는 기쁨에 처했을 때 환호하는 그런 기능과 성격이 있다. 그리하여 사람들에게 위험을 알리기도 하고 기쁨을 즐기게도 하는 것이 시이기도 하다[1]"라고 신경림은 이야기한다. 지금 우리는 물질적 풍요에 지쳐, 살 수 없는 환경에 처해 있다. 자연과 함께 살 수 없는 현실은 바로 인간중심주의와 휴머니즘에 의해서 이루어진 결과물이다.

인간이 만물의 영장이요 주인이라는 생각으로 말미암아 자연은 정복의 대상이자 착취의 대상으로 전락한다. 자연은 인간의 삶을 풍요롭고 편안하게 만들기 위해 기꺼이 자신을 희생했다. 인간은 호화로운 식탁을 위해 많은 육식 동물을 사육해야만 했고, 신선한 채소를 공급하기 위해 더 많은 농약을 살포해야 했다. 그 결과 자연은 농약으로 몸살을 앓으며, 생명체가 살 수 있는 터전을 잃고 있다.

인간은 무한히 내어줄 줄만 알았던 자연으로부터 외면당하고 이제는 생존 위기에 처해 있다. 아직도 인간들은 과학에 대한 맹종과 확신으로 인류의 생존을 의심치 않는다. 그러나, 자연의 경고는 지속적으로 강도를 더해 인류에게 접근하고 있다. 이제 인간들의 자만은 한계에 부딪혔다. 혹자는 생태학자들이 과학적 증거 없이 인류의 멸망을 논한다고 한다. 그런데, 많은 과학자들이 과학적 논리로써 생태 환경에 대한 위기의식을 주장한다. 카프라는 『생명의 그물』[2]에서 박테리아의 진화 과정과 시스템 이론을 통해 생명체가 살아가기 위한 다양한 환경의 영향관계를 설명한다. 생명체는 어떤 것 하나도 지구 안에서 서로 소통하지 않는 것이 없다고 한다.

---

1) 신경림, 『뿔』, 창작과 비평사, 2002. p. 94.
2) Fritjof Capra, 김용정·김동광 옮김, 『생명의 그물』, 범양사출판부, 1995.

살얼음 낀 겨울 논바닥에
기러기 한 마리
툭
떨어져 죽어 있는 것은
하늘에
빈틈이 있기 때문이다

정호승, 「빈틈」전문

　위의 작품에서 소재는 "기러기"이다. '기러기'는 겨울 철새로, 계속해서 우리 국토에 머물지 않는다. 잠시 한 계절 머물렀다가 다른 곳으로 이동한다. 그런 철새의 속성을 통해 이 작품은 '기러기'의 죽음이 우리나라에만 국한된 것이 아님을 이야기한다. 오히려 토박이 새라면, 우리 국토에만 국한되어 원인을 규명하고 문제를 해결하기가 더 쉬울지도 모른다. 그런데 이 작품에서는 철새의 이동 지역을 추측하게 하고, 더 넓은 지역에 기러기의 죽음의 원인이 있을지도 모른다고 한다. 이와 같은 불안감은 '생태 환경에 대한 인식'을 바탕으로 할 때 더 커진다.

　특히 '살얼음'이라는 소재는 이런 불안감을 확연하게 드러내 준다. 독자는 '살얼음'의 얇고 투명하며 깨지기 쉬운 속성을 통해 생태학적 상상력을 동원한다. 다행히 살얼음 낀 곳은 '논바닥'이다. '논바닥'은 살얼음이 깨진다고 하더라도 인간을 위협하지는 않는다. 오히려 이런 점이 인간의 깨달음을 늦추고 있는지도 모른다. 눈 앞에 보이지 않는 위협이 바로 하늘에 있음을 인간들은 미처 알지 못한다. 따라서 시적 화자는 직접적으로 독자들에게 '하늘'에 있는 '빈틈'을 이야기한다. 또 '죽음'이라는 시어나 거친 음운들을 사용해 위협을 실감나게 표현한다.

작품에서 "낀"의 'ㄲ', "툭"의 'ㅌ', "떨어져"의 'ㄸ', "틈"의 'ㅌ', "때문이다"의 'ㄸ'은 거센소리와 된소리로 독자들에게 강하고 거친 인상을 준다. 또 생명체에게 '죽음'보다 더한 충격은 없다. 독자는 "기러기 한 마리"가 '죽어' 있음을 보면서 새로운 인식에 도달한다. 이 작품 안에 등장하는 문장 형태는 어떤 결과적 현상과 그에 대한 원인을 보여주는 형태로 되어 있다. 그것은 시로서의 문학성을 흐리게 하는 요소일 수도 있다. 그러나 결과와 원인의 문장 구조를 통해 독자들은 더 깊은 호기심을 느끼며, 시적 화자의 의식에 도달하기 위해 생태학적 상상력을 펴야만 한다.

'빈 틈'은 인간들의 행복지수와 역행한다. '빈 틈'은 생태계의 생명의 그물에 뚫린 틈이다. 따라서 생명의 그물 한 코가 풀림으로써 모든 생태계에 연쇄작용이 일어난다. '빈 틈'으로 인해 이미 "기러기 한 마리"가 죽어 있다. 한 생명체의 죽음은 인간들의 죽음으로 연쇄작용한다. 인간들이 살아가는 것은 오히려 '살얼음'으로 뒤덮인 아슬아슬한 순간인지 모른다. '겨울' 맞을 준비도 안 한 채 그냥 무의식적으로 하루하루를 살아가고 있는지도 모른다.

생태시 초기 작품에서는 환경 파괴의 원인을 직접적으로 드러내거나 환경 파괴의 현상을 신랄하게 보여줬다. 최승호의 「공장지대」3), 「무뇌아」, 「물소가죽가방」4), 신경림의 「이제 이 땅은 썩어만 가고

---

3) 무뇌아를 낳고 보니 산모는/몸 안에 공장지대가 들어선 느낌이다./젖을 짜면 흘러 내리는 허연 폐수와/아이 배꼽에 매달린 비닐끈들./저 굴뚝들과 나는 간통한 게 분명해!/자궁 속에 고무인형 키워온 듯/무뇌아를 낳고 산모는/머릿속에 뇌가 있는지 의심스러워/정수리 털들을 하루종일 뽑아낸다. //최승호, 「공장지대」, 『세속도시의 즐거움』, 세계사, 1994.

4) 문명엔 너의 죽음이 필요하다/네 뼈가/공업용 쇠뼈로 부서지고/네 육신이 포장육으로 나눠질 때/가죽공장 노동자들은 네 가죽에/무두질과 염색을 시작한다//가죽들

있는 것은 아니다」, 정진규의 「뻘밭」 등의 작품이 그것이다. 나희덕
의 「부패의 힘5)」같은 최근 작품에서는 좀 더 간접적으로 의미를 구
현해 내고 있다. 따라서 학습자들은 생태학적 상상력을 통한 감동으
로 새로운 인식에 도달해야 한다.

어제 아침에는 그 길 건너오던
오소리 한 마리 승용차에 치여 죽었다
어젯밤에는 그 길 건너가던
토종 다람쥐 한 마리 화물트럭에 받혀 죽었다

오늘 아침에는 그 길 위에서
술 취한 버스가 젊은 사람을 죽였다

사람이 만든 길이 착한 생명을 죽인다, 로드 킬
사람이 만든 길이 사람을 죽인다, 로드 킬

사람이 사람을 죽이는 사람의 길이
직선으로 달려가고 있다

정일근, 「로드 킬」 전문

의 무덤, 쇼윈도우에 나타나는/물소//문명엔 너의 식욕이 필요하다/숫자와 서류뭉
치와/도장을 먹고/불룩해지는 가죽가방/이제 네 뱃속에 풀물 든 내장은 없다/관청
과 회사들 사이에서/음험한 뱃가죽을 내밀고 숨쉬면서/너는 이제 도살의 음모에
가담한다/너의 숫자는/가방을 든 傭兵,/가방을 든 회사원만큼 불어난다//쇠뿔 달
린 힘센 문명이여,/가방으로 물소들을 때려 죽여라//최승호, 「물소가죽가방」, 『세
속도시의 즐거움』, 세계사, 1994.
5) 벌겋게 녹슬어 있는 철문을 보며/나는 안심한다/녹슬 수 있음에 대하여//냄비 속에
서 금세 곰팡이가 피어오르는 음식에/나는 안심한다/썩을 수 있음에 대하여//썩을
수 있다는 것은/아직 덜 썩었다는 얘기도 된다./가장 지독한 부패는 썩지 않는 것//
부패는/자기 한계에 대한 고백이다/일종의 무릎 꿇음이다//그러나 잠시도 녹슬지
못하고/제대로 썩지도 못한 채/안절부절,/방부제를 삼키는 나여/가장 안심이 안 되
는 나여//나희덕, 『그곳이 멀지 않다』, 문학동네, 2004.

위의 작품에서는 무서운 속도감을 느낄 수 있다. 속도는 시간과 관계되고, 시간은 현대 사회에서 물질과 관계 맺는다. 그런데, 속도 감을 통해 독자들은 통쾌한 쾌감 대신 두려움을 갖게 된다. 그 속도 감이 인간의 물질적 풍요를 보장해줄지 모르지만, 생명체가 살아가 는 것과는 반대 가치를 가지게 되었다. 작품에서는 살림과 반대되는 '죽임6)'의 이미지가 강하게 전달된다. 두려운 속도감이 많은 "착한 생명"을 위협하고 있기 때문이다. "어제 아침"부터 시작한 사건은 꼬리에 꼬리를 물고 연속적이다. '어젯밤'과 '오늘 아침'의 사건이 현 재까지 지속적으로 이어지고 있다. 이런 시간의 흐름 속에서 인간들 은 어디론가 "달려가고 있다".

 1연의 "죽었다", 2연에서 "죽었다", 3연에서 "죽였다", 4연에서 "죽인다", 5연에서 "죽이는"이 등장한다. 이것의 결론은 모두 '죽음' 이다. 그런데, 1, 2연에서의 '죽었다'의 주체는 "오소리"와 "토종 다 람쥐"이다. 이들은 모두 자연물로 인간이 만든 '길'에 의해 죽임을 당한 피해자이다. 그런데, 3연부터 5연까지의 "죽였다", "죽인다", "죽이는"의 주체는 '사람'이다. 이들은 모두 인간적 욕망에 의해 길 을 만들고, 누군가를 향한 칼날을 휘두르고 있다. 그 힘은 생명을 일 순간에 빼앗아가는 난폭한 힘을 지닌다. 이로 인해 동물들만 희생되 는 것은 아니다. 인간의 욕망은 끝없는 가속도에 밀려 또 다른 인간 의 희생을 요구한다. 따라서 '젊은 사람'이 또 희생이 되어야 한다. 그것으로 만족하지 못한 인간들의 욕망은 "직선으로 달려가고 있다."
 피해자인 '오소리'와 '토종 다람쥐'는 외래종에 밀려 우리 산천에

---

6) 김지하의 그의 『생명학』에서 "생명은 이미 삶과 함께 죽음까지도 그 안에 품고 있 는 것이어서 내 개체가 죽어도 나의 전체 생명은 결코 죽지 않는다는 것"이라고 한다. 그런데, "문제는 자연적인 죽음이 아니라 인위적인 살해, 곧 죽임"이라고 문 제의식을 제기한다. 화남, 2004. p. 62.

서 멸종되고 있는 생물들이다. 멸종 위기에 처한 것은 비단 이 뿐만 이 아닐 것이다. 그럼에도 유독 시적 화자는 '한 마리'의 의미를 덧붙이고 있다. '한 마리'는 특정 대상물 또는 구체적 희생의 대상물을 지칭할 수 있다. 또는 이제 멸종 위기에 처해 그나마 남아있던 생존물이 완전히 사라짐을 의미할 수도 있다. 이들의 희생 뒤에는 결국 인간들의 희생이 뒤따를 수밖에 없다. 따라서 아직 생을 제대로 펼쳐보지도 못한 '젊은 사람'은 안타까운 죽음을 당해야만 했다.

'사람'들의 기술이 과연 사람들의 삶의 질적 향상에 도움을 줄 수 있을까? 기술이 삶의 질적 향상을 담보할 수는 없다. 물질적 풍요와 편리함이 생명보다 중요할 수는 더더욱 없다. 그럼에도 우리는 속도감에 자신을 잊는다. 우리가 왜 살아가고 있는지, 어디를 향하는지에 대한 방향 감각 없이 다만 '직선'을 지향한다. '직선'은 곡선 대신 사람들에게 시간의 단축이라는 편리함을 제공한다. 그러나 직선은 곡선의 부드러움을 잃었다. 곡선으로 돌아가면서 느낄 수 있는 여유와 배려를 잃었다. 작품 안에서 시적 화자는 강한 어조로 깨달음을 요구한다. "사람이 사람을 죽인다"라고 이야기하고 있다.

현대 사회에서 '길'의 의미는 매우 중요하다. '길'은 사람들의 시간과 공간의 한계를 가장 효율적으로 극복하게 했다. 걸어서 많은 시간과 인간의 노력으로 공간 이동을 해야만 했던 과거로부터 '길'은 발달해 왔다. 인류는 끊임없이 공간을 구획하고 '길'을 만들었다. 그리고 삶의 가장 효율적인 방법을 후손들에게 전달하면서 '길'은 방법적 측면으로도 의미를 확장하고 있다. 하지만 '길'은 인간만의 소유는 아니다. '오소리'도 먹잇감을 사냥하고 자신의 삶을 유지하기 위한 '길'을 가지고 있었다. "토종 다람쥐 한 마리"도 마찬가지다. 그들은 본능적으로 '길'을 따라 삶을 살아왔다. 그들에게 개척이나 개발[7]

이라는 용어는 없다. 다만, 인간들은 동물들의 터전으로서의 '길'을 모두 빼앗음으로써 그들을 죽음으로 내몰았다.

특히 이 작품에서 "사람", "죽음", "건너다", "길"의 어휘들이 반복적으로 보인다. 이것은 시적 화자가 '사람'의 사동 행위에 초점을 맞추고 있기 때문이다. 인간만이 자신의 의지를 가지고 다른 생명체에게 위협을 가할 수 있다. '사람'의 주체적 의지는, 사건을 해결할 수 있는 실마리를 제공한다. 지금까지 속도감으로 방향성을 잃은 질주도 '사람'만이 통제할 수 있다. '사람'은 지금도 지속되고 있는 죽음의 길을 통제할 수 있다.

> 죽은 나뭇가지를 우적우적 씹어도
> 코뿔소는 죽지 않는다
>
> 뾰족한 죽음이 면상에 솟아올라도
> 코뿔소는 죽지 않는다
>
> 자살로 이끄는 소심증과 침울함
> 긴 우기에도 코뿔소는 죽지 않는다
> 동물원 우리 속에 백년을 모욕당해도
> 코뿔소는 죽지 않는다
> 코뿔소 마크를 단 코란도 자동차가

---

7) '개발'은 탈식민주의적 기획이며 식민주의에 따르는 종속과 착취를 겪을 필요없이 식민주의적 근대 서구를 좇아 전세계가 재구성되는 진보의 모델을 받아들이는 선택이었다. 여기에는 서구식 진보가 모두에게 통하리라는 가정이 있었다. 따라서 모든 사람의 향상된 복지를 의미하는 개발은 필요, 생산성, 성장 등 경제적 범주들의 서구화를 의미했다. 그러나 ,서유럽에서 산업화 초기의 개발은 식민 세력들에 의한 식민지의 영구적 강점과 그 지역의 '자연 경제'의 파괴를 필연적으로 요구했다. Rosa Luxemburg, The Accumulation of Capital, London : Routledge and Kegan Paul, 1951, Vandana Shiva, 『Staying Alive:Women, Ecology and Development in india』, 강수영 옮김, 솔, 1998. p. 32. 재인용.

　　　고비사막에서 실종돼도 코뿔소는 죽지 않는다

　　　지상에 단 한 마리 남은
　　　코뿔소를 인간이 멸종시켜도 코뿔소는 죽지 않는다

　　　후세에 대대로 코뿔소라는
　　　전설적인 이름이 전해진다

　　　　　　　　　　　　최승호, 「코뿔소는 죽지 않는다」 전문

　이 작품에서도 반복적 어휘가 두드러진다. "죽지 않는다"는 어휘는 그 자체만으로도 강렬한 인상을 준다. 제목의 '죽지 않는다'는 이중적 의미를 내포한다. 곧, 이미 죽었다는 뜻과 죽고 싶지 않다는 의사 표현이 그것이다. 주체가 '코뿔소'라면, 죽고 싶지 않다는 의지의 강한 표현일 것이다. 인간이 '코뿔소'를 보고 있는 상황이라면, "죽지 않는다"는 '코뿔소'를 볼 수 없다는 반어적 표현일 수 있다. '코뿔소'는 이미 멸종 위기에 처한 동물이므로 우리들이 쉽사리 볼 수 없기 때문이다. '코뿔소'는 '뿔'을 무기로 하여 천적을 물리칠 수 있는 강한 동물임에도 지구의 환경이 악화되어 생존하지 못한다.

　1연에서 '코뿔소'는 죽지 않기 위해 먹는다. 그러나 그들의 먹이는 "죽은 나뭇가지"이다. 그것은 코뿔소가 자유를 누리던 시대에 먹던 먹이가 아니다. 다만 죽지 않기 위해서 마지못해 씹어야만 한다. 코뿔소는 생존을 원하지만, 결국 2연에서 "뾰족한 죽음"을 맞이해야만 한다. 그것은 자연 섭리에 따른 편안한 죽음이 아니다. 외부적 요인에 의해 받아들여야만 하는 불편한 '죽음'이다. 이 외부적 요인은 "소심증과 침울함"이라는 정신적 위기를 맞게 한다. 정신적 위기는 파괴된 환경을 이겨낼 수 없고, 마침내 '자살'로 이어진다. "동물원"에서 사육당한 '코뿔소'는 "백년을 모욕당"하는 정신적 고통을 겪고 죽음에 이른다.

생존에 부적합한 환경을 만드는 데 기여한 것이 바로 자동차이다. 그런데, '코뿔소'는 환경 오염의 주원인이 된 자동차의 마크로 다시 태어난다. 인간이 만들어낸 '코뿔소' 마크를 단 차는 무수히 많은 화학 연료를 연소시키고 '코뿔소'가 아닌 또 다른 생명체를 죽게 한다. 인간도 예외는 아니다. 인간은 그 진실을 외면한 채 '코뿔소'의 이미지를 계속적으로 생산해 낸다. 그것이 자본주의 사회에서 상품 가치를 가지기 때문이다.

자본주의 사회에서는 이익 창출과 효율성을 최고 가치로 여긴다. 인간은 '코뿔소'의 이미지를 통해 이익을 창출할 수 있는 시스템을 개발하고 계속적으로 이미지를 판매한다. 인간들은 지상에 한 마리의 코뿔소보다는 자신이 소유할 수 있는 '코란도 자동차'에 더욱 관심을 갖는다. 인간의 자유는 선택적 상황에서 확인된다. 그런데 현대인들의 자유는 자신의 소유물을 선택할 때만으로 자유를 억압당한다. 자본주의 사회에서는 자본의 소유 여부에 따라서 자유로움의 폭이 결정된다.

'코뿔소'의 죽음은 곧, 인간의 생존을 위협한다. 인간이 멸종시킨 대상물은 '코뿔소'만이 아니다. 대표성을 띤 '코뿔소'는 상징적 의미를 남긴다. 그럼에도 인간들의 가학성은 지속된다. 인간들이 자연을 착취하기 시작하던 시기와는 다르게 인간들은 타자를 공격한다. 그리고 그 위협은 자신에게로 향한다.

'죽음'이라는 어휘와 '멸종'의 의미를 생각해 보자. '죽음'은 한 개체의 생명활동이 다한 것을 의미한다. 자연의 순환 원리에 따르면한 개체의 '죽음'은 또 다른 개체로 생명이 전이될 뿐이다. 그럼으로써 한 개체의 죽음이 또 다른 개체의 삶을 통해 연속적이 된다. '분화'의 연속성은 우주적 시간에서 종의 생명이 연속선상에 놓이게 한다. 그런데 '멸종'은 우주 시간에서 한 개체종이 완전히 사라짐을 의미한다. 개체종의 멸종은 또 다른 개체종에게 영향을 미친다. 자본주의 사회는 멸종된 동물을 기호화하여 그것까지 상품화한다. 판매를 통한 이익에만 눈이 어두울 뿐, 인간의 멸종 위기에 대해 지각하지 못한다.

세 작품을 분석해 봄으로써 '산업 발달과 자연 파괴'의 관계에 대해 고찰해 보았다. 이들 작품은 산업 사회로 도입하면서 인간이 잃어버린 것들에 대한 반성과 위기의식을 드러내고 있다. 따라서 작품의 내용이 직설적인 감이 없지 않다. 하지만 위기의식을 드러내기 위해서는 어쩔 수 없는 현상이라 생각된다. 특히 위의 작품들에서는 '죽음'의 이미지가 강하게 드리워져 있다. '죽음'은 인간에게 두려움의 근원이다. 따라서 인간의 '죽음' 뿐만 아니라 모든 생명체의 '죽음'은 우리들의 마음을 서늘하게 한다. 시인들은 다른 생명체의 죽음 혹은 인간의 죽음을 이야기하고 있다. 그럼으로써 현재의 환경으로 인한 생존 위협을 강하게 드러낸다.

2) 인간 소외 현상의 상징적 표현

생태학적 사고로 '인간'은 "생명 안에서 물질의 본질과 인간의 본성이 자기성을 드러내는 그러한 인간, 이러한 인간을 생태적 인간의 출발점[8]."이라고 본다. 인간의 물질적인 본질로서의 육체와 인간의 이성적 측면에서의 사유 능력은 동일하게 중요하다. 그런데 현대 사

회에서는 인간의 두 가지 측면을 모두 도외시하는 현상이 지속되고
있다. 따라서 우리는 물질적 본질과 이성적 측면의 능력을 공유하는
인간을 추구해야 한다.

인간들은 자신의 노동력을 대신하는 기계에 의해서 소외감을 느
끼고, 기계를 움직일 수 있는 자본가에게는 대상물로 간주된다. 자
본가들은 인간을 인간 자체로서 간주하지 않음으로써 이익을 얻는
다. 하지만, 자본으로부터 소외된 인간들은 삶의 의미 자체에 혼동
을 갖게 된다. 인간은 자본주의 사회에서 자기를 의식하면서도 자신
을 낯설게 느낄 수 있다. 그리고 자연에 대해서도 고향의 정을 느끼
지 못한다. 이런 자연과 인간에 대한 소외는 구조적 소외로 변해 왔
다. 구조적 소외는 사회 발달이라는 미명하에 점점 확고하고 세밀한
형태로 자리하고 있다. 이와 같은 작품으로는 김선우의 「양변기 위
에서」, 이은봉의 「공중무덤」, 정일근의 「로드킬」 등이 있다.

> 사나운 뿔을 갖고도 한번도 쓴 일이 없다
> 외양간에서 논밭까지 고삐에 매여서 그는
> 뚜벅뚜벅 평생을 그곳만을 오고 간다
> 때로 고개를 들어 먼 하늘을 보면서도
> 저쪽에 딴 세상이 있다는 것을 알지 못한다
>
> 그는 스스로 생각할 필요가 없다
> 쟁기를 끌면서도 주인이 명령하는 대로
> 이려 하면 가고 워워 하면 서면 된다
> 콩깍지 여물에 배가 부르면
> 큰 눈을 꿈벅이며 식식 새김질을 할 뿐이다

---

8) 이준모, 『생태적 인간』, 다산글방, 2000. p. 14.

　도살장 앞에서 죽음을 예감하고
　두어 방울 눈물을 떨구기도 하지만 이내
　살과 가죽이 분리되어 한쪽은 식탁에 오르고
　다른 쪽은 구두가 될 것을 그는 모른다
　사나운 뿔은 아무렇게나 쓰레기통에 버려질 것이다

신경림, 「뿔」전문

　위 작품에서 '그'로 대상화된 존재는 소이며, 자연물이다. 소는 태어날 때, 사나운 뿔을 가지고 천적으로부터 자신을 보호하도록 창조되었다. 그런데 소에게 자연의 천적은 거세되고 인간이 대신 들어서 있다. 현대에 소는 더 이상 사나운 뿔을 쓸 줄 모른다. 사나운 뿔은 그가 '소'라는 존재임을 증명해 주다가 죽어서는 아무렇게나 쓰레기통에 버려진다. 소는 뿔의 존재 가치를 잃어버림으로써 힘과 권위를 잃어 버린다. 무기력해진 '소'는 생각조차 할 줄 모르고 주인의 명령대로 한다. 자신의 의지가 아닌 누군가의 명령대로 조종당하는 그는 배만 불리고, 선천적인 욕망도 갖지 못한다. 다만 평생 같은 곳만 오가며, 누구에 대한 복종인지도 모르는 복종에 삶을 바친다.

　소는 바로 거세된 인간의 다른 모습이다. 현대 사회에서 자신의 의지 없이 거대 산업과 거대 권력에 의해 그는 조종당한다. 대량 소비를 부추기는 산업 사회에서 인간은 소비의 순간만큼만을 살아있다고 인식한다. 그래서 싸구려 음식으로 배를 채우며, 존재를 확인하고, 하루하루를 살아내는 것이 그들의 의무이자 책임이라고 세뇌당한다. 그들의 행복은 미래에나 존재하는 것으로, 계속해서 밀려난다. 생각이란 것도, 야망이라는 것도, 꿈이라는 것도 우리들에게는 아무런 의미가 없다. 단지 인간으로 태어나서 죽을 때까지 노동과 소비의 반복 순환을 조종당하다가 끝난다는 사실을 알면서도 일개 인으로서는 어떤 방법도 찾지 못한다.

소가 소이도록 하는 것이 '뿔'이라면, 인간이 인간이도록 하는 것은 '이성'이다. '이성'이 발달하면서 이룩한 문명 사회에서 인간은 '이성'을 필요로 하지 않는다. 이성의 사유 체계 없이, 그저 산업 사회의 노예가 되어, 자신의 노동력을 팔고 있다. 이성은 이제 쓰레기통에 던져지고,. 산업 사회에서 단순 노동의 반복을 통해 길들여진다. 인간들에게 이성은 거추장스러운 장식물에 불과하다.

우리는 현대 자본주의 사회에서 이루어진 교육 덕택으로 이분법의 논리에 익숙하다. 인간과 자연, 남성과 여성, 선과 악, 유와 무, 필요와 불필요, 육체와 정신의 분리는 욕망에 육신을 내맡긴 채 목표의식 없는 소비사회의 삶 속에 젖어 왔다. 인간의 노동력은 일부 계층이 누리는 호화로운 식탁과 구두로 변모한다. 한 쪽은 탐욕스런 식욕을 채우기 위해 또 다른 한 쪽은 사치스런 가죽 구두로 변모해 또 다른 인간의 발밑에 자신을 내맡겨야 한다.

이처럼 자본주의의 산업 발달은 자연을 고려하지 않은 채, 자연과 인간·특권 계층과 서민 계층을 분리하면서 더욱 견고해진다. 인간은 이런 분리를 경험하고도 자연물과 같이 소모되고 있다는 것을 깨닫지 못하고 죽는다. 위의 시는 이처럼 자연물과 함께 소모되는 인간의 비애를 잘 그려내고 있다.

어릴 적 어머니 따라 파밭에 갔다가 모락모락 똥 한무더기 밭둑에 누곤 하였는데 어머니 부드러운 애기호박잎으로 밑끔을 닦아주곤 하셨는데 똥무더기 옆에 엉겅퀴꽃 곱다랗게 흔들릴 때면 나는 좀 부끄러웠을라나 따끈하고 몰랑한 그것 한나절 햇살 아래 시남히 식어갈 때쯤 어머니

머릿수건에서도 노릿노릿한 냄새가 풍겼을라나 야아─ 망 좀 보그라 호
박넌출 아래 슬며시 보이던 어머니 엉덩이는 차암 기분을 은근하게도 하
였는데 돌아오는 길 알맞게 마른 내 똥 한무더기 밭고랑에 던지며 늬들
것은 다아 거름이어야 하실 땐 어땠을라나 나는 좀 으쓱하기도 했을라나

　양변기 위에 걸터앉아 모락모락 김나던 그 똥 한무더기 생각하는 저
녁, 오늘 내가 먹은 건 도대체 거름이 되질 않고

김선우, 「양변기 위에서」 전문

　위의 작품에서도 시적 화자는 '나'로 드러난다. 시적 화자는 1연의
과거 회상을 통해 현실에 대한 안타까움을 전달한다. 1연에서 드러
나는 상황은 과거 시제로 어릴 적 추억의 한 장면을 떠올리게 한다.
어릴 적에 어머니와 함께 했던 시간과 공간은 한 없이 그립고 따뜻
했던 기억이다. 그런 기억 속에서 똥 한 무더기는 시적 화자에게는
더욱 큰 의미를 갖게 한다.

　1연에서 등장하는 공간적 배경은 "파밭"이다. '파밭'은 모든 부식
이 생산되던 생산의 공간이다. 사방이 확 트인 공간으로 내 어릴 적
모든 세계로 열려있는 공간이었다. 반면에, 2연에서 공간적 배경인
"양변기 위"는 폐쇄된 공간이다. 개개인의 사생활을 보장받기 위해
현대인들이 만들어 놓은 인위적인 공간이다. 그 누구에게도 공개하
고 싶지 않은 일들이 펼쳐지는 곳이다. 그런데, 인간의 최소한의 삶
을 보장하는 장소는 아이러니하게도 1연의 열린 공간이다.

　1연에서의 공간은 한 인간이 태어나기 전에 엄마 뱃속에서 느끼
던 우주와의 상호 교통[9]이 가능한 장소이다. 어머니의 품 속에서 우

---

9) 어린 아이의 출생 이전의 생명은 하나의 순수한 자연적 결합이며, 상호 유통이요

주를 호흡하고 주변의 생물체와 호흡을 같이 하던 공간이다. 2연에서 시적 화자는 "양변기"라는 인위적 물체 위에 앉아 상호 교통을 차단한 채 싸늘한 물질에 살을 맞대고 앉아 있다. 그런 공간적 차이로 인해 1연에서의 대상은 다른 사물들과의 관계를 맺고 있으나, 2연에서의 대상은 차단된 관계로 남을 수밖에 없다.

어릴 적에 파밭에서 누던 똥 한 무더기와 양변기의 똥은 대조적인 의미를 가진다. 과거와 오늘이라는 시간 차이에서 느끼는 애틋함을 넘어 "똥무더기"는 다양한 차이를 지닌다. 현재의 양변기의 똥은 시각적으로 모락모락 김도 나지 않고, 노릿노릿하지도 않다. 후각적으로는 노릿노릿한 냄새를 지니지도 않는다. 촉각적으로는 따끈하고 몰랑한 느낌에서 식어가는 과정도 모두 생략된 상태이다. 과거의 똥 한 무더기는 그 풍성한 양질감과 더불어 따뜻함을 기억하게 한다. 어머니의 엉덩이에서 느꼈던 은근한 아름다움까지 더해서 그것은 풍성한 수확의 기쁨으로까지 연결된다. 애기 호박잎과 호박넌출 사이의 이어짐같이 어머니와 나의 관계는 이어지고, 우리들의 배설물들은 모두 거름으로 다시 태어남으로써 풍성한 자연의 수확물을 연상케 한다.

오늘을 살고 있는 '나'는 과거 어릴 적보다 훨씬 풍성한 먹을거리로 하루하루 삶을 채워간다. 하지만 내게 속한 무엇 하나 다시 태어

신체적인 상호 작용이다. 그러나 이때 생성 중에 있는 존재의 삶의 지평은 그것을 잉태하고 있는 이의 삶의 지평에 독특한 방법으로 기입되어 있는 것 같지만, 그러나 또한 기입되어 있지 않은 것 같기도 하다. 왜냐하면 태아의 생명은 사람인 어머니(Menschenmutter)의 태 안에서만 안주하고 있는 것이 아니기 때문이다. 태아가 살고 있는 이와 같은 결합성은 이렇듯 우주적인 것이어서, 저 유대 신화에서 "사람은 어머니의 태 안에 있을 때에는 우주를 알고 있지만 태어나면서 그것을 잊어버린다"고 할 때, 태고의 비명(碑銘)을 불완전하게 해독한 것 같은 느낌이 들 정도이다. 마르틴 부버/표재명 옮김, 『나와 너』, 문예출판사, 2001. pp. 37~38. 참고.

나지 못 한다. '똥 한 무더기'의 따뜻함을 간직하지도 못 한 채 그저 오물로 사라져갈 뿐이다. '나'의 삶의 내용은 단절된 벽으로 이루어진다. 벽으로 나의 사생활을 보호받는다고 생각했지만, 내가 그동안 잃어가고 있는 것들에 대해서는 미처 깨닫지 못했던 것이다. 1연과 2연의 분리는 나의 과거와 현재를 단절시킨다. 그리고 나와 타인과의 관계를 단절시킴으로써 나의 생은 무미건조하게 되었다. 그리고 순환되지 않는 삶의 무기력함까지 "도대체"라는 어휘를 통해 드러낸다.

"똥무더기"와 "애기호박잎·엉겅퀴꽃·햇살·호박넌출·엉덩이"의 소복함처럼 과거의 시간들은 한없이 풍요롭다. 다양한 대상물들의 관계성을 드러냄으로써 그들의 가치를 새삼 느낄 수 있다. 그러나 현재에 속한 대상은 똑같은 가치를 지녔음에도 전혀 재활용되지 못한다. 그것은 시간 차이를 벗어나 우리들의 삶의 변화를 통해 드러난다. 어릴 적, 내가 파밭에서 누던 똥 한 무더기는 그야말로 농사일에 도움이 되는 비료였다. 그 밭에서 생산하던 수확의 기쁨은 그야말로 컸다. 요즘은 인스턴트식품에 길들여져 어떤 과정으로 내 식탁이 차려지는지조차 알 수 없다. 내가 먹고 있는 음식물의 출처를 모르듯, 내 배설물의 처리 과정 또한 알 일이 없다. 하지만 시인의 시선은 배설물의 처리 과정을 통해 오늘날과 과거의 인식차를 드러내 준다.

시적 화자는 바로 과거와 현재를 넘나들며 하나의 대상을 두 개의 의미로 바라보고 있다. 과거에는 거름이 되던 것, 현재에는 거름도 되지 못하고 오염원으로 남는 것을 통해 의미를 전달한다. 우리들은 화자가 바라보는 대상의 의미가 변하고 있음을 알아챈다. 대상의 의미 변화는 환경 변화에 따른 인간들의 인식차와 삶의 방식에서 오는

대상의 변화이다. 이에 시인은 대상을 표현함에 있어서 다른 의미가
드러나도록 한다. 따라서, 우리 청자들은 똥 한무더기를 통해 세계
에 대한 인식으로의 확산된 경험을 하게 된다. 화자가 그려내는 따
끈따끈하고 노릿노릿한 똥 한 무더기를 떠올림으로써 어릴 적 추억
으로부터 현재의 삶에 대한 연민과 안타까움의 감정을 느낀다.

　　　아픈 몸 일으켜 혼자 찬밥을 먹는다
　　　찬밥 속에 서릿발이 목을 쑤신다
　　　부엌에는 각종 전기 제품이 있어
　　　일 분만 단추를 눌러도 따끈한 밥이 되는 세상
　　　찬밥을 먹기도 쉽지 않지만
　　　오늘 혼자 찬밥을 먹는다
　　　가족에겐 따스한 밥 지어 먹이고
　　　찬밥을 먹던 사람
　　　이 빠진 그릇에 찬밥 훑어
　　　누가 남긴 무 조각에 생선 가시를 핥고
　　　몸에서는 제일 따스한 사랑을 뿜던 그녀
　　　깊은 밤에도
　　　혼자 달그락거리던 그 손이 그리워
　　　나 오늘 아픈 몸 일으켜 찬밥을 먹는다
　　　집집마다 신을 보낼 수 없어
　　　신 대신 보냈다는 설도 있지만
　　　홀로 먹는 찬밥 속에서 그녀를 만난다
　　　나 오늘
　　　세상의 찬밥이 되어

　　　　　　　　　　　　　　문정희, 「찬밥」 전문

위 작품에서 시적 화자는 '나'로 드러난다. 1행부터 6행의 내용으

로 나의 상황을 알 수 있다. 나는 "혼자"이며 "아픈 몸"이다. "아픔"의 내용에 대해서는 알 수 없다. 하지만, '나'의 "아픔"을 돌봐줄 누군가가 없다. 누군가의 부재를 통해 '나'는 찬 설움을 느낀다. "찬밥"은 "나"에게 풍요함이나 따뜻함, 포만감을 주지 않는다. "아픔"을 이겨내기 위해 먹는 "밥"은 의례적 행위이다. "찬밥"은 "세상"의 기술문명이 이루어낸 "따끈한 밥"과 대조적이다. "찬밥"이 누군가의 관심과 사랑, 애정을 그리워하는 시적 화자의 마음을 담고 있다면, "따끈한 밥"은 인간의 손길 대신 기계의 편리함을 상징한다. 하지만, 시적 화자는 애정과 정성을 담은 음식으로서의 "따끈한 밥"을 소망한다. 그런데, 현대 산업사회에서는 정성어린 "따끈한 밥" 대신 기계로 상품화한 "따끈한 밥"을 판매한다.

시적 화자는 "따끈한 밥"과 관련된 추억을 생각해 보면서 가족에게 밥을 해 주던 시기를 그리워한다. 한 때는 그녀의 부지런한 손 덕분에 가족들의 밥상을 챙길 수 있었다. 그러나 현재는 그녀가 챙겨야 할 가족들이 부재한다. 부재로 인한 편안함이나 휴식은 그녀에게 의미를 갖지 못한다. 현실적으로는 7행부터 11행까지의 내용을 통해 "그녀"가 의미있게 생각하는 것을 파악할 수 있다. 나는 "찬밥"을 먹음으로써 "그녀"가 먹었던 "찬밥"을 회상한다. 그녀의 "찬밥"은 나의 "찬밥"과 의미를 달리 한다. "나"의 "찬밥"이 수동적이며 내가 원치 않는 것이라면, "그녀"의 "찬밥"은 능동적으로 선택한 대상물이다. 내가 "찬밥"을 먹는 행위가 "나" 자신의 욕구를 채우기 위한 행위라면, "그녀"가 "찬밥"을 먹는 행위는 타인을 위한 배려와 사랑의 결과물이다. "그녀"가 "찬밥"을 먹고 있는 것은 "따스한 밥"을 "가족"에게 먹이기 위해서다. "가족"이 "따스한 밥"을 먹고 있음으로 "그녀"는 만족감을 느낀다. 오히려 자신의 행복을 느꼈을 것이다.

'나'는 그녀의 "사랑"을 받던 존재였으나, 현재는 "그녀"의 부재를 실감한다. 현재의 나는 그리움을 통해 다시 "그녀"를 만난다. "그녀"에 대한 기억은 초라한 대상물들과 함께 한다. 곧, "이 빠진 그릇", "누가 남긴 무 조각", "생선 가시"의 소재로 드러나는 "그녀"는 보잘 것 없다. 그러나 "그녀"의 애정의 손길은 "깊은 밤"에도 쉬지 않았다. 어떤 시간과 어떤 상황에도 "그녀"의 애정은 변함없다. 그녀의 손길을 통해 가족은 따스함을 느끼며 삶의 행복을 느낄 수 있었다. 시적 화자는 16, 17행에서 변함없는 애정을 주는 "그녀"와 "신"을 동일시한다. "신"의 존재는 인간을 창조하고 인간이 인간으로서의 삶을 영위할 수 있도록 항상 사랑과 관심으로 채워주는 이다. "신"의 존재를 대신할 정도로 "그녀"의 행위는 희생과 사랑을 포괄하고 있다.

"나"의 행위와 "그녀"의 행위는 대조적이다. "나"는 일분간의 수고로움이 귀찮아 "찬밥"을 선택하지만, "그녀"는 타인을 향한 사랑 때문에 수고가 귀찮다는 생각을 하지 않는다. 또, 상황도 다르다. "나"는 혼자이지만, "그녀"는 가족과 함께 하고 있다. "나"의 선택이 외로움에서 기인한다면, "그녀"는 "가족"들과 함께 하고 있다. 사랑을 나눠줄 수 있는 대상이 있다는 것은 또 그만큼의 사랑을 받고 있다는 이야기이다. 하지만, "혼자"라는 것은 사랑을 줄 대상도 없고 받을 대상도 없다는 의미이다. 인간이 물질문명과 기술의 편리를 누리지만, 인간의 근원적인 고독감을 채워줄 수는 없다. 아니, 오히려 더욱 더 인간의 고독감은 커지고 있다.

"나"는 "세상의 찬밥이" 되었다. "찬밥"의 의미는 현대사회에서 느끼는 개인의 고독감과 관련된다. 이 세상에서 물질을 소유하지 못함으로 인한 소외감과 고독감은 "찬밥"으로 다시 형상화된다. "찬밥" 신세는 세상의 불필요한 존재, 누구도 관심을 가져주지 않는 상황을 의미하기 때문이다. 하지만, 결코 절망할 것은 아니다. 이 세상에 살고 있는 또 다른 "찬밥" 신세의 사람들이 존재하기 때문이다. 그들과 공감대를 형성한다면 결코 더 이상 외롭지 않을 것이다. 그리고 "그녀"의 사랑을 기억하며, 타인들에게 "그녀"의 사랑을 베풀어야 할 것이다. "그녀"와 같은 삶을 꿈꿈으로써 일상의 소외감으로부터 탈피할 수 있을 것이다.

3) 신화적 상상력의 생태학적 변형

생태학적 상상력을 통해 본다면, 우주는 단순히 물질들의 결합을 통해 이루어진 것이 아님을 깨달을 수 있다. '생태학적 상상력'은 비유와 상징을 통해 현대문명 속에서 잃어버린 자연, 영성과의 교감을 가능하게 해[10]" 준다. 이것은 우리가 잃어버린 자연과 소통가능한 언어를 회생시키고자 한다. 인간의 일방적인 행동을 반성하고 자연과의 의사소통 과정을 회복하고자 한다. 생태학적 상상력은 자연과의 소통을 확대하여 우주 생성의 원리에 접근함으로써 생태계 생성의 내재적 원리에까지 도달하고자 한다.

이러한 생태학적 상상력은 인간에게 자만심과 교만함을 버리라고 한다. 인간이 물질 문명에 취해 소통을 포기했던 자연과 신뢰를 회복하라고 한다. 시인은 과거 나무와 돌과 그 외의 자연물들에 신이 있다고 믿고 신에 대해 감사하고 몸을 삼갔던 시대로 거슬러 올라가고자 한다. 따라서 우리가 잃어버렸던 영적인 능력을 되찾게 한다.

---

10) 장정렬, 「생태시에 나타난 신화적 상상력」, 신생 2007년 봄 30호, 전망. p. 158.

이와 같은 작품으로는 이재무의 「팽나무가 쓰러, 지셨다」, 나희덕, 「
저 숲에 누가 있다」, 안도현, 「겨울 강가에서」, 장옥관의 「꽃」, 김선
우의 「얼룩 서사」 등이 있다.

> 단감 마른 꼭지는
> 단감의 배꼽이다.
> 단감 꼭지 떨어진 자리는
> 수 만 봄이 머물고
> 왈칵, 우주가 쏟아져 들어온 흔적,
>
> 배꼽은 돌아갈 길을 잠근다.
> 퇴로가 없다.
> 일 길은 금계랍 덧칠한 어매의 젖보다
> 쓰고
> 멀고 험하다.
> 상처가 본디 꽃이 진
> 자리인 것을,

장석주, 「단감」 전문

  "단감"은 "감"의 몸체를 지탱하기 위해 꼭지에 매달려 있다. "단
감"이 나무의 영양분을 흡수하도록 하는 역할은 "꼭지"가 맡아 한
다. 그런데, 시인은 "꼭지"를 "배꼽"으로 표현하면서, 남다른 인식을
전달한다. 인간에게 배꼽은 엄마와 아기의 연결줄이자 영양분의 통
로이다. 또 엄마와 아기가 서로를 호흡할 수 있는 매개체이다. 탯줄
은 엄마의 살과 피, 애정을 연결하는 통로로서 아기에게는 생명줄이
다. "단감"에게는 "꼭지"가 생명줄이다. 꽃이 피고 열매 맺는 행위는

지구의 역사 이래 지속되었다. 그만큼 나무의 생애는 먼 시간의 삶을 살아왔다. 먼 시간만큼 우주의 삶을 살았다. 시인은 "단감"을 바라보며 "꼭지"를 깨닫고, "꼭지"를 통해 우주적 시간의 삶을 인식한다.

단감뿐만이 아니라 지구상의 모든 생명체는 우주와 호흡한다. 그러면서 "수 만 봄"을 견뎌 살아왔다. 인간 또한 우주와 호흡한 증거물이 바로 "배꼽"이다. 그렇다고 이 "배꼽"이 인간에게만 주어진 것은 아니다. 단감에게도, 아니 알에서 나온 병아리의 몸에도 "배꼽"은 존재한다. 이 "배꼽"은 곧, 지구상의 모든 생명체가 지닌 상징적 "배꼽"의 의미이다. 단감은 마른 꼭지를 통해 "배꼽"의 자리를 보여준다. 꼭지는 나무의 뿌리와 줄기, 잎으로 연결되고, 흙과 햇빛을 받아 전달해 준다. 어느 생명체도 흙과 햇빛이라는 우주적 실체와 부딪히지 않고 살아갈 수 없다. 생명체 자신도 자신의 생명을 다하는 순간 우주적 실체가 되어 다른 생명체에 마주하는 존재이다.

1연 3행에서 보여주는 배꼽의 분리는 우주의 어머니와 단절을 의미한다. 아기가 어머니의 뱃속에서 태어나게 되면, 어머니와 연결 통로였던 탯줄은 배꼽이 된다. 어머니의 사랑을 받아먹던 통로가 이제는 표식으로만 남는다. 그래서 2연 1행에서는 "돌아갈 길"을 잃었다고 한다. 이에 앞으로 아기의 인생이 어떻게 펼쳐져야 하는지에 대한 걱정이 앞서게 된다. 이런 걱정은 바로 우주적 삶에 대한 인간들의 망각에서부터 시작한다. 인간들이 우주와 단절된 삶을 살면서 발생할 문제의식이다.

2연에서는 "쓰다", "멀고 험하다."의 표현을 통해 앞으로 거쳐야 할 삶의 고난을 이야기한다. 아기가 세상을 살아가기는 쉽지 않다. 인간은 특히 어머니와의 분리를 통해 삶의 근원적 회의와 물음에 접한다. 우주로부터 받은 "배꼽"도 우주의 어머니와의 교통을 지속할 수 없다. 그만큼 인간의 삶은 물질문명의 발달로 생긴 "상처"를 치유하기 힘들다. 하지만 3연에서는 "상처"가 아물고 난 후의 삶에 대한 희망을 제시한다. "상처"를 인간의 숙명으로 받아들이고 현재의 삶을 그대로 인정한다. 지금은 "상처"를 인정하고 새로운 삶을 계획하고 힘을 얻을 수 있는 방법을 고민해야 할 때이다.

단감의 꼭지 떨어진 자리로 하여금 시적 화자는 우주의 단면을 발견한다. 우리는 우주를 미처 생각하거나 느끼지 못하고, 거리가 먼 미래의 공간으로 착각했었다. 그러나 단감과 마주하면서 우주에 대해 생각한다. 우주와 함께 우리가 호흡하고 있으며, 우주의 삶이 우리들의 삶임을 느낄 수 있다. 따라서 꽃이 진 후 상처를 싸매고 슬퍼할 것이 아니라 순환의 원리에 대한 깨달음을 통해 새로운 삶의 환희를 꿈꿀 수 있다. 자연의 선하고 아름다운 행위를 닮으려는 마음을 갖게 된다면, 인간에게 상처를 치유할 수 있는 힘은 얼마든지 남아 있다.

> 우주의 어머니에게 두 아들 있어
> 어머니 무릎에 앉혀 키웠다는구나
> 이제 둘 다 무릎에 앉힐 수 없으니 우주를 한 바퀴씩 돌고 오너라 먼저 오는 쪽을 무릎에 앉힐 것이니.
> 아우가 살처럼 잔별들 사이로 달려갔고
> 형이 일어나 어머니 주위를 세 바퀴를 돈 후 절하고 그 무릎에 앉았다
> 우주를 도느라 지칠 대로 지쳐 돌아온 아우가 소리쳤지
> 어머니여 어찌하여 형을 무릎에 용납하셨나이까.
> 아들아 중요한 것은 우주를 도는 것이 아니라 우주의 중심을 도는 것이란다.
>
> 지긋지긋해 아주 이따금 밖에 읽지 않는 신문을 보다가 이 중국 설화

가 문득문득 떠오르곤 하는 것인데
지혜로운 한 아들을
그에게 허락된 저 단단한 무릎을
찌르고 싶은,
난도질하고 싶은,
겹겹의 오만한 중심을
불어 날리고픈
눌어붙은 구들장 아래 욱신거리는 얼룩들을

김선우, 「얼룩 서사(敍事)」 전문

신화적 상상력은 과학과 지식 대신 인간 세상에서 일어나는 다양한 사건에 대해 이야기한다. 신화는 인간의 사건에 대한 의미보다는 인간 행동에 대한 설명의 장치로 의미 있다. 위의 신화에 드러나는 사건은 형이 아우를 경쟁 관계에서 우위를 점한 내용이다. 그 사건에서 독자는 누가 우위를 점했는가에 관심의 초점을 두지 않아야 한다. 어떤 방법에 의해서 우위를 점할 수 있었는가가 더욱 큰 의미를 지니기 때문이다. 인간은 목적을 가지고 그 목적을 달성하기 위해 자신의 모든 능력을 집중적으로 사용한다. 그리고 자신의 목적을 달성함으로써 욕망의 대상을 의식적으로 이동시킨다.

위의 작품에서는 어머니로서의 "우주"에 대한 인식이 드러난다. 우리 민족도 설화의 시대를 거쳐 왔고, 현재 우리들의 무의식 세계를 점령당하고 있다. 우리들은 설화의 시대에서 우주적 상상력을 펼치고 건국 신화를 만들어 냈다. 이를 통해 열린 우주적 사고를 가지고 우리 민족의 자부심과 단결심을 키워냈다. 이 작품의 배경은 "우주"에 대한 넓은 상상력을 자극한다. 시인은 "어머니"와 "두 아들"의 관계, "형"과 "아우"의 관계를 통해 새로운 인식을 유도하고 있다. 이 존재들은 인간적 형상이기보다는 신적 존재와 같다. 별과 별 사이의 우주를 누비던 시대에 대한 상상력을 유도한다.

1연에서는 "중국 설화"를 소개한다. "중국 설화"는 "우주의 어머니"와 "두 아들"의 이야기이다. 어머니에게 "두 아들"이 있음으로 어머니는 권위의 승계를 의도한다. 시인은 "이제"라는 표현을 통해 "두 아들" 중 하나를 선택해야 할 시점이 되었음을 알린다. "무릎"이 승계할 수 있는 권위라면, "우주를 도는 행위"는 통과의례적 성격을 띤다. 형은 통과의례로서 "어머니"를 돈다. 어머니는 곧, 우주이며 중심이다. "세 바퀴"의 "삼"은 완벽한 수로서의 의미를 지닌다. 형의 완벽한 행위를 통해, 통과의례는 육체적 고행보다는 정신적 지혜에 더 비중이 있음을 드러낸다.

그런데 돌아온 아우는 그에 승복하지 못하고 소리친다. 소리치는 행위로 어머니와 형의 권위에 도전하고, 인간들의 아우를 수 없는 욕망을 표출한다. 아우는 어머니에게 원망의 목소리로 외친다. 어머니는 아들에게 중요한 것을 일러준다. 어머니는 아들이 스스로 깨달음을 얻기를 기대했으나, 아들은 어머니의 기대에 미치지 못한다. 그래도 어머니는 아들을 가르친다. 아들에게 "우주의 중심"에 대해 이야기한다. "우주의 중심"은 바로 우주를 존재케 하는 중심이다. 우주의 원리이며, 우주를 구성하는 요소라는 것이다. "우주의 중심"이 "어머니"라는 것은 "어머니"의 무한한 생명력과 생명을 지켜내는 에너지로부터 기인할 것이다.

2연에서는 시적 화자의 행위에 초점이 맞춰진다. 현대의 일상적 삶을 고스란히 담고 있는 "신문"은 정보 제공 역할을 충실하게 담당한다. 그런데, 시적 화자는 "지긋지긋해"라는 표현을 통해 "신문"의 기사가 더 이상 흥밋거리가 되지 못함을 알린다. 그래서 "이따금 밖에 읽지 않는" 이라는 표현을 통해 무료함을 드러낸다. 하지만, "중국 설화"는 "신문"의 무료함과는 대조적인 의미를 지닌다. "신문"을 보다가 떠오르곤 하는 "중국 설화"는 되씹을수록 맛이 살아나는 지혜를 전달해 주기 때문이다.

  시적 화자는 "중국 설화"에 대한 해석을 3연에서 직접적으로 드러낸다. "지혜"를 드러내기 위해서 "형"이 차지한 "단단한 무릎"이 강조되고, "아우"의 욕망의 목소리가 드러난다. "단단한 무릎"은 어머니로부터 부여받은 권위이며, 사랑이며, 자애로움의 힘이다. 따라서, "아우"는 상실한 "단단한 무릎"을 두고, 자신의 욕망을 억누르지 못한다. 그럼으로써 "찌르고 싶은", "난도질"이라는 어휘를 통해 "아우"의 욕망이 드러난다.

  그런데, 3연에서도 "중심"이라는 어휘가 남아있다. 1연의 "우주의 중심"이 "어머니"를 지칭한다면, "오만한 중심"이라고 표현된 것은 "아우"를 지칭한다. "어머니"의 무한대의 사랑과 희생을 생각할 때, "아우"의 "오만한 중심"은 자기 자신만의 욕망에 모든 것을 이용하는 삶의 모습이다. 따라서 그런 "오만한 중심"을 불어 날리고픈 욕망을 가지는 것은 시적화자이다. 시적화자가 또 다른 욕망을 가짐으로써 작품의 의미는 살아난다. 시적화자가 가지고 있는 "얼룩"은 자신의 욕망과 삶의 이분화로 생긴 얼룩이다. 중국의 신화처럼 거시적 입장에서 지혜로운 삶을 살기를 꿈꾸지만, 현실의 삶이란 어떤 가치를 추구하기 보다는 현재의 순간순간을 채우기에도 급급하기 때문이다. 따라서 "눌어붙은 구들장"은 자신의 힘든 삶의 모습을 드러낸다.

      우리 마을의 제일 오래된 어른 쓰러지셨다
      고집스럽게 생가 지켜주던 이 입적하셨다

단 한 장의 수의, 만장, 서러운 哭도 없이
불로 가시고 흙으로 돌아, 가시었다
잘 늙는 일이 결국 비우는 일이라는 것을
내부의 텅 빈 몸으로 보여주시던 당
당신의 그늘 안에서 나는 하모니카를 불었고
이웃마을 숙이를 기다렸다
당신의 그늘 속으로 아이스께끼장수가 다녀갔고
방물장수가 다녀갔다 당신의 그늘 속으로
부은 발등이 들어와 오래 머물다 갔다
우리 마을의 제일 두꺼운 그늘이 사라졌다
내 생애의 한 토막이 그렇게 부러졌다

이재무, 「팽나무가 쓰러, 지셨다」 전문

위의 작품에서 시적화자는 "팽나무"를 "어른"으로 모신다. 1행부터 4행까지는 "어른"의 행위를 묘사하고 있다. "어른"은 "쓰러지셨다", "입적하셨다", "돌아, 가시었다"의 서술어로 표현된다. 시적 화자는 이런 "어른"의 행위를 객관적으로 담담하게 묘사한다. 1행의 "우리 마을"은 공동체적 의식을 일으키기 위해 사용된다. "우리"라는 시어는 선조들이 대대로 이어왔던 끈끈한 정을 느끼게 한다. 선조들의 끈끈함은 "마을"로 더욱 구체화된다. "마을" 어귀에 서 있는 커다란 "팽나무"를 상상하면서 "어른"의 풍모를 느낄 수 있다.

과거에 "어른"은 마치 신적 존재와 같았다. "마을"의 구성원이던 조상 대대로의 삶을 꿰뚫고 있으며, 집집마다의 사연도 간직하고 있다. 나에게는 "생가"를 지켜주던 이다. "생가"는 내가 태어나고 자란 곳이거니와 내 삶의 터전이며 마음의 고향이고, 쉼터를 의미한다. 그런데, "어른"의 죽음을 통해 마지막 행의 "내 생애" 또한 부러진다. 어귀의 "팽나무"는 쉽사리 입을 열지 않고 묵묵하게 존재한다는 점과 언제든지 찾아가 위로받고 견딜 수 있는 힘을 얻어 온다는 점에서 "어른"이었다. 이 어른에 대한 인식은 당시의 삶이 공동체적 형태로 이루어졌기에 가능했다. 현대는 정서적으로 메마르고, 복잡한 구조를 지니므로 공동체적 소통을 할 수 없다. 따라서 현대 사회는 "팽나무 어른"을 "쓰러, 지"게 함으로써, 자연과 인간의 소통을 차단시킨다.

3연과 4연에서 "수의, 만장, 서러운 哭"은 "어른"의 입적한 내용을 상세히 한다. 그리고 "불로 가시고 흙으로 돌아, 가시었다"는 나무가 생명을 다한 뒤 자연으로 귀속함을 드러낸다. 나무는 살아서는 인간의 "영혼"을 위로하는 존재이다가, 죽어서는 자연으로 돌아간다. 이런 순환주의적 사고에 의해 "나무"가 어른으로 존재함이 가능하다. 그 "어른"은 나에게 "비우라"고 한다. 나는 욕심이나 과거의 집착, 생애의 기억의 한 토막을 비워야 한다. "어른"의 가르침을 따르고 있는 시적화자는 과거의 삶을 회상하며 추억에 젖는다.

"나"는 "당신의 그늘" 속에서 일어났던 과거를 회상한다. 하모니카 불기, 숙이 기다리기, 아이스께끼 장수, 방물장수의 모습을 통해 과거에 아름다웠던 추억을 회상한다. 이 작품은 모두 과거 시제로 드러나는데, 시제의 표현이 1행부터 4행, 5행부터 11행, 12행부터 13행까지로 나뉜다. 모두 과거 시제를 사용하지만, 과거 안의 대과거의 내용이 가운데에서 드러난다. 앞과 뒷부분의 시제는 일치하고, 가운데 부분에서는 과거의 과거 이야기를 회상하여 추억을 따뜻하게 보여준다. 회상 내용은 "어른"의 그늘이 준 혜택에 고마움을 느끼게 한다. 시제를 통한 내용의 분리는 자칫 지루할 수 있는 시의 구조에 변화를 주어 주제를 더욱 튼튼하게 지탱해 준다.

"어른"의 혜택을 잃게 된 안타까움이 12행과 13행에 드러난다. 시적 화자는 "어른"의 "쓰러지심"을 "내 생애"의 일부분을 잃었다고 한다. "어른"이 내 어린 시절과 청년 시절을 지켜보았듯이 나는 꿋꿋하게도 내 과거를 보듬으며 살았는지도 모른다. 그런데 이제는 "어른"이 존재하지 않음으로써 나를 이루고 있는 일부분을 잃었다고 고백한다. 우리 마을의 많은 나무 중에서도 "제일" 큰 것이 사라졌다. 그럼으로써 이제는 나무에게서 얻는 인간들의 혜택이 없어지고 있음에 깨달음을 얻는다. 이제는 그늘이 사라짐으로써 인간을 보듬어 줄 수 있는 존재가 사라졌다. "부러졌다"는 시어는 "팽나무"의 사라짐과 더불어 "나"의 삶의 단절감, 소실 등의 안타까움을 느낄 수 있다.

생태 환경의 필요성에 따라 생태시의 출현 빈도가 늘고, 다양한 생태시 교육의 필요성이 제기되는 시점이다. 이 시점에서 "자연과 문명의 관계"를 드러내는 다양한 작품을 찾아보았다. 7차 교육 과정에 이어 개정 교육 과정이 이미 고시되었다. 그런데, 아직까지 생태시 교육에 대한 이렇다 할 교육 과정상의 목표는 설정되어 있지 않다. 이런 과정에서 개정 교과서에서 생태시 교육에 대한 논의가 구체적으로 이루어질 수 있을지는 의문이다. 하지만, 현대사회에 제기되는 문제 상황들을 살펴본다면, 누구도 생태시 교육의 필요성에 대해서는 재론의 여지가 없을 것이다. 따라서 빠른 시일 내에 생태시가 교과서에서 다루어지길 기대한다. 교과서 편집 시 학습자의 수준에 따라 다양한 생태시가 편집되어야 할 것이다. 따라서 생태시 교육에 필요한 다양한 작품을 찾아보고 생태시를 주제별로 분류해 보았다.

생태시 중 "문명과 자연"의 관계를 드러내는 작품을 찾아 보았다.

그리고 그 중에서도 "산업 발달과 자연 파괴", "인간 소외 현상", "우주관의 새로운 인식"에 대한 '생태 환경에 대한 인식'을 드러내는 작품을 분류했다. "산업 발달과 자연 파괴"에 대한 작품으로는 정호승의 「빈틈」, 정일근의 「로드킬」, 최승호의 「코뿔소는 죽지 않는다」를 살펴보았다. 이들 작품은 모두 "죽음"에 대한 이미지를 강하게 부각시키면서 생태 환경 파괴의 원인을 인간에게 두고, 죽음에 대한 위협을 제기하고 있다. "인간 소외 현상"을 드러내는 작품으로는 신경림의 「뿔」, 김선우의 「양변기 위에서」, 문정희의 「찬밥」을 살펴보았다. 이들 작품에서는 인간도 자연의 일부분임을 제시한다. 그리고 인간들이 산업 문명의 발달로 인간성 자체에 상처 입은 내용을 제시하고, 잃어버린 것들에 대한 그리움을 드러냈다. "우주관의 새로운 인식"에 대한 작품으로는 장석주의 「단감」, 김선우의 「얼룩 서사(敍事)」, 이재무의 「팽나무가 쓰러, 지셨다」를 보았다. 이 작품들은 인간과 우주가 소통하던 시대의 교감을 회복하고자 한다. 인간은 자연물과 조화를 유지함으로써만 현대 사회의 다양한 문제를 해결할 수 있을 것이다.

교육 과정의 목표를 도달하기 위해서는 위와 같은 작품을 바탕으로 한 다양한 방법적 측면에 대한 고려가 필요하다. 방법적 측면을 완성시키기 위해서는 생태시의 의미를 드러내는 시학적 측면에 대한 연구가 필수적일 것이다. 그럼으로써 다양한 생태시에 나타난 '생태 환경에 대한 인식'을 폭넓게 이해할 수 있을 것이다. 앞으로 학습자들이 "생태시"를 이해 감상함으로써 '생태 환경에 대한 인식'을 바탕으로 바람직한 삶을 살아갈 수 있기를 기대한다.

2 여성과 생태시

고대 인류는 자연을 모성 상징으로 보았다. 지구를 일컫는 '가이 아' 역시 모신(母神), 여신을 의미 한다.11) 옛날 농경 사회에서 대지 와 자연의 흐름은 인류의 생존과 밀접한 관련을 갖고 있었다. 그런 데, 인류는 서구 과학의 인식론적 전통을 따라 자연을 대상화하고 분리시키면서 가이아에 대한 인식의 틀을 모두 깨뜨렸다. 따라서 자 신과 다르게 알고 있는 사람들과 다른 앎의 방법을 배재했다. 그래 서 자연에 대한 인간의 인식 능력이 약해지고, 또 자연은 무기력하 고 파편화된 물질로 다루어짐으로써 그 창조적인 재생 및 갱신 능력 이 감소해 왔다.12)

여기에 가부장제 하에서 남성들이 여성을 착취한 것과 자본주의 가 자연을 착취한 것을 동일하게 보는 작품들이 있다. 이 작품들은 자연의 회복이 여성성의 회복을 통해서 가능하다고 이야기한다. 반 다나 시바는 근대 과학을 의식적으로 성별화된, 가부장제적인 활동 이었다13)고 본다. 따라서 현대의 다양한 위기 의식을 여성성을 통해 회복해야 한다고 말한다. 그런데, 과거 가부장제의 이분법에 대한 비판 의식이 최근 생태시인들에 의한 의도는 아니다. 이미 생태시에 서는 가부장제의 모든 이분법을 지양하고, 여성과 남성의 경계, 자 연과 과학의 경계를 부수고 있다. 곧, 이분법의 사회에서 여성들의 역할이 중요한 모티브가 되었음을 인식하고 남성과 여성의 경계를

---

11) 장정렬, 『생태주의 시학』, 한국문화사, 2000. p .230.
12) 마리아 미스 외, 손덕수 외 역, 『에코 페미니즘』, 창작과비평사, 2000. pp. 38~39.
13) Vandana Shiva, Staying Alive, 강수영 옮김, 『살아남기 – 여성, 생태학, 개발』, 솔, 1998. p. 55.

뛰어넘어 새로운 삶의 형태로 기획하고 있다.

여성들이 아이를 낳고 기르는 과정은 자연이 생명을 잉태하고 양육하는 과정과 동일하다. 따라서 이들의 작품에서는 여성을 자연과 동일시하거나, 혹은 모성 자체로 묘사한다. 인간의 모성은 지극히 본능적이며 욕망을 아우르는 행위도 있을 수 있다. 여성들은 경쟁 속에서도 강한 모성애를 간직하고 있으며, 자연 파괴보다는 생명을 창조하고 기르는 데 집중한다. 작품 유형으로는 첫째, 자연을 여성, 혹은 모성으로 묘사하는 것, 둘째, 모성의 생활체험에서 느낀 위기 위식을 환기시키는 것, 셋째, 생태계의 위기를 치유할 대안을 모색하는 작품으로 나눌 수 있다. 여성들의 삶의 방식을 통해 얻은 지혜를 공유함으로써 생태학적 삶의 방향을 계획할 수 있을 것이다.

1) 대지로 형상화된 여성

대지와 여성을 연관짓는 상상력은 신화의 세계에서 비롯한다. 천부지모 설화를 통해 우리들은 여성들이 대지로서의 기능을 담당한다는 것을 상징적으로 이해해 왔다. 자연이 인간에게 생명과 지혜를 주듯, 여성들은 자식에게 모성애로 생명과 지혜를 준다. 무조건적이고 무한정적인 애정에 인간들은 가학적 행위를 서슴치 않는다. 하지만 자연과 어머니는 무조건적이고 무한정적인 사랑을 지속함으로써 인간들에게 깨달음을 준다.

자연과 동일시한 모성을 드러내는 작품으로는 이동순의 「어머니의 품」, 나희덕의 「뿌리에게」, 안도현의 「고래를 기다리며」 등의 작품을 찾아볼 수 있다. 이들 작품에서는 여성과 자연을 일치시키고, 그들의 헌신적인 애정을 보여준다. 여성들은 자신의 자식이 아니더라도 자신의 손길이 필요한 것이라면 어떤 것이라도 자신의 생명을 나눈다. 여성성은 자연의 숨소리이며 보살핌이다. 이 작품에서는 여성이 어떻게 자연을 바라보는지, 어떻게 관계 맺고 있는지, 자연과 어떻게 함께 살아가는지에 대해 보여준다. 여성들이 존재하는 이유는 바로 '키워내기 위해서'이기 때문이다.

> 봄비 오는 들판을 가다 보면 저 흙 속에 한 여자가 살고 있음을 알게 됩니다
> 초록 깃털로 눈뜨는 풀들과 새 떼들을
> 누가 저토록 간절히 키울 수 있을까요
> 봄비 오는 들판을 가다 보면
> 나도 저 흙 속의 여자가 키우는
> 초록 아이가 되고 싶습니다
> 혹은 풀들처럼 싱싱하게 새 떼처럼 가뿐하게
> 아이들을 키워내고 싶습니다
> 하나쯤은 곁에 두고
> 볼을 부비며 살고 싶지만
> 봄비 오는 들판을 가다 보면
> 문득 저 나무에도
> 한 여자가 살고 있음을 알게 됩니다
> 끝없이 기도를 하는
> 푸른 손들이 살고 있음을 알게 됩니다
>
> 문정희, 「초록 나무 속에 사는 여자」 전문

위의 작품에서 시적 화자는 "여자"를 알고 있는 사람이다. "여자"의 삶은 "나"에게 어떤 소망을 갖게 한다. 그녀는 무엇인가에 대한 간절함을 간직하고 있고 대상물을 키우려는 존재이다. 그녀가 키우

는 것은 "풀들과 새 떼들"이다. 그녀는 본능적으로 이것들을 키워내고 자신의 삶을 다한다. "여자"를 바라보는 "나"는 그녀와 같이 아이들을 키워내고 싶은 소망을 갖게 된다.

이 작품에서 행위의 주체는 "여자"다. "여자"는 본능적으로 "아이"를 갖고 싶어하고, "아이"를 키워내기 위해 자신의 모든 것을 희생할 수 있는 존재이다. 이런 "여자"의 본능은 시적 화자가 소망한다고 해서 이룰 수 있는 삶이 아니다. 다만 "여자"의 삶을 이해하고 닮아가는 행위를 통해 깨달음을 구체화할 수 있을 것이다.

그런데, 시적 화자가 알고 있는 "여자"는 한 명이 아니다. 나무와 풀 사이에 다양한 모습의 푸른 손으로 형상화되고 있다. 곧 여자는 복수이며, 복수의 주체에 의해 자연의 생명력은 지속되어져 왔다. 이들은 생명력을 지닌 대상 내부에 모두 존재한다. "여자"라는 존재는 이 세상 어디에도 존재하면서 푸른 생명체가 살아갈 수 있는 모태이며 근원이다.

위의 작품에서 자연을 표상하는 시어로 "봄비, 들판, 흙, 초록, 풀, 새떼"가 나타난다. 이 시어들은 시간적 배경으로 "봄"을, 공간적 배경으로는 "들판"과 어우러진다. 이 대상물들은 "푸르다"는 이미지로 모두 통일된다. 푸름의 이미지는 자연을 이미지화하고, 그 이미지들이 생명력을 드러낸다. 그 생명력의 원천은 풀이 뿌리내리고 있는 "흙"이다. 흙은 만물의 생성 원천이면서, 지속적인 생명력을 공급할 수 있는 자양분을 포함한다.

시적 화자는 이런 인간 사회의 생명력 공급의 원천인 "여자"를 알고 있다. 시적 화자는 "여자"의 삶이 풀들과 새떼들을 키워내듯 초록 아이를 키우고 있음을 본다. "초록 아이"는 성장가능성을 가지며, 성장하여 또 다른 "아이"를 키워낼 것이다. 그 "아이"의 성별은 중

요하지 않다. 곧, 어떤 성이든 "아이"는 성장하여 완전한 성인으로
자랄 것이다. 이 때 성인은 완전한 인간일 것이며, 초록 아이에서 성
장한 인간이야말로 자연을 보살피는 주체로서의 삶을 살아갈 수 있
을 것이다.

　아이는 자연의 순수함과 자연이 부여한 본능에 충실한 주체이다.
자연에게 보살핌의 대상이기도 하지만, 미래에는 보살핌의 주체가
될 수 있다. 이에 시적 화자는 "초록 아이"를 곁에 두고, 볼을 부비
며 살고 싶어한다. 그 소망을 간직한 후 "흙"이 아닌 "나무"에도 "한
여자"가 살고 있음을 알게 된다. 촉각적 이미지와 시각적 이미지를
통한 따뜻하면서도 밝은 세계에 대한 희망이 드러난다.

　제목에 드러나는 "나무"는 또 다른 자연의 이름이다. "나무"는 흙
에 뿌리를 박고 있으며, 초록의 주체가 된다. 초록 빛깔을 만들어 냄
으로써 시적 화자의 마음을 초록으로 빚어낸다. 또, "풀, 새떼, 여자"
의 삶의 터전으로 삶의 에너지를 만들어내는 공간이기도 하다. 이
나무들의 삶이 있음으로써 풀이 존재하고, 풀을 통해 벌레가 살고,
벌레를 잡아먹고 사는 새떼들이 존재한다. 새떼들이 천적으로부터
자신을 보호하기 위해서 나무는 필수적이다. 따라서 나무들은 자연
물들의 삶의 근원으로서 모든 영향 관계를 대표하는 대상물이라 파
악할 수 있다. 그 나무 하나하나에 각각의 한 여자가 살고 있다. 그
것을 통해 자연 그대로의 모습이 지켜지고 자연물들이 저마다의 삶
을 싱싱하고 가뿐하게 살아갈 수 있다.

　　　포릇포릇 움트는
　　　저 새싹들
　　　산기슭을 온통 불그레 칠해오는

살구꽃 복사꽃이 이 어미다
네 가슴속의 말
네 아들딸들의 해맑은 눈빛
흰구름 둥실 떠가는 저 높푸른 하늘
쉬임없이 흘러가는 강물
네가 딛고 있는 발 밑의 흙덩이가
바로 이 어미다
아, 그 말씀 듣고 새겨보니
이 세상에 나를 둘러싸고 있는 모든 것이
내 어머니 아닌 것이 없어라
진작 어머니 품에 안겨서도
그걸 몰랐으니
나는 얼마나 바보 천치인가

이동순, 「어머니의 품」 전문

이 작품에서는 시적 화자의 외침이 강하게 울려온다. 시적 화자로
두 인물이 등장한다. "포릇포릇 움트는"부터 "바로 이 어미다"까지
의 시적 화자는 "어미다." "아, 그 말씀 듣고 새겨보니"부터 "나는
얼마나 바보 천치인가"까지는 "나"이다. "나"는 "어머니"의 "아들딸
들"이다. 그런데, "어머니"의 형태는 인간의 모습이 아니므로 "나"
는 미처 어머니를 알아보지 못하고 있다. "어머니"의 외침을 통해서
결국 알게 된다.

"어머니"는 "새싹들", "살구꽃", "복사꽃", "해맑은 눈빛", "높푸
른 하늘", "강물", "흙덩이"로 모습을 보여준다. 이것들은 "나"가 살
아가면서 항상 옆에 존재하거나 스쳐 지나가는 것들이다. 그럼에도
"나"는 그것들에 시선 한 번 주지 않았다. 현대 사회는 "나"를 생존

경쟁에 내몰고 어머니의 존재를 잊도록 강요하고 있는지도 모른다. 마침내 “나”는 어머니의 외침을 듣는다. 그리고 “어미다”라는 외침 속에서 새롭게 “나를 둘러싸고 있는 모든 것”에 의미를 가질 수 있다. 그것들 중에서 “내 어머니 아닌 것이 없”음을 깨닫는다.

그 깨달음은 “말씀 듣고 새겨” 본 결과물이다. “어머니의 품에 안겨서” 그 풍요로움을 비로소 느낄 수 있다. 시적 화자는 “바보 천치”인 자신에 대해 질책과 반성을 토해 내고 있다. 자신이 살았던 삶의 내용들이 이미 어머니의 뜻과 거리가 멀었음에 생각이 미친다. 자식을 걱정하는 어머니의 마음은 무한하다. 반면 “아들딸들”이 어머니의 정성과 사랑을 깨닫는 데에는 무한한 시간이 필요할 수도 있다.

시적 화자인 “나”의 깨달음은 독자들의 인식에 전환을 요구한다. 독자들은 이 작품을 통해 “나”가 바로 이 세상에 존재하는 우리 인간들이라는 사실을 직감한다. 우리들은 “자연”의 어머니에게서 태어나고도 제대로 그 인식에 접근하지 못한다. 그러나 시적 화자는 우리들에게 “바보 천치”라고 깨달음을 촉구한다.

특히 이 작품에서는 “이, 그, 저”의 지시 대명사를 많이 사용하고 있다. 지시대명사 “이”는 “어미다”를 강조하기 위해 사용하였다. “저”는 “새싹들”, “높푸른 하늘”을 수식하기 위해서 사용하였다. “그”는 시적 화자 “나”가 깨달음을 얻기 전까지의 인식 없음을 드러내기 위해서 “그걸”이라는 시어를 사용한다. 이것은 “이”가 화자와 가장 가까이에 있는 대상물을 가리킬 때 사용되므로, “나”와 “어머니”의 거리감을 없애줌으로써 평소에 “나”의 무관심과 더불어 “어머니”의 끊임없는 애정을 드러내기에 적절하다. “저”가 지시하는 대상물은 “어머니”의 현신으로써 다양한 사물들과의 일정한 거리감을 드러낸다. 일정한 거리감을 통해 항상 변함없는 시선과 자리를 확보하고, 인간들의 삶의 주변에서 순환하고 있는 자연의 법칙을 보여준다.

"그걸"에서의 "그"는 "저"보다는 더욱 가까이에 있는 대상물을 가리킨다. "나"로부터 일정한 거리를 지니지만, "그"것들이 가까이에 있다는 사실을 깨닫지 못했다. "나"의 인식 부족에 대한 거리감을 드러내기도 하고, 일정한 사물이기보다는 추상적 개념으로 인식할 수 있음을 보여준다.

이와 같이 이 작품은 자연을 "어미"로 빗대어 표현함으로써 인간들의 새로운 인식 전환을 의도한다. 옛날부터 우리 선조들이 가지고 있었던 흙에 대한 애착, 하늘에 대한 경외심은 가장 바르고 깨끗한 삶을 살기 위한 최소한의 가치였다. 그런데, "나"가 가질 수 있는 조금 더 좋은 음식과 잠자리를 구하기 위해서 어머니의 사랑을 잃었다는 사실에 반성해야 한다. "어머니의 품" 안에 있을 때 어머니의 따뜻함을 느낄 수 있어야 하겠다.

> 밤구름이 잘 익은 달을 낳고
> 달이 다시 구름 속으로 숨어버린 후
> 숲에서는…… 툭…… 탁…… 타닥……
> 상수리나무가 이따금 무슨 생각이라도 난 듯
> 제 열매를 던지고 있다
> 열매가 저절로 터지기 위해
> 나무는 얼마나 입술을 둥글게 오므렸을까
> 검은 숲에서 이따금 들려오는 말소리,
> 나는 그제야 알게도 된다
> 열매는 번식을 위해서만이 아니라
> 나무가 말을 하고 싶은 때를 위해 지어졌다는 것을
> …… 타다닥…… 따악…… 톡…… 타르르……
> 무언가 짧게 타는 소리 같기도 하고

웃음소리 같기도 하고 박수소리 같기도 한
그 소리들은 무슨 냄새처럼 나를 숲으로 불러들인다
그러나 어둠으로 꽉 찬 가을숲에서
밤새 제 열매를 던지고 있는 그의 얼굴을
끝내 보지 않아도 좋으리
그가 던진 둥근 말 몇 개가
걸어가던 내 복숭아뼈쯤에…… 탁…… 굴러와 박혔으니

나희덕, 「저 숲에 누가 있다」 전문

　이 작품에서 시간적 배경은 "밤"이면서, "가을"이다. 가을밤은 정
취를 물씬 자아내고, 시적 화자의 감수성을 자극하기에 알맞은 시기
이다. "밤"은 아침이 오기 전의 시간적 배경이면서, 아침을 준비하기
위해 부지런히 생명 활동을 진행하는 시간이다. 특히 "숲"은 많은
생명체들이 숨 쉬고 활동할 수 있는 에너지를 만들어 내는 공간이
다. 그런 공간에서 시적 화자는 "밤구름"이 생명력을 가진 "달"을
낳는 행위를 목격한다.
　공간적 배경은 "숲"이다. 시적 화자인 "나"는 "숲"을 바라보면서
"숲"의 소리를 듣고 있다. "숲"의 소리는 "열매"를 던져 내는 것이
다. 그 "열매"의 소리는 우리에게 의사 표현을 하기 위한 것이다.
"짧"기도 하고 길기도 하며, "타는 소리 같기도 한" 소리를 듣는다.
그 소리는 "웃음소리", "박수소리"와도 닮아 있다. 그 소리는 "숲"이
시적 화자인 나를 불러들이는 소리이다. 요란한 굉음은 아니지만,
소박한 소리를 통해 나를 부른다. 내가 새로운 깨달음을 향하도록
인도하는 소리이다.
　이 소리는 "냄새"로 변한다. 그것은 다양한 감각을 환기시키며,

"숲"의 이미지를 강하게 만들어낸다. "나"는 "숲"이 만들어내는 "열매"가 종족을 보존하기 위해 "지어졌다"고 생각했다. 그런데, 이 작품에서는 "열매"가 의사 표현을 하기 위해 "지어졌다"고 한다. 그 의사 표현의 내용은 시적 화자인 "나"에게도 열매가 존재한다는 것을 알려주기 위한 것이다. 그 "둥근 말"은 "내 복숭아뼈"에 와 닿는다. 내게도 "복숭아" 씨앗과 같은 열매가 존재한다는 사실을 비로소 깨달을 수 있다.

"숲"의 소리를 통해 시적 화자는 자신에게 속해 있는 생명력을 느낀다. 단지 "나무"와 "숲"을 지나치려 했던 "나"의 의도와는 다르게 숲은 생명력을 가지고 계속 숨쉬고 있다. 그 생명력은 "달"과 "상수리 나무의 열매", "복숭아뼈"를 통해 연결된다. 하늘 위에 있는 자연물과 땅에 뿌리를 박고 있는 나무의 생명력, 또, 그 위에 발을 딛고 서 있는 인간의 생명력을 통해 온 우주는 생명력이 풍만한 공간이 된다.

이 때 "어둠"은 전체적인 분위기를 형성한다. "어둠"은 시각적 감각 대신 청각적 감각과 후각적 감각을 더욱 예민하게 자극한다. 그럼으로써 시적 화자는 "숲"을 시각 대신 더욱 다양한 감각으로 받아들이고 느낀다. 평소에 듣지 못하던 "말소리"도 들을 수 있게 된다. 시적 화자는 다양한 감각을 통해 "숲"의 위기 의식을 느끼게 된다. 원시적 자연에서부터 가지고 있던 생명력을 통해 "숲"에 머물고 있는 위기 의식을 느낀다.

시인은 "열매"의 기능을 두 가지로 나누고 있다. 식물은 "열매"를 통해 "씨앗"을 보존하고 자신의 개체수를 확산시키고자 한다. 그런데, 시인은 "번식"의 기능보다는 "말"을 하기 위해 "열매"가 있다는 것을 알게 된다. "말"이라는 것은 의사를 표현하기 위한 가장 정확하고, 효율적인 매체이다. "숲"은 의도를 가지고 있다. 그래서 "나"를 "불러들인다". "무언가 짧게 타는 소리"로, 혹은 "웃음소리"로, 혹은 "박수소리"로 나를 불러들인다. 그리고 나에게 이야기한다.

그런데, 시적 화자는 "숲"의 "말"에 귀기울인다. 나 또한 "복숭아뼈"를 가지고 있기 때문이다. 둥글고 번식력을 가지고 있는 "복숭아뼈"의 존재는 나의 생명력을 확인하게 한다. 나도 개체를 유지하고 번식해서 생존해야만 하는 존재이다. 상수리 나무 또한 나와 똑같은 삶의 조건과 생존 의지를 가지고 있다. "어둠"은 아무것도 분별할 수 없는 혼돈의 세상일 수도 있지만, "어둠"이 있기 때문에 휴식을 취하게 되고, "밝음"을 준비할 수 있다.

현재의 다양한 생태계의 문제와 혼란에도 다양한 생명체들은 그 위기의 징후를 보인다. 이런 시기에 인간으로서 "나"는 내 몸 속에 있는 생명력을 확인하고, 다른 생명체의 목소리에 귀 기울일 수 있다면 반전을 기대할 수 있을 것이다. 우리는 그 "어둠"의 뒷면을 "끝내 보지 않아도 좋"을 것이다. "그"라고 하는 자연이 던진 "둥근 말"을 통해 이제라도 우리들이 그들의 말을 이해하고 실천할 수만 있다면, 우리들에게는 "달빛" 뿐만이 아니라 밝은 "태양빛"을 만날 수 있을 것이다.

위의 작품에서는 생식력이나 생명력을 가지고 있는 대상물들을 노래한다. 그 대상물은 "달"과 "숲"이다. "숲"은 대지에 뿌리를 두고 있으며, 그 뿌리에서 던져지는 생명력의 노래가 강하게 느껴진다. 1행에서 "달을 낳고"라는 표현을 통해 이 작품 또한 여성의 생식력이나 생명력을 노래하는 작품으로 파악할 수 있다고 보았다. "달"의 순환 주기와 여성의 생식 주기를 같은 원리로 파악하여 생명력의 원천으로서 여성을 인식할 수 있다.

2) 모성의 위기 의식 표출

인간에게 있어서 인간 관계의 기본은 어머니와의 관계로부터 시작한다. 아기가 태어나면, 어머니는 아기에게 절대적인 애정을 쏟아붓는다. 어머니는 아기의 안전한 육체적인 성장 뿐만 아니라 아기의 정서적인 측면에서도 가장 중요한 역할을 하게 된다. 아기는 이 때 어머니의 사랑을 느끼게 되고, 절대적인 신뢰를 구축한다. 신뢰를 바탕으로 하여 어머니와의 관계가 형성되고, 이후 타인과의 관계를 정립하는 데에서도 신뢰를 기본으로 하게 된다.[14]

어머니는 아이들의 식단을 매일 챙기고 아이들을 보살펴야 하는 책임이 있다. 모성은 아이들을 걱정하고 아이들의 아픔과 성장 과정을 함께 느낄 수 있다. 아이들 또한 어머니에게서 따뜻한 사랑과 관심을 받으며 자라난다. 육체적인 성장을 위해서 음식물은 굉장히 중요한 역할을 한다. 어머니들은 성장기 아이들의 영양 섭취 문제에 민감하다. 어머니들의 음식물에 대한 책임의식은 비단 어머니의 전유물만은 아니다. 요즘 같이 아이들을 적게 낳은 시대에는 부모 모두 아이들의 건강한 성장에 관심을 가진다.

아버지·어머니만큼 아이에게 든든한 후원자는 없다. 환경 파괴와 더불어 발생한 음식물의 오염 문제는 어제 오늘의 일이 아니다. 특히 수입 농산물이 들어오면서 우리나라의 먹을거리는 더욱 위기를 느끼게 한다. 인간이 살아가는 데 필수적인 청결 문제가 발생하니, 좀 더 믿을 수 있는 깨끗한 음식물을 찾는 데 많은 사람들이 노동력을 허비하기도 한다. 이런 음식물에 대한 위기 의식은 우리나라

---

14) Chris Ravan, 김문성 옮김, 『심리학의 즐거움』, 휘닉스, 2007. pp. 85~92. 인간의 인간관계의 패턴에 대한 기초를 제공함.

의 경제성장률이 높아짐에 따라 더욱 크게 부각되고, 많은 사람들의
공감대를 형성한다. 학생들 또한 자신들의 먹을거리에 민감하게 반
응하고 있지만, 유통경로가 투명하지 않은 상태에서는 주의를 기울
인다고 해결되지 않는다.

 이런 상황에서 시인들은 문제 의식을 느끼고, 위기의식을 드러내
거나 해결 가능한 방안을 제시하기에 이른다. 다음의 작품에서는 작
가의 세심한 감수성을 바탕으로 하여 음식물에 대한 위기의식을 찾
아볼 수 있다. 음식물과 관련된 내용이 아니더라도 희생과 인내라는
여성성에 기반을 둔 작품으로 김선우의 「어미목의 자살」, 「폐소공
포」, 허수경의 「폐병쟁이 내 사내」, 최문자의 「나무고아원」 등이 있
다. 이들은 여성의 시각을 통해 남성들의 의식을 일깨운다. 남성들
의 삶의 내용이 바뀔 때 여성들의 삶 또한 의미 있고 행복한 삶으로
변화할 수 있기 때문이다. 함께 하는 삶의 중요성을 인식하고 미래
를 바라보는 인간의 예지력을 보여준다.

　　　우리집 아이들은
　　　딸기를 먹을 때마다
　　　신을 느낀다고 한다.

　　　태양의 속살
　　　사이 사이
　　　깨알같은 별을 박아 놓으시고
　　　혀 속에 넣으면
　　　오호! 하고 비명을 지를 만큼
　　　상큼하게 스며드는 아름다움.
　　　잇새에 별이 씹히는 재미.

아무래도 딸기는
신 중에서도 가장 예쁜 신이
만들어 주신 것이다.
그런데 오늘 나는 딸기를 씻다 말고
부르르 떤다
씻어도 씻어도 씻기지 않는 독,
사흘을 두어도 썩지 않는
저 요염한 살기.

할 수 없이 딸기를 칼로 깎는다.
날카로운 칼로 태양의 속살, 신의 손길을 저며낸다
별을 떨어뜨린다.

아이들이 곁에서 운다.

문정희, 「딸기를 깎으며」 전문

위의 작품에서는 과일 중에서도 '봄'철에 가장 많이 먹을 수 있는 "딸기"가 등장한다. 이 "딸기"는 사계절 중 가장 먼저 나오는 과일로서 그 육질 또한 연하고 부드럽다. 어린 과육은 아이의 속살처럼 부드럽다. 이런 속살에 "칼"을 대는 행위는 섬뜩하다. 이런 섬뜩함은 바로 우리들의 깨달음으로 이어지고, '생태 환경에 대한 인식'으로 귀결된다.

전체 5연으로 된 위 작품은 1연부터 5연까지 시간적 흐름을 지닌다. 1연도 시제는 현재이지만, 내용은 과거를 지향한다. "우리집 아이들이 신을 느낀다"고 말하는 것은 현재이지만, "딸기를 먹으며 신을 느낀" 것은 과거이다. 2연에서 "깨알같은 별은 박아 놓으"신 손길에서는 시간 개념이 사라진다. 이것은 우주적 시간으로 인간이 말할 수 없는 시간이다. 그러나, "혀 속에" "딸기"를 넣으면 신의 영역을 마주하게 된다. 신이 만들어 주신 선물인 "별"을 느낄 수도 있다. 시적 화자는 이렇게 예쁘고 고귀한 맛을 지닌 딸기에 대한 추억을 아이들을 통해 되새김질 한다.

그러나 3연에서 "오늘"의 "나"는 그 신의 영역을 벗어나 인간의 추악함에 몸서리를 쳐야 한다. 물질적 욕망에 신의 선물을 맛볼 수 없다. 인간들이 만들어낸 딸기에는 "독"이 들어 있다. 선물 대신 "독"은 썩지도 않는다. 모든 유기물은 미생물에 의해 썩고 분해되어 순환한다는 것은 자명한 과학적 사실이다. 그것이 과학적 사실임에도 불구하고 썩지 않는 딸기를 만들어 낸 것이다. 독기는 아이들이 먹을 음식에 요염하게도 숨어 있다. 이에 시적 화자는 인간적인 대처를 하지만, 아이의 생명에 영향을 미친다.

아이의 울음은 시적 화자의 마음 뿐만 아니라 청자에게도 큰 호소력을 지닌다. 현재형으로 끝맺음을 통해 아이의 고통이 지속되고 있음을 드러낸다. 아니, 아이의 고통의 크기는 점점 더 커질 수도 있다. 이런 상황에서 독자들은 과연 어떤 일을 할 수 있을까?

이 작품에서는 우주적 시간이 등장하고, 그에 따른 인간들의 행위가 드러난다. 우주적 시간을 살고 있는 "신"은 구체적으로 형상화되어 나타난다. 1연에서 "신"은 맛을 통해 구체화되었다. 2연에서는 "속살 사이사이 깨알같은 별을 박아 놓"는 행위로 구체화된다. 인간의 능력으로는 "딸기"의 사이사이에 "별"을 박아놓을 수 없다. 씨앗을 통해 발견할 수 있는 신의 섭리가 신비롭다. 그에 대한 인간의 행위는 "신"을 느낀다는 것이다. 그런데, 여기서 "신"을 느끼는 것은 어머니인 "나"와 "아이들"이다.

모성을 통해 "아이들" 또한 신의 섭리를 느끼고, "딸기"의 "아름다움"을 느낄 수 있는 것이다. 아이들에게 먹이기 위해 "딸기"를 씻어 준비하는 과정은 "딸기"를 만들어낸 "신"의 손길과 다르지 않다. 곧, "모성"과 "신"의 손길이 동일시되고, 그를 통해 아이들은 자연의 섭리를 알고, 그에 대한 감사의 마음을 가졌던 것이다. 그런데 딸기를 씻으며, 신의 섭리를 파괴한 "독"을 발견한다.

"독"은 인간이 인위적으로 만들어낸 것이다. 그것은 경제적 이익을 위해 신의 섭리를 파괴하고, 아이들의 건강을 위협한다. "아이들"을 낳아본 어머니로서는 도저히 상상할 수 없는 일이다. "독"은 "딸기"가 썩지도 않게 만든다. 오랫동안 보관할수록 경제적 이익을 취할 수 있기 때문이다. 인간이 만들어낸 것과 "신"이 만들어낸 것의 대조적 측면을 볼 수 있다. "요염한 것"과 "예쁜 것" 사이에서 느껴지는 인간의 가해 행위에 대해 다시 한 번 반성해야 할 것이다.

> 나무도 자식을 버리나 봐요
> 나무가요.
> 제 자식 버리고도요
> 저 혼자 점점 굵어져서요
> 무엇도 되고
> 무엇도 되면서요
> 무성하게 웃고 있었는데요
>
> 어린 자식들은요
> 길에서 울다가
> 자꾸 울다가
> 웃을 줄 모르는 나무가 되었대요
> 한강 둔치 장마들면
> 제일 먼저 빠져 죽는대요

어린 뿌리들은 하얗게 뒤집혀서
한정 없이 떠내려간대요
뉘집 자식인 줄도 모르게요

최문자, 「나무고아원3」 전문

위의 작품에서 시적 화자는 "나무"를 바라보고 있다. 일정한 거리를 유지하면서 오랜 시간동안 "나무"의 삶을 이야기하고 있다. 1연에서는 "나무"를 낳은 부모의 삶을 보여준다. "나무"의 부모는 "제 자식을 버리고도" 웃으면서 삶을 살아간다. 그러나 "어린 자식들은" 제대로 된 삶을 살지 못한다. 부모에게서 버림받은 충격이 그들의 삶 전체를 흔들어 놓기 때문이다.

"나무"라는 존재는 자연의 순환원리에 충실한 주체였다. 그런데, 나무는 자신의 자식을 버리는 행위를 하고 있다. 그러고도 어린 자식에 대한 죄책감을 찾아볼 수 없다. 다만 자신의 욕망을 채우는 데 급급하다. 이런 나무의 삶은 곧 인간들의 삶을 비유한 것이다. "무성하게 웃고"는 인간의 이기적인 삶의 모습을 드러낸다. "무엇"은 인간의 이기적이면서 개인주의적 삶의 행태와 욕망을 드러낸다. 그 "무엇"은 타인을 위한 것이 아니라 자신만을 위한 삶이다. 인간이 부모로서의 책임을 이행하지 않는다면 그 대신 다양한 욕망을 충족시킬 수도 있을 것이다.

하지만 어린 자식은 그만큼 행복한 삶과 거리가 멀어진다. 어린 자식은 무조건 부모의 손길을 필요로 한다. 인간은 어떤 생명체보다 양육 기간이 길다. 그런데 부모의 양육을 받지 못했다면 사회에서 제 몫을 하며 살아가기 힘들다. 나무로 비유된 어린 자식의 삶은

"울다가 웃을 줄 모르는" 주체가 된다. 또, "장마"라고 하는 어떤 열악한 상황에 처하면 그것을 이겨낼 수 있는 힘이 없다. 그래서 "제일 먼저 빠져 죽는"다. 이런 삶을 보면서 시적 화자는 안타까움을 지닌다. 그런데 그 안타까움이 대상물에게는 어떤 도움도 되지 않는다.

2연에서 "어린 뿌리"가 떠내려가는 장면은 우리 사회의 익명성을 드러낸다. 우리 사회에서는 나 아닌 타인에 대한 관심을 가질 사이가 없다. 시간은 돈으로 환원되므로 타인에 대해 관심을 가진다는 것은 자본주의 사회에서 비효율성으로 지적된다. 따라서 인간은 자신의 삶이 중요한 만큼 타인의 삶이 중요하다는 인식을 하지 않는다. 생태시에서는 이와 같이 인간에 대한 무관심을 비판하고 있다.

무관심으로 시작하는 자본주의 사회에서의 소외는 한 생명체를 죽음으로 내몬다. 독자는 "어린 자식이 제일 먼저 빠져 죽는" 상황을 보면서 안타까움을 느낀다. 빠져 죽는 모습은 "하얗게, 한정 없이"라는 시어를 통해 묘사된다. 이것은 한 개체의 죽음이 아니라 많은 개체수로 읽혀진다. 그리고 마지막 행의 "뉘집 자식인 줄도 모르"는 상황을 통해서 더 많은 인간들이 죽음으로 내몰리는 상황이 드러낸다. 떠내려가는 나무가 많음으로 해서 우리 사회에 대한 문제의식이 더욱 커진다.

시인은 1연과 2연의 내용에서 시적 화자가 바라보는 대상물들을 다르게 선택했다. 그럼으로써 대조적 측면을 보여주고 인간 사회에서의 두 부류를 드러낸다. 최근 자본주의 사회가 발달하면 할수록 사회 계층은 확고하게 분리된다. 상류층과 하류층의 차이는 점점 극명해진다. 한 계층이 자신의 욕망을 충족시킬수록 다른 한 계층은 욕망을 축소시켜야만 한다. 이런 상황에서도 부모와 자식 간의 천륜은 상식적인 것이었다. 그런데, 「나무고아원3」에서는 부모와 자식간의 관계조차 파괴되어 가고 있는 현실을 드러내준다.

(씨앗사람들을 데리고 도요새 떼 여길 지나갔네 비 많이 와 늙은 도
요의 눈 속이 흠뻑 젖어 있었네 그들의 마지막 말을 누군가 편집했지만)

여기가 좋아요
뭍도 아니고 바다도 아닌
중음(中陰)의 보드라움, 몽유하는 혼들이 숨구멍처럼 열렸네요 오, 예
뻐요, 빗방울처럼 제각각 몸을 둥글린 시간들
우리가 오직 날개의 무게로만 와도
씨앗들 퍼지네요 음악처럼 별빛처럼 무화과 입속처럼
여기가 좋아요
뭍이기도 하고 바다이기도 한
살가운 접촉, 흔적이 흔적 속에 잘 스며들어, 당신이 나를 낳기 좋은
아침이 왔죠 내가 당신을 낳기 좋은 저녁이 왔죠 젖멍울 짠한 노을이
땀 냄새 풍기며 우리에게 젖을 물려주었어요 여러 겹의 수평이 번져
간 발치엔 오래전의 목숨들이 세족식의
물 대야를 받치고 있었죠
이 틈이 좋아요
중략
이 드넓은 틈 사이에 씨앗사람들을 내려놓을게요

(그런데 혹시 이 모호함이 두려운가요? 그래서 자꾸 딱딱해지고 싶은
건가요?)

김선우, 「뻘에 울다」 전문

대지로 은유되는 "여성"은 "씨앗"을 품어 그것의 "싹"을 틔울 수
있다.15) "여성"은 자신의 육체 안에 생명체를 품고 자신의 살과 피

를 먹인다. 이것은 대지가 자신의 영양분으로 씨앗을 품고 그것의 싹을 틔워 만물을 먹이는 행위와 마찬가지다. 이 작품에서는 "뻘"이라는 공간이 가지고 있는 포용력을 통해 "씨앗"에 대한 의미를 새롭게 한다. "뻘"은 물과 공기를 충분히 보유함으로써 다양한 생명체의 모체가 된다. 지구상의 생명체의 근원이 모두 바다로부터 연유했음을 생각해 본다면, "뻘"이 가지고 있는 생명 탄생의 가능성을 확인할 수 있다.

　"씨앗"은 스스로 번식하는 존재이다. 그런데, 요즘에는 씨앗은 재생 능력을 잃어버렸다. 실험실에서 "씨앗"은 자기번식성을 거세당한 채 상품화되기 때문이다. 교잡(hybridization) 과정은 식물이 스스로 번식하는 것을 기술적으로 막는다. 그럼으로써 종자회사는 지속적으로 종자를 사야만 하는 농부들에게 종자를 제공할 수 있기 때문이다. "씨앗"이 "씨앗"으로 기능하지 못하고 일회용품으로 전락하고 있는 사이, 토종 씨앗들은 수세기에 걸쳐 환경과 시간적 요소들에 의해 개량되고 선별되었음에도 선택에서 도외시되고 있다 토종들이 겪어온 진화적인 물질 과정은 생태적·사회적 필요를 충족시켜16) 줌에도 선택할 수 없다.

　시적 화자는 사람들의 사회에서 "씨앗사람들"이라는 표현을 사용하고 있다. "사람들" 중에서도 가장 "씨앗"의 역할을 할 사람들은 과연 누구일까? 이것은 비유적 표현으로 "도요새 떼"에게 관심을

---

15) 고대 가부장제에서는 활동적인 씨앗과 수동적인 대지라는 상징을 사용하여 씨앗과 대지의 분리시켰다. 그런데, 자본주의 가부장제에서는 새로운 생명공학을 이용해 씨앗을 수동적인 것으로 재구성하면서 공학적 정신을 활동적이고 창조적인 것으로 간주해 버린다. 씨앗과 대지는 서로 상대의 재생과 회복을 위한 조건을 만들어낸다. Vandana Shiva, 한재각 외 옮김, 『자연과 지식의 약탈자들』, 당대, 2000. pp. 93~98. 참고.

16) Vandana Shiva, 한재각 외 옮김, 앞의 책. p. 103.

가질 수 있는 주체가 되어야 한다. 그 주체는 "도요새 떼"의 말을 듣고 "늙은 도요의 눈"을 응시할 수 있는 사람일 게다. "늙은 도요새"가 좋아하는 곳을 알고, 그곳을 지켜낼 수 있는 사람으로 환경에 대한 새로운 인식을 가진 주체를 "씨앗"의 의미로 드러낸다.

"뻘"은 다양한 생명체를 품어야 한다. 그러므로 "보드라움"의 속성을 가지고 "숨구멍"을 통해 다양한 생명체가 숨 쉴 수 있도록 해야 한다. 그런데 "딱딱해지고" 있다는 시어는 "뻘"이 가진 생명력에 위기의식을 느끼게 한다. 모체가 생식력을 잃게 되면, 더 이상 아기에게 희망은 사라진다. 그와 마찬가지로 "뻘"이 딱딱해지면 그 안에 생명체는 희망을 가질 수 없다. 생명체라면 누구도 "딱딱해지고 싶"지 않다. 사람도 아기때 발가락을 빨아먹고 놀 정도의 유연함을 가지고 있지만, 노인이 되면 될수록 신체가 굳어진다. 결국 죽음에 이르러서는 "딱딱해"진다.

우리들이 "뻘"에 가 서 보면, 우리의 발자국마다 웅덩이가 파이는 현상을 경험한다. 시적 화자는 이 현상을 "세족식의 물 대야"로 표현하고 있다. 그런데, 이 "물 대야"는 어떤 형상을 가진 형태로 물을 모아둘 수 있어야 한다. 시적 화자는 "뻘"의 생성 과정과 다양한 생명체의 삶의 터전이라는 점에 착안하여 "물 대야"를 상상해 낸다. 시적 화자의 "물 대야"는 그 발 밑에 몇 천 년 또는 몇 억 년 동안 수많은 생명체의 삶을 통해 이루어졌음을 알린다. 수많은 생명체의 삶의 연속이 있었기에 현재 우리가 발 딛고 서 있음을 인식한다. 수억 년 전의 시간을 인식하지 못한다면, 우리들의 의식도 "딱딱해"질 것이다.

여기에는 인간의 숨겨져 있는 행위가 있다. 인간은 "뭍도 아니고 바다도 아닌" 중간 지역인 "중음"의 상태를 원치 않았다. 그래서 그

"숨구멍" 하나하나에서 숨 쉬고 있는 생명체를 인식하지 못했다. 뚜렷한 목적 의식 아래에 다른 생명체에 대한 배려는 있을 수 없었다. 그리고 여유도 없었다. "뻘" 안에 다른 생명체들과 호흡을 같이 하고, 또, 다른 생명체와 공존하는 삶을 인식하지 못했다. 시적 화자는 모든 생명체의 근원을 잃어가고 있는 것에 대해 안타까움을 드러낸다.

여성적 화자가 등장하고 있는 이 작품은 시적 화자의 목소리가 이중적이다. 형식적으로 괄호로 등장하고 있는 처음과 끝 부분의 목소리는 청자를 대상으로 하여 의문문의 형태로 되어 있다. 그렇지만, 구체적인 답변을 요구하기 보다는 청자들에게 의식전환을 구한다. 가운데 부분은 청자에게 시적 화자의 생각과 느낌을 들려주고 있다. 시적 화자는 청자와의 의사소통을 고려하기 보다는 시적 화자 자신의 이야기만 일방적으로 전달한다. 조용하게 자신의 내면 이야기를 고백하면서 시적 화자의 세계를 드러낸다. 이렇게 시적 화자는 여성적 어조를 통해 자신의 내면세계를 고백하는 형태를 사용했다. 그리고, 의문형이나 평서형 종결어미를 사용하면서도 존칭화법을 사용하여 청자의 반응을 존중한다.

3) 생명력의 원천으로서의 여성성

점점 더 복잡해지고 있는 사회 시스템 사이에서 인간들은 생존 경쟁에서 살아남기 위해 서로를 이용한다. 이 때, 인간들은 원시시대의 사냥에서나 필요했던 공격성을 정보 사회에서까지 버리지 못하고 있다. 경쟁 관계에서 살아남기 위해서 더 교묘해진 공격성에 의해 때로는 자신도 피해를 입는다. 타인과의 친밀한 관계를 통해 삶의 가치와 의미를 추구해야 하는 인간들의 본능에 위배되는 현상들이 더욱 인간의 삶을 힘들게 한다.

우리들은 그동안 문명의 발전을 노래했지만 그것으로 상처를 입고 있다. 자신이 가지고 있는 상처를 내놓지도 못하고 있다. 그리고 얼마나 상처를 더 입어야만 하는지에 대해서도 모른다. 무지에서 오는 두려움의 크기는 점점 커지고, 아픔을 감내하기에는 역부족이다. 자본주의 사회는 성장을 위해서 여성의 인력을 필요로 했다. 따라서 여성들도 점점 자신들의 능력을 사회에서 필요한 전문적 능력으로 갖추게 되었다. 게다가 여성들이 가진 특유의 부드러움과 섬세함은 경쟁 관계의 상처를 치유하기에 이른다. 전문적 능력과 더불어 부드러움의 무기가 복잡해진 사회에서 소외되고 경쟁에서 탈락한 인간들에게 힘이 된다.

여성들은 권력이나 무기, 성기가 아니라 이해와 사랑을 무기로 한다. 따라서 타인들의 상처를 자신의 상처처럼 아픔을 느낄 수 있다. 그 공유함으로부터 타인과 소통할 수 있다. 소통을 바탕으로 하여 다양한 문제를 해결해 낼 수 있는 에너지를 발산한다. 이와 같이 상처를 치유하는 작품으로는 김정란의 「사랑으로 나는」, 나희덕의 「어떤 출토」, 김선우의 「여러 겹의 허기 속에 죽은 달이 나를 깨워」, 허수경의 「폐병쟁이 내 사내」 등이 있다. 이들 작품에서는 여성성에 의해 상처를 가지고 있는 모든 이들에게 자신의 사랑을 나눈다. 특히 어머니의 사랑과 여성의 헌신을 바탕으로 하는 삶의 모습이 잘 드러난다.

> 물고기들이 물속에서
> 물을 먹지 못하고
> 둥둥 떠내려갈 때
> 깊은 바다

바닥이 없는 바다의 물고기들이
물속에서 물에 빠져 허우적거릴 때
결국은 엄마를 잃고 모든 물고기들이
물속에서 목이 마를 때
급히 브래지어를 밀쳐올리고
물고기에게 젖을 먹이는 여자
첫아기를 낳은 젊은 엄마처럼
튼튼한 젖가슴을 드러내고
물고기에게 배불리 젖을 먹이는 여자
망망한 바다
갈매기도 없는 바다의 물고기들이
수평선에 목이 걸려 죽어갈 때에도
수평선을 풀어주고
하루종일 젖을 먹이는 여자
나 그 여자에게 다가가
젖 달라고 우네
아기처럼

정호승, 「물고기에게 젖을 먹이는 여자」 전문

위의 작품에서 '나'는 튼튼한 생명력을 가지고 있는 "여자"를 만난다. 그 "여자"는 "물고기"에게 젖을 먹이고 있다. "젖"은 여성에게만 있다. 그것도 자기 자식을 낳아본 여성만 "젖"을 먹일 수 있다. 자기 자식에게 영양분을 모두 주고 남은 살과 피까지도 줄 수 있는 것이 모성이다. 모성은 자신의 자식에게 느꼈던 애틋함을 만물에서 느낄 수 있다. 자식을 낳아보지 않은 여성과 낳아 본 여성은 생명체에 대해 달리 인식하고 느낀다.

위의 작품에서 여성은 "첫아기를 낳"았을 때의 감동과 신비로움을 느끼고 있다. 둘째와 셋째를 낳아본 경험과는 다르다. 첫 번째의 자식을 낳고 어머니가 되었을 때의 감동과 흥분은 그 어느 경험과도 견줄 수 없다. 젊은 엄마의 건강하고 튼튼한 생명력은 아이를 더욱 건강하게 키워내고 지킬 수 있다. 이때의 모성은 풍요롭고 행복한 모습으로 다른 이들에게 생명의 젖을 나누고도 부족함이 없다. 따라서 "하루 종일 젖을 먹이"고도 지칠 줄 모른다.

　위의 작품에서 "물고기"는 "물 속에"에 있으면서도 "물"을 먹지 못하고 있다. 둥둥 떠내려가고 있다. 깊은 바다에 빠져 허우적거리고 있다. 또, 엄마를 잃고 물 속에서 목말라 있다. 물고기들이 "물" 속에서 물을 먹지 못하고 빠져 허우적거리며 목이 말라 있다는 것은 현실적으로 불가능한 일이다. 그럼에도 시적 화자는 그런 "물고기"들을 보고 있다. 물고기들의 생태와는 너무나 동떨어진 모습이다. 이것은 자연 파괴로 인해 물고기들의 생태가 소외당하고 있는 모습이다. 그런 물고기들을 바라보는 시적 화자의 모습은 오히려 담담하다. 시적 화자인 '나'는 자연 법칙의 혼란을 이미 보아왔던 듯 무심하다.

　"여자"의 모습에서 '나'는 감동을 받게 된다. '나'의 태도 변화는 "여자"의 지속적인 "살림"의 행위에 의해서다. "여자"는 인간과 자연의 상호 교감 능력에 근거한 인식을 바탕으로 "물고기"를 소외시키지 않는다.[17] "나" 또한 내가 아닌, 내 가족, 내가 모르는 어떤 이와 생명을 나누고 싶다. 내가 자연으로부터 무상으로 받은 "생명력"을 누군가의 생명을 되살리는 데 사용하고 싶다. 나는 그 "여자" 앞에서 아기와 같이 작고 순수한 모습으로 변한다. 아기처럼 나도 순수한 자연의 본능에 충실한 삶을 살아가고자 한다.

---

17) 구승회, 『생태 철학과 환경 윤리』, 동국대학교 출판부, 2001. p .45.

　근대 사회의 여성들은 빈곤과 기아의 원인이 다산에 있다고 하여 산아제한을 강요당했다. 그 결과 여성의 생식력은 죄악으로 치부되고 각종 피임기구로 여성의 신체는 상처입고 태아는 죽음에 이르렀다. 여성들은 생산 활동에 종사하면서 임신과 육아, 사회 활동이라는 이중 삼중의 고역을 감내해야만 했다. 현재 우리나라의 전문직 가임 여성들은 출산에 대해 기피한다. 결국 출산률 저하가 사회 문제가 되어 정부는 출산 억제에서 출산 장려로 정책을 바꿨다. 이제는 여성들의 본능적인 삶의 모습에 귀기울여야 할 때이다. 그래야 앞으로 생태적 세계를 이루는 제도를 마련하고 미래에 대한 계획을 세울 수 있을 것이다. 자연의 흐름에 거스르는 정책은 시대착오적이기 때문이다.

　　　　우리가 서로 사랑해야 하는 이유는
　　　　세상의 강물을 나눠 마시고
　　　　세상의 채소를 나누어 먹고
　　　　똑같은 해와 달 아래
　　　　똑같은 주름을 만들고 산다는 것이라네
　　　　우리가 서로 사랑해야 하는
　　　　또 하나의 이유는
　　　　세상의 강가에서 똑같이
　　　　시간의 돌멩이를 던지며 운다는 것이라네
　　　　바람에 나뒹굴다가
　　　　서로 누군지도 모르는
　　　　나뭇잎이나 쇠똥구리 같은 것으로
　　　　똑같이 흩어지는 것이라네

　　　　　　　　　　문정희, 「사랑해야 하는 이유」 전문

위의 작품은 세 부분으로 이루어져 있다. "사랑해야 하는 이유는" 부터 "산다는 것이라네"까지, "사랑해야 하는 또 하나의 이유는"부터 "운다는 것이라네"까지, "바람에"부터 "흩어지는 것이라네"까지로 나눌 수 있다. 이 세 부분의 구조는 이유에 대한 설명의 내용이 반복되고 있다. 세 부분의 내용이 반복이 많고, 일정한 구조를 드러냄으로써 단조로움을 느낄 수 있다. 또 "사랑"이라는 흔한 시어는 독자들에게 흔한 대중가요를 듣는 듯 식상할 수도 있다. 그런데, 이 식상할 수도 있는 "사랑"은 다양하고도 깊은 의미를 지니고 있다.

"사랑"은 누구를 대상으로 하느냐에 따라, 또 어떤 형태와 깊이를 가지고 있느냐에 따라 달라진다. 이 작품에서 "사랑"의 대상은 정해져 있지 않다. 하지만, 처음 부분에서 "사랑"의 주체는 "우리"이다. "우리"는 공동체적 의미를 지니면서 부정칭이다. 특정한 누가 아니라 우리 모두가 대상인 것이다. 우리들은 혼자서 사랑하지 않는다. 사랑은 방향성을 지니고 있어 대상을 지향한다. "서로"라는 시어를 통해 볼 때, 나는 사랑을 받는 이도 되고, 주는 이도 된다. "강물"과 "채소"를 나눔으로써 "우리"들은 삶의 의미를 찾을 수 있다. 똑같은 우주의 자연물 아래 귀속된 우리는 생물학적 생존을 위해 함께 살아가고 있다.

두 번째 부분에서의 이유로는 "시간의 돌멩이"를 들고 있다. 자연의 "시간"은 구획되어 있지 않고, 다만 흘러갈 뿐이다. 그런데, 인간은 "시간"을 구획하여 인간의 자유를 빼앗고 자연적 삶에 회의적이게 한다. 그럼으로써 인간은 타인의 "시간"을 이용하고 그들의 노동력을 착취함으로써 쾌락을 얻는다. 하지만, 타인을 향했던 "돌멩이"는 언제까지나 타인만을 지향하지는 않고 자아를 향한다.[18] 욕망 충족의 한계선에 다다르면, 또 다른 타인을 향하게 되고, 그 "돌멩이"

에 나 또한 맞게 된다. 그럼으로써 갖게 되는 비극적 절망과 고통은 인간으로서 어쩔 수 없는 운명이다.

하지만, 세 번째 부분에서 드러나는 "흩어지는"이라는 시어는 앞의 모든 인간적 고뇌와 절망을 이겨내게 한다. "흩어지는"의 주체는 이 부분에서도 드러나 있지 않다. 그러나 이것의 주체는 "우리" 모두이다. "우리"는 존재감없이 사라지는 "나뭇잎"이나 "쇠똥구리"를 인식한다. 그리고 그들의 존재를 무가치하다고 생각할 수도 있다. 그러나 시인은 그런 우리들의 인식에 새로운 가치를 요구한다. 우리 인간들의 존재도 우주적 시간으로 바라볼 때는 "바람에 나뒹굴다가" 사라지는 너무나 작은 하찮은 것에 불과하다. "나뭇잎"이나 "쇠똥구리"가 존재감 없이 사라지는 것처럼 우리 인간들도 "똑같이 흩어"진다고 이야기한다.19)

이런 시인의 인식을 통해 우리들은 다시 한 번 "사랑"의 의미를 되새겨 볼 수 있다. "우리"가 "사랑"해야 할 대상은 "인간" 만이 아니다. "인간"이라는 자연물로 태어났기 때문에, 다른 자연물들이 하지 못 하는 "돌멩이"를 던졌다. 그러므로 스스로가 눈물짓고 있다는 사실을 알아야 한다. 그리고 반성을 통해 "사랑"을 실천해야 할 때

---

18) 이념은 자신을 쏟아 부어 물리화학적, 생물학적 자연을 만들고, 마침내 그 창조의 정점에서 인간을 낳는다. 인간은 특이한 동물이어서 정신을 갖고 있다. 결국 자연 속에서 다시 정신이 탄생하는 셈이다. 인간의 정신은 발전하여 마침내 사실은 자연이 이념의 다른 모습이며, 이 모든 게 절대자가 자신을 인식하는 과정임을 깨닫는다. 이때 스스로 자연이 되었던 이념은 원래의 자기로 복귀한다. 이렇게 자신을 인식하려고 스스로 다른 게 되었다가 다시 자기한테 돌아오는 '정신의 오디세이', 이게 바로 우주의 역사다. 진중권, 『미학 오디세이』, 휴머니스트, 2008. p. 282.

19) 러브록과 마굴리스의 견해에 따르면 대기권(기체), 수권(물), 지권(고체)으로 이루어진 무생물계는 생물계가 다스린다. 생태계는 생물계와 지구를 이루는 모든 원소들의 상호작용이라고 한다. Larry Gonick · Alice Outwater, 이희재 옮김, 『세상에서 가장 재미있는 지구환경』, 궁리, 2008. p. 23.

이다. "사랑"은 모두 이 우주의 대상물을 지향해야 한다. 모든 자연물과 "강물"과 "채소"를 나눔으로써 참 사랑을 실천할 수 있고, 인간으로서의 참된 가치를 느낄 수 있을 것이다.

이 작품에서는 흔한 "사랑"의 참의미와 실천의 중요성을 드러내기 위해서 같은 문장 구조를 반복한다. "～은 ～것이라네"의 문장 구조는 주어와 서술어의 반복 구조를 형성하는데, 이것은 단순하게 두 번째 의미구조로 이어지고, 세 번째 의미구조에서는 주어를 생략함으로써 구조에 변화를 주고 있다. 그리고 시어의 반복이 이루어진다. 일상어를 시어로 사용하고 있음으로써 독자들에게 쉬운 작품으로 인식된다. 가장 주제의식을 집약하고 있는 "사랑"이라는 시어가 "똑같은", "서로, 우리"의 단어 반복을 통해 "사랑"을 이룰 수 있는 조건들이 형성되고 있다. 그리고 "강가"는 문명의 시원이 되는 인간과 생명체의 근원으로서 공간적 배경을 드러내고 있으며, "시간"이라는 말을 구체적으로 사용함으로써 시간에 억눌려 있는 인류사에 대한 이해를 돕고 있다.

> 사랑으로 나는 내가 보았던 매미 날개와 매미 날개에 머무는 햇살과 그 햇살의 순간의 예민한 망설임들을 이해한다. 사랑으로 나는 내가 보지 못했던 오로라와 그 오로라가 우주 먼 곳 태어나지 않은 역사와 맺는 관계를 이해한다. 사랑으로 나는 내 내장 깊은 곳까지 박힌 칼들을 이해한다. 사랑으로 나는 언젠가 그 칼들이 나를 더 이상 아프게 하지 못할 날이 올 것이라는 것을 이해한다.
>
> 사랑으로 나는 죽어가는 세계의 모든 생명들과 이제 막 태어나는 어린 생명들과 하나가 되고 싶다, 될 것이라고 믿는다, 될 것이다. 사랑으로 나는 나이며 너이며 그들이다. 사랑으로 나는 중심이며 주변이다. 사

랑으로 나는 나의 상처의 노예이며 주인이다. 사랑으로 나는 나의 상처
를 세계의 상처 위에 겸손하게 포개놓는다. 세계, 나의 아들이며 나의 지
아비인 세계의 상처 위에, 나처럼 아프고 불행한 세계의 상처 위에, 가만
히, 다만 가만히.

김정란, 「사랑으로 나는」 전문

"사랑"은 도구이다. 여러 가지의 행위와 목적을 달성할 수 있는
수단이다. 위의 작품에서는 "사랑"으로 서로를 이해하고, 세계에 대
한 상처를 치유할 수 있다. 우리는 때로 "사랑"을 삶을 살아가는 목
표인 양 잘못 해석하고 있을 때도 있다. "사랑"한다는 말 한 마디로
모든 행위가 용서되고, "사랑"이 이루어지는 것은 아니다. "사랑"에
는 행위가 따른다. 그 행위는 "이해"와 "믿음", "확신"과 "포개 놓"
는 행위를 통해 이루어진다. 일순간에 얻어지는 것이 아니라, "가만
히, 가만히" 이루어진다.

1연에서는 이해의 대상이 드러난다. 그 대상은 "햇살"과 "그 햇살
의 순간의 예민한 망설임"이 첫 번째이다. "햇살"이 머무는 곳이
"매미의 날개"이다. "매미의 날개"는 가장 얇고 찢어지기 쉬우며, 햇
살을 투과하기도 하고, 반사하기도 한다. "햇살"이 전부 투과되지도
않고, 모두 반사되지도 않는다. 시인은 그 적절한 투과와 반사의 순
간을 바라보며, "망설임"이라고 표현하고 있다. 그 망설임을 보면서
자연의 오묘한 자동 조절 능력을 이해하지 않을 수 없다. 그런데 인
간의 "역사"에 인식이 머물렀을 때에는 "내 내장 깊은 곳까지 박힌
칼들"을 이해하지 않을 수 없다. 인간의 역사는 그야말로 투쟁과 쟁
취의 역사이므로 "나"는 어쩔 수 없이 인간으로서의 아픔을 가져야
만 한다. 자연의 오묘한 능력 밖의 인간의 아픔은 인간의 행위에 의

해 이루어진 어쩔 수 없는 과업이기 때문이다.

2연에서는 믿음에 대해 이야기한다. 결국 사랑으로 "상처"를 치유할 수 있다는 믿음이다. "상처"는 "세 개"이다. 이 상처는 첫째는 "나는 나이며 너이며 그들이다"라는 "나"와 "너"를 구분하는 이분법에서부터 출발한다. "나"의 아픔과 "너"의 아픔이 동일시되지 않고, "너"의 아픔을 통해 "나"의 즐거움이 생산되기에 묵인하고 도외시했기에 발생한 아픔이다. 둘째는 "중심과 주변"에 대한 구분으로 이루어진 아픔이다. 이분법 이후에는 자신들의 기득권을 보호하고 이권을 확대시키기 위해 "나"와 다른 것을 구분하게 되고, 그 구분의 기준을 교묘하게 하여 "중심과 주변"을 나누었다. "주변"에 포함된 이들이 "중심"의 인간을 구분함으로써 생긴 상처의 깊이를 다시 느껴볼 수 있다. 셋째는 "노예와 주인"의 상처이다. 이것은 "중심과 주변"에 대한 구획보다 더욱 인간의 노동력을 착취하기 위해 다른 인간들의 인권을 묵살했다. 가장 깊은 상처를 남겼으므로 치유의 방법 또한 다양하고 오랫동안 이루어져야 한다.

시적 화자 "나"는 주체로서 대상물을 바라보고 이해하는 과정을 가진다. 자연의 순간순간에 빛을 발하는 아름다운 것들에 대한 관심은 "우주 먼 곳"으로 확대된다. 그리고 "우주"를 통해 인간뿐만 아니라 생명체의 발생과 생존하는 근본 원리에 대해 인식하면서 공간적 확대뿐만 아니라 시간적 확대의 경험을 갖는다. 곧, "역사와 맺는 관계"에 인식이 미친다. 그리고 "역사" 안에서 이루어졌던 많은 "칼"로 인한 욕망 채우기의 상처를 찾게 된다. "칼들"이 준 상처의 아픔을 되새기며, 그 상처를 거부한다.

거부의 몸짓은 2연에서 적극적으로 이루어진다. 우선 시적 화자는 "믿"음을 갖는다. "생명"에 대한 그의 믿음은 "죽어가는 세계의 모든 생명들과 이제 막 태어나는 어린 생명들과 하나가 되고 싶다'는 것이다. 곧, "죽어가는 생명"과 "어린 생명"을 동일시하고 있다. 우주의 순환 법칙에 의한다면, 그동안 수많은 우주가 탄생하고 팽창하고 사라져 가고[20] 있다. 이 과정에서 일개체의 죽음과 탄생은 어떤 의미를 갖지 못할 수도 있다. 다만 개체의 죽음을 통해 다른 개체수가 살아갈 수 있는 환경을 제공하고, 그 환경을 바탕으로 또 다른 개체가 생명을 이어받아 지속될 뿐이다.

시적 화자인 "나"는 마지막 부분에서 다른 이들의 상처에 손을 댄다. 그럼으로써 자신이 여성임을 밝힌다. 그것도 "아들"과 "지아비"를 제시함으로써 아이를 낳은 여성임을 밝힌다. 한 집안의 어머니는 자신의 생만을 돌아보지 않는다. "아들"과 "지아비"의 세계를 이해하고 그들의 "상처"를 본다. 어머니의 세계에서도 "상처"는 존재한다. 그러나 어머니로서의 "상처" 때문에 가족의 "상처"를 잊지 않는다. 어머니의 삶에도 아픔은 있지만, 어머니는 자신의 아픔을 외치지 않고, 다만 가만히 가족의 "불행한 상처" 위에 자신을 "포개 놓는다". 그럼으로써 "아들", "지아비"의 상처와 "내 세계의 상처"가 하나가 되고, 상처가 하나 될 때, 치유 방법이 다양하게 시도될 것이다.

시인은 세계의 상처를 인식하고, 상처를 치유할 수 있는 방법으로 "사랑"을 노래하고 있다. "사랑"은 행할 수 있는 사람은 바로 "나"로부터 시작해야 한다. "나"라는 존재를 "아들"과 "지아비"를 둔 여성으로 설정함으로써, 여성들의 존재가 "사랑"을 행할 수 있는 가장 적절한 조건과 능력을 갖추고 있음을 얘기한다. 이분법을 추구하는 세계 대신 이해와 화합이라는 세계에 대한 희망을 노래하고 있다.

---

20) Edward O. Wilson, The Creation, 권기호 옮김, 『생명의 편지』, 사이언스 북스, 2006. p. 13.

③ 생태시와 인식 전환

인간은 다른 동물과 달리 사유 체계를 가지고 있다. 그 사유는 대상을 지향하고, 다시 자신을 향한다. 헤겔은 사유의 두 가지 방향성을 통해 자기의식 - 의식 - 대상이라는 사유 작용을 이끌어낸다. "자기의식 - 의식 - 대상의 의식체계가 나 - 자기성 - 물질, 또는 자연의 통일구조로 변화되어 가는 운동은 궁극적으로 인간과 자연의 관계와 인간과 인간의 사회적 관계가 함께 변화함을 말한다. 인간이 인간을 지배하는 것은 노동력을 지배하여 자연을 지배하려는 것이기 때문이다. 이 지배에 있어서 지배당하는 편은 모두 생명과 연관이 있음을 간과하지 말아야 한다. 인간의 노동력은 본래 그 인간의 생명력과 다르다[21]"의 내용을 통해서 인간의 사유 방식이 어떻게 인간 사회 구조를 변화시키고 있는지 짐작할 수 있다.

생태 환경의 문제 상황에서 인간들의 새로운 인식 전환은 매우 중요하다. 자연물들은 개체들로 존재한다. 이 개체들을 인식한다는 것은 개체들을 관계로 묶는 하나의 일정한 법칙을 안다는 것을 뜻한다. 해와 돌 사이의 관계가 어떠한가를 판단하는 데 이르러서야 인식이라 할 수 있다. 또, 해와 돌의 개체들의 원인과 결과의 범주를 통하여 하나로 통일하고 종합하는 것이 인식이다.[22] 이와 같은 관계에 대한 인식은 지금까지의 인간들의 삶에 깨달음을 던져 준다.

인식 전환과 더불어 인간의 생태 환경의 문제를 해결하기 위해서는 융통성(flexibility)(과 회복력)이 필요하다. 융통성을 유지하기 위해서 다양성의 중요성, 변화와 문화적 차이로부터 학습하는 방법

---

21) 이준모, 『생태적 인간』, 다산글방, 2000. pp. 11~12.
22) 이준모, 위의 책, pp. 239~240.

에 대한 학습을 포함해서 적응(adaptation)을 뒷받침하는 기초적인 연속성에 대한 탐색 또한 필요하다.[23] 다양성에 관련된 내용은 언어와 생물과의 관계를 바탕으로 한 연구에서 확연히 인식할 수 있다.[24] 인류는 자연을 접하면서 언어의 필요성을 인식하게 되고, 자연에 대한 깨달음에 따라 언어가 생성·발전해 왔다.

언어의 사멸과 생물종의 사멸 사이의 관계는 아주 밀접할 뿐만 아니라 종종 불가분의 관계에 놓인다. 세계의 토착민들과 그들의 언어들은 서식지의 파괴와 더불어 죽어가거나 현대 문명에 동화되어 가고 있다.[25] 토착민들의 삶이 각자의 삶의 방식에 의해 정해질 때에는 언어 또한 다르게 그들의 삶을 표현할 수 있었다. 언어는 생물종과 같이 환경에 잘 적응한다. 또, 생물이 환경에 적응해 자신의 영역을 넓히듯, 언어 또한 자신의 영역을 확보하고 있었다. 그런데, 현대 선진국이 주도하는 변화와 속도감으로 인해 언어가 적응할 수 있는 시간이 확보되지 않은 채, 언어는 사멸되어 가고 있다. 언어가 구축할 수 있는 세계의 다양성, 독창성이 말살되어 가고 있는 것이다.

일반적으로 우리 인간을 포함한 포유동물들은 사건이 아니라 자신들의 관계 패턴에 지극히 관심을 기울인다. 여러분이 냉장고 문을 열고 고양이가 다가와 어떤 소리를 낼 때 고양이가 간이나 우유를 원한다는 사실을 여러분은 잘 알고 있지만, 고양이는 간이나 우유에 대해 말하는 것이 아니다. 여러분이 제대로 짐작했고, 만약 냉장고에 그런 것이 있다면 여러분은 고양이가 원하는 것을 줄 것이다. 고양이가 실제로 말하는 것은 자신과 여러분의 관계에 관한 것이다.[26]

---

23) Gregory Bateson, 박대식 옮김, 『마음의 생태학』, 책세상, 2006. p. 17.
24) Daniel Nettle·Suzanne Romaine, 김정화 옮김, 『사라져 가는 목소리들』, 이제이북스, 2006. 참고.
25) Daniel Nettle·Suzanne Romaine, 위의 책. p. 89.

이렇게 인간이 살아갈 수 있는 것은 관계를 바탕으로 한 삶의 터전
이 있기 때문이다.

이것은 매우 중요한 사실이다. 인간 존재를 확증해 주는 것은 바
로 관계를 바탕으로 한다. 그들은 관계의 패턴에 관심을 기울이며,
그 관계를 가지고 다른 사람과 사랑, 증오, 존경, 의존, 신념 또는 그
와 비슷한 추상적 태도에 참여한다. 이것이 잘못 되었을 때 우리는
마음이 상한다. 만약 우리가 믿었는데 그 믿었던 것이 믿을 게 못
된다는 사실을 알게 되거나, 우리가 불신했는데 그 불신했던 대상이
실제로 믿을 만하다는 사실을 알게 되면, 우리는 기분이 나쁘다. 인
간과 기타 포유동물들이 이런 형태의 오류로 경험하는 고통은 극심
하다. 따라서 우리가 역사에서 무엇이 중요한 것인지를 정말로 알기
원한다면, 역사에서 태도들이 변화한 순간이 언제인지를 살펴봐야
한다. 이는 사람들이 자신들의 이전 '가치들' 때문에 상처 입는 순간
들이다.[27]

정신적 과정은 항상 물질적 표현을 가지고 있다.[28] 인간의 신경계
의 복잡성은 마음의 복잡성과 관계있다. 인간은 자연과 마찬가지로
자기 – 교정적 시스템을 가지고 있다. 근본적으로 이런 시스템들은
무언가를 항상 보존한다. 우리는 근본적으로 세 가지 대단히 복잡한
시스템 혹은 보존적 회로의 배열을 다루고 있다.

하나는 인간 개인이다. 인간의 생리학과 신경학은 체온, 혈액의
화학, 성장과 발생 기간 동안의 기관의 길이와 크기와 모양, 그리고
기타 모든 신체적 특성들을 보존한다. 이것은 인간, 육체 또는 정신

---

26) Gregory Bateson, 앞의 책, pp. 706~707.
27) Gregory Bateson, 위의 책, p. 707.
28) Gregory Bateson, 위의 책, p. 648.

에 관한 기술 명제들을 보존해주는 시스템이다. 이는 현상 유지에 관한 견해와 구성 요소들을 보존하기 위해 학습이 이루어지는 개인 적 심리의 진실이기도 하다.

둘째, 우리는 개인이 살고 있는 사회를 다루고 있다. 그리고 사회 도 그와 같은 일반적인 종류의 시스템이다. 우리 개인은 사회의 일 부분으로서 시스템 환경을 최적화하기 위해서 삶을 살아간다. 인간 은 앞서 제시한 '관계' 개념을 바탕으로 하여 사회를 구성한다. 사회 를 통해 자신의 존재를 인정받음으로써 살아갈 수 있는 것이다. 인 간은 자신의 삶의 존재 가치를 확보하기 위해 더욱 사회를 연구하고 그로 인해 복잡한 사회 시스템을 구성하게 된다.

셋째, 우리는 인간의 자연적 생물 환경인 생태계를 다루고 있다. 인간 주위의 자연 생태계를 보면서 그와 같이 교란되지 않은 시스템 을 본 사람은 극히 적을 것이다. 그런데, 인간은 일부 종들을 멸종시 키거나, 잡초나 해충이 되는 다른 종들을 도입하거나, 물 공급을 바 꾸는 등등의 행위를 한다. 물론 우리는 세계의 모든 자연계, 균형 잡 힌 자연계의 대부분을 아주 급속도로 파괴하고 있다. 우리는 단지 이들의 균형을 깨고 있을 뿐이다. - 하지만 아직은 자연적이다. [29]

생태학적 문제는 자연과 환경에 관련된 일부의 문제가 아니다. 자 연과 환경에 대한 문제 제기로부터 문제 의식이 출발했을 뿐이다. 인간들이 자신들의 편리와 이익을 얻기 위해 자연을 이용함으로써 자연물의 일부였던 인간에 대한 문제 제기에까지 이르렀다. 따라서 인간과 인간에 대한 새로운 인식 전환이 필요하다. 문제 의식을 외 부의 자연 환경으로부터 인간 내부로 전환한다. 다양한 사고와 감정

---

29) Gregory Bateson, 위의 책, pp. 648~651. 참고.

이 동시 다발적으로 출현하고 또 순식간에 사라져버리는 상황에서
시의 존재와 인간의 존재를 동일 평면에 놓고 하나의 복합적 문화
현상으로 통찰해야 한다.[30] 시 작품에서는 인간의 자아발견, 인간의
다른 사회 구성물들과의 관계를 재인식함으로써 새로운 생태적 세
계에 대한 전망을 제시한다.

생태시에 대한 연구는 위와 같은 다양한 시스템에 대한 연구를 바
탕으로 하여 새로운 인식 변화를 기대한다. 외부의 생태 환경 파괴
라는 현상적 측면에서 인간 내부의 인식 전환 필요성을 제기한다.
따라서 생태시 교육이 생태시의 다양한 주제 의식을 파악함으로써
자라나는 학습자들에게 바람직한 가치 체계를 심어줄 수 있으리라
본다. 시를 통해서 학습자들의 정서적 측면과 다양한 '생태 환경에
대한 인식'을 심어줄 수 있을 것이다.

1) 생명에 대한 재발견

인간이 자연을 대상화함으로써 가져온 결과는 인간의 생존 문제
에까지 영향을 미치고 있다. 인간은 자기 의식을 통해 자연이 자기
와 동일한 존재라는 것을 알게 되고, 그럼으로써 자연과 인간이 통
일체라는 인식에까지 도달할 수 있다. 그에 따라 인류는 자연이 생명
을 잉태하고 생명을 길러내는 본성에 다가가기 위해 노력해야 함도
깨달을 수 있다. 인간의 본성은 자연의 질서에 무조건적 순종하는 것
을 의도하지 않는다. 인간은 사유 체계를 이용하여 자연의 질서를 이
해하고 자연과 **호흡**하면서 살아가야 한다. 인간은 인간으로서 자신

---

30) 최동호, 『디지털 문화와 생태시학』, 문학동네, 2000. p. 7.

을 발견하고, '생태 환경에 대한 인식'을 바탕으로 하는 삶을 추구해야 한다.

　따라서 인간은 인간의 본성이 자연의 질서를 변화시킬 수 있다고 생각하지 않는다. 다만 '생태 환경에 대한 인식'을 통해 인간의 지나친 욕망에서 비롯되는 생태적, 종말론적 위기 의식을 가질 수 있다. 위기 의식을 바탕으로 하여 지금까지 확립된 사회 현상을 이해하고, 사회에서 발생하는 다양한 문제의 원인도 규명해야만 한다. 그리고, 원인에 대한 반성과 문제 해결의 방법을 모색해야만 한다. 특히 자본과 이익에 집중하는 사회 구조는 환경에 대한 반성을 거부한다. 반성적 사고의 결과 발생하는 사회 구조의 변화에 대한 욕구가 자본을 추구하는 데 반하기 때문이다.

　이러한 사회 변화를 도모하기 위해서는 자연에 대한 인식을 변화시켜야만 한다. 그것도 가치관 확립 시기에 인식을 정확히 심어주는 것이 필요하다. 따라서 인간의 깨달음에 대한 작품으로는 배한봉의 「과수밭은 둥글다」, 정일근의 「그 분이 바쁘시기에」, 정현종의 「사람은 언제 아름다운가」, 김선우의 「뒤쪽에 있는 것들이 눈부시다」 등이 있다. 모든 생명은 다른 생명체에 '기댐'으로써 살아갈 수 있다. 나무는 '공기'에 기대어 있다. '공기'가 인간의 시각적 인식 대상은 아니지만, 우리들은 키 큰 나무가 기대어 있을 공기를 시적 상상력으로 채워볼 수 있다.

　　　생명은 그래요
　　　어디 기대지 않으면 살아갈 수 있나요?
　　　공기에 기대고 서 있는 나무들 좀 보세요

우리는 기대는 데가 많은데
기대는 게 맑기도 하고 흐리기도 하니
우리 또한 맑기도 흐리기도 하지요.

비스듬히 다른 비스듬히를 받치고 있는 이여.

정현종, 「비스듬히」전문

　"기대는"는 것은 둘 이상의 대상물이 있을 때 가능하다. 그것은 인간이 아니어도 가능하다. 하지만 그 대상물들의 관계는 더 이상 가까울 수 없을 것이다. 물리적 거리 뿐만 아니라, 기댈 수 있고, 기대는 행위를 허락할 수 있는 대상물 간의 관계는 정서적으로도 가장 근접한 위치에 있다. 두 대상물 중 한 대상물이 그 위치를 벗어난다면 그것으로써 또 다른 하나도 자신의 위치에서 이탈될 것이기 때문이다. 이들의 관계는 서로가 서로를 의지하며 서로의 위치에 고정되도록 기능한다.

　"기댄다"는 것은 참 포근한 말이다. 인간에게 있어서는 힘들고 심적으로 지쳐있을 때, 무엇인가가 나를 기댈 수 있게 해 준다면, 잠시 쉼을 통해 새로운 에너지를 얻을 수 있다. 하지만 어떤 곳에도 기댈 곳이 없다면, 그것은 더욱 절망으로 치닫는 지름길로 들어선 것과 같다. 인간들은 특히 인간 자신들로부터 상처받고 상처를 위로받고자 한다. 그래서 자신들의 울타리로 "가족"을 형성하고, 사회의 가장 핵심 단위로 기능하도록 만들었는지도 모른다.

　지구상에 우리만이 기대어 사는 것은 아니다. 우리만이 "생명"을 가진 것도 아니다. 우리들 아닌 생명을 가진 것, 모두는 서로에게 기대어 살아간다. 사다리는 높은 곳에 올라갈 수 있도록 하는 도구로서의 기능을 담당한다. 그런데 허공 중에 사다리를 세울 수는 없다. 튼튼한 벽이 존재하고 있을 때, 사다리는 제 기능을 다할 수 있다.

심지어 생명을 가지지 않은 "공기" 또한 마찬가지다. 지금까지 "나무"는 혼자서 우뚝 서 있는 것으로 생각했다. 그런데, 가만히 살펴보니 "공기"에 기대어 서 있는 것이다. "공기"가 없다면 나무는 곧바로 쓰러져 버릴 것이다. 그렇게 든든하게 세상을 내려다볼 수 없을 것이다. 이제까지 나무가 공기를 만들어내니 공기가 나무에 신세를 졌다고 생각했는데, 그것이 아님을 깨닫는다.

"비스듬히"의 단어 또한 관계를 형성하는 방법을 잘 제시해 주고 있다. "비스듬히"는 "다른 비스듬히"를 "받치고" 있다. 서로가 서로에게 의지하고 기대어 있는 모습이다. 누가 일방적으로 기대거나 받치고 있는 관계가 아니다. 서로가 서로를 필요로 하는 관계이다. 모든 자연 세계의 생명체는 서로가 서로를 필요로 하는 관계를 가진다.[31] 하나의 종이 사라진다는 것은 서로에게 치명적이다. 이것은 자연의 법칙이다. 인간만이 인간이 독립적 존재인 양 뽐내지만 그것은 거짓이다. 그 누구도 독립적으로 살아갈 수는 없다. 우리는 기대는 것에 따라 "맑기도 하고 흐리기도"한 존재이다. 이제라도 자신의 존재 가치에 대해 깨달음을 가질 수 있다.

---

31) 생태계에서의 생산·소비라는 개념은 생물학 특유의 것이 아니라 경제학으로부터 빌린 개념이다. 단지 경제사회에서는 소비행위만 하는 소비자라는 대상화된 존재가 있지만, 생물사회에서는 소비만 하는 생물은 없다. 예를 들어 다람쥐 등 작은 동물들은 식물의 소비자이지만 육식동물에게 다람쥐는 생산자이기도 하다. 또한 육식 동물들은 죽게 되면 분해자에게 자신의 사체를 제공하는 생산자이기도 하다. 입장이 바뀌면 모든 생물이 생산자인 동시에 소비자이다. 생태계에서의 생산·소비라는 개념은 어디까지나 편의적인 관계를 나타내는 말일 뿐이다. 경제학에서 차용한 생산자·소비자라는 개념은 실제 생물사회로부터는 유리된 개념이다. 나카무라 오사무 지음, 전운성 옮김, 『경제학은 왜 자연의 무한함을 전제로 했는가』, 아카데미, 2000. pp. 17~18.

　인간과 자연의 공통점을 바탕으로 한 연계성을 드러내고 있는 작품이다. '생명'이라는 것은 인간과 자연이 함께 가지고 있는 것이다. 인간이든 자연의 어떤 생명체든지 다른 생명체와 관련되지 않은 것은 없다. 카프라는 『생명의 그물』에서 박테리아의 진화 과정과 시스템 이론을 통해 생명체가 살아가기 위한 다양한 환경의 영향관계를 설명하고 있다. 따라서 생명체는 어떤 것 하나도 지구 안에서 서로 소통하지 않는 것이 없다. 모든 생명은 다른 생명체에 '기댐'으로서 살아갈 수 있다. 나무는 '공기'에 기대어 있다. '공기'가 인간의 시각적 인식 대상은 아니지만, 우리들은 키 큰 나무가 기대어 있을 공기를 시적 상상력으로 채워볼 수 있다.

　공기에 기대어 있는 것은 '나무'만이 아니다. 결국 우리 인간들의 생명 또한 나무들이 배출한 산소를 호흡해야지만 삶을 영위할 수 있다. 지구가 지속가능한 생태계를 유지하기 위해서는 생물 다양성[32]이 필요하다. 그래야 어느 한 부분의 생태계가 파괴되더라도 다양한 생물이 환경에 적응해 살아남을 수 있기 때문이다. 인간들이 배출한 이산화탄소가 있어야만 나무들도 호흡을 하고 광합성을 거쳐 영양분을 만들어 낼 수 있다. 단순하고도 상식적인 인식을 바탕으로 하지만, 잊었던 사실에 다시 직면하면서 깨달음을 얻어 낼 수 있다.

　시인은 학습자들에게 새로운 인식에 도달할 질문을 제기하고자 한다. "어디 기대지 않으면 살아갈 수 있나요?" 학습자들은 자문자

---

32) '생물 다양성'은 유전자 다양성, 종 다양성, 생태 다양성으로 크게 볼 수 있다. '유전자 다양성'은 한 종 안의 다양성이다. 같은 종이라도 개체마다 유전자는 조금씩 다르다. 유전자 다양성이 있는 종은 환경 변화에 더 잘 적응한다. '종 다양성'은 한 공동체 안에서 살아가는 종들의 다양성이다. 따지고 보면 지구도 종들이 모여 사는 커다란 공동체인 셈이다. '생태 다양성'은 숲, 호수, 사막, 초원, 시내, 생물 공동체가 얼마나 아기자기하게 섞여 있는가를 말한다. Larry Gonick · Alice Outwater, 이희재 옮김, 『세상에서 가장 재미있는 지구환경』, 궁리, 2008. p. 41.

답을 통해 새로운 깨달음에 도달할 수 있다. 시 작품을 통해 우리는 세상에 다른 생명체에 기대지 않고 생존할 수 있는 것은 그 무엇도 없다는 것을 알게 된다. 나무와 공기의 관계를 통해, 다른 자연물들로 관계를 확산시킬 수 있다. 그럼으로써 우리들은 지구상 가장 세력이 큰 포식자로서 더 많은 존재에게 신세지고 있음을 깨닫는다.

어떤 이는 눈망울 있는 것들 차마 먹을 수 없어 채식주의자 되었다는데 내 접시 위의 풀들 깊고 말간 천 개의 눈망울로 빤히 나를 쳐다보기 일쑤, 이 고요한 사냥감들에도 핏물 자박거리고 꿈틀거리며 욕망하던 뒤안 있으니 내 앉은 접시나 그들 앉은 접시나 매일반. 천년 전이나 만년 전이나 생식을 할 때나 화식을 할 때나 육식이나 채식이나 매일반.

문제는 내가 떨림을 잃어간다는 것인데, 일테면 만년 전의 내 할아버지가 알락꼬리암사슴의 목을 돌도끼로 내려치기 전, 두렵고 고마운 마음으로 올리던 기도가 지금 내게 없고 (시장에도 없고) 내 할머니들이 돌칼로 어린 죽순 밑둥을 끊어내는 순간, 고맙고 미안하던 마음의 떨림이 없고 (상품과 화폐만 있고)

내 몸에 무언가 공급하기 위해 나 아닌 것의 숨을 끊을 때 머리 가죽부터 한 터럭 뿌리까지 남김없이 고맙게 두렵게 잡숫는 법을 잃었으니 이제 참으로 두려운 것은 내 올라앉은 육중한 접시가 언제쯤 깨끗하게 비워질 수 있을지 장담할 수 없다는 것. 도대체 이 무거운, 토막 난 몸을 끌고 어디까지!

김선우, 「깨끗한 식사」 전문

시적 화자는 자신의 "식사"에 대해 이야기 한다. 우리들은 자칭 문명이 발전된 사회를 이루었다고 자화자찬한다. 우리의 "식사"를 하나의 음식 문화로 인정하면서 과대 포장하고 있다. 인간들이 "음식"을 대하는 태도는 변하고 있다. 이 변화는 물질적 여유를 확보하면서부터 급격하게 이루어졌다. 인간들은 음식을 통해서만이 생존할 수 있다. 그것은 생명 현상의 자연스러운 법칙이다. 인간들은 각각 처한 환경에 맞게 자신의 생존에 가장 적절한 방법으로 음식 재료를 확보하고, 섭취했다. 그런데 현대인들은 자신의 소비 대상으로서 음식을 선택하고 소비한다.

그런데 현대인들이 즐기고 있는 음식은 생존의 한계를 넘어서고 있다. 우리들은 과학적 지식의 향상으로 영양과 위생을 까다롭게 재기 시작했다. 현재는 "깨끗한"에 대한 기준이 점점 더 까다롭게 규정되어야만 하는 상황이다. 우리가 "깨끗한" 식사를 원할수록, "깨끗한" 식사와는 거리가 멀어지고 있다. "깨끗한"에 대한 기준 확보가 자본의 논리에 의해 지배되기 때문이다. '자본의 이익'을 따라서 음식의 재료는 좀 더 불결하게 생산하고 처리한다. 운반하는 과정에서도 '자본'의 논리가 충실하게 적용될 뿐, "깨끗한"의 논리는 존재하지 않는다.

"육식"은 더욱 많은 이익이 생산되므로 "깨끗한" 생산 과정을 기대할 수 없다. 더 많은 육재료를 공급하기 위해서 지구상의 한정적인 '곡물'은 동물의 사료로 사용된다. 인류가 먹어야 할 '곡물'이 사료로 사용됨으로써 가난한 사람들은 굶주림의 희생자가 된다. 자본주의는 "육식" 생산물을 위해 "채식"으로 살아가야 하는 많은 인류를 배려하지 않는다. 인간으로서의 타자의 기본적인 생존을 무시하고 '음식 문화'를 즐긴다는 것은 잘못이다.

시적 화자는 자본의 논리를 바탕으로 "눈망울"을 기억해 낸다. "눈망울"은 동물에게서 볼 수 있는 것이고, 그것은 영혼을 들여다볼 수 있는 통로이다. 그런 "눈망울"에 대한 의식 때문에 "채식주의

자"가 된 "어떤 이"를 기억한다. 하지만, 시적 화자는 "채식주의자"
나 육식주의자를 똑같이 비판한다. 그것의 분류 기준 자체가 인간의
이기주의적 발상을 바탕으로 하기 때문이다. 채식주의자 또한 최근
의 웰빙 열풍에 따른 선택일 수 있기 때문이다.

　시적 화자는 "기도"에 대한 공경의 마음에 긍정적 가치를 둔다.
그는 원시시대에 자신의 생존을 위해 한 생명을 죽이면서 올렸던 고
맙고 미안한 기도에 생각이 미친다. 인간이 무엇을 먹는가와 어떻게
먹는가가 문제의 초점이 아니다. 인간이 어떤 의식을 가지고 "식사"
를 하느냐가 문제이다. 생존에 꼭 필요한 만큼 식물이나 동물의 생
명을 희생시킨다면 그것은 용납할 수 있다. "식사(食事)"는 인간이
반드시 해야 할 일 중에 하나이다. 그만큼 중요하고, 필수적이다.

　인간의 욕망은 끝이 없다. 그래서 인간이 해야 할 가장 기본적인
식사에서도 자신의 욕망을 굴절시킨다. 거식증 환자를 보면, 얼마나
인간의 욕망이 잘못 되어가고 있는지를 알 수 있다. 자본주의 시장
에서 상품화된 몸의 환상에 시달리면서 고통당하고 있는 인간의 모
습이 안타깝다. 이런 상황에서 인간은 자신의 욕망의 본질이 무엇인
지조차 알지 못한 채 자본의 노예가 되는 것이다.

　시적 화자는 "채식주의자"의 이야기를 전한다. "눈망울 있는 것들
을 차마 먹을 수 없"다는 이야기는 동물들의 눈망울을 연상케 한다.
동물들의 눈망울은 눈에 보인다. 시적 화자는 "풀들"의 눈망울을 보
고 있다. "나"는 "고요한 사냥감"들의 눈빛을 읽어낸다. 그들의 눈빛
에서 나는, 나의 "욕망"을 읽어내야만 한다. 나는 채식을 대하건 육
식을 대하건 간에 나의 욕망의 본질을 파악하고 삶을 경건하게 살아
야 한다.

　시적 화자인 "나"는 문제를 발견하고 그 해결책을 찾고자 한다.

"해결책"은 바로 선조들의 삶의 방식에 숨어 있다. "내 할아버지"가 간직하고 있던 "두렵고 고마운 마음으로 올리던 기도"가 바로 그것이다. 우리 선조들은 자신의 생존을 위해 사냥해야 했다. 그들은 사냥의 순간에 다른 생명체의 생명에 대한 소중함을 인식하고 있었다. 생명에 대한 떨림을 간직함으로써 자신의 생명 연장에 감사하는 마음을 간직했다.

  우리 선조들이 자신들이 필요한 만큼만 사냥을 하고, 그것에 대한 고마움을 느끼며 살아가던 삶은 자연 그대로의 순환 원리를 따르고 있었다. 그런데 현대 사회의 삶의 양태는 자연의 순환 원리를 거슬러 질서를 파괴한다. 그럼으로써 인간 신체 내부의 기능도 유기적으로 작용하지 못 하고 제각각의 붕괴를 맞는다. "토막 난 몸"은 시적 화자가 주체적으로 살아가지 못하는 삶을 드러낸다.

  산에 올라 산나물을 따다 보니 알겠네.

  저 벌레도 사람살이의 길을 가르쳐준다는 것을

  명아주 수리취 화살나무 홋잎까지 사람이 먹을 수 있는 것은 벌레도 먹고 있다는 것을

  마치 길라잡이처럼 벌레가 먼저 먹고 있다는 것을

  그동안 벌레가 먹은 잎은 벌레를 보듯 모두 버렸었다.

  된장 속에서 맛있게 익은 깻잎도 벌레 자국이 있는 것은 먹지 않았다.

  그러나 보라, 산그늘 수풀 속에 숨어 있는 이름 모를 잎도

사람이 먹을 수 있는 것은 벌레가 먼저 깃들어 있다는 것을

무슨 징표처럼, 잠식과도 같은 자국을 만들고 있다는 것을

산 속 수풀을 헤치며 산나물을 따 보니 알겠네.

그 이름 모를 풀의 잎에 새겨져 있는 벌레 먹은 자국이

이렇게 사람살이의 지도가 된다는 것을. 그리고 지난 날

허기에 겨운 보릿고개를 넘을 때, 수풀 속 이름 모를 풀의 잎에 새겨진

그 벌레의 길을 따라 구황의 세월 견뎌왔으리라는 것을

내 이제야 알겠네. 사람이 먹지 못하는 것은 벌레도 먹지 않는다는 것을

길바닥에 깔린 질경이의 잎에도 그 벌레의 길이 새겨져 있다는 것을

김신용, 「벌레길」 전문

　시적 화자인 "나"는 "벌레"를 통해 새로운 깨달음에 이른다. "벌
레"는 인간에게 가시적으로 생태 환경의 기본 구조를 보여주는 대상
물이다. 특히 청자에게 "벌레"는 생태 환경에서 우리들이 볼 수 있
는 가장 기저의 생명 구조물에 속함을 금방 알아차리게 한다. "벌
레"는 생명의 그물에서 가장 개체수를 많이 가지고 있는 미생물을
대신하여 청자에게 의미 있다. 그럼으로써 "벌레"의 존재가 우리 생
태 환경에서 어떤 자리에 위치하고 있는지에 대한 인식을 함께 할
수 있다.

그동안 징그럽고 더럽다고 여겨지던 "벌레"를 보면서 시적 화자는 "징표"를 찾아낸다. "벌레"는 시적 화자에게 삶의 진리를 "알"려주고, "가르쳐 준다". 시적 화자의 깨달음은 "알겠네"라는 표현을 통해 미래까지 지연된다. 인간들은 만물의 영장이라는 자만감에 "벌레"에 대한 인식에 이르지 못했다. 오히려 자만감 때문에 인간들 자신의 생존 자체를 위협하는 행위를 저지르게 되었다. 따라서 인간들은 이제야 위기의식을 바탕으로 하여 동분서주하고 있다. 오래 전부터 인간은 자연을 바라보며 깨달음을 얻었다. 그럼으로써 점점 인지를 발달시키고, 스스로를 발전시켜 왔다. 이제 우리들은 "벌레"를 통해 새로운 인식에 도달한다.

"벌레"가 가르쳐 주는 내용은 다양하다. "사람살이의 길"과 "사람이 먹을 수 있는 것"을 알려준다. "사람살이의 길"은 사람이 살아가면서 잊고 있던 길을 알려준다. 그동안 편견을 가지고 살았던 삶이 잘못 되었음을 알려준다. "벌레"가 더럽다든지 징그럽다는 표현에서 "벌레 먹은 잎은 벌레를 보듯 모두 버렸었다"라는 표현을 통해 잘못된 행위를 반성하게 한다. 그럼으로써 또 다른 잘못된 행위를 하지 않도록 한다.

과거에 "사람이 먹을 수 있는 것"과 그렇지 못한 것을 구별할 수 있는 능력은 생존을 위해 반드시 필요한 것이었다. 식용 가능성을 알려주는 정보는 수세기에 걸쳐 인간의 생존을 연장시킨 가장 중요한 가르침이다. 현대 사회에 과학 기술이 발전하면서 우리들은 먹을거리에 대한 양적 공급을 걱정하지 않게 되었다. 다만, 질적인 욕망에 치우치면서 식량에 대한 빈익빈부익부 현상을 겪게 되었다. 그런데 욕망의 풍요에 지쳐 생태 환경의 섭리를 따르지 않고 있다.

이 작품에서 시적 화자도 생태 환경에 대한 섭리를 까마득하게 잊고 있었다. "산그늘 수풀 속"에서 "산나물"을 찾아봄으로써 새로운 인식에 도달한다. 새로운 환경에 적응하며 살기 바쁜 세상에 과거의 것을 잊는 것은 너무나 일상적이다. 과거에는 산나물을 먹고 "구황의 세월"을 견딜 수밖에 없었다. 그래서 생존을 위해서 산 속에 들어가야만 했다. 그런데 현대의 삶은 산 속에 발을 들여놓을 수 있는 여유를 갖기 어렵다. 그런 환경 속에서 시적 화자는 의식적으로 "벌레"의 길에 주목할 수 있는 여유를 갖는다. 그럼으로써 새로운 인식에 도달한다.

현재 우리들은 다양한 문제 상황에 처해 있다. 이런 상황에서 어떤 의식을 가지고 행동해야 하는지를 생각해야 한다. 예전에는 먹을 것이 없어 굶어 죽을 위기에 처해 있었는데, 현재는 충분히 먹고도 죽을 위기에 처해 있다. 방부제와 농약으로 인해 벌레는 물론 인간도 죽음의 위기에 처해 있다. 인간들은 눈앞의 이익에 어두워 화학 물질을 사용했는데, 그것이 얼마나 독한지를 우리보다 "벌레"가 먼저 알아차린 것이다. 인간들은 자신의 이성을 지혜라는 이름으로 불리기를 원했지만, 인간들의 자본에 대한 욕망은 자신의 "생명"을 담보로 한다.

"벌레 자국"은 벌레가 갉아 먹음으로써 선명하게 드러난다. 어찌 보면 길의 형상을 닮아 있다. 옛날부터 벌레는 먹을 수 있는 "풀"을 알려주고 보릿고개를 넘을 수 있도록 해 주었다. 우리는 우리에게 필요한 것을 "벌레길"에서 찾아야 할 것이다. 인간들이 하찮다고 생각했던 어떤 대상물에게서 새로운 인식으로 향하는 길을 발견할 수 있을 것이다.

앞의 작품들에서는 인간이 자연[33]을 새롭게 인식함으로써 새로운 삶을 추구할 수 있게 된다. 인간은 자연을 대상물로만 규정했으나 현재 자연의 존재 없이 인간의 생존을 지속할 수 없음을 알게 되었다. 따라서 자연에 대한 인식을 새롭게 함으로써 인간과 자연은 공존 공생해야 함을 인식한다. 자연과 인간의 관계 인식으로부터 현존하는 생태 환경의 위기를 해결할 수 있을 것이다.

2) 인간 관계의 재인식

인간이 살아가기 위해서는 장소가 필요하다. 인간은 자신의 정체성을 추상적인 철학적 사고나 가족 등의 인간 관계에 우선하는 '살고 있는 장소'34)와의 관계 속에서 수립한다. 이를 달리 말하면 환경에 대한 감각으로, 이것은 토지·하천·동식물·기후 등으로 이루어지며 그 위에 사회 경제적 구성 요소가 쌓여 가는 것이다.35) 인간

---

33) 구승회는 인간의 자연에 대한 태도를 세 단계로 분석한다. ①인간은 자연에 대해 인식적(이론적으로)으로 관계할 수 있다. ②인간은 자연에 대한 수행적(실천적) 관계를 갖는다. ③인간은 자연에 대해 반성적(미적)으로 관계한다. ①은 자연에 대한 인식은 관찰과 관조를 통해 자연에 대한 하나의 '이론'을 세우는 것이라고 본다. ②는 자연에 대한 관조(theoria)를 토대로 실천적, 기술적 능력을 획득한 인간인 능동적으로 대자연 활동을 펴는 단계이다. ③은 미적 체험의 쾌, 불쾌의 능력에 따라 반성적으로 평가한다. 이것은 종교적·윤리적 경험과 마찬가지로 그 이론(테오리아)과 밀접하게 연결되어 있다. 『생태 철학과 환경 윤리』, 동국대학교 출판부, 2001. pp. 33~40. 참고.

34) 장소와 관련된 개념으로 '대지의 윤리'는 인간이 대지로부터 유리되어 온 기존의 삶의 방식을 반성하고, 대지에 대한 애정, 존경, 감동 등의 '감성'과 함께 대지의 생태학적 메커니즘을 이해하는 '지성'을 길러야 한다고 강조한다. 또, 이와 관련된 개념인 '생태 지역주의(bio regionalism)'에서의 '지역'은 정치·행정적인 경계를 기초로 한 지역이 아니라, 자연 생태계나 하천 유역 등을 기반으로 하여 형성된 지역을 가리킨다. 생태 지역주의는 이러한 후자의 지역을 인간 생활의 중심에 두어야 한다고 주장한다. 이러한 생태 지역주의는 무엇보다도 우선 구체적 장소를 살아갈 것을 요구한다. 곧 하나의 구체적 장소에 살면서 생태계와의 관계에서 자신을 재교육하고, 지역의 토양이나 동식물에 대한 정확한 지식을 획득하는 동시에 생태계에 대한 인간의 책임을 확인하는 것이다. 장원철, 「자연, 생태 그리고 문학 : 생태비평의 가능성」, 『인문학과 생태학』, 백의, 2001. p. 158.

35) 장원철, 위의 책. pp. 155~156.

은 이러한 관계 인식을 통해 새로운 문화를 생성해낼 수 있다.

　인간만큼 고도의 조직화된 사회를 이루며 사는 생명체는 없다. 인간들은 잉여적인 생산물을 통해 의식주를 해결하면서 좀 더 편리한 삶에 길들여져 왔다. 특히 자본주의에 경도된 현대 사회는 타인의 노동력을 통해 자신의 편리를 추구한다. 이 때 편리를 제공받는 주체와 편리를 제공해야만 하는 타자가 분리된다. 이렇게 생산된 지배 계급 구조는 역사를 거듭할수록 좀 더 교묘하고도 치밀하게 타자를 지배하는 형태를 띠고 있다. 이러한 관계에 대한 이해를 바탕으로 사회 경제적 구성 요소로 기능한 하부 구조에 새로운 인식을 가져야만 한다. 이와 같은 작품으로는 정현종의 「시간의 게으름」, 송경동의 「마음의 창살」, 오진엽의 「계약직」 등이 있다.

> 　　이 수수꽃다리가 피어난다 수수꽃다리와 무슨 꽃 사이엔 어떤 꽃이 또 피어날까 그래도 그게 우리 집뜨락의 봄 풍경이다 그걸 차례대로 기다리다 보면 또 한세월이다 어느새 푸른 바다로 떠나고 싶다 무엇이나 사이에 있다 당신과 나는 무엇과 무엇 사이에 있는가 무엇과 무엇일 때도 있고 누구와 누구 사이일 때도 있다 어제는 화엄사 不二門 안과 밖 한 발짝 사이로 있었고 오늘은 한 사람씩을 따로 만나고 있다 한 사람은 젊은 詩人을, 한 사람은 마을 대중슈퍼 朴氏네 막내딸 혼사에 가 있다 더 잘게 쪼갤 수도 있다 그러면 틈이 된다 그리고 水月觀音의 도톰한 맨발이 지나갈 때도 있다 그걸 차례대로 치르며 여기까지다 사이 치르기가 다음 사이를 만들었다 이제 조금 남았다

정진규, 「사이가 살림이다」 전문

　장자 대종편을 살펴보면, "대저 자연이 나에게 형(刑)을 이루어주고 나를 삶으로써 수고롭게 하며 늙음으로써 편안하게 하며 죽음으

로써 쉽게 하나니, 그러므로 나의 생을 이해하는 것은 곧 그로써 나의 죽음을 파악하는 것이다"³⁶⁾ 라고 전한다. 자연은 서로와 서로의 관계에 있어서 친밀하며, 서로의 고통을 자신의 고통과 같이 생각한다. 자연이 나에게 형체와 생명을 주어 나를 존재케 하고, 그 존재로 하여금 삶이 있게 하고, 죽음을 통해 생을 마무리하게 하였다. 죽음조차도 자연의 순리에서는 쉼이 된다. 그러나 인간은 서로의 존재를 비난하며, 자신의 존재를 드러내기 위해 상대방을 지배하고자 한다. 대도(大道)를 잃어버린 행동은 곧, 인간의 삶에서 풍요와 행복을 앗아가기에 충분하다.

위의 작품에서 봄에 꽃이 피어남은 자연의 대도(大道)에 따른 결과이다. 그 봄꽃의 사이 사이는 사물과 사물의 사이로 전이된다. 사물과 사물의 사이에는 또 다른 사물을 통해 사물들이 연결되며, 관계를 맺는다. 그 관계를 파악해 내고, 관계 속에서 깨달음을 얻을 수 있는 것은 바로 인간만이 가능하다. 시적 화자는 "집뜨락"의 풍경을 기다리면서 한세월을 보낸다. "집뜨락"이라는 공간에서 시적 화자는 계절의 흐름과 만물의 생동하는 생명력을 느낄 수 있다. 그는 세상사의 지루함에 몸부림치나 한탕주의에 현혹되지 않는다.

자신에게 허용되어 있는 좁은 공간에서도 우주의 생명 원리를 느낄 수 있기 때문이다. 우주의 생명 원리는 한 개인의 생명 원리와 통한다. 한 개인의 생명을 지탱시켜 주는 것이 우주의 생명 원리에 의한 것이기 때문이다. "나"라는 존재는 "무엇과 무엇" 사이에 있다. 때로는 "나" 자신이 스스로 "무엇"이 될 수도 있다.

인간들은 자신이 대상으로 머물 수도 있으며, 스스로가 주체가 될

---

36) 장자, 이강수・이권 옮김, 『장자』, 길, 2005. p. 319.

수도 있다. 그 안에서 시간과 공간이 개입하여 인간의 삶을 만들어
낸다. 어떤 하루에 "나"는 젊은 시인일 수도, 동네 혼사에 참석하는
하객일 수도 있다. 인간 개체는 상황에 따라 다른 역할을 해야 한다.
그것은 사회에서 기대하는 역할 가치와 그에 따른 사회적 인간의 모
습이 공존하기 때문이다. 곧, 나는 시인일 때도, 이웃일 때도, 손님일
때도 있다. 더 잘게 쪼갠다면 "더 잘게 쪼갤 수도 있다." 이런 삶 속
에서 인간은 사이와 사이에 존재한다. 이것은 사이와 사이에 틈이
존재하기 때문이다. 그 틈 사이에 자신의 위치와 관계를 형성함으로
써 삶을 완성시킨다.

  시적 화자인 "나"를 더 쪼개면 그 안에도 다양한 존재가 있다.
"나" 안에도 "틈"이 있고, "틈" 속에서 또 다른 나를 찾을 수 있다.
"틈"은 "나"의 허점일 수도 있으며, "나"를 존재케 하는 본연의 모
습일 수도 있다. 따라서, "나"의 존재는 "나"의 "틈"과 다른 대상물
들 "틈"에서 존재한다. 이런 존재에 대한 물음은 결국 자연의 "한세
월"에 대한 깨달음을 얻게 한다. 인간은 이렇게 인간과 인간의 관계
또한 새롭게 정립해야 할 것이다. 인간과 인간의 관계 정립이 끝난
다면 세상이 바뀔 날이 이제 "조금 남았다."

  인간과 인간의 관계 정립을 위해서는 "사이"를 만들어야 할 것이
다. 이 "사이"는 누구와 누구의 간격일 수도 있다. 또는 간격을 채워
만들어 놓은 관계일 수도 있다. 인간과 인간의 관계 뿐만 아니라 작
품에서 보이는 것처럼 인간과 "꽃", "집 뜨락의 봄 풍경", "푸른 바
다"와도 관계를 맺고 있다. 그 관계를 통해 무의식적으로 살아가는
"내"가 존재하는 것이다. "나"는 존재를 느낄 수 있는 "시인"으로
살아가면서 "사이 치르기"에 대해 이야기 한다. "사이 치르기"는
"내"가 존재하도록 만들어준 우주 만물에 대한 값을 치르는 행동을

의미한다. 인간들의 새로운 인식을 요구하고 있다.

> 나, 시간은,
> 돈과 권력과 기계들이 맞물려
> 미친 듯이 가속을 해온 한은
> 실은 게으르기 짝이 없었습니다.
> (그런 속도의 나락에서 헤어나지 못하고 보면
> 그건 오히려 게으름이었다는 말씀이지요)
>
> 마음은 잠들고 돈만 깨어 있습니다.
> 권력욕 로봇들은 만사를 그르칩니다.
> 자동차를 부지런히 닦았으나
> 마음을 닦지는 않았습니다.
> 인터넷에 뻔질나게 들어갔지만
> 제 마음 속에 들어가 보지는 않았습니다.
> 나 없이는 아무것도
> 있을 수가 없으니
> 시간이 없는 사람들은 실은
> 자기 자신이 없습니다.
> 돈과 권력과 기계가 나를 다 먹어 버리니
> 당신은 어디 있습니까?
>
> 나, 시간은 원래 자연입니다.
> 내 생리를 너무 왜곡하지 말아 주세요.
> 나는 천천히 꽃 피고 천천히
> 나무 자라고 오래오래 보석 됩니다.
> 나를 (소비)하지만 마시고
> 내 느린 솜씨에 찬탄도 좀 보내 주세요.

정현종, 「시간의 게으름」 전문

　이 작품은 전체 4연으로 구성되어 있다. 시적 화자인 "나"는 자연으로서의 "시간"과 잘못된 관계[37]를 맺음으로써 "당신"을 잃어버렸다고 한다. 1연은 시적 화자인 "나"가 "시간"으로 동일시되었고, 나의 게으름을 탓하고 있다. 2연은 마음을 들여다보고 닦지 않음에 대한 반성의 내용이다. 3연에서는 시간인 "나" 없이는 아무것도 존재할 수 없음을 알려 준다. 그럼으로써 인간이라는 존재도 사라지고 없다는 것이다. 4연에서는 "나"는 원래 자연이라고 이야기한다. "내"가 "시간"을 인식할 수 있었던 것이 자연의 생리를 통해서 꽃 피고 나무 자라는 현상을 통해서였다. 그런데 "시간"을 자연의 섭리를 통하지 않고 인간이 구획한 시간 단위로 인식함으로써 문제가 발생하고 있다.

　"시간"은 추상적 단위이다. 인간은 추상적 단위의 시간을 인간 세계의 모든 나라들의 시간을 통일해 편리를 추구하고 있다. 따라서 농사를 짓고 자연의 기후에 관심을 가지던 시대와 현 시대의 시간의 개념은 달라졌다. "시간"은 바로 "돈"이라는 물질과 직결되고, "시간"을 잘 관리해야만 성공할 수 있다. 이때의 "시간"은 자연의 "생리"와 동떨어진 개념이 될 수밖에 없다. 자연의 일부분인 인간도 "자연"의 섭리에 맞춰 밤이면 잠들어 쉬고, 낮이면 열심히 노동을 해야 함에도 현재 인간들의 삶은 자연의 섭리와 자꾸 어긋나는 삶을 살아가고 있다. 쉬어야 하는 시기에 다른 이들과 경쟁하기 위해서 밤에도 "낮"같이 깨어 있어야만 한다.

　"나"는 "돈과 권력과 기계"에 맞물려 미친 듯이 달려왔다. 결국

---

37) 생태학적 위기의 근원을 ①기술의 발달 ②공해의 증가 ③인간의 본성 및 인간과 자연의 관계에 관한 전통적인(하지만 잘못된) 생각이 결합되어 작용하는 데 있다고 주장한다. Gregory Bateson, 앞의 책, p. 732.

시적 화자는 아무 생각 없이 그렇게 "가속을 해온" 시간을 무의미하게 인식한다. 그런 "속도의 나락"은 결국 인간들의 삶에 있어서 발전을 이룩하기 보다는 더욱 퇴보하는 결과를 이루었기 때문이다. 결국 물질을 추구하는 삶의 구조 때문에 인간들은 그것보다 더욱 소중한 것들을 잃었다. 스스로 속도에 취해 자신이 어디를 향하는지도 모른 채 달려가고 있기 때문이다. 사물을 느끼고 자연을 바라보며 따뜻함을 간직해야 할 "마음"조차 잠들어 있기 때문이다. "자동차"와 "인터넷"이라는 물질과 매일 마주하면서도 자신의 참 "마음"에 들어가 보지 않았음에 반성한다.

3연에서는 "시간" 없이는 아무것도 존재할 수 없음이 드러난다. "시간"은 인간 뿐만 아니라 모든 생명체가 존재하기 위한 기본적인 것이다. 인간은 살아가면서 하루를 24시간으로 구분해 놓았다. 우리는 우리들이 하고 싶은 일도 시간이 없다는 핑계로 제대로 하지 못한다. 자신의 마음을 따르지 못하는 사람들은 자기 자신도 잃어가고 있다. "돈과 권력과 기계"가 "마음"과 대조됨으로써 현대 사회의 인간들이 추구하는 물질문명에 대한 비판의식이 드러난다.

"시간"은 자연의 일부분이다. 생명체가 살아가는 이치가 "생리"이다. 그런데, 시간을 꽃피워내고 있는 자연을 무시함으로써 인간들은 "자연"을 "소비"만 하고 있다. "소비"를 하기 위해서 "생산"은 필수적이다. 그럼에도 불구하고, 우리들은 "자연"을 생산할 수 있는 능력이 없다. 그렇다면 자연이 스스로를 생산해 낼 수 있는 시간적 여유만이라도 챙겨야 한다. 그런데 "소비"에만 길들여져 있기에 "자연"의 솜씨를 느끼지 못한다.

이 작품에서는 "마음"과 "나", "시간"이라는 단어가 많이 사용되고 있다. 이 세 단어들은 모두 인간이 삶을 살아가는 데 있어서 중요한 요소이다. "자연"과 "시간"의 생리와 대조적인 단어들로는 "돈과 권력과 기계", "권력욕 로봇", "자동차", "인터넷", "소비"가 사용되고 있다. 시적 화자는 현대 사회에서 인간들이 추구하는 대상물들에 대해 비판의식을 가지고 있다. 대신 현대인들이 제대로 된 삶을 살기 위해서는 "마음"을 들여다보고 "나" 자신의 시간을 관리하는 일일 것이다.

> 강은 가르지 않는다.
> 사람과 사람을 가르지 않고
> 마을과 마을을 가르지 않는다.
> 제 몸 위에 작은 나무토막이며
> 쪽배를 띄워 서로 뒤섞이게 하고,
> 도움을 주고 시련을 주면서
> 다른 마음 다른 말을 가지고도
> 어울려 사는 법을 가르친다.
> 건넛마을을 남의 나라
> 남의 땅이라고 생각하게
> 버려두지 않는다.
> 한 물을 마시고 한 물 속에 뒹굴어
> 이웃으로 살게 한다.
>
> 강은 막지 않는다.
> 건너서 이웃 땅으로 가는 사람
> 오는 사람을 막지 않는다.
> 짐짓 몸을 낮추어 쉽게 건너게도 하고,
> 몸 위로 높이 철길이며 다리를 놓아,
> 꿈 많은 사람의 앞길을 기려도 준다.
> 그래서 제가 사는 땅이 좁다는 사람은
> 기차로 건너 멀리 가서 꿈을 이루고,

척박한 땅밖에 갖지 못한 사람은
강 건너에 농막을 짓고 오가며
농사를 짓다가, 아예
농막을 초가로 바꾸고
다시 기와집으로 바꾸어,
새 터전으로 눌러 앉기도 한다.

강은 뿌리치지 않는다.
전쟁과 분단으로
오랫동안 흩어져 있던 제 고장 사람들이
뒤늦게 찾아와 바라보는
아픔과 회한의 눈물젖은 눈길을
거부하지 않는다.
제 조상들이 쌓은 성이며 저자를
폐허로 버려둔 채
탕아처럼 떠돌다 돌아온
메마른 그 손길을 따뜻이 잡아준다.
조상들이 더 많은 것을 배우기 위하여
더 좋은 세상을 만들기 위하여
수없이 건너가고 건너온
이 강을 잊지 말란다.

강은 열어준다. 대륙으로
세계로 가는 길을,
분단과 전쟁이 만든 상처를
제 몸으로 씻어내면서.
강은 보여준다,
평화롭게 사는 것의 아름다움을,
어두웠던 지난 날들을
제 몸 속에 깊이 묻으면서.

강은 가르지 않고, 막지 않는다.

신경림, 「강은 가르지 않고, 막지 않는다」 전문

"강"은 인류의 삶의 원천이다. "강"은 지속적으로 흘러가며, 흘러가는 곳의 생명체들에게 살아갈 수 있게 한다. "강"이 한 방향으로 흘러갈 수 있는 것은 "강"을 이루고 있는 물의 알갱이들의 힘이고, 그것은 에너지이다. 에너지로 구성된 "강"은 다른 생명체에게 자신의 에너지를 나누어 줌으로써 세계를 이끌어낸다. 구성원들의 힘이 하나로 모아짐으로써 세계를 열어주는 에너지는 그만큼 커질 수 밖에 없다.

"강"의 "길"을 바라보며 우리들은 인간 세계의 삶을 반성하지 않을 수 없다. "강은"에서의 "은"이라는 조사를 통해 "강만" 세계를 "가르지 않고, 막지 않는다"는 시인의 의도를 파악할 수 있기 때문이다. "강"과 대조적인 "인간"은 자연을 "가르고, 막는다". 시적 화자는 "강"의 삶을 드러내기 위해서 1연부터 3연까지 긴 부정문의 형식을 사용하고 있다. 긴 부정문을 사용하고 있는 문장 형태는 "강"의 기나긴 역사적 삶과 잘 부합한다. 그리고 4연에서는 긍정문을 사용함으로써 시인의 긍정적이면서 희망적인 미래에 대한 인식을 드러내고 있다.

1연에서는 "강"은 "가르지 않는다". 인간들은 흔히 경계를 나누고 구분하는 것을 좋아한다. 그래야만 자신의 기득권과 이익을 확보하기 때문이다. 그래서 "나라", "땅" 뿐만이 아니라 "사람"도 구분을 하고 "사람"이 살아가는 "마을"도 경계를 나눈다. 그리고 서로 왕래조차 하지 않아서 "말"을 다르게 사용한다. "말"을 달리 사용한다는 것은 그만큼 분리된 삶을 살았음을 의미한다. "말"은 의사소통의 가장 편리하고 강력한 수단이다. 그런데, "말"이 통하지 않음으로서 적절한 의사소통을 통한 관계가 형성되지 못한다.

2연에서 "강"은 "막지 않는다." 인간들은 경계를 구분하고 "말"이 통하지 않는 사람들의 왕래를 허용하지 않는다. 그런데 "강"은 허용할 뿐만 아니라, 그들을 위해 적극적 행위를 한다. "낮추"거나 "몸 위로 높이 철길이며 다리를 놓"기도 한다. 제 몸의 이익이나 불편함을 감수한다. 그리고 인간들의 눈에 보이는 이익을 챙겨주는 것이 아니라, 그들의 미래의 삶에 꿈을 키워준다. 이웃의 왕래를 환영하고 그들의 삶을 풍요롭게 하는 터전을 만드는 데 자신의 길을 내어준다. 자연은 인간의 삶의 터전을 일순간에 만들어주지는 않는다. 다만 "농막"에서 "초가"로 "기와집"으로 삶의 터전을 점점 일구어낼 수 있도록 한다. "강"은 시간의 흐름을 담고 있듯이 인간 개인의 삶의 인생 과정을 모두 바라보고 그들의 삶과 함께 하고 있음을 보여준다.

3연에서도 "강"은 부정문을 통해 강한 행위를 한다. "뿌리치지 않는다." "강"이 포용하고 있는 시간과 공간의 영원성은 인간 개개인의 삶과 비교조차 되지 않는다. 인간들은 역사 이래로 "강"에 가서 자신들의 정서를 토로하고 위안 받는다. 묵묵히 흘러가는 강물을 바라보며 자신들의 하찮은 삶의 역정을 확인할 수도 있다. 그러나 "강"은 "뿌리치지 않"고 그들을 품는다. "거부하지 않는다." "전쟁과 분단"이라는 엄청난 희생이 따른 뒤에도 "강"은 "제 고장 사람들"이 언제 찾아오든지 그들을 품는다. "메마른 그 손길을 따듯이 잡아준다." 그럼으로써 그들이 새로운 힘을 얻어 새 출발을 하도록 격려하고 그들을 위로해 준다. "강"이 전해주는 교훈은 바로 우리들의 역사를 통해 얻을 수 있는 것이다.

4연에서는 긍정문의 형태로 "강"의 행위가 드러난다. "열어준다" 는 서술어는 "막혀 있던 것, 닫혀 있던 것"과 호응할 수 있다. 또, "씻다, 보여준다, 묻다"의 서술어들도 굉장히 적극적인 서술어들이 다. "씻"는 것은 더러운 것과 호응하는 서술어로서 기능한다. "보여 준다"는 것은 청자를 피동적인 상황에 처하게 함으로써 시적 화자의 목적을 달성하게 한다. "묻다"는 안 보이게 어떤 대상물을 감싸 안 는 행위를 통해 이루어진다. 그런데, 이런 적극적 행위를 하는 것이 "강의 몸"이다. 자신의 몸으로 "씻"고, "보여주"고, 그것으로도 모자 라 "제 몸 속에 상처를 깊이 묻"는다. 그럼으로써 "평화롭게 사는 것 의 아름다움을" 보여주고, 희망을 갖게 한다.

5연에서 시적 화자는 다시 한 번 제목을 반복함으로써 4연에서 제시한 희망을 꿈꾸게 한다. "강"의 삶은 표면적으로는 어떤 변화도 갖고 있지 않은 듯이 보인다. 그런데, 그 내부에서는 다양한 생명체 들의 활동과 변화를 포함하고 있다. 이런 강의 생태를 보며, 시적 화 자는 인간의 역사적 변화를 읽어낸다. 5연의 표현은 표면적으로는 제목을 반복함으로써 변화를 보여주지 않는다. 이 작품을 모두 다 읽고 나서 청자들은 5연의 내용에서 강조된 의미를 파악한다. 이런 효과를 통해 강이 메마르지 않고 유유히 흘러가듯, 청자들의 마음에 도 이 구절을 반복적으로 되뇌이게 하고자 한다. 그럼으로써 청자들 의 감동이 오랫동안 유지되도록 한다.

3) 공동체적 삶의 지향

인간은 기독교적 세계관을 바탕으로 하여 자연을 이용할 수 있는 권리를 신으로부터 부여받았다고 했다. 그럼으로써 자원을 상품화하여 판매하고, 또 대량생산된 물건들을 자연에 버림으로써 또다른 오염원을 재생산했다. 그럼으로써 빚어진 생태 환경의 파괴에 대해 문제 제기하고, 그에 대한 해결책을 고민해야만 한다. 비로소 인간이라는 존재에 대해 회의하고 권리에 대한 책임의식을 가지면서 인간이 걸어가야 할 길에 대해 생각하게 됐다.

  인간은 자연을 통해 새로운 인식에 대한 깨달음을 얻었다. 자신들이 자연을 파괴했으며, 자연의 생태계 파괴로 인해 스스로 위협당하고 있음을 알고 있다. 따라서 자신들이 자연과 타자들에 대해 어떤 조치를 취해야 하는지도 안다. 그러나, 이러한 깨달음으로 모든 문제가 해결되는 것은 아니다. 깨달음 뒤에 삶의 순간순간 모퉁이에서 어떻게 행동하고 실천해야 하는지가 관건이다. 실천이라는 문제에 있어서는 항상 흔들리는 것 또한 인간이다.

  다음 작품에서는 학습자들이 순간순간 깨달음의 인식을 놓아버릴 때, 스스로를 챙겨 세우도록 한다. 다음은 생태 환경에 대한 인식을 바탕으로 한 생태학적 세계에 대한 지향점을 제시하고 있는 작품들이다. 신경림의 「산토끼」, 윤도현의 「나의 희망」, 김선우의 「별에 울다」 등은 인간과 세계와의 조화를 통해 살아갈 수 있는 삶의 공간을 그려낸다.

> 나무는 자신의 몸 속에 둥근 시간 숨기고 산다
> 나이테가 둥근 것은 시간이 둥글다는 것을 알기 때문이다
> 시간이 둥근 것은 우리 사는 세상이 둥글기 때문이다
> 사람의 시간이란 직선의 속도는 아니다
> 둥글게 둥글게 돌아가는 둥근 시간이 사람의 시간이다
> 둥글게 걷다 보면 당신은 어디선가 나무의 시간과 만날 것이다

하늘이 사람의 엄지손가락에 나무의 나이테 같은
사람이 걸어갈 둥근 길을 숨겨 놓은 것처럼

정일근, 「둥근 길」 전문

위의 작품에서는 사람이 살아가야 할 길에 대해 제시하고 있다. 사람은 깨달음의 존재이다. 나무를 바라볼 수 있고, 나무의 시간도 읽어 낼 수 있는 존재이다. 인간은 시간 단위로 자연의 흐름을 토막 내었다. 시간을 잘 쪼개 쓰는 사람만이 사회적 성공과 부를 누리기도 한다. 그런데, 이 작품에서는 그런 직선적 속도를 중시하는 인식에 부정적이다. 인간은 깨달음을 통해 그런 직선적 속도감의 가치로부터 탈피할 수 있다. 또 다른 자연의 가치 체계로부터 부여된 둥근 시간에 긍정적이다. 긍정적인 사고 뒤에는 나무의 시간에 대해 깨달음을 갖는다. 그리고 이미 자연으로부터 받은 바 있는 신체의 둥근 시간을 발견한다. 미처 인식하지 못하고 살아온 엄지손가락의 나이테를 통해 내가 이제 어떻게 살아가야 하는지에 대한 의문과 만난다.

나무는 자연의 삶을 대표하는 대상물이다. 나무의 호흡을 통해 인류와 자연은 순환하며 공존하고 있다. 인간들이 나무를 바라볼 수 있는 시간이 없었다면 직선의 속도에 마냥 정신을 차리지 못할 것이다. 인간들은 나무를 든든하고도 아름답게, 거리를 두고 바라보았다. 그런데, 나무에 가까이 가서 그것의 줄기를 잘라보고서야 나이테를 발견한다. 나무를 자른 것은 인간의 필요에 의해서다. 필요를 충족시키고 나무를 베어낸 이후에야 나이테를 발견한다. 나이테를 보면서 나무가 미리 숨겨둔 둥근 시간에 감동받는다. 나무는 이미 인간을 위해 아낌없이 모든 것을 줄 준비를 마치고 있었다.

"사람"은 "나무"가 아니다. 따라서 나무의 삶을 살아갈 수는 없다. "사람"은 나무의 삶을 보고 나무에게서 배울 수 있는 존재다. 시인의 마음이 나무에 다다랐듯이 우리들의 마음도 나무와 시인의 마음에 닿을 수 있다. 이때 우리들은 나무의 삶에서 우리들의 삶의 모습을 떠올려본다. 나무는 세상에 대해 이야기하면서 사람의 세상이 얼마나 잘못 되었는지를 가르쳐 준다. 우리들은 나무의 모습을 따라 "둥글게 걷다보면 나무의 시간"과 마주하게 된다. 사람이 나무의 시간을 만나 둥글게 살아 가야만이 지금의 힘든 역경을 벗어날 수 있다.

이 세상에 누구도 혼자 살아가는 사람은 없다. 주변의 가족과 사랑의 관계를 지속하면서 에너지를 얻는다. 또, 가족 아닌 타인들로부터 도움을 받으며 살고 있다. 그 뿐만이 아니라 자연의 혜택을 무궁무진하게 받으며 살고 있다. 이런 자연과 인간들과의 관계 속에서 사람들은 자신이 어떻게 살아가야 할 것인가를 깨달아야 한다. 지금까지는 자신이 노력한 결과에 따라, 자신의 노동력의 대가로 자신의 삶이 굴러 가는 것처럼 착각했다. 하지만, 이제는 새로운 인식에 도달해야 한다. 나무의 호흡에서 모든 생명체가 살아남듯이 우리 인간들의 새로운 인식만이 타인을 살게 하고, 또 다른 생명체에게도 삶을 공존할 수 있게 한다는 사실에 이르러야 한다.

"둥글다"라는 시어를 통해 '원'을 떠올린다. 원은 시작과 끝이 없다. 시작과 끝은 인간에 의해 정해진 구분이므로 자연법칙에서는 시작과 끝을 정할 수 없다. 그러나 인간의 세상에 통용되는 직선의 시간이란 시작과 끝을 가지고 있다. 하지만, 자연의 세상에서는 시작과 끝이 없는 다만 자연의 원리에 따라 순환하는 시간만이 존재한다. 나무는 처음과 끝을 구분하지 않은 원을 용케도 자신의 몸 속에 가지고 있다. 나무는 일 년 일 년을 살아가면서 몸 속에 둥근 시간의 길을 낸다. 자신이 얼마만큼 오래 살았는지 자랑하지 않는다. 다만, 자신의 시간을 살아낸 만큼 우리의 세상살이에 대해 이야기한다. 우리들의 세상살이는 이렇게 원으로 돌고 도는 것이고 둥글게 살아가는 것이 진리이다.

> 손에 닿을 거리, 나뭇가지에서 사마귀가 매미와 씨름하고 있다. 커다란 눈알 번들거리며 갈퀴 같은 손으로 목을 조르고 뒷다리로 몸통을 껴안은 채 땀 흘리고 있다. 피가 역류하는 듯 매미가 부르르 몸을 떨다 잠잠해진 사이, 사마귀는 날카로운 이빨을 매미의 뇌수에 꽂는다.
> 잠깐이었다. 한여름 더위를 쓸어주는 울음 소리와 오랜 세월 어둠 속에 있었을 매미의 전생이 떠올랐지만 손 내밀 수 없었다. 엄숙한 식욕이 모든 경전(經典)을 덮어버리는 시간이었다. 가지 끝에서 숨죽이며 지켜보는 고추잠자리의 눈망울 속으로 오랜 풍경들이 조용히 흘러갔다.

신덕룡, 「침묵」 전문

시적 화자는 일정한 거리[38]를 두고, "사마귀와 매미"의 "씨름"을 보고 있다. 시적 화자가 위치한 곳은 그들의 "씨름"을 볼 수 있는 가까운 거리에 있다. 시적 화자는 대상물들을 묘사하기 위해 시의 전면에 등장하지 않는다. 다만, 시적 화자와 대상물들의 고정된 거리를 통해 시적 화자는 움직이지 않고 객관적으로 대상을 보여준다. 위의 작품에서 시인은 시적 화자의 위치를 분명히 노출시키고 있

---

[38] 시인은 사물을 보고 느낄 때 유용성이나 과학적 논리로 파악하는 것이 아니라 순수한 상태에서 미적으로 지각하고 미적으로 표현한다. 미적으로 자각하고 표현하고자 하는 경우, 그 대상과 어느 정도의 거리를 유지해야 할 것인가, 멀리서 볼 것인가, 가까이서 볼 것인가, 마음으로 볼 것인가, 전부를 볼 것인가, 이러한 거리의 문제는 결국 그 대상에 대한 내 감정의 개입을 어느 정도 할 것인가와도 관계가 있다. 이처럼 실용적이고 일상적인 관심을 벗어난 시인의 사물에 대한 태도를 미적 태도(aesthetic attitude)라 한다. 홍문표, 『시창작 강의』, 양문각, 1997. p. 223.

다. 시적 화자는 시간적으로 한여름 더위가 한창인 시점에 놓여 있
다. 시적 화자가 이야기하고 있는 대상물을 바라본 것은 '잠깐' 동안
이다. 작품 안에 시간 개념을 드러내는 것은 이것이 시적 화자의 정
서를 드러내기 때문이다. '잠깐' 사이에 시적 화자는 매미의 생명이
다하고 다른 생명체에게 자신을 희생하는 삶의 정점을 보게 된다.
이 정점에서 자신의 생과 강자이면서 승리자인 사마귀의 생에 대해
생각이 미친다. 또, 매미의 전생과 마지막 순간에 대한 감정이 복합
적으로 일어나게 된다.39)

  공간적 개념이 드러난 시어로는 '손에 닿을 거리', '나뭇가지', '가
지 끝'이다. 시적 화자는 매미가 사마귀에게 잡아먹히고 있는 장소
에 서 있다. 손을 뻗기만 한다면, 충분히 매미를 구해 줄 수도 있는
위치에 있다. 사마귀와 매미가 씨름하고 있는 공간은 생존을 위한
치열한 전투의 공간이다. 누군가 희생하지 않는다면, 사마귀의 생명
은 존속할 수 없다. 매미의 생명이나 사마귀의 생명은 모두 동등하
다. 그 무엇의 생명이 더 소중하다고 할 수 없기에, 시적 화자는 어
떤 행위도 취할 수 없다. 다만 그 순간을 조용히 지켜볼 뿐이다.

  시적 화자는 그 약육강식의 삶의 치열한 공간에 깊숙이 자리하고
있다. 사마귀가 매미의 뇌수에 이빨을 꽂을 때, 그의 의식은 매미의
전생에까지 이른다. 매미의 어둠 속 세월까지 헤아려보면서 시적 화
자는 식욕 앞에 깨달음도 무의미함을 인정할 수밖에 없다. 그것이
바로 자연의 법칙이며, 인간 또한 삶의 원리로서 따라야 할 '경전'이
다. 시적 화자는 '고추잠자리의 눈망울 속으로' 풍경을 바라볼 수 있
는 위치에 놓여 있다. 이렇게 자연물들과 가까운 거리를 유지함으로

---

39) 김성란, 「체험과 시적 거리」, 김완하 외, 『시창작의 이해와 실제』, 한남대학교 출판
   부, 2008. p. 138.

써 시적 화자는 자연물들과 호흡할 수 있는 조건을 갖추고 있다. 그럼으로써 시인은 자연의 일원으로서의 인간의 삶의 자세를 효과적으로 표현한다.

시인은 시적 화자의 위치를 드러내기 위해 시간적·공간적 배경을 설정한다. 그 배경을 통해 시적 화자의 역할을 정한다. 시적 화자의 위치에 따라 사물에 대해 이야기할 수 있는 범위도 부여한다. 그럼으로써 시적 화자는 자신의 이야기를 객관적으로, 또는 주관적으로 전달할 수 있는 자격을 부여받는다. 이렇게 시간적·공간적 배경은 작품의 형상화 방법을 보여준다.

> 자기를 벗어날 때처럼
> 사람이 아름다운 때는 없다

정현종, 「사람은 언제 아름다운가」 전문

위 작품은 "사람"이라는 존재에 대해 생각하게 한다. 과연 "사람"이라는 존재는 무엇인가? 우리는 "사람"의 가장 큰 특성으로 '이성'을 꼽는다. '이성'은 사고할 줄 아는 능력이고, 힘이다. '이성'을 통해 인간은 자신의 생존에 유리한 방법을 지속적으로 사고해 냈다. 그 결과 "사람"은 자연의 일부분으로 태어났으면서도 자연을 극복할 수 있는 방법을 찾아냈다. "사람"은 자연 극복 차원을 넘어서서 자연을 이용하고 사용하기 시작했다.

이성은 자연을 극복하는 데 있어서 다양한 상상력을 바탕으로 하여 삶의 방법을 발전시켰다. 그럼으로써 자연 속에서 생존할 수 있는 가능성을 확대시켰다. 또 생존의 가능성을 뛰어넘어 좀 더 안락한 삶을 추구했다. 인간은 사회를 구성하면서 이성을 효율적으로 관리하고 이용하기 시작했다. 그럼으로써 이성은 좀 더 편안하고 쾌적한 환경을 만들어내고 그것과 더불어 욕망도 지속적으로 증가했다.

현대인에게 '욕망'은 이성을 뛰어넘는다. 자본주의가 '욕망'을 지속적으로 생산해내기 때문이다. 인간 스스로 이성에 의해 '욕망'을 제어할 수 있는 수위를 넘어섰다. 광고나 다양한 매체를 통해 이미지화한 '욕망'은 현대인의 의식에 깊이 자리하고 있다. 마치 자신들이 욕망의 주체인 양 인간의 삶의 형태를 규정하고 있다. 인간들은 광고하고 있는 상품을 소유함으로써 비로소 자신의 존재 의미를 확인한다. 그럼으로써 '욕망'을 위해 자신의 삶의 가치를 유보시킨다.

인간만이 자신을 되돌아 볼 수 있다. 인간은 이러한 잘못된 '욕망'에 사로잡혔음을 이제 깨달아야 한다. 자신의 잘못을 파악하고 그것에서 "벗어날" 수 있을 때 비로소 이성을 가진 인간으로서 살아갈 수 있을 것이다. 인간은 자아와 타자를 구분함으로써 타자를 통해 자신의 삶을 돌아볼 수 있다. 인간이 가지고 있는 장점을 살린다면 "아름다운" 인간의 모습을 발견할 수 있을 것이다.

이 작품에서는 '때'에 대한 인식을 중요하게 드러낸다. '때'는 인간이 정해 놓은 시간 개념으로 인식되지 않는다. 이것은 자연의 규칙에 의해 순환되는 '때'이다. 인간을 포함한 모든 지구상의 생명체는 시계가 없어도 '때'를 안다. '때'는 자연 속에서 모든 생명체가 본능적으로 느낄 수 있는 것이다. 해와 달의 움직임, 바람의 세기, 별의 움직임을 통해 인간들도 본능적으로 '때'를 느낄 수 있다. 그런데, 시인은 시계로 인해 잃어버린 감각을 되살리고자 한다.

그 자연의 '때'를 느낄 때만이 인간이 가지고 있는 지나친 욕망을 벗어버릴 수 있다. 또, 사람이 가지고 있는 "아름다"움을 찾을 수 있다고 생각한다. 하지만, 현대인들은 시계가 없이는 불안하다. 인간들 끼리 통일시켜 편리를 추구하던 물건에 의해 자신의 삶을 귀속당하고 있다. 그렇다고 지금도 그것을 포기하는 것이 쉽지만은 않다. 제목 "사람은 언제 아름다운가"라는 것을 통해서 사람이 문명의 이기를 포기하지 않고 자연의 섭리를 지켜내기 어려움을 드러내기도 한다.

4장

생태시 교육의 특성
수업 설계시 유의점
교과서 수록 생태시의 주제 유형

한국 현대 생태시 교육

4장

| 교육 과정의 생태시 |

*

환경 파괴에 대한 문제는 더 이상 거론할 필요 없이 누구든지 그 심각성을 인식하고 있다. 산업 사회의 폐해로 인해 지구 온난화 현상과 천재지변은 불안한 지구 상태를 그대로 보여준다. 인간은 쓰레기더미와 각종 화학물질로 지구를 썩게 하고, 자연 스스로 치유할 시간조차 남겨 놓지 않았다. 결국, 우리들은 아이들이 먹을 식탁 위에 제대로 된 음식 하나 놓아주지 못하고 있다. 그럼에도 자연의 경고에 귀기울이지 않는다.

생태 환경의 위기는 생태 교육의 필요성을 부각시킨다. 어른들은 지구의 위기를 타개할 힘을 갖지 못한 채, 무조건적으로 현대 과학을 믿고 있다. 그런데 우리 아이들이 살아야 할 시대에 과학의 힘이 생태 환경의 위기를 해결할 수 있을지는 의문이다. 생태 교육은 우리 아이들이 살아갈 수 있는 생태 환경을 만들기 위해서 꼭 필요하다.

인간이 생존 가능한 생태 환경은 물리적 환경만을 의미하지 않는다. 인간의 생존 문제는 단순히 육체적인 생존만을 의미하지 않기 때문이다. 이것은 인간이 인간으로서의 자아 발견을 통해 자아를 실현시킬 수 있는 삶까지 포함한다. 생태계 문제란 물질문명, 산업사회, 가부장제도, 인간의 욕망에 대한 비판에까지 현대사회의 중요 문제를 모두 포함한다.

생태시 교육의 목표는 생태시를 통하여 학습자들에게 '생태 환경에 대한 인식'을 갖게 하는 것이다. 이러한 인식은 학습자 개인의 삶을 실현하고 생태학적 세계를 구현하는 과정으로서 필요하다. 생태시를 통해 다양한 국어 영역의 목표 실현과 더불어 생태 환경에 대한 전반적인 이해를 추구하게 될 것이다.

본고에서는 생태시 교육을 위해 7학년부터 10학년까지 국어 교과서에서 생태시를 찾았다. 그런데 교과서의 자연을 대상으로 노래한 작품 중에서 생태시로 읽을 수 있는 작품은 소수였다. 산업 발달이 원인이 되어 파괴된 환경에 대한 문제를 드러내거나 그 대안을 제시하는 작품을 찾으려고 했다. 학습자들은 이런 작품을 통해서 새로운 인식에 도달할 수 있기 때문이다.

현재 교과서에서 생태시는 여섯 작품밖에 찾을 수 없었다. 더 많은 작품을 찾고자 해도 자연시와 구분되는 생태시는 찾을 수 없다. 선택한 작품은 모두 '생태 환경'에 대한 인식을 표출하고 있었다. 본고는 이 작품을 세 종류로 분류하고, 이것이 교육 과정에서 어떤 교육 목표로 실현되는가를 살펴보았다.

첫째는 생태계 파괴와 환경 오염을 고발하는 작품이다. 둘째는 생태계의 보호와 유기체적 생명 의식을 고양하는 작품, 셋째는 생명 의식의 존귀함과 연대적 각성을 드러내는 작품이다. 이를 바탕으로 다양한 생태시가 수록되지 않은 한계점을 인식할 수 있다. 현재 7차 교과서에 실린 이와 같은 작품만 가지고는 적극적인 생태시 교육을 실행하기 어렵다.

현재 학교 교육 과정에서는 생태 환경에 대한 인식을 거론하지 않고 있다. 따라서 생태시가 수록되어 있어도 생태 문학으로서의 논의는 전개되지 않는다고 할 수 있다. 이러한 문제점을 바탕으로 본고는 개정 교육 과정의 교과서에서 생태시 교육의 지향점을 살펴보고자 한다.

1 생태시 교육의 특성

생태시는 생태 환경의 파괴에 대한 위기의식으로부터 시작하였다. 그리고 다양한 학문 영역과 관련되면서 인간의 물리적 환경 및 정신적 환경의 문제점까지 제시한다. 생태시를 학습자들이 깊이 있게 감상하기 위해서는 이런 발전 과정에 따른 사상적 배경을 이해할 필요가 있다. 사상적 배경을 바탕으로 한 이해와 감상 내용은 고학년으로 갈수록 쉽게 달성된다. 교사는 생태시 교육에서 다른 시 교육과 달리 배경지식을 제공하기 위해 많은 준비를 해야 할 것이다.

생태시 교육의 목표는 생태시를 통해 학습자들이 살아가고 있는 생태 환경에 대한 올바른 인식을 제공하는 것이다. 생태시는 인간뿐만 아니라 지구상의 유기체와 환경과의 관련성을 보여준다. 이 때 학습자들이 달성해야 할 목표는 유기체가 살아갈 수 있는 '생태 환경에 대한 인식'이다. 생태 환경에 대한 올바른 인식이야말로 파괴되는 생태 환경을 바람직한 방향으로 되돌려 놓을 수 있기 때문이다.

생태시의 주제는 학습자들에게 '생태 환경에 대한 인식'을 실현시키기 위해서 가장 중요한 요소이다. 이것은 생태시의 내용적 측면으로 학습 제재로 선택할 때 학습자의 현실에 맞는 내용으로 선택해야 한다. 생태시는 특성상 다른 현대시와 다르게 주제 의식이 구체적으로 드러난다. 교사는 학습자들의 수준에 맞는 작품을 선정하되 주제에 대해 고려해야 한다.

주제에 대한 고려는 앞서 '3장. 생태시의 유형'에서 살펴본 바 있다. 생태시는 생태시의 개념을 바탕으로 하여 생태 환경에 대한 위기의식을 드러내거나 생명 사상에 대한 새로운 인식을 보여준다. 그리고 생태학적 상상력을 확장하여 우주에 대한 인식으로 확장시킨다. 교사는 비판적인 내용과 생명 의식을 다루는 것, 우주 공동체적 의식을 가지는 내용을 교과서의 대단원 성격에 부합하는 내용으로 선정하거나 시사적인 문제와 관련되는 것을 선택하여 교수 – 학습한다.

생태시를 교육하기 위해서는 '생태 환경에 대한 인식'을 찾아내는 데 집중할 뿐만 아니라 형상화한 작품의 미적 가치를 파악하는 것이 중요하다. 생태시는 현대 산업 사회의 다양한 문제의식을 포함한다. 따라서 다른 어떤 사조의 작품보다도 주제를 표현하는 데 직접적이다. 그러나 최근 창작되고 있는 작품에서는 문학의 특성인 '돌려말하기'의 기법을 통해 문학성을 충분히 확보하고 있다. 생태시 교육은 내용적으로 다양한 주제를 드러내면서 미적 가치를 가진 작품을 선정해야 할 것이다.

생태시 교육은 작품에 특별히 자주 사용되는 어휘나 표현 기법에 대한 연구도 필요하다. 생태시는 주제를 부각시키기 위해서 다른 현대시와 마찬가지의 기법을 사용한다. 다양한 표현 기법과 구성 방법은 생태시의 미적 가치를 드러내는 데 기여한다. 학습자들은 생태시에 나타난 형식적 요소를 이해함으로써 주제를 파악할 수 있을 것이다. 특히 생태시의 주제를 형상화하는 데 자주 사용하는 형식적 요소를 파악한다면 생태시 교육 방법의 효율성을 크게 기대할 수 있을 것이다.

　기존의 교육 과정에는 생태시 교육에 대한 언급이 없어 교사와 학습자들은 생태시 교육을 다뤄본 적이 없다. 교사들은 교사들대로 생태시 교육의 필요성은 인지하지만 수업 방법에 대한 정보를 제공받은 적이 없다. 학습자들도 생태시를 접하면서 어떤 방향으로 이해하고 감상해야 하는지 낯설기만 하다. 교사와 학습자가 국어 수업의 주체임에도 불구하고 생태시 교육에 대한 방향 감각을 가질 수가 없었다. 따라서 교사들은 수업 내용과 방법에 대한 정보를 제공해야 한다. 다양한 교수·학습 방법으로 자연스럽게 학습자들의 욕구를 채워줄 수 있기를 기대한다.

　생태시를 교육하기 위해서는 구체적인 계획이 필요하다. 생태시는 주제를 드러내기 위해 다양한 시의 구성 요소를 활용한다. '생태 환경에 대한 인식'을 드러내기 위해서는 시어와 문장 구조, 다양한 표현 기법, 시적 화자의 어조와 객관적 상관물의 기능 등이 다양하게 어우러진다. 이를 바탕으로 생태시를 교육하기 위해서는 그 작품의 길이나 일상어의 사용이 학습자의 수준과 부합해야 할 것이다.

　일반적인 시 교육의 교수 - 학습 방법은 위계성[1]을 특별히 강조

---

1) 위계성은 계열과 관련을 가지는데, 계열이 교육 내용의 선후 관계를 나타내고, 이것은 내용 조직 순서에 대한 기준이 되기도 한다. 순서의 조직은 단순한 것에서 복잡

하지 않는다. 7학년의 내용 체계는 초등학교에서 이미 배웠던 내용을 총복습하는 형태로 이루어져 있다. 그런데 학습자들은 초등학교에서 배운 내용을 어렵게 생각한다. 학습자들이 시를 학습할 때, 시의 형식적 요소와 내용적 요소에 대한 이해를 충분하게 하지 않았기 때문이다. 따라서 고등학교 교육 과정 중에 학습자들이 현대시를 이해하지 못하고 내용을 암기하는 현상이 나타난다. 이런 부작용을 없애기 위해서라도 단계적 교수 – 학습 방법이 적용되어야 할 것이다.

  학습자의 수준에 적합한 위계적인 내용을 위해서 방법적 측면을 고려해야 한다. 방법적 측면은 학습을 시도할 때, 학습자의 배경지식과 선경험에 대한 고려이다. 전 학년에서 미리 학습한 내용을 바탕으로 하여 학습 내용을 진전시킨다면 학습자들이 훨씬 깊이 있는 이해와 감상을 할 수 있을 것이다. 생태시 교육을 위해서는 전 학년의 학습 내용과 연계성·위계성[2]을 갖춘 학습 내용을 제시해야만 한다.

  개정 교육 과정에서는 학년별 위계성을 고려한 학습 내용을 제시하고 있다. 이것은 지식이나 태도의 측면에서 조작적 위계를 취하고 있다.[3] 그만큼 위계적 학습 내용 선정은 문학의 특성상 어려움이 따

  한 것으로, 기능적인 것에서 전략적인 것으로, 개인적 형태에서 관습적이고 집단적인 형식으로의 원리를 가진다. 최지현, 『문학교육 과정론』, 역락, 2006. pp. 275~283.

 2) 제7차 교육 과정에서 교육 과정 편성을 초등학교 1학년부터 고등학교 1학년까지 10년간을 '국민 공통 기본 교육 과정'으로, 고등학교 2, 3학년을 '선택 중심 교육 과정'으로 설정한 것은 학년제 또는 단계 개념에 기초한 일관성 있는 구성으로 본다. 또, '문학' 과목 지도는 1~10학년에 이르는 '국어' 과목 교육 과정의 '문학' 영역을 충분히 고려하도록 했으며, 일반 선택의 '국어' 과목 및 심화 선택의 '화법', '독서', '작문' 과목 등과 수평적인 연계성을 고려하도록 했다. 박경신 외, 『문학(하)』, 금성출판사, 2006. pp. 10~11.

 3) 김명순, 「국어과 교육내용의 위계 설정과 관련된 문제」에서 교육내용에서 위계는 상하 관계를 지닌 내용의 계층 구조와 관련된다. 그렇기 때문에 위계는 교육내용을

른다. 작품의 이해와 감상의 과정을 세분화하기 어렵기 때문이다.
개정 교육 과정의 내용 요소에 생태시를 제재로 정했을 때, 위계적
교수 – 학습 내용으로 다음 세 가지가 필요하다.

첫째, 위계적 교수 – 학습 내용은 학습자들의 수준과 직결된다.
학습자들이 배경지식과 경험을 충분히 가지고 있다면 좀 더 심도 있
는 교수 – 학습 내용을 선정할 수 있다. 학습자들이 어떤 배경지식
을 가지고 있느냐에 따라서 생태시를 깊이 이해하고 감상할 수 있기
때문이다. 예를 들어 김지하의 「새봄」도 작가의 '생명 사상'에 대한
이해 정도에 따라서 다양한 방법으로 읽을 수 있다. 학습자의 수준은
학년별 교육 목표에 도달했는가의 여부를 바탕으로 판단가능하다.

둘째, 위계적 교수 –학습 내용은 교사의 원활한 교수 – 학습 진행
을 위해서 필요하다. 교사는 학습의 내용을 설계하고 그것을 바탕으
로 학습자들의 다양한 반응을 분석하고 그에 따른 처치를 한다. 이
때, 위계적 교수 – 학습 내용이 없다면 다양한 학습자들의 반응에
적절한 조치를 취하기 어려울 것이다. 정확하게 교실 현장의 반응을
진술할 수 없지만 예측을 통해 교실 현장을 제어할 수 있다.

셋째, 위계적 교수 – 학습 내용은 교육의 특성상 필요하다. 교육
은 학습자의 발달 단계에 맞는 바람직한 행동을 유도하기 위해 계획
한다. 교사는 학습자들의 반응을 예측해서 바람직한 방향을 목표로
설계해야 한다. 학습 목표 설정을 위해서는 단계적인 교수 – 학습
내용이 반드시 필요하다. 또, 위계적인 학습 목표는 학습자들에게
좀더 심화된 학습 목표로 나아가는 과정으로서의 의미도 포함한다.

조직하는 차원에서 직접 관련되는 문제이다. 교육내용의 조직은 교육내용의 선정
에 후행하는 것으로 교육내용을 보다 체계적이고 효율적으로 교수 – 학습하는 데
관건이 되며, 그리하여 교육목표의 성취에 영향을 미친다. 『새국어교육』 제78호,
한국국어교육학회, 2008, p. 36.

다음은 위계적으로 교수 - 학습할 수 있는 생태시를 선정하고 그 방법에 대해 구안하였다. 그것은 개정 교육 과정에서 제시한 학년별 위계성의 내용을 바탕으로 하였다. 개정 교육 과정은 각 학년에 맞는 작품의 '수준과 범위'를 제시하고 있는데 제시된 내용 중 작품의 '수준과 범위'는 추상적 개념으로 진술되어 있어서 교사의 해석이 중요하게 작용한다.

이 때 교사는 교육 과정에 제시된 '수준과 범위'에 대한 개념을 해석하여 학습자의 수준과 잘 부합시켜 적용해야 한다. 학습자의 개인차에 따라 적용 방법과 학습 결과에 오차가 커질 수 있기 때문이다. 교사는 교육 과정에서 '수준과 범위'를 학습자의 상황이나 지식 수준에 따라 달라짐을 고려하여 교육 과정에서 실현시킨다. 따라서 위계적 교수 - 학습 내용은 학습자들을 가장 잘 판단할 수 있는 교사들이 적절히 선정해야 한다. 이런 제 요소들이 조화를 이룰 때 효과적인 학습이 이루어질 것이다.

7학년에서는 텍스트에 대한 해석 과정을 단계별로 제시했다. 텍스트 이해를 위해서는 텍스트에 대한 기초적인 고찰로 제목이나 분위기, 어조에 대한 학습이 필요하다. 다음의 구조적인 고찰은 생태시에 사용된 표현기법이나 구조에 대한 논의로 심화한다. 이런 논의를 바탕으로 생태시의 특성인 생태적 의미를 이해한다. 이런 과정의 최종 단계는 주제를 파악함으로써 시인의 의도를 이해하고 감상하는 것이다.

8학년에서는 '시어와 일상어의 관계'에 대한 성취 기준에 도달하기 위해 상호텍스트 활용 방법을 시도하였다. 상호텍스트 활용 방법은 시어와 일상어의 관계 파악을 위해 가장 적절한 방법이라고 판단된다. 그 외에도 다양한 사진이나 신문, 잡지, 인터넷 자료를 활용하여 텍스트 사이의 공통점을 파악할 수 있다. 특히 생태시는 다양한 사회 현상을 드러내므로 상호텍스트 활용 방법이 유용하다.

9학년에서는 생태시가 사회·문화적 상황의 산물임을 이해하고, 그와 연관된 작품을 이해·감상하는 내용으로 제시했다. 이 때 학습자들은 개인차를 크게 가지고 있다. 그런데, 교사는 생태시 하나하나가 요구하는 사회·문화적 배경을 찾아 자료로 제공함으로써 학습자들의 이해를 돕는다. 학습자는 사회·문화적 배경이 생태시와 연관됨을 알 수 있고 배경 지식을 이용해서 생태시를 적극적으로 학습할 수 있다.

10학년에서는 앞에서 배운 학습 내용을 통합적으로 사용하도록 했다. 우리가 생태시를 배우는 가장 최종적인 목표에 도달시키기 위해서이다. 생태시 비평은 생태시에 나타난 시인의 정서와 생태학적 상상력을 이해하고 그것을 근거로 제시해야 한다. 이것은 생태시를 읽고 학습자 자신의 개성과 창의성을 발휘할 수 있는 활동이다. 교사는 학습자의 비평문 쓰기 활동 중에 개인차를 존중하고 수용적인 입장으로 교수해야 한다.

이런 위계적인 학습 내용 선정은 학습 목표 도달과 밀접한 관련을 지닌다. 학습자들은 자신의 수준이나 관심 영역 안에서 활동 내용을 실행한다. 따라서 학습자들의 관심 영역 밖의 내용은 쉽게 포기하는 경우가 있다. 반면 학습자들이 관심 있는 것은 적극적인 활동 내용으로 실현된다. 교사는 생태시의 특성을 고려하여 학습 동기를 유발하면서 생태시 비평문 쓰기를 계획해야 한다.

② 수업 설계시 유의점

교사는 앞서 살펴본 생태시 교육의 특성을 고려하여 수업 설계를 해야 한다. 이 때 생태시 교육의 특성과 더불어 수업 환경에서 상호 작용하는 요소에 대한 고려도 필수적이다. 교수 - 학습 과정의 수업 환경에서 가장 중요한 역할을 하는 것은 인적 요인이다. 그 중 하나는 학습자 요인이고, 또 다른 하나는 교사 요인이다. 학습자는 학습의 주체로, 교사는 학습자의 조력자로서 중요한 위치에 있다.

특히 생태시는 앞서 생태시 교육의 특성에서 살펴본 바와 같이 교사의 적절한 판단과 학습자의 배경지식이 중요한 역할을 한다. 학습 목표 도달을 위해서는 두 요인이 학습 목표를 숙지하고 학습 활동을 충실하게 이행해야 한다. 다음은 현재 교과서에 수록된 작품을 교수 - 학습할 때 발생할 수 있는 문제점을 제시한다. 문제점에 대한 고려가 효율적인 생태시 교육 방법을 찾게 할 것이다.

제7차 국어과 교육 과정의 목표는 다음과 같다.

> 언어 활동과 언어와 문학의 본질을 총체적으로 이해하고, 언어 활동의 맥락과 목적과 대상과 내용을 종합적으로 고려하면서 국어를 정확하고 효율적으로 사용하며, 국어 문화를 바르게 이해하고, 국어의 발전과 민족의 언어 문화 창달에 이바지할 수 있는 능력과 태도를 기른다.

제7차 국어과 교육 과정에서는 제5~6차 교육 과정과 비교해 볼 때, '좋은 문학 작품'에 대한 이론을 강조하였고, 문학 작품의 이해에 대한 지도에서도 학생들의 경험이나 배경 지식의 능동적 활용보다는 문학 지식과 이론의 적용을 더 강조하였다.[4] 이런 이론적 측면의 강화는 좀 더 고급화된 국어의 발전과 민족의 언어문화 창달에 기여하기 위해서이다. 나아가 학생들이 문학 작품을 깊이 있게 이해하고 감상하여 자신들의 삶을 풍요롭고 행복하게 만들기 위해서이다.

이와 같은 교육 과정 내용은 포괄적이며 추상적이다. 이것은 '좋은 문학 작품'의 기준이 시대나 환경에 따라 달라질 수 있기 때문에 그것을 수용하여 기술하였다. 특히 학습자들의 활용 능력을 키우는 데 초점을 맞추고 있다. 그런데 학습자들은 문학 지식과 이론에 대한 지적 탐구심이 없다. 지식과 이론에 대한 배경 지식이 없는 학습자들에게 활용 능력을 기대할 수 없다. 따라서 학생들의 경험이나 배경지식의 능동적으로 이끌어내는 작업이 우선적이다. 개정 교육과정안에서는 현대 사회의 학생들이 직면하고 있는 문제를 바탕으로 시 교육이 이루어져야 한다. 특히 현대 사회의 생태 환경에 대한 학생들의 경험이나 배경지식이 활용될 수 있는 방법이 필요하다.

생태시는 자연에 관해 단순히 쓰고 감상하는 문학적 태도만이 아니라 문학작품을 통해 자연과 인간의 관계를 규명하고 이들의 바람직한 관계를 제시하고자 한다. 생태시는 자연의 구조와 형식을 문학의 형식과 구조에서 조화시키고자 한다.[5] 생태시의 특성을 바탕으로 수업을 설계할 때 다음과 같은 요소를 고려해야 한다. 생태시를 이해하기 위해서 학습자는 더 많은 배경지식을 필요로 한다.

교사는 수업 설계시 학습자의 배경지식을 포함하는 수업 능력에 대해 고려해야 한다. 교사는 학습자의 수준을 고려하여 어떤 목표를

---

4) 교육인적자원부, 『국어·생활국어 3-1 교사용 지도서』, 대한교과서주식회사, 2006, p. 27.
5) 구자희, 앞의 책, p. 39.

가지고 생태시를 교육할 것인지에 대한 뚜렷한 의도를 지녀야 한다. 그리고 교사는 수업의 장에서 끊임없이 발생하는 문제를 해결하는 방법을 제시한다. 교사와 학생이 상호 작용을 통해 수업을 실현하면, 교사는 학습자에 대한 평가와 그에 따른 피드백을 통해 학습자의 생태 환경에 대한 인식을 고양시켜야 할 것이다.

1) 학습자의 수준 고려

김지하의 「새봄」은 그의 생명 사상을 집약해 보여주고 있다. 그는 환경 문제를 시민 운동으로 전개하면서 생태 환경에 대한 관심을 표명하고, 이후에는 생명 사상을 바탕으로 한 논의를 전개했다. 시인은 생명 운동을 1980년대 이후 평생 동안 실천함으로써 '생명학'6)에 대한 의지를 보여준다. 이 점은 교사용 지도서에서도 인정하고 있는데, 이에 대한 구체적인 언급은 학생들의 관심과 수준을 고려할 때 꼭 필요한 학습 요소가 아니라고 언급했다.

교사들은 교육 과정상 지침에 따라 학습자들에게 생명 사상에 대해 언급하지 않는다. 그러나 이 작품을 제대로 논의하기 위해서는 김지하의 생명 사상을 언급하지 않을 수 없다. 7학년을 대상으로 김지하의 생명 사상을 논한다면 학습자가 제대로 이해하지 못할 것이므로 학습자의 수준과 제재 선정에서 문제가 발생한다.

이 작품을 7학년 학습자들이 과연 제대로 이해할 수 있는가 하는 또 다른 문제가 있다. 7학년 학습자들에게 이 작품의 주제를 찾아보라고 했는데, 그들은 "소나무가 더 좋아요", "벚꽃이 더 예뻐요"라는

---

6) 김지하, 『생명학 1』, 화남, 2003 ; 『생명학 2』, 화남, 2004.

답을 찾았다. 학습자는 교육 과정에서 제시하는 주제를 찾기 어려웠고 시험에 대한 준비로 정확한 답을 외워야만 했다. 교육 과정이 제시하는 이 작품의 주제는 "조화로운 삶의 아름다움"이다. 교과서의 학습 활동 중 적용 학습에서는 다음과 같은 문제가 제시되었다.

<적용 학습>

다음 물음에 답하면서, 이 시에 담긴 의미를 좀 더 넓게 생각해 보자.

1. '내가 옳고, 저 사람은 틀렸어.', '나는 이것만 좋고, 저것은 싫어.'라고 생각했다가 '아, 내가 생각을 잘못했구나.'하고 깨달은 경험이 있으면 말해 보자.

교사용 지도서에서는 이 내용에 대해 다음과 같이 기술하고 있다[7)

이 시에 담긴 의미를 시에 드러난 그대로 '푸른 솔과 벚꽃의 상생(相生)'이라는 데에서 그치는 것도 학생들의 수준을 고려할 때에 일면 타당하다. 그러나 시 속에 제시된 상황만 이해하고 넘어가기에는 다소 아쉬운 점이 있다. 또, 그렇다고 해서 이제 중학교 1학년인 학생들에게, '참고 자료'의 시평에서 밝힌 것과 같이 정치와 역사의 문제를 본격적으로 거론하기는 힘들다. 이러한 점을 모두 고려하여 '적용 학습'에서는 '새봄'의 의미를 나의 삶, 그리고 내 주변 사람들의 삶에까지만 확장시킨 것이다.

이번 문제를 푸는 과정에서 중요한 것은, 왜 갑자기 푸른 솔과 벚꽃의 이야기에서 편견을 가졌던 경험을 이야기하는지를 학생들에게 이해시키는 일이다. 그렇지 않으면 이 활동은 앞서 학습한 시 내용과는 전혀 관련 없는 별개의 활동으로 학생들에게 인식될 가능성이 높기 때문이다. 이 물음이 이 시의 내용과 관련하여 어떤 의미를 갖는가를 교사가 충분히 설명해 준 다음, 학생들의 실제 경험담을 들어 보는 활동을 하면 될 것이다. 만약 학생들로부터 반응

---

7) 교육인적자원부, 『국어·생활국어 7-1 교사용 지도서』, 대한교과서주식회사, 2002, p. 66.

이 잘 나오지 않으면, 교사가 자신의 경험담 하나를 들려주는 것도 효과적인
방법이 될 수 있다.

<예시 답안>

· 나는 우리 아빠, 엄마가 나보다 동생을 더 사랑한다고 생각했는데, 내가 심
  하게 아플 때 나의 병간호를 위해 최선을 다하시고, 심지어 눈물을 흘리시
  는 모습을 보면서 '내가 지금껏 잘못 생각했구나.'하고 깨달은 적이 있다.
· 나는, 친구들이 내가 좋아하는 것과는 다른 장르의 음악을 즐겨 듣는 것을
  보고 왜 그런지 잘 이해하기가 힘들었다. 하지만, 그건 내가 그 장르의 음악
  을 제대로 이해하지 못한데서 비롯된 편견일지도 모른다

이와 같은 내용을 바탕으로 볼 때, 학습자가 김지하의 「새봄」의
의미를 파악하는 목표에 도달했다고 보기 어렵다. 위의 지도서 내용
만으로 학습자들은 김지하의 「새봄」을 통해 생명 사상을 제대로 이
해하지 못하기 때문이다. 교사용 지도서의 참고 자료에는 김재홍의
비평이 실려 있다.[8] 이 비평문을 보면 김지하의 생명 사상이 작품에
깊이 있게 용해되어 있음을 발견한다. 김지하는 「새봄」에 상생의 정
신과 평화의 철학을 제시하고 있으므로 학습자들 또한 이런 사상을
이해해야 한다. 그런데 시의 표면적 의미 파악에만 그쳐서는 작품의
의미를 충분히 감상할 수 없다.

---

8) 교육인적자원부, 앞의 책, p. 92.

그렇다! 우리는 오랫동안 너는 '벚꽃'이고 나는 '푸른 솔'이라 하며 마음 속에 구분짓고 생활 속에 차별을 두며 너무 오랫동안을 대항 논리 속에서 살아온 것이 아니겠는가? 그렇지만 생각해 보자. 세상에 푸른 솔만 있고 벚꽃이 없다면 삶이란 얼마나 삭막한 것인가? 거꾸로 벚꽃만 있고 푸른 솔이 없다면 또 세상은 얼마나 허전하고 맥빠진 모습이겠는가? 낙엽수로서 벚꽃나무가 있어야 상록수로서 푸른 솔이 돋보이는 것이고, 또한 상록수가 사철 푸르러야 낙엽수 또한 변화하는 자연의 법칙과 삶의 순환 원리를 배울 수 있는 것 아니겠는가?

…(중략)…

또한 나와 너뿐 아니라 주변에서 묵묵히 살아가는 '그'나 '저'도 더불어 사랑하며 서로 생명을 살려 나아가는 상생의 정신, 평화의 철학을 갖지 않으면 안 된다.

내 생명과 나의 삶이 소중한 것처럼 너의 그것이 소중하고 또 말없는 그와 저가 함께 더불어 소중한 사람이다. 김지하의 시는 이러한 사랑의 철학과 상생의 생명 원리, 그리고 평화의 철학을 함께 담고 있다는 점에서 21세기 우리 시의 새로운 시야를 열어 갈 문제작이라고 하겠다. 불과 네 줄 사이에 담긴 생명 사상, 상생의 철학은 21세기 민족사뿐 아니라 인류사의 차원에서도 최대의 화두가 될 것이 분명하기 때문이다.

* 여기에 실린 해설은 어디까지나 이 시를 이해하는 한 가지 방법일 뿐이다.

물론 이 비평문은 김지하의 「새봄」을 이해하는 하나의 방법이다. 현재를 살아가는 우리들은 우리들이 처해 있는 상황과 관련지어 작품을 이해하고 평가해야만 한다. 그래야 문학 작품을 이해하고 감상하는 의미와 가치를 구현할 수 있기 때문이다. 특히 작가는 생명 사상과 상생의 철학을 바탕으로 주제 의식을 표현하고 있다. 기본적으로 작가의 의도를 파악하기 위해서 생명 사상에 대한 이해가 필요하다. 따라서 위 작품을 7학년 학생들에게 이해하고 감상시키기에는 어려움이 크다.

「새봄·1」부터 「새봄·3」은 봄의 소생하는 생명력에 대해 노래

하고, 「새봄·4」는 살아있는 것, 하루 세 끼 밥 먹는 것, 새봄이 오
고 꽃이 피는 것, 우주를 느낄 수 있는 것이 다 고마운 일이라고 한
다. 「새봄·5」에서는 꽃을 돌아보고 봄을 쳐다보면서 우주를 가깝
게 느낀다. 「새봄·6」은 꽃과 아기를 통해 이 세상에서 가장 순하고
연한 것들에 대해 말한다. 「새봄·7」은 우울의 밑바닥에서 솟아오
르는 생명력, 곧 우주를 느끼게 한다. 「새봄·8」은 우주적 삶을 살
아가는 인간을 발견한다. 이 작품에서는 우주와 함께 인류가 살아가
야 함을 '무궁'이라는 시어로 형상화한다.

　　이와 같이 시인이 지향하고 있는 '생명주의' 문학은 시기적인 범
위에 그치지 않고, 자신과 세계의 본성과 존재원리에 대한 인식, 개
인과 개인, 남성과 여성의 상호관계성, 생산과 소비양식의 문제, 생
태학적 윤리체계, 삶의 다양성과 지역자치, 인간의 몸과 욕망의 문
제 등으로 다채롭게 전개되고 있다. 김지하의 「새봄·8」은 우주 생
명으로서의 본성에 대한 발견과 이를 통하여 세계에 대한 재인식의
시적 직관을 노래한다. '나'는 우주적 영성체이다. 그러나 이것은 '나'
에게만 국한되는 것이 아니라, 외부의 모든 대상에게도 동일하게 적
용된다.

　　이와 같은 생명공동체의 세계관은 동학의 창시자 최제우의 시천
주(侍天主)사상을 설명하는 '내유신령(內有神靈), 외유기화(外有
氣化)'의 이치와 연관된다. '내유신령'이란 자신이 스스로 우주적 영
성을 모시고 있다는 뜻이며, '외유기화'는 외부의 모든 대상 역시 영
성의 활동, 순환, 활성의 장(場)이라는 것이다. 이러한 세계관에서
인간과 자연은 온생명의 한 단위체로서 파악된다. 따라서 자연 파괴
는 곧 인간의 생명 파괴로 등식화된다.[9]

　　「새봄·9」는 앞의 연작시를 모두 아우르는 내용으로서 인간과 인

간이 함께하는 가장 연한 것들로부터 우주에 이르기까지의 원리를
드러낸다. '벚꽃'과 '푸른 솔'은 우주에 속한 많은 대상물을 상징한다.
그 대상물들은 우주를 구성하는 개체이면서 전체를 이루는 유기체
적 속성을 작품으로 승화시키면서 '생태 환경에 대한 인식'을 깨닫도
록 한다. 그럼으로써 학습자들에게 좀 더 깊이 있는 인식을 바탕으
로 한 자연과 인간, 사물과 인간과의 관계, 또는 인간과 인간의 관계
를 되새기는 시간을 갖게 한다.

　이와 같이 교육 과정에서 요구하고 있는 제재와 목표가 학습자의
'수준'과 맞지 않음으로써 문제가 발생한다. 이런 문제 요소들을 다
시 한 번 고려해 교과서를 편집해야 할 것이다. 이 작품은 적어도
김지하의 사상을 충분히 이해할 수 있는 학년에서 다뤄져야 할 것이
다. 그것은 김지하의 생명 사상이 나와 타인에 대한 이해와 사회·
지구·우주에 대한 이해로 확장해 나가기 때문이다. 길이가 짧은 시
이지만 학습자들이 깊이 있는 배경 지식이 있어야 이해가 가능하다.

2) 교사의 수업 의도

　앞에서 교사의 중요성에 대해서 언급한 바 있다. 교사는 이상 독
자로서의 학습자를 구별하고 이상 독자를 기준으로 교수 – 학습 내
용을 선정하여 방법을 구안해야 한다. 그만큼 교사의 주관성 개입의
여지도 크다. 그러나 교사는 학습자의 상태를 가장 정확하고도 세심
하게 파악하여 최대한 주관성을 배제하고 객관적으로 수업을 설계
해야 한다. 학습자의 수준에 맞는 목표와 방법을 선택할 수 있는 교

---

9) 홍용희, 「생명주의와 한국문학」, 신덕룡, 앞의 책.

사의 역량에 따라 학습자들의 성취 수준도 큰 차이가 나타날 것이다.

교사는 학습자들이 지금까지 학습한 내용을 바탕으로 배경지식의 유무에 대해 고려해야 한다. 또, 교수 – 학습 계획안을 작성하고 그에 따라 수업을 진행한다. 교사는 수업 진행에 따라 학습자들의 다양한 요구와 반응을 수집하고 분석하여 순간순간 교실 현장에 적용하는 주체이다. 교사가 어떤 사고를 가지고 교수 – 학습에 응하느냐에 따라 학습 결과는 엄연하게 차별화될 것이다.

이런 측면에서 교사가 수업 시간에 어떤 의도를 가지고 있느냐 하는 것은 매우 중요하다. 교사가 '생태 환경에 대한 인식'을 가지고 작품을 교수한다면, 작품의 이해와 감상 내용이 학습자의 '생태 환경에 대한 인식'으로 학습될 것이다. 반면 전혀 인식을 가지고 있지 않다면, '생태 환경에 대한 인식'이 분명하게 드러나는 작품일지라도 학습자들에게까지 투입되지 않을 것이다. 따라서 교사가 수업에서 목표를 어떻게 설정하고 '의도'하느냐에 따라 교수 – 학습의 결과가 달라질 것이다.

나희덕의 「배추의 마음」에서 배추와 배추 벌레는 공생적 관계를 이룬다. 배추는 자신의 살을 베어 벌레에게 나누어 준다. 배추의 '나눔'은 다시 한 번 새겨 볼 수 있다. 인간에게 있어서의 '나눔'이란, 자신에게 여유 있는 물질을 상대방에게 전하는 의미, 또는 고통과 행복을 함께한다는 의미를 지닌다. 그러나 배추로 통하는 자연은 자신을 나눠 주고 상대방의 생명을 살려낸다는 것에서 인간의 나눔보다 더욱 의미가 크다.

이 작품의 시적 화자도 배추의 마음을 닮아 농약 없이 배추를 키운다. 인간도 자연의 일부이며 생명체로서 다른 생명체와 공존공생해야 한다는 의식을 바탕으로 하기 때문이다. 그런데 교육 과정에서는 위 작품을 다음과 같이 소개하고 있다.

> '배추의 마음'은 자기 자신에 대한 내면 성찰과 세계에 대한 한없는 연민과 헌신의 자세를 보여 주는 시집『그 말이 잎을 물들였다』(1994)에 실려 있다. 이 작품은 배추를 자식 키우듯, 그러면서도 '배추벌레 한 마리'에게도 숨 쉴 곳을 내주려는 시인의 따뜻함이 배어 있는 작품이다. 배추와도 교감할 수 있는 사람의 아름다움, 자신이 만나는 온 세상과 교감할 수 있는 사람의 아름다움이 진솔하게 드러나 있다.[10]

위 작품에서는 작가의 생태 환경에 대한 인식을 충분히 엿볼 수 있다. 배추와 배추벌레는 함께 살아감으로써 배추의 잎이 더욱 꽉 차 오르는 경험을 함께 한다. 이런 자연의 모습 속에 인간도 한 부분으로서 자리 잡고 있음을 본다. 그러나 교육 과정의 의도에서는 이런 깊이 있는 '생태 환경에 대한 인식'보다 시인의 성찰과 배추를 자식 키우듯 하는 시인의 따뜻한 인성에 초점을 맞추고 있다.

인간중심주의는 자연과 인간을 분리시킴으로써 인간의 기득권을 확보하려고 한다. 자연은 인간 존재 이전부터 공존의 지혜를 지녀 왔다. 그런데 인간은 자신만의 이익을 위해 자연을 훼손시킴으로써 인간 자신의 삶에서 중요한 것들을 포기하고 있다. 자연과의 상호 의존적 관계에서 느끼던 충만함과 지혜를 잃어버리고 있다. 그럼으로써 앞으로 현대 사회에서 부딪힐 문제에 대한 지혜로운 해결점을 찾지 못한다.

교과서에서는 위의 작품의 학습 내용을 다지기 위해 다음과 같은 학습 활동을 제시한다,

---

10) 교육인적자원부,『국어·생활국어 3-1 교사용 지도서』, 대한교과서주식회사, 2003, p. 91.

<내용 학습>

'배추의 마음'을 감상하고, 다음 물음에 답해 보자.

1. 이 시에서 '말하는이의 마음'과 '배추의 마음'을 어떻게 나타내고 있는지 찾
아보자.

· 말하는이의 마음
- 혹시 배추벌레 한 마리/이 속에 갇혀 나오지 못하면 어떡하지? 꼭 동여매지
   도 못하는 사람의 마음
- 배추벌레가 배추에 갇힐까 봐 꼭 동여매지 못하는 마음
· 배추의 마음
- 배추벌레에게 반 넘어 먹히고도 속은 점점 순결한 잎으로 차오르는 배추의
   마음
- 배추벌레에게 먹히고도 기른 사람의 마음을 알아 속이 차오르는 마음

2. 다음 말들은 무엇을 뜻하는지 말해 보자.

· 꼭 동여매지도 못하는 사람 마음
- 배추도 사랑하지만 배추벌레도 생각하는 마음
- 하찮은 생명체도 소중히 여기는 애틋한 마음
- 한쪽만으로 치우칠 수 없는 사람의 마음
· 속은 점점 순결한 잎으로 차오르는 배추의 마음
- 배추벌레에게 먹혀 가면서도 배추 속이 꽉 참, 서로의 생명을 나누어 가지는
   마음
· 배추 풀물이 사람 소매에도 들었나 보다.
- 배추와도 교감할 수 있는 사람의 아름다움
- 자연과 사람의 동화
- 배추의 마음이 자신에게 옮겨 옴
- 배추에게 동화됨

위 작품은 9학년 1학기 국어교과서 1단원 "시의 표현"에 실린 것

이다. 다양한 표현 방법을 사용하여 시인이 자신의 일상적인 삶의 모습을 어떻게 드러내고 있는가를 감상하도록 계획되었다. 학습자들은 배추를 기르며 배추를 바라보는 시인의 모습을 상상하고 그 속에 담긴 시인의 마음을 읽어내야 한다. 이 작품은 학습자들이 충분히 따뜻한 시인의 마음을 읽어낼 수 있도록 표현한다. 시인의 의도 자체가 '생태 환경에 대한 인식'을 드러내므로 학습자들도 따뜻함을 오래도록 기억하고 있음을 확인할 수 있다.[11]

또, 참고자료에는 나희덕의 「뿌리에게」, 「어린것」, 「그 말이 잎을 물들였다」의 작품이 수록되어 있다. 이 세 작품 모두 생태시로 읽을 수 있는 작품들이다. 나희덕의 시세계를 참고한다면 학습자들 또한 '생태 환경에 대한 인식'에 쉽게 도달할 수 있을 것이다. 배추의 마음을 닮은 삶을 살아가고 싶은 것처럼, 나와 타인과의 관계를 이익과 경쟁 관계로서만 파악할 것이 아니라 나눔의 대상으로 파악할 수 있다.

그런데, 실제로 교수 – 학습하는 과정에서는 교사들이 학습자들에게 바른 '생태 환경에 대한 인식'을 교육하는 데에 초점을 두지 않고 인간중심적인 사고로 작품을 이해하고 해석하기 때문에 문제가 된다. 교사들은 교사용 지도서의 지침대로 이행한다. 교사용 지도서에서 생태 환경에 대한 중요성을 부각시켜야만 교육 현장에서 교사가 의도적인 교육 내용을 실현할 수 있다.

---

11) 고등학교 1학년을 대상으로 나희덕의 「부패의 힘」(『그곳이 멀지 않다』, 문학동네, 2004), 「그 숲에 누가 있다」(『어두워진다는 것』, 창작과 비평사, 2001)를 읽혔는데, 시인과 작품을 기억하고 있는 학습자들이 많았다. 200명 중에서 100명 가량이 기억하고 있었다.

3) 피드백을 통한 내면화

　고등학교 과정에서는 대학 입시와 관련된 내신 점수가 가장 중요한 관심사이므로 학습 내용이 평가와 연결되지 않는다면 학습자들이 주의를 기울이지 않는다. 따라서 학습 활동의 일부분으로 제시된 지문은 거의 의미 없이 지나치는 경우가 많다. 다음 「잃어버린 고향」도 학습 활동 중 발표 활동의 일부분으로 제시되었다

　10학년에 다루는 국어 교과서 (상)(하)는 교육인적자원부에서 출판된 1종 교과서이다. 그 중 1학기 1단원 '읽기의 즐거움과 보람' 중 소단원 (2)에 김용택의 「그 여자네 집」이 소개된다. 소단원의 학습 활동 중 '함께 하기' 부분에서 「잃어버린 고향」이 제시된다. 활동 내용은 "다음 시를 읽고, 자신이 상상할 수 있는 이야기를 발표해 보자"는 내용이다.

　교육 과정에서 대단원의 학습 목표는 "적절한 배경 지식과 방법을 활용하면서 읽는 태도를 지닌다. 문학 작품이 주는 즐거움과 보람을 안다"이다. 앞 소단원에서 최재천의 「황소개구리와 우리말」이라는 제재를 이해하고 그것을 읽으면서 배경 지식을 활용하도록 했다. 그리고 「그 여자네 집」에서는 상상의 즐거움을 느낄 수 있도록 설정했다.

　교사용 지도서에서는 이 단원을 글을 읽는 즐거움과 보람을 알고 그것을 생활화하는 태도를 가지도록 구성하였다. 문학 작품뿐 아니라 설명문, 논설문 등의 글은 인간이 쌓아 온 정신 문화의 총화이며, 인간에게 유익함을 주는 보고(寶庫)이다.[12] 따라서 문학 작품을 읽

[12) 교육인적자원부, 『10학년 국어(상) 교사용 지도서』, 교학사, 2002, p. 48.

으면서 학습자들은 다양한 즐거움뿐만 아니라 세상의 이치와 세상을 아는 지혜를 깨닫는 보람을 맛보게 한다.

교사는 학습자들에게 김용택의 「그 여자네 집」이라는 시를 읽고 시에 나타난 시적 상황을 떠올리게 했다. 구체적으로 시에 그려진 배경, 시적 화자의 정서적 특성, 시 속의 시간적 흐름과 사건들을 통해 옛날 고향 마을을 배경으로 만득이와 곱단이가 애틋한 사랑을 나누던 일을 떠올리게 한다. 이후에 「잃어버린 고향」을 제시하고 시적 상황을 발표시킨다. 교사는 시가 보여주는 가장 큰 특징이 '과거의 고향과 현재의 고향 모습의 대비'라는 점을 중심으로 이야기를 꾸며 보게 한다.13)

이런 내용은 정기고사에서 출제할 수 없다. 활동 내용이 대단원의 목표와 부합하지 않기 때문이다. 평가 활동은 학습자들이 학습 목표에 충실하게 도달했는가의 여부를 가려 피드백하기 위해 필요하다. 그런데 학습 목표와 부합하지 않는 활동 내용은 의미가 없다. 또 교과서에서는 생태시인 「귀뚜라미」를 대단원의 활동에 맞추느라고 시적 상황을 상상하여 보충하도록 했다. 상상할 수 있는 이야기는 무한대로 확장되기 때문에 이 활동은 '생태 환경에 대한 인식'을 교수 – 학습하는 데 기여하지 못한다.

오히려 학습 목표를 고려해 볼 때, 「귀뚜라미」에 나타난 과거와 현재의 인식이 어떤 과정을 통해 일어났는지 파악해 보는 활동이 필요하다. 학습자는 과거와 현재의 고향의 차이점을 찾고 왜 이런 결과가 발생했는지를 파악해야 한다. 그래야 학습 목표에서 제시한 적절한 배경 지식을 활용하는 방법을 학습할 수 있다. 그런데, 학습 활

---

13) 위의 책, p. 66.

동 내용에서 요구하는 바가 적절한 배경 지식과 방법을 활용하는 학습 목표나 활동의 제재와 부합하지 않는다.

이와 같이 생태시가 교과서에 수록되어 있어도 교육 과정에서 '생태 환경에 대한 인식'을 요구하지 않는다. 소단원 학습 활동에서도 학습 목표와 부합하는 내용으로 제재를 활용할 수 있음에도 간과되고 있었다. 교육 과정에서 목표 체계로 실현하는 것은 그만큼 중요하다. 이런 이유로 정기고사에서 생태시를 출제할 수 없었다. 앞으로 교육 과정에서 '생태 환경에 대한 인식'을 가르치고 교사가 중요성을 강조할 때 학습자들에게 가치가 전수될 것이다.

현 7차 교육 과정에서 의도하는 국어과 교육 목표는 국어 사용 능력의 신장에 두고 있다. 문학이 인간 삶의 모습을 대상으로 하는 측면에서는 목표가 구체적으로 설정되어 있지 않았다. 이 점은 산업 사회를 살아가는 우리들이 물질적 풍요에 지쳐 더 이상 살 수 없는 환경에 처해 있는데도 그에 대한 시 교육이 역할을 제대로 하지 못했음을 보여준다. 따라서 현 실정에 맞는 학습 내용을 포함해야 하는 측면에서 생태시 교육이 필요하다.

황동규의 「귀뚜라미」는 8학년 1학기 국어 교과서 보충·심화에 나와 있다. 이 작품은 감상 방법을 지도하기 위한 학습 목표에 도달하기 위해 수록된 것이다. 문학 작품은 읽는 이에 따라 다양하게 감상할 수 있으며, 다른 이들에게 자신이 감상한 내용을 말이나 글로 표현하는 활동을 통해 보다 깊이 있게 작품을 감상하도록 한다. 그리고 다음과 같은 활동을 제시한다.

③ 다음 시는 무심히 지나칠 수 있는 귀뚜라미 소리를 듣고 상상해서 쓴 것이다. 제시된 활동을 하면서 이 시를 감상해 보자.

1. 이 시에서 시인이 상상한 귀뚜라미의 행동을 다음과 같이 순서대로 정리해 보자.
2. 이 시에서는 귀뚜라미가 어떻게 되었는지 이야기하지 않고, 다만 마지막에 "오늘은 그의 소리가 없다."라고만 말하고 있다. 귀뚜라미가 어떻게 되었을지, 시인이 드러내고자 하는 핵심 주제와 관련지어 상상해서 이야기해 보자.
3. 우리 생활 주변에서 흔히 볼 수 있는 생물을 떠올려 보자. 집에서 기르는 애완 동물도 좋고 귀뚜라미와 같은 곤충도 좋다. 그 중에서 하나를 골라 그 생물의 입장이 되었다고 상상하고, 하루의 생활을 정리하는 일기를 써 보자.

교사용 지도서에는 위의 2번 문항에 대한 <예시 답안>으로 다음과 같은 내용이 제시되었다.

다용도실에 들어간 후 소리가 없는 것으로 보아 귀뚜라미는 창 밖으로 날아 올라 밖으로 나갔을 수도 있고, 다용도실에서 죽었을 수도 있다. 그런데 이 시의 내용으로 보아 아마도 죽었을 것 같다. 왜냐 하면, 집은 사람이 살기엔 편하지만 귀뚜라미와 같은 벌레들에게는 살기 힘든 곳이기 때문이다. 먹이도 없을 뿐만 아니라, 시의 내용에서 '힘없이 다용도실에서 울었다.'고 표현하고 있기 때문에 죽었을 것 같은 느낌이 든다.

이 작품은 '귀뚜라미'가 우연히 '아파트'에 들어와서 겪게 된 죽음을 이야기하고 있다. 시적 화자는 '귀뚜라미'와 정서적인 일치감을 느끼면서 그 이동경로를 추적한다. 하지만, 시적 화자는 '귀뚜라미'를 살리기 위해서 어떤 행위도 취하지 않는다. '아파트'란 환경이 '귀뚜라미'가 살아가기에는 부적합하기 때문이다. 귀뚜라미는 생존을 위해서 좀더 자신의 생명을 연장할 수 있는 곳으로 향한다.

한편으로 시적 화자는 '귀뚜라미'를 위해 어떤 행위도 취할 수 없는 상황에 있다. 안타까움의 정서는 '귀뚜라미'를 지속적으로 관찰하고 살펴보는 행위로 연결된다. 시적 화자와 귀뚜라미는 함께 공유하는 시간이 적다. 인간들은 아침 일찍 출근해 아파트에서 인기척을 찾아볼 수 없기 때문이다. 인간과 귀뚜라미가 공유한 시간이 적기 때문에 시인은 생명체의 죽음 과정을 추측과 상상을 통해 보충한다.

자연으로 대변되는 '귀뚜라미'와 문명의 최첨단 기계인 '텔레비전'의 만남은 운명적이다. '귀뚜라미'의 모든 감각기관을 동원해서 '텔레비전'을 이해하고 수용하고자 했으나 '귀뚜라미'의 감각기관은 텔레비전을 이해할 수 없다. 다만 텔레비전 앞에서 "손 헛짚고 떨어지는" 행위를 반복해야만 했다. 귀뚜라미와 텔레비전의 공존이 어려운 현실을 보여준다.

'아파트'라는 단절되고 분리된 공간은 생명체와의 연관성을 끊어버리고 인간 혼자서 살아가도록 만든다. 그럼으로써 다른 생명체가 살아갈 수 없을 뿐만 아니라 인간의 이기심과 개인주의적 행위는 날로 더해간다. 그런 공간에서 '귀뚜라미'에 대한 시적 화자의 관심은 이례적이라 할 수 있다. 시적 화자의 담담한 태도에서 학습자들은 또 다른 감상 내용을 표현할 수도 있을 것이다.

교육 과정에서는 시적 화자의 생명체에 대한 인식 내용이나, 생명체가 살아가지 못하는 공간에 대한 깊이 있는 이해와 감상을 요구하지 않는다. 교사는 바쁜 교육 과정의 일정을 소화하기 위해서 그냥 지나치는 것이 쉽다. 교육 과정에서도 생명체의 죽음의 의미를 가볍게 넘기고 있다. 게다가 '귀뚜라미'로 대변되는 자연의 위기 의식에 대한 내용도 전혀 언급되어 있지 않다.

　교육 과정에서는 '귀뚜라미'의 이동 경로와 집에서 기르고 있는 애완동물이나 곤충의 입장을 상상해 보도록 하고 있다. 이것은 학습자들의 막연한 상상을 통한 답이 모두 수용된다. 교사는 정확한 답을 찾고 토론하는 활동이 아니므로 학습자들의 어떤 대답도 인정해 줄 수 있다. 현재 생태 환경에 대한 위기 의식을 되짚어 본다면, 부족한 수업시수를 나눠 수업하는 과정에서 좀더 분명한 수업 목표를 설정하는 것이 타당하지 않을까 한다.

　두 번째 감상 활동은 시인의 주제의식과 귀뚜라미를 관련지어 생각하게 한다. 그 예시답안은 두 가지 가능성을 추측하게 한다. 하나는 "아마도 죽었을 것 같다"이고 또 다른 하나는 "아마도 베란다를 통해 밖으로 나갔을지도 모른다" 이다. 이와 같이 막연하게 정리하고 그에 대한 근거는 제시되어 있지 않다. 이와 같은 내용은 비평문 쓰기의 목표를 달성하기에 부적절하다. 비평문은 타당하고 논리적인 이해와 감상 내용을 바탕으로 해야 하기 때문이다.

　교과서의 보충·심화의 내용은 학교 현장에서 제대로 수업 시간에 다루지 못한다.14) 중학교 교육 과정 시수는 8학년에 4단위로 수업을 진행한다. 국어 교과서 4권을 모두 소화해야 하므로 수업 시간에 교과서에 있는 모든 내용을 다룰 수 없다. 교육 과정에서도 그 점을 고려하여 교사가 교과서 내용을 선택하여 교수 – 학습할 수 있도록 하고 있다.

---

14) 교육 과정 중 7학년 국어 수업 시수는 5단위, 170시간이고, 8학년부터 10학년까지 국어 수업 시수는 4단위, 136시간이 주어진다. 이 때, 중학교 교과서는 국어, 생활 국어 교과서가 학기별로 2권씩이므로 1년에 교과서 4권을 모두 다뤄야 한다. 고등학교에서는 교과서 국어(상)(하)의 내용을 1년 동안 다뤄야 하는데, 교과서에 제시된 보충 학습, 심화 학습을 제외시키고 수업을 하더라도 시수가 부족하다.

국어과 특성상 일개 학년도 여러 명의 교사가 지도해야 하므로 학습 내용을 개인 교사 혼자서 선택할 수 없다. 각 학년 교사들은 협의를 거쳐서 수업 내용을 선택한다. 이 때 선별되는 내용은 정기고사의 출제 내용을 염두에 두고 정해진다. 따라서 부족한 시수와 시험 출제 내용을 고려한 단원과 내용이 선택된다. 결국은 보충·심화 내용을 다루지 않음으로써 부족한 시수를 메꿀 수밖에 없다.

수업 시간에 다루지 않은 내용을 정기고사에는 출제할 수 없다. 따라서 보충·심화 부분은 학습자의 자기주도적 학습 형태로 남겨놓거나 실제로 시험에 출제하지 않음으로써 비중없이 다뤄진다. 교육 과정 편찬 시에는 다양한 작품을 수록하여 학습자들에게 이해 감상시키고자 하는 의도를 가지고 있었다. 그러나 실제 교실 현장에서는 읽어볼 사이도 없이 그냥 지나치고 있다. 때로는 어떤 작품이 교과서에 실렸는지도 모르고 넘어간다.

이와 같이 생태시가 보충·심화에 수록되어 있는 것은 학습자들에게 아무런 의미가 없다. 보충·심화 활동이 소단원의 학습 내용을 보충하거나 심화시키는 내용임에도 현장에서는 제대로 활동할 수 있는 시간적 여유가 없다. 이것은 한 단원의 학습 후에 학습자들이 자기 점검을 통해 피드백하는 활동이 제대로 이루어질 수 없는 상황임을 의미한다.

생태시를 제대로 교육하기 위해서 생태시를 시의 소단원 제재로 선택해야 한다. 또는 보충·심화 활동이 이루어질 수 있는 시간이 충분히 주어져야 한다. 생태시의 주제적 특성을 고려하여 시 단원의 제재와 학습 목표에 부합하는 부분에 수록하여 활동한다면 더욱 효과적일 것이다. 생태시의 주제를 살려 보충·심화 활동에서 비판이나 배경지식을 활용하는 활동을 계획하는 것도 바람직하다. 그렇다면 학습자에게 '생태 환경에 대한 인식'을 교수 – 학습하는 데 도움을 줄 것이다.

피드백은 평가를 바탕으로 한다. 평가의 내용은 학습자의 자기 점검이나 상호 평가에 의해 가능하다. 앞에서 제시한 학습 활동이나 보충·심화 활동도 교육 과정 편제상 피드백을 위한 하나의 장치이다. 이 활동들은 학습 목표에 도달하기 위해 소단원 제재를 학습하고 난 후에 이루어진다. 보충·심화 활동은 소단원 학습 후에 학습자들이 각자의 수준에 맞는 학습을 찾아 하는 것으로 정착시켜야 한다. 교사는 소단원 교수 후 충분히 학습자들의 학습 내용을 피드백함으로써 학습자의 내면화 작업이 이루어지도록 한다.

문학 작품의 기능을 고려해 본다면, 생태시 교육의 효과가 단시간 내에 발현되는 것은 아니다. 학습자가 또 다른 생태시를 읽으면서 '생태 환경에 대한 인식'을 가질 뿐만 아니라 다른 교과목의 수업을 하거나 또는 1년이나 10년 후에라도 학습자의 삶에서 발현되기를 기대한다. 따라서 피드백 활동은 일회성을 지니는 것이 아니라 지속적이어야 할 것이다.

지금까지 생태시 교육의 개념을 바탕으로 문학 교육에서 생태시 교육을 위한 수업을 설계할 때 고려할 점을 살펴보았다. 생태 교육을 위한 생태시의 교과서 수용량은 절대적으로 부족하고, 그나마 수록되어 있는 작품도 '생태 환경에 대한 인식'을 교육하기 위한 목적에 의해서 수용된 것이 아니다. 단지 시인들의 따뜻한 인성에 초점을 맞추어 수록되어 있었다. 또, 시인이 적극적인 의도를 가지고 있는 작품을 오히려 교육 과정에서는 돌려 말하고 있는 실정이었다.

이러한 문제의식을 바탕으로 앞으로 생태시 교육은 더욱 적극적인 측면에서 이루어져야 한다. 생태시 교육은 '생태 환경에 대한 인식'을 바탕으로 생명의 상호 연관성, 유기체의 자연적인 구조와 사슬체계에 대한 교육이다. 따라서 '생태 환경에 대한 인식'을 드러내기 위한 방법적 측면에 대한 연구가 다양하게 이루어져야 한다. 이런 인식을 바탕으로 교육 과정에서 문학 교육의 목표가 설정되고 그에 바탕을 둔 국어과 시 수업이 이루어져야 할 것이다.

3. 교과서 수록 생태시의 주제 유형

앞서 생태시의 특성을 살펴 본 바 있다. 생태시는 생태계 파괴와 환경 오염을 고발하는 작품, 생태계 보호와 유기체적 생명 의식의 고양을 드러내거나 우주 공동체적 삶을 지향하는 내용을 통해 특성이 드러난다. 이 작품들은 다양한 형식과 표현 방법으로 현재 생태 환경을 인식하게 하고 바람직한 세계를 보여준다. 특히 생태 환경 파괴에 대한 고발로 독자들의 관심과 호기심을 유발함으로써 생태시가 발전되었다.

현재 교과서 내에 생태시가 수록되어 있다. 그런데 생태 환경의 파괴를 드러내는 작품은 찾기 어렵다. 또한 수록된 작품은 교육 과정 편집 의도에서 '생태 환경에 대한 인식'을 교육하려는 내용이 빠져 있다. 따라서 생태 환경에 대한 현실 감각보다는 공동체 의식이나 생명 공간에 대한 인식이 먼저 교육되고 있다. 그러한 교육으로써 자연과 인간의 동일성만을 지향하는 것은 현실 인식의 부재라는 문제를 발생시킨다.

본고에서는 7학년부터 10학년까지 국어 교과서를 대상으로 생태시로 읽을 수 있는 작품을 찾았다. 그런데 이들 작품에서는 생태 환경 파괴를 드러내는 작품은 없었다. 비판 의식이 직접적으로 드러나는 작품은 학습자들에게 생태 환경 파괴에 대한 현실을 직시하고 그에 대한 인식을 변화시키는 계기를 마련해 줄 수 있다. 그런데 이와 같은 작품은 수록되지 않고, 다음 작품 유형이 수록되어 있었다.

다음 교과서에 수록된 작품 유형을 살펴봄으로써 현 교육 과정에서 추구하는 교육 내용을 이해하고 생태시 교육의 방향을 고찰해 본다. 교육 내용은 공동체 의식이나 생명 공간에 대한 인식을 바탕으로 한 생명 의식이나 자연과의 동일성을 지향함으로써 고향과 모성에 대한 상실과 연대적 각성을 보여주고 있다. 교과서에 수록된 다음 세 가지 유형의 작품들을 살펴봄으로써 그 작품들이 '생태 환경에 대한 인식'을 다루고 있지만 교육 현장에서는 그에 대해 교육하지 않는 점을 파악할 수 있다.

1) 상생의 조화와 생명 공간의 재인식

자본주의 사회에서는 뭐든지 이익 창출에 기여하지 않는 것은 가치가 없다. 이익 창출을 위한 '생산'은 무에서 유를 창조해 내는 것이다. 자본주의는 '유'에서 '유'를 만들어내는 것은 단순한 반복적 행위로 인식한다. 따라서 여성들의 생산력과 모든 식물의 씨앗으로부터의 생산물과 동물의 생산력은 더 이상 창조적 생산으로서 의미를 지니지 못한다. 과학혁명으로 인한 인식은 모든 생명체들을 지탱하는 자연의 자기재생 · 자기조직화 개념을 파괴하는 기초가 된다.[15]

---

15) Vandana Shiva, 앞의 책, p. 95.

'생태 환경에 대한 인식'은 '관계'에 대한 인식으로부터 생성된다. '자연과 인간의 관계', '사물과 인간의 관계', '인간과 인간의 관계'에 대한 새로운 인식이 필요하다. 인간이 자연을 지배할 수 있다는 생각을 탈피해서 인간도 자연의 일부분으로서 지구상에 존재해야 한다는 믿음을 되살려야 한다. 인간은 자연을 대상물로 전락시키고 자연을 포장하여 상품으로 만들었다. 인간들은 상품화된 물질을 일회용품으로 소비한다. 그 과정에서 발생하는 온갖 쓰레기 더미가 바로 인류를 위협하는 존재이다. 생태 사회를 위해서 물질 또한 인류의 소비 대상이 아님을 인식해야 한다.

인간은 사회를 구성하면서 스스로 발전해왔다고 주장한다. 그러나 사회는 인간이 또 다른 인간을 지배하고 착취하는 과정에서 발전의 의미를 찾는다. 생태 사회는 '발전'이라는 개념에 대한 새로운 정립을 요구한다. 인간은 인간을 지배하는 구조를 점점 정교화함으로써 지배 체제를 확고히 했다. 이런 과정에서 드러나는 문제의식이 생태시에 그대로 녹아 있다. 그런데, 교육 과정에서는 이러한 관계를 바탕으로 하는 다양하고도 전체적인 측면을 교육하지 못하는 한계를 가진다.

교과서에 실린 이 작품은 「새봄·9」[16]로, 연작시 중 가장 마지막 작품이며 시인의 생명 사상[17]을 집약하고 있다. 김지하는 사랑의 철

---

16) 김지하의 「새봄·1」부터 「새봄·8」까지의 작품을 볼 때, 교과서에 실린 그의 「새봄」은 생태시이다. "내 나이/몇인가 헤아려보니//지구에 생명 생긴 뒤 삼십오억살/우주가 폭발한 뒤 백오십억살/그전 그후 꿰뚫어 무궁살//아 무궁//나는 끝없이 죽으며/죽지 않는 삶//두려움 없어라//오늘 /풀 한 포기 사랑하여라/나를 사랑하리". 김지하, 「새봄·8」, 『중심의 괴로움』, 솔출판사, 1994.

17) 생명사상은 우주생명이 지니는 영성, 다양성, 관계성, 순환성의 속성을 종합적으로 구현한 명칭으로 이해된다. 이 때의 생명은 소재적 차원이 아니라 생명적 세계관에 입각하여 대상을 파악하는 인식론적 차원과 관계된다. 홍용희, 「생명주의와 한국문학」, 신덕룡, 앞의 책, p. 102 참고. "생명은 이미 삶과 함께 죽음까지도 그 안에

학과 상생의 생명 원리, 그리고 평화의 철학을 함께 담고 있다는 점에서 21세기 학습자들의 삶에 중요한 의미를 제시한다. 학습자들은 불과 네 줄 사이에 담긴 생태시에서 생명 사상을 이해해야 한다. 생명 사상은 상생의 철학으로 학습자들이 미래 사회를 살아가기 위해 귀 기울여야 한다.

> 벚꽃 지는 걸 보니
> 푸른 솔이 좋아.
>
> 푸른 솔 좋아하다 보니
> 벚꽃마저 좋아.

김지하, 「새봄」 전문[18]

'꽃'은 속성상 피고 진다. 꽃이 필 때는 개체 증식을 위해 수분이 필요한 시기이다. 개화 시기는 짧고, 개화를 위해 에너지와 영양분을 준비하는 시기는 길다. 개화 시기에는 수분을 위해 다른 곤충을 유인하기 위한 다양한 수단이 마련된다. 향기와 꽃의 빛깔을 통해 유인책을 쓰고, 수분이 이루어지면 꽃은 씨앗을 위해 꽃잎을 떨어뜨린다. 이런 자연의 섭리를 간직하고 있는 대상물을 바라보며 인간은 그것의 아름다움을 노래한다. 인류는 꽃을 바라보며 미적 가치를 발견하고 아름다움에 대한 식견을 키워 왔다. 꽃은 쉽게 진다는 속성 때문에 희소성의 가치를 지닌다.

품고 있는 것이어서 내 개체가 죽어도 나의 전체 생명은 결코 죽지 않는다는 것"이라고 함. 그런데, "문제는 자연적인 죽음이 아니라 인위적인 살해, 곧 죽임이"라고 문제의식을 제기한다. 김지하, 앞의 책 참고.

18) 교육인적자원부, 『7학년 1학기 국어 교과서』, 대한교과서주식회사. 2002, p. 11.

소나무는 꽃을 피우지 않지만 인간들은 그 내면의 아름다움을 발견한다. 아름다움에 대한 가치는 화려함을 벗어나 다양하게 확장된다. 시적 화자는 소나무의 변함없는 잎에서 미를 발견한다. 소나무는 푸르름을 항상 간직하고 추운 겨울에도 자연의 섭리를 보여주며 굳건하다. 인간들은 자연을 바라보며 자신들의 미적 가치 기준으로 이런 대상물의 아름다움을 규정한다.

'벚꽃'은 봄에 피는 꽃으로서 우리들에게 시각적 이미지로 아름다움을 보여준다. '솔' 또한 시각적 이미지로 받아들일 수 있는 대상물이다. 그런데, 이런 시각적 이미지는 인간들에게 또 다른 의미를 지닌다. 벚꽃은 그 빛깔과 향기를 통해 봄의 신선하고 순수한 아름다움을 만끽하게 한다. 사람들은 벚꽃을 바라보며 인생을 마감하는 경우가 거의 없다. 벚꽃은 봄에 피기 때문에 시작을 의미한다. 그런데, '푸른 솔'은 항상 푸르기 때문에 시작을 알리는 표지를 갖지 않는다.

이 작품은 두 소재를 통해 시적 화자의 정서를 표출한다. "좋아"는 정서 표현 중에서 가장 소박하면서도 흔하지만, 정겨움과 따뜻함을 내포한다. 무엇을 좋아한다는 것은 주체의 개성을 드러내고 그것을 타인이 인정할 수 있게 한다. '아름답다'의 기준은 객관적 척도를 필요로 하지만 '좋다'는 주체의 주관성을 충분히 인정하게 하는 서술어이다. 작품에서는 좋은 이유가 구체적으로 서술되지 않음으로 독자가 상상력을 발휘하게 한다. 학습자는 가장 좋았던 경험을 떠올려보고, 무엇 때문에 좋았는지 이야기해 볼 수 있다.

이 작품의 주제는 "조화로운 삶의 아름다움"이다. 우리는 오랫동안 너는 '벚꽃'이고 나는 '푸른 솔'이라고 너와 나를 구분지었다. 모든 대상에 대한 구분은 사람도 구분지어 부자와 가난한 자의 삶에 차별화를 만들어낸다. 그런데 시인은 '푸른 솔'과 '벚꽃'을 보면서 각각의 아름다움을 느낀다. 둘 다 이 세상에 반드시 필요한 아름다움을 간직하고 있음을 인식한다. 이 세상에 한 가지 종류의 아름다움만 존재하면 단조롭고 무의미한 삶이 될 것이다.

자연물 중 어느 것도 이 세상에 중요하지 않은 것은 없다. 세상에 '푸른 솔'만 있고 '벚꽃'이 없다면 삶이 무척 삭막할 것이다. 거꾸로 벚꽃만 있고 푸른 솔이 없다면 또 세상은 굉장히 허전할 것이다. 낙엽수로서 벚꽃나무가 있어야 상록수로서 푸른 솔이 돋보이는 것이고, 또한 상록수가 사철 푸르러야 낙엽수 또한 변화하는 자연의 법칙과 삶의 순환 원리를 배울 수 있다. 이 작품은 학습자로 하여금 가치관을 뚜렷하게 확립하게 하고, 두 대상의 개성을 모두 인정하도록 가르치고 있다.

시적 화자는 두 대상물을 보고 각각의 개성을 인정한다. 그리고 벚꽃과 푸른 솔의 아름다움을 찾고, 그에 대한 의미를 발견한다. 의미를 찾는 과정에서 아무런 관계가 없는 것 같은 두 대상물 사이의 관계를 파악한다. 그 두 대상은 바로 세상을 아름답게 만드는 존재이다. 그리고 두 대상물이 각각 존재함으로써 조화로운 세상을 만든다. 이와 같은 관계에 대한 인식은 자연물뿐만 아니라 인간의 사회와 지구 전체로 확대될 수 있다.

> 사람들이 착하게 사는지 별들이 많이 떴다.
> 개울물 맑게 흐르는 곳에 마을을 이루고
> 물바가지에 떠 담던 접동새 소리 별 그림자
> 그 물로 쌀을 씻어 밥 짓는 냄새 나면
> 굴뚝 가까이 내려오던
> 밥티처럼 따스한 별들이 뜬 마을을 지난다.

사람들이 순하게 사는지 별들이 참 많이 떴다.

도종환, 「어떤 마을」전문[19]

　시적 화자는 사람들이 사는 마을을 지나가면서 아름다운 밤풍경을 바라보고 있다. '마을'은 공간적 배경으로서 자연과 어우러져 아름답다. '마을'은 도시의 풍경과 다르다. 도시의 풍경이 정서적 여유를 전혀 느끼지 못하게 한다면 '마을'은 우리들에게 잃어버린 고향과 추억을 떠올리게 한다. 또, "마을을 이루고"라는 시어를 통해 한 사람 한 사람이 살기 좋은 곳에 모여 오랜 시간 동안 이룬 것임을 알게 한다. 도시는 직장에 매인 현대인이 어쩔 수 없이 좁은 공간에 모여 사는 곳이지만 '마을'은 선택적으로 이룬 삶의 터전이 된다.

　그런 선택된 공간으로서의 '마을'은 시적 화자의 다양한 감각기관을 통해 느낄 수 있다. "별"과 "개울물", "접동새 소리", "밥 짓는 냄새", "굴뚝"은 시각적, 청각적, 후각적 이미지들로 시적 화자가 느끼는 감각이다. 시적 화자는 향수를 강하게 느낄 수 있으며, 우리가 잃어버린 것들에 대한 추억을 자극하기에 충분하다. 그는 "마을"을 보면서 "접동새 소리"를 들을 수 있는 일정한 거리를 유지하고 있었다. 그런데 시적 화자는 "밥 짓는 냄새"를 맡을 수 있을 정도의 거리로 점점 마을에 가까이 간다.

　반면, 도시는 다양한 오염원들로 인해 시각과 청각과 후각이 자연의 감각을 느낄 수 없다. 보이는 것은 뿌연 하늘과 콘크리트 건물벽이다. 들리는 것은 자동차 소음과 각종 전자음이다. 냄새는 인공 향수에 비누 냄새, 담배 냄새이다. 이런 것들 사이에서 우리들의 감각

---

19) 교육인적자원부, 『7학년 2학기 국어 교과서』, 대한교과서주식회사, 2002, p. 137.

은 무뎌지는 것이 훨씬 편안하고 안전하다. '순하게' 살아가기 위해서는 감각기관을 무디게 훈련시켜야만 한다. 그러나 시적 화자가 지나가고 있는 '마을'은 인간에게 주어진 감각기관들이 자유롭게 제 기능을 다하면서 행복을 느낄 수 있는 공간이다.

시적 화자는 '마을'을 바라보며 그곳에서 하룻밤을 묵거나 살려고 하지 않는다. 단지 그곳에 사는 '사람들'을 떠올릴 뿐이다. 시적 화자는 도시에 사는 우리들을 대변한다. 이미 우리는 생계를 위해서 도시에서 살 수밖에 없는 존재임을 기억하게 한다. 우리는 아름답고 평화스러운 세계에 살고 있는 '사람들'을 부러워할 수밖에 없다. 이미 이런 마을은 이상적인 공간이며 우리가 되돌릴 수 없는 공간일지도 모른다.

하지만, 아직까지 이런 마을에서 사람들이 살고 있다. 그곳에 사는 사람들은 '착하게', '순하게'라는 표현을 통해 속성이 드러난다. 1연의 1행과 2연의 내용에서는 사람들이 '착하게', '순하게' 살아가는 모습과 별들이 많이 뜬 것과의 연관성이 드러난다. 별들이 착하고 순한 사람들 곁으로 내려 왔다고 한다. 별도 주체적 의지를 가지고 사람들과 함께 하고 싶다고 한다.

마을 사람은 '접동새', '별'과 함께 살아간다. 마을 사람이 개울물로 밥을 지어 냄새가 나면, 별들이 굴뚝 가까이 내려온다. 사람이 자연의 품에서 살아가고, 자연물인 '별'이 인간 가까이에 존재하는 모습은 아름답다. 이 마을은 인간이 단순하게 자연을 이용하는 형태에서 벗어나 인간과 자연이 함께 살아가는 모습이 드러난다. 곧, 모든 만물이 공존하는 생명의 공간이다.

위의 작품은 자연과 인간이 조화롭게 살아가고 있는 평화스러운 이상향을 드러낸다. 시인은 공간적 배경을 통해서 우리가 잃어 가고

있는 것을 형상화하고 있다. 다양한 대상물에 대한 묘사는 시적 화
자의 태도를 객관적으로 형상화한다. 그곳은 도시에서 볼 수 없는
것들로 '마을'을 이루고 있다. 이렇게 생태시는 구체적으로 환경문제
를 드러내지는 않더라도 자연스럽게 현대인들이 지향해야 할 생명
공간의 모습을 감각적으로 그려낸다.

2) 자연과의 동일성 지향과 상실 의식

일반적으로 우리 인간을 포함한 포유동물들은 사건이 아니라 자
신들의 관계 패턴에 지극히 관심을 기울인다. 아기가 태어나면 주변
사람들은 아기의 울음소리에 민감하게 반응한다. 아기는 말하지 못
하지만 엄마는 아기가 원하는 바를 알고 아기의 울음을 신호로 아기
의 욕망을 채워준다. 이런 상황에서 아기가 실제로 말하는 것은 자
신과 주변인의 관계에 관한 것이다.[20] 이렇게 인간이 살아갈 수 있
는 것은 '관계'를 바탕으로 한 삶의 터전이 있기 때문이다.

인간 존재를 확증해 주는 것은 타자와 자아의 '관계'를 바탕으로
한다. 인간은 관계의 패턴에 관심을 기울이며, 그 관계를 가지고 다
른 사람과 사랑, 증오, 존경, 의존, 신념 또는 그와 비슷한 추상적 태
도에 참여한다. 우리는 이런 추상적 태도의 기저를 이루는 '고향'을
지닌다. 고향에 대한 상실감은 현대인의 소외와 고독을 만든다.

인간이 고향에 대한 회귀 의식을 잃어버림으로써 갖는 좌절감은
생각보다 크다. 현재 수없이 이어지는 자살과 그것을 모방한 자살들
이 꼬리에 꼬리를 물고 나타난다. 과거의 역사를 통해서 인간은 자

---

20) Gregory Bateson, 박대식 옮김, 『마음의 생태학』, 책세상, 2006, pp. 706~707.

신의 실수와 착오를 깨닫는다. 인간에게 고향에 대한 회귀 본능이
없었다면 상실감이나 소외감이 없었을지 모른다. 하지만 고향에 대
한 상실감이 미래의 생태 사회를 향한 중요한 열쇠가 될 수 있음을
간과할 수 없다.

> 우리가 눈발이라면
> 허공에서 쭈빗쭈빗 흩날리는
> 진눈깨비는 되지 말자.
> 세상이 바람 불고 춥고 어둡다 해도
> 사람이 사는 마을
> 가장 낮은 곳으로
> 따뜻한 함박눈이 되어 내리자.
> 우리가 눈발이라면
> 잠 못 든 이의 창문가에서는
> 편지가 되고
> 그이의 깊고 붉은 상처 위에 돋는
> 새살이 되자.

안도현, 「우리가 눈발이라면」 전문[21]

이 작품은 전체적으로 가정법과 청유형 문장 구조를 사용하고 있
다. 가정법을 사용하는 구조는 우리가 현실적으로 그것을 실현할 수
없기 때문이다. 우리는 '눈발'이 될 수 없지만, '눈발'처럼 살아갈 수
는 있다. '눈발'에 대한 인식은 인간이 자연과의 동일성을 지향하기
에 가능하다. 인간이 눈발에 어떤 의미를 부여하느냐에 따라서 인간
은 다른 삶을 살아야 한다. 우리는 상처받은 사람들을 위로하며 눈

---

21) 교육인적자원부, 『7학년 2학기 국어 교과서』, 대한교과서주식회사, 2002, p. 141.

발처럼 따뜻하게 살아가야 한다.

우리들은 가능성을 가지고 있기에 시적 화자는 우리들에게 기대를 품고 있다. 시적 화자가 가지고 있는 기대는 우리에게 용기를 구하거나 쥐고 있는 것에 대한 포기가 아니다. 단지 마음을 바꿈으로써 실현할 수 있다. 마음은 '함박눈'이 되고, '편지'가 되고, '새살'이 될 수 있다. 우리의 의도는 소박했을지라도 받아들이는 이는 다르게 인식한다. 상처의 깊이에 따라서 그것은 다양하게 세상을 바꾸는 힘이 될 수 있다.

인간들이 살아가는 곳은 "바람 불고 춥고 어둡다." 이 세상에서 인간이 어떤 역할을 하느냐는 마음에 달려 있다. 마음을 어떻게 쓰느냐에 따라 나는 '진눈깨비'가 될 수도 있다. '진눈깨비'는 추운 세상을 더욱 춥고 쓸쓸하게 만들며 사람들에게 상처를 깊게 남기는 존재이다. 시적 화자는 '진눈깨비'에게 부정적 의미를 부여함으로써 따뜻한 세계에 대한 정보를 제공한다.

시적 화자는 부정적 시어를 먼저 제시함으로써 춥고 어두운 세상을 독자들에게 먼저 인식시킨다. 하지만 시적 화자의 의도는 긍정적인 삶의 내용에 의미를 부여한다. '진눈깨비'에 걸린 행은 3행으로 끝나지만, '함박눈'과 '편지', '새살'에 대한 행은 9행으로 많은 분량을 차지한다. 이것은 시적 화자가 부정적인 삶의 내용을 이겨낸 독자들의 모습을 기대하기 때문이다. 시적 화자는 현실의 삶을 부정적인 것들보다는 긍정적인 것들로 채우고 싶다.

우리 현대인은 바쁘고 반복적인 일상 속에서 무엇이 바람직한지도 모르고 살아간다. 그리고 타인으로부터 '상처'를 받고, 그에 민감하게 반응한다. 그 반응은 타인의 위로를 필요로 하지만 위로를 받을 수 있는 대상을 찾지 못한다. 위로받지 못한 상처는 더욱 깊어지고 이것이 타인의 삶에 또 다른 '상처'를 안겨줄 수 있다. 하지만 시적 화자는 이런 '상처'에 대한 아픔과 '상처'를 치유할 수 있는 방법을 제시한다.

시적 화자는 우리들을 '눈발'로 가정한다. 그는 '눈발'을 두 종류로 나누는데, '진눈깨비'와 '함박눈'은 대조적인 의미를 지닌다. '진눈깨비'는 다른 사람들에게 기쁨을 주지 못하는 부정적인 의미이다. 반면 '함박눈'은 다른 사람들에게 위안과 힘을 주는 긍정적인 의미이다. 시적 화자는 '진눈깨비'의 속성이 눈송이가 작고, 내리자마자 녹으며, 보는 이의 마음을 우울하고 짜증나게 한다는 것으로부터 의미를 생성한다. '함박눈'은 눈송이가 커서 금방 쌓이고, 보는 이들로 하여금 포근하게 하고, 누군가와 함께 눈을 맞고 싶은 설렘을 갖게 한다.

우리 주변에는 많은 이웃이 살아가고 있다. 그 이웃들은 항상 근심 걱정을 안고 세상의 '바람'과 '어둠' 때문에 힘겨워 한다. 그들이 살고 있는 곳은 "가장 낮은 곳"이다. '가장 낮은 곳'은 경제적으로 힘들게 사는 사람들이 모인 마을, 소외된 사람들이 모여 사는 곳이다. 그곳은 모두 따뜻한 마음을 가진 사람들이 살아가는 곳이다. 시적 화자는 희망이 사라져가는 곳에 희망적인 존재로서의 '따뜻한 함박눈'이 되기를 소망한다.

시적 화자는 시인 혼자서가 아니라 우리 모두 '함박눈'이 되기를 기대한다. 그럼으로써 우리가 우리 주변에 힘들게 살아가는 사람들과 함께하기를 기대한다. 인간으로서의 이성을 포기하지 않되, 타인의 괴로움을 나눌 수 있는 사람이 되기를 소망한다.[22] 나는 위로와

---

[22] 생태적 사고로 "인간"은 "생명 안에서 물질의 본질과 인간의 본성이 자기성을 드러내는 그러한 인간, 이러한 인간을 생태적 인간의 출발점"이라고 본다. 이준모, 『생태적 인간』, 다산글방, 2000, p. 14.

희망을 줄 수 있는 '편지'가 되고, 너는 '상처'를 치유하고 돋아나는 '새살'이 되자고 한다. 혼자서 이 세상을 따뜻하게 하기에는 너무나 힘겨운 여정이다. 따라서 함께하는 삶을 통해 새로운 세상을 꿈꾸고자 한다.

학습자는 위 작품을 읽으며 어렵게 살아가는 사람들이 모여 사는 '마을'을 떠올린다. 비록 현실은 어렵고 춥더라도 모여 사는 행위를 통해서 따뜻한 마음을 나누기 때문이다. 그 마을에 살아가는 많은 사람들은 상처를 가지고 있고, 그 상처 때문에 타인을 위로하고 보듬어줄 수 있는 여유도 갖는다. 우리가 함께 살아가는 사람에게 '함박눈'이 됨으로써 자연과 동일성을 회복할 수 있다. 과거 자연과 동일성을 가지고 살아가던 시대에는 '함박눈' 자체만으로도 우리들의 상처와 고통을 위로받았다.

시인들이 지향하고 있는 따뜻한 세계는 자신과 세계와 타인의 세계가 마주하는 공간이다. 다른 세계가 마주함으로써 서로의 상처를 보고 보듬어주기를 기대한다. 이러한 행위에 대한 기대는 인간의 본성에 대한 성찰로부터 시작한다. 개인의 성찰 이후에 개인과 개인, 인간과 인간의 상호관계성으로 확대된다.[23] 이러한 상호 관계성을 바탕으로 한 세계에 대한 인식은 '생태 환경에 대한 인식'으로 연결된다. 다음 작품에서 '잃어버린 고향'은 현대인의 이상적 공간이면서 상실의 공간이다.

---

23) 이것은 생산과 소비양식의 문제, 생태학적 윤리체계, 삶의 다양성과 지역자치, 인간의 몸과 욕망의 문제 등으로 다채롭게 전개되고 있다. 이 세계관에서 인간과 자연은 온생명의 한 단위체로서 파악된다. 홍용희, 「생명주의와 한국문학」, 신덕룡, 앞의 책, p. 103.

푸른 하늘이 넘실거리고 있을 그 곳은
추억이 서려 있는 고향이 아니었다.

주인 아줌마한테 들켜
풋참외를 양손에 쥔 채
벌을 받던 원두막과
붕어 잡는다고 도랭이를 들고
물풀 속을 뒤지다가
뱀을 낚아 올려
도랭이를 던지고 도망치던 그 곳은

내버려진 원두막과
농약병이 뒹구는 곳이었다.

짙푸름으로 가득 찬 들과 논엔
메뚜기와 개구리가 뛰놀고
싱그러움으로 가득 찬 고목엔
매미 소리가 울려 퍼지던 그 곳엔
내버려진 논과
잘린 나이테만 있는 것이었다.
그 언젠가
꿈이 자라서
소나무들이 그림자를 지우던 그 곳은
흙빛 신작로 대신
흑빛 아스팔트로 도배되어 버린 그곳은……
그래, 잃어버린 고향이었다.
그래, 잃어버린 자연이었다.

학생 작품, 「잃어버린 고향」 전문[24]

---

24) 교육인적자원부, 『10학년 고등학교 국어(상)』, 교학사, 2002, p. 29.

위 작품은 학생이 쓴 것으로 과거의 고향과 현재의 고향이 대조적으로 잘 그려져 있다. 전체적인 구조는 부정적 서술어 "아니었다"로 시작해서 긍정적 서술어 "그래"를 통해 부정에서 긍정으로 끝난다. 그런데 시 전체의 내면적 의미는 표면적 의미를 뒤집는다. 제 1연의 '아니었다'는 "그 곳"과 "고향"의 불일치에서 오는 안타까움의 의미이다. 이것은 지금이라도 고향에 대한 미련을 버릴 수 없음을 느끼게 한다. 제 6연의 '그래'는 더 이상 고향을 찾을 수 없음에 대한 절망의 의미이다. 시적 화자는 이면적으로 부정을 드러내기 위해 표면적으로는 긍정의 표현을 사용한다.

제 1행의 '그 곳'은 현재 추측 속의 장소이다. 제 2행의 '고향'은 과거의 기억 속의 장소이다. 이 두 행 사이의 장소는 물리적으로는 일치한다. 그러나 시적 화자의 정서는 일치하지 않는다. 물리적 일치감을 통해 더욱 잃어버린 향수에 대한 상실감이 커질 뿐이다. 그런데 제 6연의 "잃어버린 고향"과 "잃어버린 자연"은 현재의 시점을 취한다. 이것은 물리적으로 일치하는 공간에 대한 시적 화자의 정서 변화를 보여준다.

'잃다'라는 서술어는 긍정적 가치를 잃어버린 것에 대한 안타까움을 드러낸다. 그런데, 앞의 '그래'라는 긍정적 어휘는 고향에 대한 기대와 현실 사이의 괴리감을 느끼게 한다. 게다가 과거형 시제는 현재의 공간에서 '고향'과 '자연'을 전혀 기대할 수 없음을 강조한다. '곳이었다', '것이었다', '고향이었다', '자연이었다'의 과거형 시제는 이제 되찾을 수 없는 곳과의 단절감을 표현한다.

이 작품에서 공간적 배경은 '추억' 속의 장면이다. '추억'으로 미화되어 있는 공간은 현재의 공간과 분리된다. 과거의 추억을 떠올리는 매개체로서의 '푸른 하늘'은 과거나 지금이나 모두 같다. 하지만 추

억 속에 등장하는 '풋참외', '원두막', '붕어', '뱀', '도랭이'는 현재의
장소에 존재하지 않는 대상물들이다. 현재의 풍경을 보기 전까지만
해도 그곳의 풍경은 추억의 장소로 아름답게 기억 속에 존재했었다.

제 2연의 전체적인 내용이 과거의 '추억'을 형상화하고 있다면, 제
3연에서는 현재의 '그 곳'을 보여준다. '원두막'이 존재하기는 하지만
내버려져 인간의 손길이 닿지 않는 곳이다. '농약병' 때문에 추억 속
에 등장하던 다양한 생명체들이 살아갈 수 없다. 따라서 제 2연과
제 3연은 대조적 의미를 지니면서 시적 화자의 상실감을 드러낸다.

제 4연에서는 추억과 현실의 모습이 함께 형상화된다. 이것은 현
실에서 시적 화자가 느끼는 혼란스러움으로 해석될 수 있다. 현실에
속해 있으면서도 과거의 추억에 더 매달려 있는 시적 화자의 모습이
다. 제5연에서는 '대신'이라는 어휘를 통해 과거와 현재의 대치된 현
상이 더욱 뚜렷하다. '그 곳'이라는 지시어의 대상은 이미 시적 화자
와는 시간적·공간적 차이를 가질 수밖에 없는 고향이다. 매연마다
반복적으로 사용하여 '그 곳'에 대한 인식의 차이를 드러낸다. 이것
은 시적 화자가 겪을 수밖에 없는 안타까움이다.

현재의 고향에서는 '농약병'을 중심 의미로 설정하고 있으며, 과거
의 고향은 '원두막', '도랭이', '붕어', '물풀', '뱀'을 통해 풍성한 자연
을 연상시킨다. 그런데, 과거의 고향에 등장하는 소재들은 모두 '농
약병'과 함께 살 수 없는 것들이다. '농약병'은 그 다양한 생명체들을
살아갈 수 없게 한다. '원두막'의 추억도 이제 사라져 없고, '붕어',
'물풀', '뱀'은 '농약병' 때문에 살 수 없다.

제 3연에서 잃어버린 것은 단순한 사물이 아니다. 잃어버린 것은
'고향'과 '자연'이다. '고향'은 삶의 터전일 뿐만 아니라, 삶의 근원이
며 마음의 안식처이다. 평생 동안 힘들 때 마음의 위안을 받을 수

있는 곳이다. '자연'은 인류가 존재할 수 있도록 한 근원이며 에너지 원이다. 근원과 에너지원을 잃어버린 현대인은 상실감이 클 수밖에 없다. 시인은 잃어버린 것들에 대해 노래함으로써 독자들에게 상실 의식을 전한다.

3) 생명 의식의 존귀함과 연대적 각성

산업 발달 이후의 생태시는 처음에 환경 파괴의 실상을 고발하거 나 지구 환경에 대한 위기 의식을 표출했다. 현대 사회에서 우리에 게 닥쳐 있는 위기 의식을 보편화함으로써 사람들에게 인식의 전환 을 요구했다. 생태계의 위기는 곧 시와 인간성의 위기를 동반한다. 근본적으로 생태계 파괴 원인이 인간의 생태 의식 부재라는 것을 생 각해 볼 때 생태 의식의 중요성이 드러난다.[25] 따라서 많은 시인들 이 생태 환경에 대한 폭넓은 상상력을 바탕으로 한 작품을 창작하였 다. 시인들은 현대 사회의 위기 의식의 원인을 산업 발달에 두고 생 태 환경에 대한 인식을 표출한다.

산업화된 사회에서 우리의 이웃과 생명체를 끊임없이 파괴해야 하는 오늘의 삶은 지속될 수 없다. "인간은 자연의 일부이고, 만물은 나의 형제이다. 나는 나 자신의 개인적인 의지나 욕망 때문에 이 세 상의 삶을 향유하고 있는 게 아니다. 나를 살아 있게 하는 것은 내 능력으로는 헤아리기 어려운 깊고 거대한 근원적인 생명충동이며, 그 충동은 자연의 심층에 내재해 있다."[26]는 인디언 추장의 말에 귀 기울여야 할 때이다. 이것은 인간의 존재가 자연의 어떤 대상과도

---

25) 장정렬, 앞의 책, p. 54.
26) 김종철, 『간디의 물레』, 녹색평론사, 2005, pp. 25~26.

같은 동일한 존재이며, 자연의 개체 소멸은 바로 인간의 소멸을 예고한다.

산업 발달 이전의 작품들은 인간과 자연을 이분법으로 구분하지 않았다. 자연을 바라보는 인간들은 대상물을 바라보고 아름다움을 느껴 그에 대해 노래했다. 그런데, 다음의 작품들은 산업 발달 이후에 발생한 문제의식을 표현한다. 인간들이 자연을 이용 대상물로 취급하면서 자연을 바라보는 시각이 변했기 때문이다. 인간 아닌 다른 생명도 이용 대상으로 여기면서 생명의 존귀함은 사라졌다.

시인은 인간이 가진 표현 능력의 최고 경지를 개척한다. 시인은 근본적인 것, 즉 보호할 가치가 있는 무언가가 우리의 의식적인 마음의 표면 아래에서 움직인다는 것을 안다.[27] 따라서 다음 작품에서 시인은 급속도로 변화하는 환경에 적응하지 못하는 생명체의 죽음을 노래한다. 인간들은 적응력이 없는 생명체에 대해 자연도태설을 근거로 대수롭지 않게 무시할 수도 있다. 그러나 시인은 인간의 편리를 위해 지어진 아파트 환경에 적응하지 못하고 죽어가는 생명체에 대한 안타까움을 노래한다.

> 베란다 벤자민 화분 부근에서 며칠 저녁 울던 귀뚜라미가
> 어제는 뒤꼍 다용도실에서 울렸다.
> 다소 힘없이.
> 무엇이 그를 그 곳으로 이사 가게 했을까,
> 가을은 점차 쓸쓸히 깊어 가는데,
> 기어서 거실을 통과했을까,
> 아니면 날아서?
> 아무도 없는 낮 시간에 그가 열린 베란다 문턱을 넘어

---

27) Edward O. Wilson, 권기호 옮김, 『생명의 편지』, 사이언스북스, 2007, p. 95.

천천히 걸어 거실을 건넜으리라 상상해 본다.

우선 텔레비전 앞에서 망설였을 것이다.
저녁마다 집 안에 사는 생물과 가구의 얼굴에
한참씩 이상한 빛 던지던 기계.
한 번 날아올라 예민한 촉각으로
매끄러운 브라운관 표면을 만져 보려 했을 것이다.
아 눈이 어두워졌다!
손 헛짚고 떨어지듯 착륙하여
깔개 위에서 귀뚜라미 잠을 한숨 잤을 것이다.
그리곤 어슬렁어슬렁 걸어 부엌으로 들어가
바닥에 흘린 찻물 마른 자리 핥아 보고
뒤돌아보며 고개 두어 번 끄덕이고
문턱을 넘어
다용도실로 들어섰을 것이다.
아파트의 가장 외진 공간으로…….

…… 오늘은 그의 소리가 없다.

황동규, 「귀뚜라미」 전문[28]

우리는 이 작품을 읽고 귀뚜라미의 하루를 상상한다. 그리고 우리 주변에 갇혀 있는 생명체의 입장을 고려해 볼 수 있다. 시적 화자는 작품 안에 드러나지 않는다. 다만 귀뚜라미의 죽음을 예측하면서 자신의 정서를 독자들에게 들려주고 있다. 시적 화자는 귀뚜라미의 이동에 같이 따라 움직인다. 그 움직임은 시선의 이동이 아니라 정서적인 일치를 통한 움직임이다.

28) 교육인적자원부, 『8학년 1학기 국어교과서』, 대한교과서주식회사, 2002, p. 46.

  그것은 시적 화자의 "상상해 본다"를 통해 구체화되는데 "망설였을 것이다", "만져보려 했을 것이다", "아 눈이 어두워졌다!", "한숨 잤을 것이다", "핥아 보고", "끄덕이고", "들어섰을 것이다"의 행위를 상상해 볼 수 있다. 이런 행위들은 낮 시간 동안 시적 화자가 귀뚜라미의 행위를 추측한 것이다.

  결국 낮 시간 동안 귀뚜라미는 움직임 없는 아파트 안에서 먹이를 얻고 쉴 수 있는 공간을 찾기 위해 움직였다. 움직임을 가질 수 있는 존재와 그렇지 않은 대상물이 낮 시간 동안 같은 공간 안에 존재했다. 그러나 결국 생명을 존속할 수 없는 환경에 부딪힌 귀뚜라미는 소리 없이 삶을 마감해야만 했을 것이다. 이 작품에서는 '귀뚜라미'와 '텔레비전'이라는 사물 간의 의미를 파악할 수 있다.

  '귀뚜라미'는 자연의 생명체로 움직임을 가질 수 있는 주체이다. '귀뚜라미'는 이사를 가면서 '텔레비전'에 관심을 보인다. 그것 앞에서의 망설임은 밤 시간 동안 무수히 많은 영상을 보여주던 빛을 기억했기 때문이다. 그것 안에는 '귀뚜라미'가 찾던 영상도 존재했다. 그러나 더 이상 귀뚜라미가 만지거나 냄새 맡을 수도, 촉감을 느낄 수도 없는 것이다. 그것은 단지 매끄럽고 단일한 촉감만을 갖는다.

  감각적이면서도 다양성을 가진 자연으로부터 이탈된 귀뚜라미는 자신도 모르는 사이 죽음으로 치닫는 행위를 지속한다. 귀뚜라미는 낮 시간 동안 휴식을 취하고 밤에는 자신의 먹이를 찾아 길을 떠나야 하는 본능적 행위를 할 수 없다. 귀뚜라미가 처해 있는 공간은 인위적 공간이므로 귀뚜라미의 안식처가 되지 못한다. 아파트라는 공간은 인간의 편리를 위해서 만들어진 곳으로 인간 아닌 다른 생명체의 생존에는 부적절하다.

  귀뚜라미의 공간 이동 경로를 찾아보면, 귀뚜라미의 사투가 더욱 처절하게 느껴진다. 귀뚜라미는 베란다에서 다용도실로 이동한다. 이사의 경로는 베란다 문턱·거실·텔레비전 앞·부엌·문턱·다용도실의 순이다. 이동 경로 중에서 특히 가장 많이 머문 곳이 거실과 텔레비전 앞이다. 이곳은 가족들이 저녁에 돌아와 휴식을 취하는 곳이다. 그런데, 가족들의 휴식처가 귀뚜라미에게는 "예민한 촉각"을 사용할 수 없으며 "손 헛짚고 떨어지"는 공간이다. 쓰러지듯 "한숨" 잠을 청하는 공간이기도 하다. 하지만 이런 행위들이 자신의 삶과 거리가 멀다는 것을 인정하듯 "고개 두어 번 끄덕이고" 다용도실로 숨어들었을 것이다.

귀뚜라미는 "아파트의 가장 외진" 곳, 사람의 발자취가 느껴지지 않는 공간만이 귀뚜라미의 생명을 조금이라도 연장시킬 수 있는 곳임을 직감한다. 하지만, 그 "외진 곳" 또한 아파트 내부의 단절된 공간으로 '귀뚜라미'가 생존할 수 없는 환경이다. 시간적 배경은 "며칠", "어제", "오늘"로 현재화된다. 그런데, 우리들에게 "어제"보다는 "오늘"이 더욱 큰 의미를 지닌다. 어떤 이유로도 "오늘"의 죽음이 "어제"의 삶을 미화시킬 수는 없다.

귀뚜라미는 다용도실에 들어간 후 소리가 없는 것으로 보아 창으로 뛰어올라 밖으로 나갔을 수도, 다용도실에서 죽었을 수도 있다. 그런데 이 시의 내용으로 보아 아마도 죽었으리라는 추측이 가능하다. '아파트'라는 콘크리트 구조물은 다른 공간과 분리되고 단절된 공간의 특성을 지니기 때문이다. 어떤 생명체도 타 생명체와의 연관을 끊은 채 살 수 없다. 따라서 귀뚜라미의 생은 더 이상 지속할 수 없음을 추측한다.

위의 작품은 시인이 "아파트"에 들어온 '귀뚜라미'를 보고 관찰한 내용과 상상한 내용을 바탕으로 한다. 아파트가 도시인들의 생활공간이 된 이후 '귀뚜라미'를 찾아보기 힘들다. 이 작품은 어릴 적 흙집에서 가을 저녁 처량하게 들리던 울음소리를 기억하게 한다. 그리고 '귀뚜라미'와 함께 사라진 추억이 현재의 삭막한 현실을 부각시킨다. 아파트라는 공간에서 생명을 영위하지 못하는 자연은 인간들의 지혜를 요구한다.

귀뚜라미의 죽음은 결국 생태계의 파괴에 대한 위기의식을 전한다.[29] 우리는 지금 생명체를 죽음이라는 막다른 골목까지 몰고 갈수밖에 없는 환경에 살고 있다. 다른 생명체의 삶에 부적절한 환경은 결코 인간에게 편리하지만은 않다. 언젠가 생명체가 하나둘씩 사라지면 인간도 지구상에 생존하지 못한다. 따라서 지구상의 생명체의 존귀함에 대해 인식해야만 한다.

> 배추에게도 마음이 있나 보다.
> 씨앗 뿌리고 농약 없이 키우려니
> 하도 자라지 않아
> 가을이 되어도 헛일일 것 같더니
> 여름내 밭둑 지나며 잊지 않았던 말
> ─나는 너희로 하여 기쁠 것 같아.
> ─잘 자라 기쁠 것 같아.
> 늦가을 배추포기 묶어 주며 보니
> 그래도 튼실하게 자라 속이 꽤 찼다.
> ─혹시 배추벌레 한 마리
> 이 속에 갇혀 나오지 못하면 어떡하지?
> 꼭 동여매지도 못하는 사람 마음이나
> 배추벌레에게 반 넘어 먹히고도
> 속은 점점 순결한 잎으로 차오르는

---

29) Fritjof Capra, 앞의 책.

배추의 마음이 뭐가 다를까?
배추의 풀물이 사람 소매에도 들었나 보다.

나희덕, 「배추의 마음」 전문[30]

배추는 자신의 살을 베어 벌레에게 나누어 준다. 우리는 배추의
행위를 통해 나눔의 의미를 다시 한 번 새겨 볼 수 있다. 배추는 자
신의 살을 내어줄 줄 안다. 그것도 "배추벌레에게 반 넘어 먹히고도
점점 순결한 잎으로 차오"를 수 있는 '자연스러움'을 지니고 있다.
'자연스러움'은 자신의 생명을 지켜내기 위한 행위를 제외한 어떤 욕
망도 갖지 않는다. 이런 '자연스러움'의 주체는 자연의 모든 생명체
이다.

'배추'로 대변되는 자연은 자신을 나눠 주고 상대방의 생명을 살
려낼 수 있다는 것에서 인간의 나눔보다 더욱 의미 깊다. 인간은 '축
적'의 개념을 통해 미래를 준비한다. 인간은 이성을 다른 생명체보
다 우월한 증거로 삼는다. 그러나 이성을 넘어서는 욕망은 주체할
수 없다. 욕망을 채우기에는 이 세상의 어떤 재화로도 불가능하기
때문이다. 인간의 '욕망'이 자연을 '재화 축적'의 대상물로 파악하면
할수록 자연은 희생물로 존재한다.

이 작품에 등장하는 시적 화자는 배추와 배추벌레 사이에서 삶을
살아가고 있다. 그래서인지 배추의 마음을 닮아 농약 없이 배추를
키운다. 시적 화자는 4행에서의 "헛일일 것 같더니"와 같이 배추가
자라지 않는 모습을 보고 실망한다. 그러나 6행과 7행에서 배추에게
이야기하는 형식을 통해 배추에게 희망을 버리지 않고 있음을 보여

---

30) 교육인적자원부, 『국어 3-1 교과서』, 대한교과서주식회사, 2002, p. 15.

준다. 시적 화자는 배추가 자랄 것임을 확신하고 계속적으로 대화를 시도한다. 대화의 대상으로 자연물을 인식하는 것은 자연물에 영혼이 존재한다는 믿음 때문이다.

그런데, '농약'은 '보람'과 대조적 의미를 지닌다. 시적 화자는 다른 생명체들에 대한 배려를 통해서 '보람'을 느낀다. 그런데 인간은 다른 생명체의 생명을 빼앗아 자신의 생명 연장의 도구로 삼는다. 배추벌레는 자신의 생존과 더불어 배추의 생존도 가능하게 한다. 배추벌레가 부여한 가능성으로 인간과 자연의 관계를 회복할 수 있다. 배추가 죽는다면 배추벌레의 생명이 다하는 것과 같이 배추와 배추벌레가 죽는다면 인간도 생명을 다할 것이기 때문이다.

배추와 배추벌레는 공존공생하는 관계에 있다. 배추가 일방적으로 배추벌레에게 먹힌다든지, 배추벌레에게 희생한다는 관점에서 의미를 파악하는 것은 인간의 시각이다. 배추와 배추벌레가 공존하는 자연의 모습을 바라보고 관찰할 수 있는 인간은 가능성을 지닌다. 인간도 자연의 한 부분으로서 배추와 배추벌레의 삶 사이에 함께 해야 한다. 인간들은 배추와 배추벌레의 관계를 인식함으로써 새로운 삶의 방식을 고안해 낼 것이다. 현재 생태계를 파괴하는 삶에서 벗어난 삶의 방식이 생명체와 공존하게 할 것이다.

이 작품은 자기 자신에 대한 내면 성찰과 세계에 대한 한없는 연민과 헌신의 자세를 보여 준다. 배추를 자식 키우듯, 그러면서도 '배추벌레 한 마리'에게도 숨쉴 곳을 내주려는 시인의 따뜻함이 배어 있다. 배추와도 교감할 수 있는 사람의 아름다움, 자신이 만나는 온 세상과 교감할 수 있는 사람의 아름다움이 진솔하게 드러나 있다.[31]

---

31) 교육인적자원부, 『국어·생활국어 3-1 교사용 지도서』, 대한교과서주식회사, 2006.

배추와 배추벌레는 공존함으로써 배추의 잎이 더욱 꽉 차 오르는 과
정을 겪게 된다. 이런 자연의 모습 속에 인간도 한 부분으로 자리하
고 있다.

그런데, 위의 시적 화자는 직업적인 농부가 아니라 시인 자신으로
서 텃밭에서 소일거리로 농약을 치지 않고 배추를 기른다. 그러나
직업적인 농부는 배추벌레 때문에 배추의 상품가치를 걱정해야만
한다. 농부는 그런 과정에서 배추벌레에게 약을 하지 않을 수 없다.
오히려 비싼 가격을 받을 수 있는 유기농이나 저농약 농가에서는 더
많은 농약을 친다고도 한다. 이런 현실에서 시적 화자의 특별한 태
도가 학습자들에게 감동을 준다.

이와 같이 교과서에 수록된 작품들은 생태계 파괴와 환경 오염을
고발하는 것들이 빠져 있다. 생태시는 생태계 파괴에 대한 고발과
비판 의식을 기본적으로 가져야 하는데 교과서에는 수록되지 않았
다. 따라서 '생태 환경에 대한 인식'을 교육하기 위해서 고발과 비판
을 내용으로 하는 작품이 필요하다. 현대 사회의 다양한 생태 환경
변화를 보여줄 때 학습자들은 좀 더 현실적인 대안 마련의 필요성을
느낄 것이다. 따라서 앞으로는 현 교과서에서 배제하고 있는 생태시
작품을 적극적으로 수용해야 할 것이다.

앞으로 생태시 교육의 목표가 실현되면 학습자는 생태 환경에 대
한 문제 해결 방안을 찾기 위해 그가 교육받았던 다양한 생태시를
떠올릴 것이다. 생태시에 드러난 생태 환경에 대한 위기 의식이 생
명 사상에 대한 새로운 인식과 공동체적 인식을 일깨울 수 있기 때
문이다. 인식의 변화가 노력을 가져올 것이고, 대다수의 학습자들이
구성하는 사회가 미래의 생태 사회의 모습을 지닐 것이다.

학습자는 앞의 여섯 작품에서 '생태 환경에 대한 인식'을 수용할

수 있을 것이다. 이것은 환경 교육의 차원을 넘어 우리 시 교육의 부분으로 이미 수용되어 있다. 그런데 시 교육의 목표를 '생태 환경에 대한 인식'에까지 설정하지 않았기 때문에 아직까지 교육하지 않은 것이다. 그동안 '생태 환경에 대한 인식'을 목표로 하지 않고 인간성에 초점을 맞춤으로써 생태 사회를 위한 올바른 인식에 도달하지 못한 한계가 발생한 것이다. 본고는 그러한 한계 상황을 타개하는 방법으로써 수업 설계를 해 보고자 한다.

5장

생태시 교수 – 학습의 실제

한국 현대 생태시 교육

5장

| 생태시 교수 - 학습의 실제 |

*

7차 교육 과정에서는 학습자의 활동을 중요하게 다룬다. 이것은 학습자들에게 실시한 교육 내용이 학습자의 삶에 있어 의미를 지녀야 하기 때문이다. 학습자들은 국어를 매개로 하는 다양한 활동을 통해 학습한다. 교실 안에서 다양한 교수 - 학습 방법이 시행될 때, 학습자들은 학습 목표에 도달하기 용이하다. 국어 사용에 대한 학습 목표를 의도적으로 계획해야 할 국어 수업에서 생태시 교육은 매우 중요하다.

교실 수업에서 생태시 교육을 위해서 다양한 교수 - 학습 방법을 찾아 시도한다면 미래에는 생태 위기 의식을 느끼지 않아도 될 것이다. 문학 교육 과정에서 문학을 내용과 방법으로 구분하여 다루듯이 생태시 교육도 내용과 방법[1]으로 나누어 연구할 필요가 있다. 생태 시를 제재로 교수 –학습할 내용과 방법을 선택할 때 생태시와 관련 된 다양한 배경지식을 검토해야 한다.

생태시 교육을 교실 현장에서 적용하기 위해서는 학습자의 발달 단계에 맞는 위계성을 고려해야 한다. 위계성은 학습자의 수준을 고 려하여 생태시 교육의 목표를 어디에 둘 것인가와 관련된다. 이것은 형식적으로 7학년부터 10학년까지 학습 목표를 정하고 학습 내용을 선택하는 과정이다. 생태시 교육의 학습 목표는 일반적인 시 교육의 학습 목표를 고려함과 동시에 생태시라는 특수성을 고려한 것이어 야 한다. 따라서 생태시의 특수성은 주제적 측면을 고려한 학습 목 표로 학습자들에게 '생태 환경에 대한 인식'을 심어주는 데 기여해야 할 것이다.

7차 교육 과정에서는 국어 사용 양상과 내용을 정확하고도 비판 적인 이해, 효과적이고 창의적인 표현 능력, 기본 지식을 국어 생활 에 활용하도록 목표를 설정하고 있다. 개정 교육 과정에서 추구하는 국어 교육의 목표도 여기에서 크게 벗어나지 않는다. 다만, 내용 체 계에서 실제가 지식과 기능을 포괄하도록 제시했다. 실제와 맥락은 같은 분량으로, 맥락은 지식과 기능을 기반으로 이루어진다. 이것은 수업 현장의 맥락을 중시함으로써 지식과 기능이 어우러지는 언어 활동의 실제를 도모하고자 함이다.

개정 교육 과정은 7차 교육 과정보다 '맥락'을 더욱 강조한다. '맥

---

1) '내용 – 방법' 관계로서의 이해는 교육 과정을 학습자의 내적인 변화를 추구하는 계기적이고 연속된 흐름으로 보는 관점에서 비롯된다. 그리고 문학 교육은 문학 체 험(文學體驗)이라는 내용을 가능하게 하는 전략적 선택과 모색의 과정으로 여겨 지게 된다. 최지현, 앞의 책, p. 22.

락'은 '상황 맥락'과 '사회·문화적 맥락'으로 나눌 수 있는데, 그에 따른 언어 사용의 실제를 상황에 따라 달리 학습해야 하기 때문이다. 특히 '맥락'은 구성주의 철학에서 나온 개념으로서 '상황'과 밀접한 관련을 맺는다. '상황'은 인적 요소와 물적 요소·심리적 요소까지 복합적으로 기능하게 한다. 이러한 요소들은 학습 내용의 수용과 생산의 주체가 되는 학습자의 개인적 요구에 따라 개인차를 이룰 수도 있다. 따라서 개정 교육 과정은 학습자를 우선적으로 생각하여 학습자의 개인적 요구에 부합하는 교수·학습을 계획한다.

본고에서는 7차 교육 과정에 따른 7차 교과서 체제를 활용하고자 한다. 7차 교육 과정은 학습자의 활동을 중시하는 교과서 체제를 이루고 있다. 교과서 체제에 따른 수업 계획과 실행에서도 학습자들을 우선시했다. 학습자를 우선시하는 교육 과정의 의도는 개정 교육 과정에서도 지속된다. 개정 교육 과정에서는 '맥락'을 중요하게 다룸으로써 '맥락'에 따른 수업의 융통성을 발휘하여 7차 교육 과정을 보완했다고 해석된다.

요즘 학습자들은 자신들의 요구를 분명하게 알고, 그 요구와 부합하는 내용을 교육 과정에서 찾는다. 생태시 교육은 학습자들의 삶과 밀접한 관련을 가진다. 생태 환경으로 이해되는 삶의 터전과 먹을거리 및 다른 생명체의 관계가 학습자의 삶과 관련된다. 그렇기 때문에 학습자들의 고민을 대변하는 생태시가 의미 있게 이해된다. 따라서 생태시를 이용한 '생태 환경에 대한 인식'의 학습 목표 도달도가 높아지리라 기대한다.

교사들은 7차 교과서의 수업 방법에 익숙하다. 익숙한 수업 흐름을 바탕으로 하여 생태시 교육을 진행한다면, 교사들이 수업을 계획하고 진행할 때의 부담도 줄여 줄 수 있다. 생태시 교육의 필요성을 바탕으로 한 생태시의 내용과 표현 방법을 이해시킴으로써 '생태 환경에 대한 인식'을 갖는 데 효과적일 것이다.

이미 생태시가 7차 교육 과정 가운데 중·고등학교 교과서에 수록되었지만 생태시 교육에 대한 목표 체계는 없었다. 그러나 7차 교과서의 체제를 따르면서 현재 학습자들에게 필요한 내용을 교수 - 학습할 수 있는 생태시 교육의 방법을 설계한다면 무리가 없으리라 생각된다. 생태시 교육으로 학습자들은 생존에 직접적인 영향을 끼칠 생태시를 이해하고 감상하면서 '생태 환경에 대한 인식'에 접근할 것이다. 이를 목표로 활동을 계획하여 학습자 중심의 활동 수업을 진행하고자 한다.

좋은 국어 수업은 수업 내용면, 수업 방법면, 교수 - 학습 환경면, 평가면으로 나누어 평가할 수 있다.[2] 생태시 교육에서도 수업 목표에 도달하기 위해서 이와 같은 요소를 고려해야만 한다. 특히 생태시를 선정해 국어과 수업에 적용할 때 가장 우선되어야 할 것은 수업 내용면에서의 평가 기준에 따라야 할 것이다.

수업 내용면에서의 평가 기준은 다음과 같다.[3]

---

* 수업 내용은 국어과 교육 과정을 적절히 반영하고 있는가?
* 수업 내용은 주변적인 것이 아니라 핵심적인 것인가?
* 학습 목표 또는 내용들 간의 위계나 순서를 고려하고 있는가?
* 학생들의 발달 수준에 적합한 것인가?
* 학생들의 흥미를 끌 만한 것인가?
* 학생들의 실제 삶과 관련이 있는가?
* 수업 또는 학습 내용이 정확한가?

---

2) 이재승, 『좋은 국어 수업 어떻게 할 것인가?』, 교학사, 2006, p. 31.
3) 위의 책, p. 31.

> * 학습 내용과 학습 활동의 양은 적절한가?
> * 학습 내용을 균형 있게 다루는가?
> * 수업 내용은 높은 수준의 사고를 유도하는가?
> * 제재가 아니라 문제 해결 방법(전략)을 강조하는가?
> * 우리 언어의 특성과 언어문화를 충분히 반영하고 있는가?

위 내용 중에서 특히 "학생들의 실제 삶과 관련이 있는가?"하는 질문은 생태시 교육의 필요성을 한층 더 부각시킨다. 학습자들은 생태시의 내용을 보면서 왜 이런 내용이 학교 교육에서 가르쳐지지 않았는지에 대해 의문을 갖는다. 정말 자신들이 현재를 살아가기 위해 필요한 내용임을 느끼기 때문이다.

생태시 교육 내용을 시행하기 위해 다음과 같은 수업 방법을 모색해 보았다. 수업 방법은 수업 모형이나 수업 모델보다는 더 포괄적인 개념이다. 수업 모형이 수업의 다양한 방법을 일정한 형태로 정형화한 것이라면 수업 방법은 다양한 수업의 변인들을 고려하면서 수업 목표 도달을 위한 노력의 과정이다. 여기에 사용되는 수업의 변인으로는 '학습자 요인', '교사 요인', '환경 요인', '학습 내용 요인' 등으로 나누어 살펴 볼 수 있을 것이다. 교수 – 학습 과정에서는 '학습자 요인'이 가장 예민하게 배려해야 할 중요한 요인이다.

1. 생태시 분석

먼저 수업 구안을 위해 개정 교육 과정에서 7학년부터 10학년까지의 문학 내용 체계를 정리해 보았다. 내용 체계를 통해 교실 수업

에서 무엇을 중요하게 가르쳐야 할지 파악할 수 있다. 개정 교육 과
정의 수업의 원리와 체제도 이용한다. 이를 바탕으로 다음과 같이
학년별 위계성을 가진 수업 내용을 준비할 수 있다.

본고에서는 7차 교과서에 수록된 작품 중에서 나희덕의 「배추의
마음」을 가지고 학년별 위계성을 갖춘 수업 방법을 구안해 보고자
한다. 교사는 학습자에게 교수하기 전에 미리 생태시에 대한 충분한
이해를 해야 한다. 그래야 학습자에게 가장 효율적이고 적절한 수업
방법을 안내할 것이다.

생태시를 이해하기 위해서는 가장 기본적인 것이 시어에 대한 이
해이다. 시어의 의미를 파악하고 표현 기법을 이해함으로써 주제를
쉽게 파악할 수 있다. 시어는 일상어를 바탕으로 하여 세련되게 갈
고 닦은 언어이다. 따라서 학습자들은 일상어를 다듬어 시어로 활용
할 수 있다는 인식을 바탕으로 생태시를 접해야 할 것이다. 특히 생
태시에 많이 등장하는 어휘를 찾아보고 그 어휘들이 왜 많이 사용되
는가에 대한 답을 찾는다. 그렇게 함으로써 어떤 표현을 통해 '생태
환경에 대한 인식'이 드러나는지 파악할 수 있다.

7학년에서는 초등학교에서 배운 학습 내용을 바탕으로 하여 생태
시를 이해하는 데 기초적인 학습 내용을 설계한다. 기초적인 학습
내용으로는 시어를 들 수 있다. 시어는 모든 문학 작품을 구성하는
요소이다. 특히 생태시에서 자주 사용되는 시어를 통해서 생태시의
특성을 파악할 수 있다.

8학년에서는 생태시의 구조적인 측면에 대한 이해를 위해서 다양
한 표현 기법을 살펴본다. 다양한 표현 기법은 생태시가 아닌 다른
현대시에도 등장한다. 그러나 특히 생태시에서는 주제를 강조하기
위한 기법을 선택한다. 특징적인 표현 기법을 이해함으로써 주제와

의 관련성을 파악한다.

9학년에서는 생태시의 생태적 의미를 고찰할 수 있는 기회를 제공한다. 생태적 의미 고찰을 위해서는 문학 작품에 나타난 사회·문화적 상황을 파악하고 그와 관련지어 작품을 이해하도록 한다. 배경지식을 바탕으로 생태시 이해의 내용을 표현할 수 있는 기회를 마련해야 할 것이다.

10학년에서는 궁극적으로 생태시의 주제를 파악한다. 주제를 파악하기 위해서는 앞서 배운 내용들을 통합하여 사용한다. 특히 전 학년 과정에서 배운 학습 내용 중에서 시어의 함축적 의미를 이해하고 시상 전개 방식을 모두 통합한다. 그럼으로써 요소와 주제와의 관련성을 알고 주제를 한 문장으로 작성한다. 내용과 형식 구조가 달라지면 주제가 어떻게 변하는지도 파악할 수 있을 것이다.

생태시 교육은 다른 시 교육과 다르게 배경 지식을 보충하기 위한 자료를 첨부해야 할 것이다. 교사는 학습 자료를 다양한 매체를 통해 구할 수 있다. 교사는 학습 목표에 따라 교수 - 학습 모형을 구안하고 그에 따른 인쇄 매체, 통신 매체, 인터넷 매체를 활용할 수 있다. 학습자들은 생태시에 대한 이해를 할 때 다양한 자료를 바탕으로 한다. 따라서 교사는 생태시에서 시어 하나하나와 구절에 대한 설명보다는 자료를 읽고 통합적으로 사고하게 함으로써 생태시 학습을 지도한다.

생태시 교육의 최종적인 목표는 학습자가 '생태 환경에 대한 인식'을 함양하는 것이다. 따라서 학습자들이 다양한 요소를 파악하여 주제를 찾음으로써 과정이 끝나는 것이 아니다. 생태시를 이해하고 감동받음으로써 생태시에 드러난 '생태 환경에 대한 인식'으로 가치관을 변화시켜야 한다. 가치관 변화는 곧, 행동 양식으로 드러남으로써 교육적 효과가 가시화될 수 있을 것이다.

1) 기초적인 고찰

먼저 개정 교육 과정에 제시된 내용을 파악해 보았다. 개정 교육 과정에서는 다음과 같이 "작품의 수준과 범위"를 정하고 "성취 기준"과 "내용 요소"의 예를 제시하고 있다. 개정 교육 과정에서 7학년의 성취 수준은 시어와 일상어의 관계를 파악하고 활용하도록 하고 있다. 이 때 시어와 일상어의 관계를 파악하기 위한 제재로 생태시를 선택한다. 시인은 일상어를 바탕으로 하여 자신의 개성과 상상력을 시어로써 표출한다. 이 때 시어는 일상어의 의미를 포함하면서도 그 의미를 뛰어넘는 의미의 확장을 갖는다. 시어의 확장은 시인의 개성에 의해 창작된 시의 미적 요소를 포함하고, 주제로 드러난다.

생태시는 특별한 주제 의식을 공통적으로 드러내는데, 많은 작품을 읽으면서 자주 사용되는 어휘를 찾을 수 있다. 그럼으로써 일상어가 생태시에서 어떻게 의미 확장을 이루는지 파악한다. 이것은 생태시의 특성을 규명하는 데 도움이 되고, 시어는 시인의 개성과 시인의 의도를 파악하게 한다. 이런 이해 과정이 시의 이해와 감상뿐만이 아니라 창작 학습에도 도움이 될 것이다.

그리고 개정 교육 과정의 수준과 범위를 바탕으로 학습 목표를 정한다. 그럼으로써 생태시를 제재로 사용했을 때 교실 수업 현장에서 어떤 교수 – 학습 방법을 선택해야할지 결정할 수 있다. 모든 교육 활동은 목표를 중심으로 계획해야 한다. 개정 교육 과정에서는 다음과 같이 작품의 '수준과 범위'를 정하고 '성취 기준'과 '내용 요소'의 예를 제시한다.

\<7학년\> - 문학 -

\<작품의 수준과 범위\>

- 언어 표현이 뛰어나고 주제 의식이 분명한 작품
- 인물의 삶과 현실이 잘 드러나는 작품
- 우리 고유의 정서나 언어 표현이 드러나는 작품
- 문화와 전통의 차이가 드러나는 여러 작품

성취 기준	내용 요소의 예
(1) 문학 작품에 드러난 인물의 심리 상태와 갈등의 해결 과정을 파악한다.	·소설이나 희곡에서 갈등 구조 이해하기 ·갈등의 해결 과정 파악하기 ·갈등의 해결 과정에 따라 인물의 심리 상태가 어떻게 변하는지 파악하기
(2) 문학 작품의 전체적인 정서와 분위기를 파악한다.	·작품의 정서와 분위기를 파악하는 방법 이해하기 ·작품의 정서와 분위기 파악하기 ·작품의 정서와 분위기를 중심으로 작품 감상하기
(3) 역사적 상황이 문학 작품에 어떻게 나타나는지 이해한다.	·작품에 드러난 시대 상황 파악하기 ·작품에서 인물이 시대 상황에 대응하는 방식 파악하기 ·작품 속에 드러난 시대 상황과 오늘날의 현실 상황 비교하기
(4) 시어와 일상어의 관계에 대한 이해를 바탕으로 노랫말을 쓴다.	·시어와 일상어의 특징 이해하기 ·노래에서 음악적 효과가 나타나는 표현을 찾아 운을 살려낭송하기 ·시적 표현과 운율의 효과를 살려 노랫말 쓰기

7학년 교육 과정에서는 생태시의 시어를 바탕으로 작품을 이해하도록 의도한다. 문학 작품 중 특히 시는 작품의 정서와 분위기가 주제를 드러내는 데 중요한 역할을 한다. 정서와 분위기 파악을 위해서는 시어의 이해가 바탕이 되어야 한다. 시어 중에서 반복되는 것

과 의미의 중심을 이루는 것을 찾아 정서와 분위기를 이해함으로써 시의 특성을 파악하는 학습 목표에 도달할 수 있다. 생태시를 내용으로 학습자들은 어려운 주석 설명이나 해설 없이 작품에 대한 이해를 쉽게 할 것이다.

학습자가 하나의 작품을 해석하기 위해서는 제목과 시어의 의미, 시어와 시어 사이의 관계를 파악해야 한다. 작품 안의 분위기를 파악하기 위해서 의미의 중심을 이루는 시어를 먼저 찾는다. 그리고 시어들 사이의 공통점을 파악함으로써 시인의 의도를 예측한다. 학습자들은 시의 분위기를 이끄는 시어를 통해 전체적인 의미를 정리할 수 있다. 일상어는 어떻게 사용되느냐에 따라 특별한 의미를 생성한다.

(1) 제목의 의미

나희덕의 「배추의 마음(각주 p224 참고)」은 제목에서부터 '생태환경에 대한 인식'을 표현한다. 시인은 인간이 아닌 존재에게 '마음'을 부여한다. 독자는 '마음'을 사유 체계를 가지고 있는 인간에게만 존재한다고 믿었다. 인간은 다른 동물과 달리 사유 체계를 가지고 있으며, 그 사유는 대상인 자연을 바라보면서 깊어진다. 사유를 통한 깨달음은 다시 자신을 향함으로써 인간의 사유 체계는 발전한다.

인간은 원시시대부터 자연을 사유의 대상으로 삼았다. 자연은 인간의 이성으로 이해할 수 없는 부분이 많다. 인간은 자연을 잘 이해하고 관찰함으로써 생존의 확률을 높인다. 사유 체계로 이해할 수 없는 것들은 신적 존재를 상정함으로써 기원의 대상으로 삼았다. 그들은 자연과 인간이 함께하는 삶을 살았고 그것에서 감사와 행복을 느꼈다. 그런데 산업 발달 이후에는 자연에 대한 사유체계는 사라졌다.

인간은 물질적 행복만을 추구하고 자연에 대한 감사는 잊었다. 그럼으로써 인간이 자연의 일부분으로서 존재해야 한다는 것도 사유하지 못한다. 자신의 이성을 통해 만든 과학과 기술의 편리를 통해 스스로의 우월함을 즐기고자 한다. 그러나 인간은 자연을 착취하는 데 만족하지 않고 또 다른 타인을 착취함으로써 이익을 극대화하고자 한다. 특히 자본주의 사회에서는 자본으로 인간의 노동력을 지배함으로써 자연과 인간을 지배하려는 의도를 보인다.

지배는 모두 생명과 연관이 있다.[4] 피지배자의 생명은 모두 지배자의 이권에 따라 달라지기 때문이다. 자연과 인간을 피지배자로 설정함으로써 피지배자의 생명은 존속된다. 이와 같은 인간의 사유 방식은 자연뿐만 아니라 인간 사회 구조를 변화시킨다. 그리고 다양한 문제 상황을 빚어낸다.

그런데, 시인은 생태 환경에 대한 사유 체계를 자연물 중에서도 가장 약하고 보잘 것 없는 대상물을 통해 전개한다. '배추'는 농경 사회에서 부식의 주재료로 사용되어 왔다. 먹을거리가 귀하던 시기에 '배추'는 중요한 식재료였지만 현대에는 그 중요성이 떨어진다. 특히 중국산 '배추'가 수입되면서 우리들이 먹는 김치의 원산지를 알 수 없다. 수입산 식재료는 농약이나 화학 비료로 오염될 확률이 높으므로 위험하기까지 하다.

농부가 신선한 채소를 생산하기 위해 애쓰던 시대는 지났다. 좀 더 상품가치가 높은 채소를 생산하기 위해 더 많은 농약을 살포한다. 농약은 병충해를 막음으로써 생산성을 향상시키지만 잔여물을 남긴다. 잔여물은 배추에만 남는 것이 아니라 배추를 먹이로 하는

---

4) 이준모, 앞의 책, pp. 11~12.

더 많은 생명체의 몸에 쌓인다. 그리고 토양의 오염뿐만 아니라 해양 오염으로까지 확산된다. 농약으로 생명력을 상실한 농토는 채소를 생산하지 못하는 악순환을 낳는다.

인간은 이제 무한히 사용가능할 줄 알았던 자연 자원의 한계 상황을 예상한다. 그리고 그 자원을 대체할 수 있는 과학과 기술의 혁신을 기대한다. 인류는 아직까지 대체 자원과 기술을 찾지 못하고, 화석 연료를 바탕으로 한 산업 체계를 유지하고 있다. 자연 자원의 고갈은 인류의 생존에 극한적 상황을 가져올 수 있다. 게다가 자연의 경고는 지속적으로 강도를 더하고, 자연은 다양한 재해로 인류에게 새로운 가치 체계를 요구한다.

인간은 호화로운 식탁을 위해 많은 육식 동물을 사육하고 있다. 육식 동물은 석유를 통해 생산되고, 석유는 사용한 만큼의 공해 물질을 남긴다. 이런 상황에서 시인은 '배추'에게 인격체와 같은 '마음'을 부여한다. 그리고 인간인 자신이 배추에게서 더 많은 깨달음을 얻는다고 한다. 그는 배추가 마음을 지니고 있음을 확인하면서 겸손함을 찾는다.

시적 화자는 자신과 배추벌레를 대하는 배추의 태도로 배추의 마음을 확인한다. 그는 배추가 잘 자라기를 소망하면서 여름내 밭둑을 지나면서 배추에게 말을 걸었다. 대답 없는 배추의 성장과정을 지켜보면서 지속적인 대화를 시도했다. 그 결과 배추는 속을 채움으로써 시적 화자에게 답을 한다. 오랜 시간을 참아낸 시적 화자의 인내가 인간과 배추, 인간과 배추벌레의 관계를 회복시킨다.

배추가 배추벌레를 대하는 태도는 희생적이다. 자신을 먹이로 내줌으로써 배추벌레는 생명을 존속할 수 있다. 배추는 자신의 포기를 채우면서 배추벌레에게 자신의 영양분을 나눠주었다. 그 어느 것도 소홀히 할 것이 아니다. 배추벌레는 배추의 희생으로 살아가고 배추벌레를 본 인간도 자신의 먹을거리를 나눠줌으로써 배추벌레의 마음을 닮는다. 배추벌레와의 공감은 '배추의 풀물'을 통해 확인된다.

시의 내용 파악을 위해서 생태시의 제목을 활용한다. 학습자들은 생태시의 제목을 보고 예측 활동을 할 수 있다. 시를 읽어나가면서 제목을 통해 예측한 것이 맞는지를 판단하고 잘못된 부분은 수정한다. 활동의 마무리는 자신의 예측 내용이 얼마나 맞는지, 어떤 부분이 어긋났는지, 또 어긋난 부분이 창의적인 해석 내용은 될 수 없는지 판단하게 한다.

(2) 분위기 형성

교사는 학습자들에게 제목과 중심 시어를 통해 주제를 예측하도록 유도한다. 학습자들은 제목으로 예측한 내용과 중심 시어와의 공통점을 찾는다. 그리고 학습자는 생태시를 읽고 생태학적 상상력을 펼치면서 시인의 의도가 지향하는 바를 쫓는다. 어려운 시어는 비슷한 어휘, 또는 반대되는 어휘를 생각해 봄으로써 의미를 명확하게 인식할 수 있다. 더 나아가 시행에서 어떤 의미를 가지는지도 생각한다.

7학년 학습자는 초등학교 6년 동안 시에 대해 학습했으므로 기본적인 시 감상에 대한 배경지식을 가지고 있다. 따라서 직접 읽기를 시도하고 기본적인 시 배경지식을 바탕으로 사고할 수 있는 기회를 제공한다. 자기 주도적인 학습 능력을 가지고 있다는 전제하에 다음과 같은 학습 내용을 계획하여 지도한다. 교사는 학습을 위해 기능이나 전략을 지도해 줌으로써 학습자들이 적극적으로 활동할 수 있도록 한다.

생태시는 어려운 시어보다는 일상에서 쉽게 접하는 어휘들로 구성되어 있다. 특히 '생태 환경에 대한 인식'을 바탕으로 자연적인 삶을 지향하므로 '자연'을 나타내는 시어를 사용한다. '나무', '숲', '하늘', '새', '물', '바다', '어머니'를 의미하는 시어들이 많이 등장한다. 그리고 '생태 환경에 대한 인식'을 드러내는 '둥글다', '아름답다', '착하다', '우리'가 자주 나타난다.

「배추의 마음」에서 '자연'은 '배추'와 '씨앗', '배추벌레'로 표현된다. '배추'는 자연의 생명 활동을 충실히 하고 가을에 결실을 맺는다. 시적 화자는 결실의 계절에 '배추'의 성장 과정과 함께한 존재이다. 따라서 '배추'와 '배추벌레'의 관계를 인식할 수 있는 인간이다. '배추'는 '씨앗'으로부터 성장하여 지금의 '배추포기'를 이루면서 자신의 생명을 '배추벌레'와 함께 나눴다.

'씨앗'은 스스로 번식하는 존재이다. 그런데 요즘 씨앗은 재생 능력을 잃어버렸다. 실험실에서 '씨앗'은 자기번식성을 거세당한 채 상품화되기 때문이다. 교잡(hybridization) 과정은 식물이 스스로 번식하는 것을 기술적으로 막는다. 종자회사가 지속적으로 종자를 필요로 하는 농부들에게 종자를 판매하기 위한 의도이다. '씨앗'이 '씨앗'으로 기능하지 못하고 일회용품으로 전락하고 있는 사이, 토종 씨앗들은 수세기에 걸쳐 환경과 시간적 요소들에 의해 개량되고 선별되었음에도 선택에서 도외시되고 있다. 토종들이 겪어온 진화적인 물질 과정은 생태적·사회적 필요를 충족시켜[5] 줌에도 자본의 방해로 선택할 수 없다.

'배추'와 의미상 대조적인 시어로 '농약'이 있다. '농약'은 물질 문

---

5) 앞의 책, p. 103.

명의 발달로 점점 강도가 더해진다. 자본주의 사회에서는 '배추벌레'를 죽여서 '배추'의 상품가치를 높여야만 생산자가 생존 가능하다. 농부는 치열한 경쟁 사회에서 살아남기 위해서 배추벌레를 배려할 수 없다. 농부는 배추벌레를 생명체로 보지 않고 벌레 먹은 배추만 본다. 농약은 점점 강해지고, 그 농약에 적응력이 뛰어난 벌레만이 더 강한 포식자로 살아남는다.

생태시에서 '농약'은 인간의 물질 문명이 이루어낸 위험물로 등장하면서 자연물에 복구 불가능한 가해 행위를 한다. 자본주의에서 이익 추구는 자연을 착취하는 구조를 지닐 뿐만 아니라 더 많은 인간을 소외시키기 위한 장치이다. 현대 사회는 점점 더 구조화되고 복잡한 형태로 자연을 착취하고 이용한다. 따라서 이런 현실에 대한 비판을 드러내기 위해서 부정적 시어를 많이 사용하고, 가치 있는 생태 환경을 표현하기 위해서는 긍정적 시어를 사용한다.

이 작품에서는 계절감이 드러나는 시어가 자주 등장한다. '가을', '여름내', '늦가을'을 통해서 배추의 성장과정을 상상하게 한다. 학습자들은 시어 하나를 통해 다양한 '생태학적 상상력'을 펼친다. 이 단어들을 통해 우리는 사계절을 상상하고, 배추와 배추벌레의 생명력을 생각하고, 추운 겨울이 됐을 때의 생명 소멸에까지 인식이 미친다. 겨울이 되면 배추와 배추벌레는 죽음을 맞이하는 것이 아니라 쉼을 통해 생명 활동의 준비 작업을 진행한다.

사계절의 순환은 시작과 끝이 없다. 시작과 끝은 인간에 의해 정해진 주기이고 자연법칙에서 시작과 끝을 정할 수 없다. 그러나 인간 세상에서 통용되는 직선의 시간 개념에서는 시작과 끝을 통해 시간을 구획해야 한다. 자연 법칙은 시작과 끝이 없는 자연의 원리에 따라 순환하는 시간만이 존재한다. 배추의 생은 생존 기간이 길지 않지만, 그 종이 지닌 생명의 연속성에 의해 순환 원리를 보여준다. 배추 또한 생명체가 살아갈 수 있는 순환 그물 안에 포함된 대상이다.

배추와 배추벌레는 서로 의지한 채 살아간다. 그런데 자만감으로 가득 찬 인간은 자신이 어떤 생명체보다도 혼자서 살아갈 수 없음을 인식하지 못한다. 다른 생명체는 자신의 영양분을 스스로 합성할 수 있는 능력이 있다. 인간은 유일하게 스스로 영양분을 합성하지 못하고, 외부로부터 섭취해야 한다. 인간은 배추의 영양분을 섭취해야만 존재 가능하다. 따라서 배추가 존재하기 때문에 인간이 살아갈 수 있다.

이 작품은 전체적으로 시각적인 이미지로 연상된다. 학습자는 '배추 포기'의 풍성함과 '배추벌레'의 연약함을 연상하면서 시각적 이미지를 느낀다. '배추의 풀물'에서 푸른 빛깔은 배추와 배추벌레, 배추와 인간의 관계를 아름답게 보여준다. 배추의 푸름이 우리들의 미래 생태 세계를 희망적으로 표현하고 있다. 배추벌레가 배추를 먹는 모습 또한 생명력의 활기를 느낄 수 있는 부분이다.

인간의 행위를 구체적으로 드러내는 '키우려니', '묶어 주며 보니'는 배추에 대한 배려와 애정을 보여준다. 시적 화자는 자신의 물질적 욕망의 대상물로 '배추'를 바라보지 않는다. 함께 존재하고 살아가는 생명체로서 '배추'를 바라보고 그것의 생명 활동을 도와주려는 행위를 한다. 이런 구체적인 인간의 행위가 앞으로 지속되어야 할 생태 환경을 만들 수 있다.

인간의 정서를 드러내는 것으로는 '하도 자라지 않아', '헛일일 것 같더니', '기쁠 것 같아'를 볼 수 있다. 이런 정서는 시적 화자가 '배추'에게 기대를 가지고 있기 때문에 생긴 것이다. 기대를 통해 '배추'는 관심과 애정을 받았고 그것을 영양분으로 배추포기를 채울 수 있다. 그 관심과 애정은 '배추벌레'에게 전이됨으로써 '생태 환경에 대한 인식'을 확장시킨다.

「배추의 마음」에서는 배추와 배추벌레에 대한 시인의 애정이 드러난다. 시적 화자는 대상물에 대한 애정을 따뜻하게 전달한다. 시인은 독자의 깨달음을 유도하기 위해서 '어떡하지?', '뭐가 다를까?'의 의문문을 사용하고 있다. 시적 화자는 '배추'와 '배추벌레'의 생명 활동의 변화에 따라서 정서가 변한다. 그런데, 자연의 원리는 인간의 걱정과 무관하게 순환 법칙을 통해 서로 공존의 삶을 살아간다. 이 때, 시적 화자는 깨달음을 얻고 배추의 마음과 닮은 사람이 된다.

생태시에서는 특별하게 생태 시인들이 부정적 의미로 사용하는 시어들이 있다. 그것은 흔히 인위적 대상물로 드러난다. 자연물이 부드럽고 변화무쌍한 속성을 지닌다면, 인위적 대상물은 강하고 변하지 않는 속성을 지닌다. 부드러운 것은 다른 생명체에게 상처를 입히지 않는다. 배추나 배추벌레의 연약함은 다른 생명체에게 상처를 입히지 않고 공존함으로써 다른 생명체를 살리는 역할을 한다.

2) 구조적인 고찰

생태학적 사고로 '인간'은 "생명 안에서 물질의 본질과 인간의 본성이 자기성을 드러내는 그러한 인간, 이러한 인간을 생태적 인간의 출발점"[6]이라고 본다. 인간을 구성하는 물질적 본질로서의 육체와 인간의 사유 능력은 동일하게 중요하다. 그런데, 현대 사회에서는 인간의 두 가지 측면을 모두 도외시하는 현상이 지속되고 있다. 우리는 육체와 이성적 측면의 능력을 공유하는 인간을 추구해야 한다.

---

6) 이준모, 앞의 책, p. 14.

문학 작품에서도 마찬가지로 작품의 내용을 드러내기 위한 장치로
서 형식적 측면에 대한 고찰이 필요하다.

　인간들은 자신의 노동력을 줄이기 위해 기계를 생산했다. 그런데,
자본가는 인간 대신 기계를 이용함으로써 인간의 노동력의 가치를
축소한다. 인간은 자신의 노동력을 평가 절하 당하면서 소외감을 느
낀다. 자본가들은 인간을 인간 자체로 간주하지 않음으로써 이익을
얻는다. 자본으로부터 소외된 인간들은 기계와 같이 반복된 삶을 살
면서 삶의 가치를 찾지 못한다.

　이런 인간에 대한 소외는 자연을 소외시키면서 시작한다. 자본주
의는 자연을 대상으로 이익을 추구하다가 점점 인간을 대상으로 이
익을 추구하는 사회 구조로 변화시킨다. 사회 구조의 변화로 인한
구조적 소외는 사회 발달이라는 미명하에 점점 확고하고 세밀한 형
태로 자리한다. 생태시는 이상적인 생태 환경이 드러나는 삶의 공간
을 그려내면서 문제에 대한 해결 방안을 제시한다. 나희덕의 작품에
서도 이상적인 생태 환경을 보여주기 위해서 구조적 체계를 세우고
있다.

　다음은 개정 교육 과정 8학년의 작품 수준과 범위이다. 8학년에서
는 언어 표현이 뛰어난 작품, 우리 고유의 정서나 언어 표현이 드러
나는 작품을 요구한다. 표현에 대한 성취기준은 생태시의 형식적 구
조를 통해 아름다움을 발견해야 한다. 8학년에서는 생태시에 나타나
는 미적 가치를 형식적 요소에서 찾도록 교수 ‒ 학습하고자 한다.

<8학년> - 문학 -

<작품의 수준과 범위>

- 언어 표현이 뛰어나고 주제 의식이 분명한 작품
- 사회·문화적 상황이 잘 드러나는 작품
- 우리 고유의 정서나 언어 표현이 드러나는 작품
- 문화와 전통의 차이가 드러나는 여러 작품
- 인간 삶에 대한 성찰이 잘 드러나는 작품

성취 기준	내용 요소의 예
(1) 문학 작품의 아름다움과 가치를 파악한다.	·작품에 표현된 형식적 구조의 아름다움 파악하기 ·작품에 표현된 내용의 아름다움 파악하기 ·작품에 표현된 아름다움과 가치 인식하기
(2) 다양한 시각과 방법으로 문학 작품을 해석하고 평가한다.	·독자의 지식, 경험, 가치관에 따라 작품 해석이 다를 수 있음을 이해하기 ·독자의 인식 수준이나 관심에 따라 작품 감상이 달라짐을 이해하기 ·근거를 들어서 작품 해석하기
(3) 문학 작품의 세계가 누구의 눈을 통해 전달되는지 파악한다.	·시적 화자나 소설의 서술자 특성 이해하기 ·반어(아이러니)와 풍자의 특성 이해하기 ·화자나 서술자의 특성과 주제의 연관성 이해하기
(4) 문학 작품에 나오는 인물의 행동을 사회·문화적 상황과 관련지어 파악한다.	·인물의 행동, 사고 방식 이해하기 ·인물의 행동과 사회·문화적 상황 관련짓기 ·작품과 사회·문화적 상황의 관계 파악하기
(5) 자신이 상상한 세계를 문학 작품으로 표현한다.	·익숙한 대상을 주의 깊게 관찰하여 새로운 점 발견하기 ·가상의 인물을 설정하여 인물의 삶 상상하기

	·문학의 갈래를 선택하여 상상한 세계를 작품으로 표현하기

　개정 교육 과정에서 8학년의 성취 기준은 "문학 작품의 아름다움과 가치를 파악한다"이다. 이 때 내용 요소는 "형식적 구조의 아름다움을 파악"하도록 제시한다. 문학 작품에서 형식적 요소는 작품의 아름다움과 가치를 파악하는 기본적인 요소로 주제 형상화에 기여한다. 「배추의 마음」에서는 대조와 의인법, 대화체 등의 표현 기법을 사용함으로써 생태시의 특성을 드러낸다.

(1) 대조법

　대조의 기법은 대등한 자격을 가진 대상물을 둘 이상 놓고 그것의 차이점을 파악함으로써 드러난다. 생태시에서 시인은 긍정적으로 파악하는 대상과 부정적으로 파악하는 대상 간의 차이를 드러낸다. 다음의 작품에서 대조는 작가의 개성을 드러낼 뿐만 아니라 주제를 드러내는 데 중요한 역할을 한다.

　생태시가 아닌 현대시에서도 대조법이 다양하게 사용된다. 특히 「배추의 마음」은 농약을 뿌려서 농사를 짓는 방법과 농약 없이 농사를 짓는 방법이 대조적으로 드러난다. 농약을 뿌리는 것이 현대 농업의 특징을 단적으로 보여준다면 농약을 뿌리지 않는 것은 과거 농업의 특징을 보여준다. 농약을 사용하는 농업 방식은 1970년대 산업 사회로 진입하면서 지속되고 있으며 농약을 사용하지 않는 그 이전의 모습과 대조적이다.

　농업 방식의 변경은 사회 구조 자체의 변화를 통해 이루어졌다. 과학 기술의 발전과 더불어 발생한 자본주의 사회 구조는 자본의 이익 창출을 우선시한다. 따라서 모든 농업 방식은 생산량 증가를 위해 선택된다. 이런 구조에서 농약은 선택이 아닌 필수 사항이 된다. 농사에 필요한 농약의 양은 점점 증가하면서 식물뿐만 아니라 토양과 수질까지 오염시키고 있다. 결국 인간은 농약의 위해를 직접적이면서 최종적으로 입어야만 하는 존재가 되었다.

<브룬란트 보고서>는 토착 원주민들이 과거에 사용했던 농업 방식이 얼마나 중요한지를 알린다. 과거의 생존 방식은 그들이 자연 상태를 얼마나 잘 아는지 그리고 거기에 얼마나 잘 적응하느냐에 달려 있었다. 따라서 그들은 자연 상태를 알기 위해 엄청나게 방대한 전통적 지식과 경험을 축적했다.7) 그런데 우리들은 그런 토착 원주민들의 지식과 경험을 인정하지 않음으로써 농약에 대한 위기 상황에 처해 있다.

시적 화자는 농약으로 인한 위기 의식을 느끼며 "농약 없이 키우려"는 마음을 갖고 있다. 농약의 위해함은 배추벌레에게만 존재하는 것이 아니기 때문이다. 그것이 가족들이 먹어야 할 식탁 위로 올라올 것임을 알기 때문에 채소의 양적 증식에 가치를 두지 않는다. 오히려 배추벌레와 함께 나눌 수 있는 삶을 통해 과거 인간들의 삶을 되새겨 보게 한다.

이와 같이 작품 안에서는 두 시어의 대조적 의미를 통해서 생태시의 특징 중에서 환경 오염에 대한 위기 의식을 드러낸다. 교사는 학

---

7) 1987년 세계환경개발위원회(World Commission on Environment and Development)가 작성해서 발표한 보고서로 <세계 환경 보고서>로 알려졌다. 이것은 토착 원주민의 생태적 인식의 가치를 현재 진행중인 자연 환경의 위기를 해결하기 위한 전 지구적 노력들 가운데 하나로 분명하게 언급했다. David Suzuki · Peter Knudtson, 김병순 옮김, 『생명은 끝이 없는 길을 간다』, 모티브북, 2008, pp. 58~59.

습자들이 대조적 시어를 찾게 하고 그에 대한 의미를 파악하여 발표하는 활동을 계획한다. 교사는 학습자들의 농산물에 대한 불신을 이용하여 동기를 유발한다. 학습자들의 삶과 밀접한 내용을 통해서 대조의 기법을 인식하게 한다.

시인은 생태 환경이 파괴되기 이전과 이후의 내용을 효과적으로 드러내기 위한 방법으로 대조법을 사용하고 있다. 생태시에서는 생태 환경의 파괴와 그 위기의식을 드러내는 것을 목적으로 하므로 대조의 방법이 효과적이다. 먹을거리에 대한 불신은 점점 깊어지고 있다. 이런 시기에 교육에서 농산물에 대한 바른 인식을 심어줘야 미래에 믿을 수 있는 사회를 만들 수 있다. 이를 위해서 유기체와 인간의 관계 회복을 통해 과거 농경 사회의 지혜로운 농법에 대한 이해가 필요하다.

(2) 의인법

생태시에서 자연은 인간과 동등한 자격을 가진 존재이다. 과학 기술과 인간 존중 사상은 자연을 이익 추구의 도구로 인식했다. 그런데 생태시에서는 인간도 자연의 일부분으로 파악함으로써 자연에 대한 새로운 인식을 추구한다. 이것은 과거 애니미즘과 공통점을 갖는다. 조상들은 인간을 포함한 모든 동·식·광물에 이르기까지 내재적인 의식을 인정했다. 그들은 의식을 가진 존재를 존중하면서 겸손한 삶을 살았다. 생태 시인은 이와 같은 인식을 바탕으로 자연물을 인격화시키고 인격체와 동등한 자격을 부여한다.

시인은 '배추의 마음'을 인식함으로써 자연물을 인격화한다. 배추는 배추벌레를 배려하고 또 인간을 배려할 수 있는 존재이다. 배추가 더위를 이겨내면서 스스로 속을 채우는 것이 자신만을 위한 행위가 아니기 때문이다. 그것은 배추가 스스로 배추벌레의 먹이가 되고, 또, 인간들의 중요한 부식으로서 기능을 다하기 위해서이다. 배추는 대상과 일방적인 관계를 맺고 있지 않다. 배추를 키우고 있는 토양과 대기, 햇빛, 수많은 유기체들과 연관을 맺고 있다.

지구 생명의 역사는 생명체와 그 환경의 상호작용의 역사이다[8] 이것은 지구의 역사를 인간 중심으로 기술했던 인간들에게 새로운 시각을 갖게 한다. 인간이 살아갈 수 있는 것은 환경을 구성하고 있는 다양한 요소 때문이다. 오히려 내가 다른 생명체의 존재를 잊고 누리고만 있을 때 지구 생명체들은 지속적으로 인간에게 대화를 시도한다. 인간은 생태시에 드러나는 시적 화자의 목소리를 통해서 비로소 새로운 시각을 갖는다.

시적 화자의 깨달음은 '배추'의 행위를 지켜보면서 이루어진다. 지구 탄생 이래 지구상에 사는 생명체가 만들어지는 데에는 수억 년이 걸렸다. 내가 지금 '배추'의 풍요로움을 맛볼 수 있는 것은 그만큼의 시간이 존재했기 때문이다. 그런데 나는 자연의 어머니로부터 들려오는 목소리를 듣지 못했음을 깨닫는다.

시적 화자의 목소리는 독자들의 인식 전환을 요구한다. 독자들은 이 작품을 통해 '나'가 바로 이 세상에 존재하는 인간임을 직감한다. 우리들은 '자연'의 어머니에게서 태어나고도 제대로 인식하지 못한다. 그러나 시적 화자는 우리들에게 깨달음의 계기를 마련한다.

배추는 '마음'을 베푸는 존재로 인간들에게 배추의 풀물을 나눠 준다. 배추의 풀물을 나눠 받은 인간은 배추벌레가 배추 포기 안에서 나오지 못할까봐 걱정한다. 학습자는 작품을 읽으면서 시적 화자

---

8) Rachel Carson, 앞의 책, p. 36.

가 무엇 때문에 배추벌레에 대해 걱정하는지 공감한다. 특히 아직
순수함을 잃지 않은 학습자들은 더 쉽게 느낀다. 교사는 그 이후에
가치 변화에 대한 교육적 처치를 중요하게 고려해야 한다.

　학습자들은 시적 화자와 배추의 마음을 공감하고 왜 배추와 배추
벌레에 대한 배려가 필요한지 인식한다. 특히 인간이라는 존재가 지
금까지 어떤 행위를 해 왔고, 그 행위로 인해 어떤 결과를 맞고 있는
지 이해한다. 그 이후에 배추와 배추벌레가 지구상의 유기체를 대표
하는 대상임을 깨닫고 지구상의 유기체와 공존하는 삶에 대해 생각
한다.

　교사는 유기체에 대한 생명 의식을 바탕으로 하여 어떤 삶을 살아
가야 하는지를 제시할 필요가 있을 것이다. 이에 대한 문제는 문학
과 실천이라는 측면에서 의미가 있다. 생태시 교육에서는 구조적 고
찰과 생태적 의미를 규명해 낸 후 감상문이나 비평문 쓰기 활동을
통해서 학습자들의 삶과 연결시키는 작업이 필요하다. 학습자들의
내면화 과정을 통해서 생태 사회를 지향해야 하기 때문이다.

(3) 대화체

　생태시는 특히 독자와 시인과의 의사소통을 소중하게 생각한다.
시인은 현대 문명의 위기 의식을 드러내고 그것을 독자에게 효과적
으로 제시할 수 있는 방법을 사용하고자 한다. 시인은 대화체 문장
을 선택함으로써 독자의 관심과 호응을 끌어내고자 한다. 대화체 문
장은 시적 화자의 목소리를 표면에 등장시켜 청자와의 거리를 좁힌
다. 결국 시인과 독자의 거리가 좁아짐으로써 호소력 있는 작품이
된다.

　우리 선조들은 윤리적 차원에서 지구의 생명체를 존중하는 전통

을 가지고 있었다.9) 만물에 혼이 있다고 믿음으로써 자연물과 의사 소통을 지속했다. 문학 작품은 자연물과 대화를 통해 의사 소통하는 인간의 삶을 구체적으로 보여준다. 생태시에서는 작품 안에 대화체 문장을 사용함으로써 학습자들을 생태시 안에 끌어들이는 기능을 한다. 대화체를 통한 문제 제기가 학습자들에게 고민하는 기회를 제공한다.

「배추의 마음」에 나타난 공간적 배경은 배추밭이다. 배추밭은 배추의 삶의 터전이면서 배추가 자랄 수 있는 다양한 유기물이 함께 공존하는 공간이다. 시적 화자는 대상과의 대화를 시도하기 위해서 자연을 느낄 수 있는 공간을 설정하고 그곳에서 느끼는 인간의 정서와 대상물들이 교감을 나누도록 한다. 아파트나 시장이 아닌 '배추밭'이기 때문에 배추나 배추 벌레와 대화할 수 있는 여유가 생긴다.

시적 화자는 대화를 시도하는데, 특히 작품에서는 옆줄(-) 기호로 의사 표현을 분명히 하고 있다. "나는 너희로 하여 기쁠 것 같아. - 잘 자라 기쁠 것 같아"는 시적 화자가 씨앗을 땅에 심어놓고 반복한 말이다. 여기에서 시적 화자는 대상과의 대화를 시도함으로써 우리 민족의 전통적 애니미즘 사상을 확인시킨다.

이 세상의 모든 식물은 '열매'를 통해 '씨앗'을 보존하고10) 자신의 개체수를 증식시키고자 한다. 배추도 씨앗으로 땅의 풍부한 유기물을 흡수하며 풍성한 결실을 맺고 싶어 했을 것이다. 그런데 토지가 씨앗이 뿌리를 내릴 수 없는 오염된 곳은 아니었는지 의문이다. 배추는 씨앗으로 뿌리를 내릴 수 없는 상황에서도 삶을 포기하지 않음

---

9) Yvonne Baskin, 이한음 옮김, 『아름다운 생명의 그물』, 돌베개, 2006, p. 22.
10) Charles B. Heiser, 장동현 옮김, 『문명의 씨앗, 음식의 역사』, 가람기획, 2004, p. 46.

으로써 다른 생명체를 살릴 터전을 마련했을지 모른다.

시인은 또한 늦가을 배추 포기를 묶어주며 소망의 시간을 보냈다. 그리고 지난 계절을 떠올리면서 자신이 반복적으로 애정을 표현했던 시간들이 헛되지 않았음을 느낀다. 그 안타까움은 배추벌레까지 연민의 감정으로 포용한다. 시적 화자는 "-혹시 배추벌레 한 마리 이 속에 갇혀 나오지 못하면 어떡하지?"라고 배추에게 물어보고 자신의 마음을 정리한다.

시인은 연 구분 없이 배추와의 대화 형식을 작품의 중심에 배치했다. 이것은 배추와 시적 화자의 대화를 중심으로 둘 사이의 관계[11]를 드러내는 장치이다. 이 둘의 관계는 시적 화자와 배추의 대화를 통해 알 수 있다. 시적 화자는 자신이 걱정하는 배추벌레를 화제로 삼을 정도로 배추와 친밀하다. 배추도 자신을 먹는 배추벌레임을 알면서도 배추벌레를 함께 걱정하고 이야기 나눌 수 있다. 이와 같이 대화 소재를 공유할 수 있는 정서적 거리는 매우 가깝다.

'시간'은 추상적 단위이다. 인간은 추상적 단위의 시간을 통일해 편리한 삶을 추구한다. 손으로 농사를 짓던 과거와 우주 여행을 실현시키는 현대에 시간의 가치는 매우 다르다. 현대의 '시간'은 바로 '돈'과 직결되고 시간을 잘 관리해야만 성공할 수 있다. 지금의 시간은 자연의 생리와 동떨어져 있다. 과거에 인간은 자연의 일부분으로 자연의 섭리에 맞춰 밤이면 잠들고 낮이면 열심히 노동을 했다. 「배추의 마음」에서 시간은 자연의 섭리를 따르는 시간으로 설정되어 있다.

---

11) 생태학적 위기의 근원을 ①기술의 발달, ②공해의 증가, ③인간의 본성 및 인간과 자연의 관계에 관한 전통적인(하지만 잘못된) 생각이 결합되어 작용하는 데 있다고 주장한다. Gregory Bateson, 앞의 책, p. 732.

시간적 배경은 봄, 여름, 가을이다. 대화체의 내용에 봄부터 가을까지의 시간 개념이 포함되어 있다. 대화 시간은 그만큼 오랜 기간 동안 이루어졌다. 이 작품에는 우리 민족의 고유한 정서를 바탕으로 하는 생명학이 포함되어 있다. 모든 생명체들은 의식의 상태를 소중하게 간직하고 태어났다.12) 따라서 인간이 배추와 대화를 나눌 수 있는 것은 배추나 배추벌레가 의식 상태를 간직하기 때문이다. 시인은 배추와 교감을 나누면서 소통할 수 있는 존재로 현대 사회에서 타인과의 의사소통 단절로 인한 소외를 극복하는 장면을 보여준다.

과거에 자연을 이해하기 위해 시간을 보냈듯이 현대 사회의 인간 또한 자연을 이해할 수 있는 여유를 가져야만 한다. 우리 인간은 누군가와 대화를 나눌 때 타인의 말을 들으면서 자신의 행동을 되돌아본다. 타인을 마주하면서 자신의 본질을 되찾듯, 배추나 배추벌레와의 대화를 통해서 자신의 본질을 찾는다.

'시간'은 자연의 일부분이다. 생명체가 살아가는 이치가 '생리'이다. 그런데 인간들은 시간을 꽃피워내고 있는 자연을 도외시함으로써 '자연'을 '소비'하고 있다. '소비'의 전제는 '생산'이다. 그런데 인간은 '자연'을 생산할 수 있는 능력이 없다. 그렇다면 자연이 스스로를 생산해 낼 때까지 기다리는 자세라도 필요하다. 기다림의 노력조차 하지 않으면서 자연을 이용하려 하기 때문에 문제가 발생한다. 결국 생태계 파괴 현상으로 인간이 스스로를 위험에 처하게 한다.

시적 화자는 배추와 대화를 나눌 수 있을 만큼의 거리를 유지하고 있다.13) 그 거리는 배추 벌레를 볼 수 있는 거리이며 배추를 동여맬

---

12) 말레이시아 취옹족은 모든 나무는 루와이(의식의 상태)를 지닌 덕분에 말을 할 수 있었고 서로 대화를 함으로써 생각을 교환할 수 있다고 본다. David Suzuki. Peter Knudtson, 앞의 책, pp. 271~272.

13) 시인은 사물을 보고 느낄 때 유용성이나 과학적 논리로 파악하는 것이 아니라 순수

수 있는 거리이다. 이 거리는 인간이 배추나 배추 벌레와 접촉할 수 있을 만큼 가깝다. 이와 같은 물리적 거리를 바탕으로 하여 정서적 거리도 매우 가깝게 유지하고 있다. 그렇기 때문에 대화가 가능하고 배추의 풀물이 사람 소매에 옮을 수 있다.

위의 내용을 통해 학습자들은 생태시에서 특징적인 표현 방법을 찾는다. 생태시도 다른 현대시와 마찬가지로 시의 구성 요건과 표현 기법을 모두 사용한다. 그러면서도 생태시의 특성은 위와 같은 표현 방법들이 자주 사용되고 있다. 이와 같은 표현 기법상 특징은 생태시의 주제적 측면과 결부시켜 교수 - 학습할 수 있다.

3) 생태적 의미 고찰

개정 교육 과정 중 '교수 - 학습 자료'에 관한 항목에는 교수 - 학습 자료의 선택에 관한 내용이 언급되어 있다. 그 내용은 "학습자의 심리적·문화적 요구에 부합되는 관련 텍스트를 효과적으로 활용하여 문학 활동의 폭을 넓히고 이해의 심도를 깊게 하도록"[14]한다. 이 요구에 부응하기 위해서 교사는 교실 수업에서 다양한 자료를 함께 사용할 수 있다.

그런데 실제 수업에서 교사들은 부족한 시수 때문에 다른 자료를 첨부하기가 어렵다. 교과서에 대한 부담감은 다른 자료를 사용하기

한 상태에서 미적으로 지각하고 미적으로 표현한다. 미적으로 자각하고 표현하고자 하는 경우, 그 대상과 어느 정도의 거리를 유지해야 할 것인가, 멀리서 볼 것인가, 가까이서 볼 것인가, 마음으로 볼 것인가, 전부를 볼 것인가, 이러한 거리의 문제는 결국 그 대상에 대한 내 감정의 개입을 어느 정도 할 것인가와도 관계가 있다. 이처럼 실용적이고 일상적인 관심을 벗어난 시인의 사물에 대한 태도를 미적 태도(aesthetic attitude)라 한다. 홍문표, 『시창작 강의』, 양문각, 1997, p. 223.
14) 박경신 외, 『문학(하) 교사용 지도서』, 앞의 책, p. 19.

보다는 앞서 배웠던 자료를 확인시키는 정도에 머무르게 한다. 하지만 상호 텍스트 활용 방법은 고등학교 문학 교수 - 학습 내용 중 교수 - 학습 자료와 평가 문항을 고려할 때 더욱 절실하게 필요하다.

중학교 교육 과정에서부터 다양한 교수 - 학습 자료를 사용하여 폭넓게 학습한다면 학습자들이 다양한 문학적 능력을 향상시킬 수 있다. 이 방법은 작품의 수용 과정에서 개인적인 경험, 배경지식, 작품 상호간의 공통점·차이점을 찾아내는 방식의 수업으로 실현가능하다. 교사는 전 학년과의 연계성을 바탕으로 한 수업을 설계해야 한다.

학습자 중심의 생태시 교육을 위해서는 다양한 학습자의 반응을 적극적으로 수용해야 한다. 학습자들 모두가 이상 독자의 수준에 도달하기는 어렵다. 설사 학습자들의 수준이 교사가 바라는 이상 독자의 수준에 미치지 못한다 하더라도 학습자들의 다양한 의미를 개방적 자세로 수용해야만 한다. 그래야만 학습자들은 적극적인 자세로 학습에 참여할 수 있을 것이다. 다만, 학습자들의 적극적인 참여에도 불구하고 학습 목표와 어긋나는 부분에 대해서는 교사의 적절한 지도가 필요하다.

학습자들은 자신이 작품을 읽으면서 느끼거나 알게 된 모든 것을 표현해야 한다. 학습자들은 자신의 배경지식이 정확한지 몰라 자신감을 잃을 수 있다. 또, 정확한 배경지식을 알고 있어도 그것을 활용하거나 표현하는 방법을 모른다. 교사는 배경지식의 활용을 위한 다양한 방법을 제시해 주고 예를 보임으로써 길잡이 역할을 한다. 교사는 학습자들이 각자 자신의 개성을 살려 소통할 수 있는 환경을 조성해야 하기 때문이다.

학습자들은 더욱 자신의 반응을 견고하고 섬세하게 다듬도록 노력한다. 반응을 기록물로 표현하는 활동은 적극적인 표현 방법이다. 학습자는 정확한 표현을 위해서 사회·문화적 상황을 고려한 배경 지식을 활용해야 한다. 때로는 범교과적 학습 내용을 통한 수업도 필요하다. 생태시에는 다양한 삶의 현실이 부각되므로 현실을 이해 하기 위해서 작품이 형성된 배경을 파악해야 하기 때문이다.

교사는 다양한 배경지식을 학습자에게 충분히 제공함으로써 그들의 결손을 방지하고 심화 학습을 유도해야 한다. 사회나 음악·미술·과학·윤리 영역에서 배운 내용을 바탕으로 하여 사회·문화적 배경 지식을 끌어 올 수 있다. 교사는 학습자의 배경지식과 시인의 창작 동기를 연결시키는 활동을 통해 자연스럽게 생태시에 대한 이해를 지도한다.

개정 교육 과정에서도 사회·문화적 배경 지식의 중요성을 언급한다. 작품의 수준과 범위를 통해 사회·문화적 상황이 드러나는 작품을 선정하도록 한다. 그리고 작품 안에 포함되어 있는 사회·문화적 상황과 작가의 창작동기와 의도를 파악하도록 했다. 이를 바탕으로 할 때, 문학 작품에 대한 다양한 해석이 가능할 것이다.

<9학년> - 문학 -
<작품의 수준과 범위>

| - 다양한 해석의 가능성이 열려 있는 작품 |
| - 인물의 내면세계나 내적 갈등이 드러나는 작품 |
| - 사회·문화적 상황이 잘 드러나는 작품 |
| - 인간 삶에 대한 성찰이 잘 드러나는 여러 작품 |
| - 작품 해석의 근거가 분명하게 드러나 있는 비평문 |

성취 기준	내용 요소의 예
(1) 한국 문학의 대표적인 고	·고전 작품 읽기의 가치와 중요성 이해하기

전 작품을 찾아 읽고, 그 가치와 중요성을 이해한다.	·고전 작품에 대한 자신의 견해 정리하기 ·고전 작품에 대한 의미 있는 경험 표현하기
(2) 문학 작품에 나타난 사회·문화적 상황과 관련지어 창작 동기와 의도를 파악한다.	·작품이 사회·문화적 상황의 산물임을 이해하기 ·작가의 창작 동기와 의도 추론하기 ·작품의 창작 의도와 사회·문화적 상황 관련짓기
(3) 문학 작품에 대한 다양한 해석을 비교한다.	·해석에 관여하는 요소 이해하기 ·해석의 관점과 근거 비교하기 ·해석의 근거와 타당성 평가하기
(4) 문학 작품 해석의 근거에 유의하여 비평문을 읽는다.	·작품 해석이 다양함을 이해하기 ·전체와 근거가 있음을 이해하기 ·해석의 근거와 타당성 평가하기
(5) 일상의 가치 있는 체험을 문학 작품으로 표현한다.	·일상에서 가치 있는 체험을 발견하기 ·문학적으로 가치 있는 체험에 공감하고 내면화하기 ·공감하고 내면화한 내용을 문학 작품으로 형상화하기

생태시를 이해하고 감상하기 위해서는 다양한 사회·문화적 배경 지식을 활용해야 한다. 생태시는 현대 사회에 파괴되어 가는 생태 환경을 드러내기 때문이다. 생태 환경에 대한 위기의식은 시인의 상상력과 더불어 생태시로 형상화된다. 생태시를 해석할 때, 작가의 의도를 고려하기 위해서는 생태 환경에 대한 배경지식 없이는 불가능하다.

생태시를 해석하는 과정은 생태 비평과 연관된다. 생태 비평은 다양한 해석의 근거와 학습자 나름대로의 관점을 중요하게 다룬다. 생태시를 분석하는 과정에서 해석의 타당성을 평가하기 위해서 배경 지식이 제시되어야 할 것이다. 학습자가 생태시를 이해하기 위해서는 생태계 문제부터 시작해서 인간 사회의 윤리적인 측면에 대한 고려가 필요하다. 이것은 과학과 사회·윤리 과목과 상관관계가 있다.

그런데 요즘 학습자들은 개인주의적·이기주의적 사고방식에 물들어 있다. 게다가 문학 작품에 대한 관심도 부족하다. 학습자들은 문학 작품을 통해 이상을 꿈꾸지 않는다. 하지만 학습자들의 그런 속성에도 불구하고 교사는 학습자들에게 생태시 교육을 해야만 한다. 생태시 교육 과정에서 자신의 삶을 되돌아보고 자신의 삶에 가치 지향을 추구하다 보면 '생태 환경에 대한 인식'이 필요함을 깨달을 것이다.

우리는 현대 사회의 역사적·문화적 사건들 사이에서 살아가고 있다. 그런 삶 속에서 나와 타인의 관계를 이해하고 정리하기 위해서는 사회에 대한 이해가 필수적이다. 따라서 다음의 배경지식은 단순히 시 교육의 측면이 아니라 모든 교과와 관련된 내용으로 확대하여 범교과적 학습을 이룰 수 있다.

(1) 생태 환경의 악화

인간을 '취사동물'[15]이라고 부르는 인류학자의 주장은 인류가 취사를 통해 공동체 문화를 형성했기 때문이다. 공동체를 형성하면서 인류는 생존을 위한 음식물을 공급받기 쉬웠을 뿐만 아니라 가족 구성원들을 서로 보살펴주고 챙길 수 있었다. 음식은 단순한 식량의 차원을 넘어서서 인류에게 애정을 공급하는 수단이다. 여성은 가족을 위해 음식을 조리하는 역할을 담당하면서 애정을 바탕으로 하는 가정을 만들었다. 그러나 현대는 음식을 조리하면서 느꼈던 행복감

---

15) Peter Menzel & Faith D'Aluisio, 김승진·홍은택 옮김, 『Hungry Planet』, 월북, 2008, p. 93.

대신 식재료에 대한 불신으로 위기 의식을 느낀다.

인간은 근대 과학과 기술의 발달로 인해 자기 영혼의 고향을 잃어버리고 삶은 황폐해지고, 부패하고, 폭력적인 절망에 빠져들고 있다.16) 현대인은 타인들로부터 자신의 시간을 침범당하지 않는 사적 공간을 즐기지만 시적 화자는 고독을 느낀다. 단절된 공간에서 느끼는 소외감은 현대 사회의 모든 인간들이 공감하는 것이다. 생태시에서는 이와 같이 개인주의와 이기주의가 물질만능주의와 결합하면서 발생하는 문제의식을 드러낸다.

「배추의 마음」에서는 농약에 의한 토양 오염이 문제된다. 토지는 인류의 생존과 세대를 재생산하는 데 필수 조건으로서 영구적으로 보존해야 할 대상이다.17) 그런데, 우리는 보존 대상이 아닌 이용 대상으로 인식하고 있다. 그럼으로써 생명체의 죽음을 목격하고 인간 자신의 생존에도 위기를 느낀다. 그런데 이 작품에서는 위기의식이 강하게 드러나지 않는다. 다만 "농약 없이"라는 시어를 통해서 시인이 지향하는 세계를 보여준다.

열역학적 관점에서 본다면, 농약을 사용해서 에너지를 생산하고 소비하면 그만큼의 에너지는 재생산되지 않는다고 한다. 엔트로피 증대법칙은 에너지의 총량은 같더라도 이용가능한 에너지가 이용불가능한 에너지로 열화된다는 것을 설명하는 이론이다.18) 이 이론에 따른다면 인간은 다양한 생명체가 생명활동을 통해 생산해 내는 엔

---

16) 김지하, 『생명학 1』, 앞의 책, p. 81.
17) John Bellamy Foster, 추선영 옮김, 『생태계의 파괴자 자본주의』, 책갈피, 2007, p. 128.
18) 열역학법칙은 제1법칙으로 에너지 보존법칙, 제2법칙으로 엔트로피 증대법칙이다. 나카무라 오사무 지음, 전운성 옮김, 『경제학은 왜 자연의 무한함을 전제로 했는가』, 아카데미, 2000, p. 75.

트로피를 지속적으로 사용하여 이용 불가능한 에너지로 변화시킨다. 따라서 생태계의 다양한 생명 순환 활동은 사라지고 생산된 에너지는 사용되어 소멸한다.

이런 인간 활동으로 인해 토양 오염은 한층 심각한 수준에 미치고 있다. 인간은 화학 비료를 사용하여 식물의 영양분을 공급함으로써 자연의 순환 법칙을 무시한다. 늦은 가을에만 먹을 수 있었던 김장용 배추는 연중 공급된다. 여름에도 생산되는 고랭지 배추는 석유 연료를 연소해가면서 각지로 배달된다. 그렇게 배달된 배추는 '배추 벌레' 없이 깨끗해 보이지만 화학 비료와 농약에 절어 있는 상태이다.

레이첼 카슨은 『침묵의 봄』에서 살충제와 농약·화학물질 살포로 인한 오염에 대해 경고한다.[19] 사람들은 생명체를 돌연변이로 변화시키는 유독물질을 사용하면서 그 위험성을 별로 의식하지 않는다. 그런데 이런 유독 물질 사용은 내성을 가진 더 많은 병충을 생성해 낸다. 농부들은 농작물의 병충해를 막기 위해 더 많은 화학물질을 사용해야 한다. 이와 같은 악순환은 인간과 자연이 공존할 수 있는 삶의 터전을 죽음의 장소로 변화시킨다.

운반시 사용된 연료는 더 많은 이산화탄소를 배출함으로써 대기 오염을 발생시킨다.[20] 대기가 오염되면 유해 물질이 다시 토양으로 내려와 토양에서 자라는 식물에도 악영향을 미칠 것이다. 다행히 지구는 아직까지도 자연의 순환 법칙을 잘 이행하고 있다. 이산화탄소는 또 다른 식물의 광합성 작용에 사용됨으로써 지구상의 생물 환경에 균형을 이루고 있다.

---

19) Rachel Carson, 앞의 책, 2002.
20) Larry Gonick · Alice Outwater, 이희재 옮김,『세상에서 가장 재미있는 지구환경』, 궁리, 2008. '소는 석유를 먹고 자란다'를 참고. pp. 165~171.

인간은 식량을 생산해 내기 위해서 화석 에너지인 석유를 사용한다. 고가인 석유를 사용하면서 최대한의 이익을 산출하고자 집약적 생산을 하고, 그 과정에서 농약을 쓰지 않을 수 없다. 대량 생산을 통해 농약은 생산물에 집적됨으로써 '독'을 생산해 낸다. 인간 이외의 유기체가 생성해 낸 독은 자신의 생명에 위협을 느끼거나 생명의 존속을 위해서 반드시 필요한 경우만 사용한다. 아무나 독을 가지지도 않으며 독을 가졌다고 해도 아무 때나 사용하지 않는다. 그런데 인간이 만들어낸 독은 아무 곳에서 누구에게든지 아무 때나 생명을 위협한다.

농약에 절여진 '배추'는 인간의 식탁에 올라 아이들에게까지 독성을 과시한다. 이미 오염된 농약은 어떤 조리 과정에 의해서도 사라지지 않는다. 언제까지나 '아이들'의 생명을 위협하면서 존재한다. 현재의 세상은 자본주의 논리에 의해서 자본의 창출만이 의미 있다. 그러나 생태계가 언제까지 생태계의 법칙을 이행해 줄지 의문이다. 인간들이 미처 준비하지 못한 상태에서 생태계가 순환의 고리를 놓아 버린다면 어떤 해결책이 남아 있을지 알 수 없다.

생물학적 측면에서 인간의 건강을 생각할 경우, 대량의 수입식품은 건강을 위협하는 커다란 요인이다. 특히 우리나라는 수입 곡물에 대한 의존도가 높다. 수입 식품은 수확 후 장기간(수개월에서 수년) 보관되며 수송에도 많은 시간이 걸린다. 때문에 해충이나 곰팡이로 인한 보관·수송 과정의 품질 저하를 막기 위해 수확 후 대책(P.H.A : Post Harvest Application)이 강구된다.

구체적으로 저온 창고 보관이나 방사선 처리를 통한 발아 방지 등이지만 현재 일반적으로 널리 쓰이는 방법은 농약에 의한 P.H.A이다. 이는 포스트 하베스트(Post Harvest) 농약이라 불린다.[21] 재배

시 사용되는 농약은 태양광선 등의 영향으로 대부분 분해된다. 하지만 이 저장용으로 사용되는 농약은 분해되지 않는 것을 사용함으로써 그 위험도가 높다고 한다.

그러나 시적 화자는 아직까지 지구의 생명 현상에 긍정적인 입장을 취하고 있다. 시적 화자가 배추나 배추벌레와 함께했던 소통의 장이 학습자에게도 열릴 가능성이 있기 때문이다. 시인은 학습자와 공감대를 형성함으로써 학습자의 인식 변화를 기대한다. 학습자들의 인식 변화가 지속가능한 생태 환경을 유지하는 최선의 방법이 될 것이다.

(2) 생명 사상의 의미

인간은 사회적 동물이다. 인간은 사회를 구성하고 그 안에서 자신을 실현시키는 존재이다. 사회의 구성원으로서 자신을 인정받지 못할 때 인간 소외 현상이 일어난다. 인간은 독립적 존재로서 주체적인 삶을 욕망하면서도 자신이 집단으로부터 소속되어 있기를 갈망한다. 이런 욕구는 인간의 이성으로부터 말미암은 것이다. 이성을 갖지 않은 동물에게서는 사회적 실현 욕구를 찾을 수 없다.

인간의 본질을 이해하기 위해서 '이성'은 가장 중요하다. 이성을 가진 인간은 사회적 존재로서 자신의 삶을 반성적으로 사고한다. 그리고 타자를 통해 자신을 발견한다. 타자는 인간뿐만 아니라 자연을 포함한다. 과거에 자연을 관찰하고 이해함으로써 생존을 연장했듯이 현대에도 자연에 대한 올바른 이해가 필요하다. 과학기술이 발전

---

21) 포스트 하베스트 농약은 곡물에 직접 뿌리기 때문에 잔류성이 더욱 높다. 고농도의 농약이 남아 있는 농산물은 상품이란 형태만 띠고 있을 뿐, 질적으로 보면 농산물 본래의 사용가치인 '생명의 양식'과는 거리가 멀다. 나카무라 오사무, 앞의 책 참고.

된 현대에도 자연은 인간에게 가장 중요한 타자로서 깨달음을 주는 존재이다.

「배추의 마음」에서 시적 화자는 '배추'의 생명에 대한 애정뿐만 아니라 '배추벌레'에 대한 생명 사상을 보여준다. 배추를 농약 없이 키우는 것은 인간을 위한 행위지만 배추벌레를 위한 것이기도 하다. 농약이 없다는 사실은 배추벌레 아닌 다른 유기체가 살아갈 수 있는 터전을 만들게 한다. 이것은 시적 화자의 모든 유기체에 대한 생명 애를 보여준다.

생명은 이미 삶과 함께 죽음까지도 그 안에 품고 있는 것이어서 한 개체가 죽어도 전체 생명은 결코 죽지 않는다.[22] 작품에서 배추 는 자신의 생명을 배추벌레에게 나눠 준다. 그리고 배추벌레 또한 배추를 모두 먹어치우는 것이 아니라 배추 포기 안에서 자신의 생명 을 이어갈 만큼 먹는다. 이런 공존의 행위를 통해 지구상의 생명체 는 지속성을 갖는다.

지구상에서 인간을 제외한 모든 생명체의 소멸은 다른 생명체의 삶으로 지속된다. 먹이사슬에 의한 지구 생명체의 순환은 인간의 과 학 기술의 발전 이전부터 지속되어 왔다. 그렇기 때문에 인류도 생 존 가능했던 것이다. 배추와 배추벌레, 그리고 인간은 타자에 대한 배려를 통해 생명애를 보여준다. 다른 유기체를 '살리는' 행위는 '생 명 사상'을 의도한다. 여기에 김지하의 '생명 사상'을 배경지식으로 사용할 수 있다.[23]

---

22) 김지하, 『생명학 1』, 앞의 책, p. 62.

23) 김지하는 생명은 실체가 아니라 생성이라고 한다. 그것은 한 순간도 머무르지 않고 모든 것과의 모든 관계 속에서 변화한다. 따라서 인간은 스스로 성실하게 적극적으 로 그 생성 변화하는 생명을 제 몸에 모시고 살면서 그 삶 속에서의 삶의 이치를 산 채로 깨우쳐 산 채로 실천하는 것이 생명 인식과 실천의 길이라고 한다. 앞의

자본주의에서는 모든 것을 상품으로 제작한다. 가사 노동을 줄이고 편리하게 조리할 수 있는 음식 재료는 포장된 채 소비자에게 공급된다. 가공된 형태의 편리한 식재료가 주부들의 손으로 배달된다. 그런데 상품의 안전성은 상품화가 진행될수록 보장되지 않는다. 포장이 정교화된 제품일수록 자본을 투자한 만큼 이익을 추구하기 때문이다. 자본주의 사회 논리로 대량생산된 제품은 오랫동안 신선함을 유지해야만 한다. 그러기 위해서 화학 약품 처리만큼 경제적인 기술이 없다. 가공된 상품은 오랫동안 상품가치를 확보하기 위해서 방부제 처리를 하기 때문에 안전성을 신뢰할 수 없다.

이 작품에서는 시간에 대한 인식이 중요하게 드러난다. 계절감으로 드러나는 시간은 인간이 정해 놓은 시간 개념이 아니다. 이것은 자연의 규칙에 의해 순환되는 시간이다. 인간을 포함한 모든 지구상의 생명체는 시기를 느낀다. 시기는 자연 속에서 모든 생명체가 본능적으로 안다. 인간은 해와 달의 움직임, 바람의 세기, 별의 움직임을 통한 계절감을 인지한다. 계절감을 느끼면서 그 계절마다 생성하고 변하는 생명체에 대한 아름다움과 소중함을 직관적으로 표현한다.

작품에서 배추는 처음에 인간의 소망을 외면한 채 자라지 않았다. 성장에 필요한 시간을 확보하기 위해서였다. 그러나 가을이 되어 스스로 속을 채우기 시작했다. 그리고 배추벌레가 배추 속을 아무리 파먹어도 속을 채우는 행위를 멈추지 않는다. 인간 또한 배추의 모습을 닮아 배추를 보살피는 행위를 한다. 배추와 배추벌레는 적절한 시기를 알고 그에 따라 행동한다. 시적 화자도 배추와 배추벌레의 생명 현상에 관심을 갖고 소중하게 바라보면서 유기체에 대한 생명

책, pp. 65~71.

애를 표현한다.

　이와 같은 유기체에 대한 생명애는 사회 구성원으로서 살아가는 인간에게 가장 기본적인 애정이다. 인간은 생명체로서의 자신을 바라보고, 어떤 생명체보다도 자신의 존재가 소중함을 인식한다. 이것은 콘크리트 벽에 갇힌 채 생활하는 인간들에게 에너지의 근원이 된다. 어떤 장소에 가든지 어떤 고난을 당해도 다른 생명체에 대한 소중함을 인식한 인간은 자신의 삶을 포기하지 않을 것이다.

　배추의 마음을 닮은 인간은 타인의 삶을 긍정적으로 인정한다. 타인의 삶을 자기 마음대로 바꾸려고 하지 않는다. 다만 타인의 삶을 바라보고 기다려 줌으로써 타인과의 관계를 지속하고자 한다. 타인에게 힘이 되어 주고 따뜻함을 전해주는 존재로 남고자 한다. 이와 같은 관계 형성은 미래 생태 사회를 만드는 원동력이다.

4) 주제 의식

　생태시는 내용과 형식의 조화를 통해 형상화된다. 생태시에 대한 정확한 인식을 위해서는 작품의 내용뿐만 아니라 구조적인 분석도 요구된다. 구조적인 분석은 한 작품 안에서도 가능하며 다른 작품이나 다른 장르와도 이해 가능하다. 문학 작품을 해석하기 위해서 우리는 신비평 이론·수용이론을 주로 사용한다. 신비평 이론은 작품 하나하나를 세밀하게 분석하게 한다. 형식적 요소와 내용적 요소에 대한 깊이 있는 이해만이 작품에 대한 분석 능력을 키워주고 요소 하나하나가 텍스트 안에서 어떻게 기능하는지 분석할 수 있다.

　수용이론은 작가의 권위를 수용자에게 돌려 놓았다. 따라서 독자는 다양한 배경지식과 경험을 바탕으로 하여 독자 자신의 텍스트를 읽는다. 텍스트는 독자가 어떻게 수용하느냐에 따라 다른 의미를 창출해 내는데, 특히 교육에서는 학습자의 요구에 부응하는 텍스트를 선정해야만 주체적이고 능동적인 학습자로서의 목표에 도달할 수 있다. 수용자인 학습자의 중요성이 부각되면서 학습자의 독창적인 해석과 감상 능력이 존중되고 있다.

교수 – 학습 목표 도달을 위한 학습자의 독해 과정에 대한 인식도 변했다. 독해 과정에 대한 인지심리학은 문학 교육의 학습 방법에 대한 새로운 시각을 갖게 한다. 학습자들은 자기주도적 학습 방법을 선택해 스스로 문학 작품을 읽어 나간다. 이 때, 작품 이해에 대한 여러 가지 전략을 수립해야 하는데 교사는 전략 수립의 조력자로서 학습자의 학습이 효율적으로 이루어지도록 돕는다.

그런데 교실 수업에서 수용 이론을 무조건적으로 인정할 수만은 없다. 학습자는 이상 독자로서의 자격을 갖추고 있지 않기 때문이다. 다만, 교사는 이상 독자를 교육의 대상자로 설정해야 한다. 학습자는 정규 학교 교육을 받은 주체로 상식적인 수준의 정보를 받아들일 수 있어야 한다. 전 학년에서 습득한 배경지식을 상기하여 다양한 해석 작업을 해야 한다.

학습자 개인은 전략의 수립과 실행에 있어 다른 학습자들[24]과 정보를 공유할 수 있다. 이 때 개인 학습자들은 작품에 대한 배경지식을 상기하여 작품을 읽고 나름대로의 반응을 정리한다. 반응에 대해 표현하고 그 반응을 다른 학습자들과 토의함으로써 정보를 공유해

---

24) '해석적 공동체'라는 개념 상정인데, 이들은 (관습적 의미에서) 독서가 아니라 텍스트를 쓰고, 그 속성들을 구성하고 그들의 의도를 부여하기 위한 해석의 전략들을 공유하는 사람들로 구성된다. 이러한 전략들은 독서 행위 이전부터 존재하는 것이다. 이것은 각 공동체의 전략이 요구하는 대로 텍스트를 해독하게 되기 때문이다. 권혁준, 『문학이론과 시교육』, 박이정, 1997, pp. 164~206 참고.

야 하는데, 개인 학습자들은 자신의 반응을 좀더 정교하게 표현할 필요가 있다. 그리고 학습 과정에서 다양한 활동을 통해 자신의 삶과 조응해 봄으로써 내면화에 도달할 수 있을 것이다.

작가는 하나의 대상을 바라보고 어떤 생각과 감정을 독자에게 전달하고자 한다. 작가는 생각과 감정을 언어로 표현하여 작품으로 형상화하는데 작품 안에서 효과적인 전달을 위해 다양한 장치를 창조해 낸다. 앞에서 살펴본 바와 같이 기초적이고 구조적인 고찰과 사회·문화적 배경 지식을 바탕으로 한 과정은 생태시에서 주제를 파악하기 위한 과정이다. 이런 과정을 통해 학습자들은 체계적인 주제 찾기 과정을 학습한다.

현대시는 현대인들의 복잡하고 개성적인 삶의 단편들을 형상화하고 있다. 특히 생태시는 생태 환경이 파괴된 현장을 보여주고 그에 대한 문제 해결 방향을 제시한다. 또는 바람직한 생태 환경을 보여줌으로써 독자들이 생태 사회를 꿈꾸도록 한다. 「배추의 마음」에서 시인은 바람직한 생태 환경을 보여줌으로써 학습자들이 이상적인 미래를 설계하도록 한다.

개정 교육 과정에서도 문학 작품에 나타난 작가의 인생관을 파악하도록 제시한다. 작가의 인생관이 바로 주제와 연결되면서 주제의 개성과 취미를 드러낸다. 작가는 자신이 의미있게 바라보는 대상이나 사건을 다양한 표현 방법으로 표현한다. 특히 자신의 체험과 관련된 대상이나 사건을 소개하여 독자와의 공감대를 넓히고자 한다.

<10학년> - 문학 -

<작품의 수준과 범위>

- 다양한 해석의 가능성이 열려 있는 작품
- 인물의 내면세계나 내적 갈등이 드러나는 작품
- 작가의 개성이 잘 드러나는 작품
- 비평적 안목이 뛰어나거나 문학사적 가치가 높은 비평문

성취 기준	내용 요소의 예
(1) 문학이 인간의 삶에 미치는 긍정적인 의미와 효과를 발견한다.	·문학의 효용에 대해 이해하기 ·작품 읽기로 인해 나타나는 긍정적 효과에 대해 토론하기 ·작품을 읽고 자신의 삶에 어떤 변화가 있었는지 말하기
(2) 문학 작품에 드러난 작가의 개성을 이해한다.	·작가의 성격, 취미, 인생관 등이 드러난 부분 찾기 ·작가의 개성을 자신의 체험에 비추어 이해하기 ·여러 작가의 작품을 읽고 성격, 취미, 인생관 등을 비교하기
(3) 인간의 보편적인 삶의 조건에 비추어 문학 작품을 이해한다.	·인간의 문제 상황에 대한 문학적 해결 방안 이해하기 ·문학을 통한 자신의 삶과 주위 세계 성찰하기 ·문학 작품의 의의를 인간의 삶의 문제 속에서 파악하기
(4) 문학 작품에 대한 비평적 안목을 갖춘다.	·비평은 작품에 대한 주체적인 판단임을 이해하기 ·작품에 대한 판단의 근거 마련하기 ·적절한 근거를 제시하면서 비평문 쓰기
(5) 수용과 전승 과정에 유의하여 한국 문학의 전통을 이해한다.	·문학적 전통의 개념과 의미 파악하기 ·과거의 문학적 전통과 오늘날의 문학적 전통 비교하기 ·문학사적 전통을 계승하고 있는 다양한 작품 감상하기

10학년의 교육 과정에서는 문학 작품에 드러난 작가의 개성을 이해하도록 한다. 작가의 개성은 다양한 방법으로 표현된다. 특히 나희덕의 작품에서는 여성적 어조의 따뜻함이 배어 있다. 나희덕은 소재의 다양성과 개성적인 시적 화자의 목소리를 통해 작품 안의 상황과 대상물들에 대해 이야기한다. 이야기 안에는 시간·공간 개념 안에 존재하는 다양한 대상물들이 표현된다.

시적 화자는 그 대상물들에 대해 이야기하면서 대상물에 대한 태도25)를 드러낸다. 시적 화자의 태도는 시의 어조와 밀접한 관련을 갖고 있으면서 대상에 대한 시인의 시각을 특별하고 개성적으로 드러낸다. 시적 화자는 청자에 대한 '어조'를 달리 하거나 '미적 거리'를 조정하는 형태로 자신의 개성을 드러낸다.

흔히 '어조'는 시적 화자가 청자에 대해서 갖는 어떤 태도적 측면을 지니는 것으로 이해할 수 있다. 이것은 청자에 대한 화자의 자세를 반영한 것으로 청자의 사회적 수준, 지성, 감성에 대한 화자의 의식을 의미한다. 화자는 청자를 고려하여 자신의 의도를 효과적으로 전달하기 위한 '어조'를 취한다.

'어조'를 드러내는 요소들로는 '객관적 상관물', '미적 거리'를 고려

---

25) 시인은 사물을 보고 느낄 때 유용성이나 과학적 논리로 파악하는 것이 아니라 순수한 상태에서 미적으로 지각하고 미적으로 표현한다. 미적으로 자각하고 표현하고자 하는 경우, 그 대상과 어느 정도의 거리를 유지해야 할 것인가, 멀리서 볼 것인가, 가까이서 볼 것인가, 마음으로 볼 것인가, 전부를 볼 것인가, 이러한 거리의 문제는 결국 그 대상에 대한 내 감정의 개입을 어느 정도 할 것인가와도 관계가 있다. 이처럼 실용적이고 일상적인 관심을 벗어난 시인의 사물에 대한 태도를 미적 태도(aesthetic attitude)라 한다. 홍문표, 『시창작강의』, 양문각, 1997. p. 223. 시작품에서 '태도'는 정의적 영역을 드러낸 것으로 작품에서 드러나는 느낌과 관련을 가진다. '느낌'이란 말하고자 하는 대상이나 시적 화자가 처해 있는 상황과 관련된다. 이 감정은 인생에 대한 우리의 심리적, 정서적 반응일체를 포함한다. 이것은 정서, 의지, 욕망, 쾌감과 불쾌감을 포괄하는 용어로 규정할 수 있다.

276 한국 현대 생태시 교육

할 수 있다. '객관적 상관물'은 정서와 상황을 구체적 형식으로 표현한다. 시인은 어떤 정서나 감정을 그대로 생경하게 나타내는 것이 아니라 그에 상응하는 이미지나 장면들을 찾아내어 표현해야 한다. 따라서 시인은 상황이나 구체적 대상물, 정서를 객관적 상관물로 드러낸다. 객관적 상관물은 주제 의식을 표현하는 데 가장 구체적인 장치로 기능한다.

「배추의 마음」에서 시인은 배추를 키운 자신의 체험을 통해 공동체적 의식을 표현한다. 시인은 배추를 키우면서 농약을 치지 않았고 배추 속에 살고 있는 배추벌레에게도 애정을 가지고 있다. 따라서 배추와 배추벌레에 대한 생명을 소중하게 생각하고, 그들이 건강하게 살아가는 모습에서 뿌듯함과 기쁨을 느낀다. 학습자들은 시인의 인생관을 작품을 통해 알게 되고 공감함으로써 새로운 삶에 대한 인식에 도달할 것이다.

(1) 관계론적 인식

생태학은 유기체와 그 환경과의 관계를 연구하는 학문이다.26) 앞으로 인류가 미래에 생존할 수 있는 방법은 유기체와 환경의 관계를 어떻게 잘 이해하느냐에 달려 있다. 유기체가 살아가는 환경은 대지, 대양, 대기로 살펴볼 수 있으며 그 안에 살고 있는 모든 유기체는 공존한다. 우리가 무해하다고 방류한 극히 소량의 방사성 요오드, 인, 세슘, 스트론튬은 어류와 조류의 조직에서 더욱 농축된 상태로 발견된다.27) 최종 포식자로서 인간의 몸 안에 농축된 요소는 더 이

---

26) Manuel C. Molles, Jr, ECOLOGY, MeGraw – Hill Companies, United States of America, 1999, p. 2. 이 책에서는 생명체와 관계에 대한 인식으로 온도와 물과 에너지와 자양분의 관계에 대해 설명하고 있다.
27) 장남기 외, 앞의 책, pp. 241~242.

상 무해 요소가 될 수 없다.

'배추'에 누적된 유해 요소는 곧바로 인간의 몸에 더 많은 양으로 축적된다. 배추에 뿌리는 농약으로 인해 생산자는 다소간의 이익을 얻을 수 있지만 인류 전체의 생존에 관련해서는 손해가 막심하다. 배추와 더불어 오염된 환경은 더 이상 신선한 먹을거리를 인간에게 제공할 수 없기 때문이다.

인간이 '배추'를 기르는 것은 자본을 축적하기 위해서이다. 시적 화자가 바라보는 심미과정[28]으로서의 배추는 자본주의 사회의 질서에 어긋난다. 자본주의 사회에서는 이익을 추구하기 위해서 생명체를 의식하지 않는다. 다만 상품 가치를 확보함으로써 이득을 취하는 것만 의식한다. 시적 화자는 자본주의 사회와 반대 가치를 추구하는데 자본주의 논리 대신 생태계의 순환 원리를 따른다.

'배추'는 자신의 의지와는 상관없는 삶을 선택받았는지 모른다. 그는 자연 환경의 파괴로 인해 삶의 터전을 빼앗기고 제대로 크지 못했다. 시적 화자가 농약 없이 정성껏 키운 보람으로 조금씩 성장할 수 있었다. 배추도 낙엽과 같이 뒹굴다가 사라지는 너무나 작고 하찮은 존재이다. '나뭇잎'이나 '쇠똥구리'가 존재감 없이 사라지는 것처럼 배추뿐만 아니라 인간도 '똑같이 흩어'지는 존재다.[29] 그런데 아무리 하찮은 존재라도 시적 화자가 의미 부여를 함으로써 새로운 가치를 갖는다.

---

28) 심미과정이란, 심미주체의 심미대상에 대한 지각, 연상, 판단의 실현이며 거기에서 얻게 되는 미감향수의 심리과정을 말한다. 전국권, 『시 창작론』, 한국학술정보(주), 2005, p. 197.
29) 러브록과 마굴리스의 견해에 따르면 대기권(기체), 수권(물), 지권(고체)으로 이루어진 무생물계는 생물계가 다스린다. 생태계는 생물계와 지구를 이루는 모든 원소들의 상호작용이라고 한다. Larry Gonick · Alice Outwater, 앞의 책, p. 23.

시적 화자는 '믿음'을 갖고 있다. '생명'에 대한 그의 믿음은 성장을 거부하는 배추와 지속적인 대화를 시도하게 했다. 배추가 죽지 않았음에 희망을 걸고 여름내 말을 걸어 배추에게 힘을 실어 주었다. 「배추의 마음」에서 시인은 배추와 자신의 관계를 인식함으로써 자본의 이익보다는 유기체와의 관계에 가치를 둔다.

지구의 탄생은 인간의 지능으로 만들어낸 논리로 설명 가능한 대상이 아니다. 지구의 생명 시스템은 현대 과학의 발전에도 불구하고 더 이상 설명이 불가능하다. 우리는 지구가 형성된 시간을 약 10억 년 전으로 추정하고 있다. 그 시간 동안 생물은 분자 구조의 단순한 합으로부터 시작해서 원시 분자 집합체로, 그것이 다시 고등 분자 집합체로, 원시 미생물로 결합되었을 것으로 추측할 뿐이다.[30]

이처럼 과학으로는 도저히 설명할 수 없는 자연의 신비로움을 통해 '배추벌레'가 탄생했다. 시적 화자는 자신과 배추벌레의 관계가 배추를 사이에 둔 경쟁 관계가 아님을 보여준다. 배추벌레는 배추를 "반 넘어 먹"고 있는 상황이다. 그런데도 시적 화자는 배추벌레를 따뜻한 시선으로 바라본다. 오히려 배추벌레를 걱정함으로써 배추와 함께 나누는 삶을 추구한다.

배추는 배추벌레를 품고 있다. 그러면서 자신의 역할을 묵묵히 수행한다. 배추벌레에게 자신의 살을 내 줄 뿐만 아니라 계속해서 더 "순결한 잎"으로 빈자리를 채운다. 배추는 무수한 생명체를 키우는 존재이다. 배추는 생명체들을 키워내기 위해서 자신의 삶을 희생하지 않으면 안 된다. 이런 희생은 그것 자체가 삶의 목표이며 희망이다.

우주의 순환 법칙에 의하면 그동안 수많은 생명체가 탄생하고 팽

---

30) James Lovelock, 앞의 책, pp. 57~85 참고.

창하고 사라져 가고 있다.[31] 이 과정에서 일 개체의 죽음과 탄생은 어떤 의미도 갖지 못한다. 다만 개체의 죽음을 통해 다른 개체수가 살아갈 수 있는 환경을 제공하고 그 환경을 바탕으로 또 다른 개체가 생명을 이어받아 지속될 뿐이다.

시적 화자는 배추의 마음을 통해 자연의 순환 원리를 인식한다. 그리고 배추가 했듯이 자신도 타인에게 생명을 주는 존재이기를 소망한다. 배추를 묶어주며 배추벌레를 죽이지 않는 방법을 선택한다. 이것은 자신이 사회 구성원으로 살아가면서 타인에 대한 배려로 전이될 것이다. 인간으로서 타인을 배려하고 자연의 순환 원리로 함께하는 삶을 선택하는 것이다. 따라서 생태 사회를 만드는 기본적인 행위로 만족감을 느낀다.

그는 소망을 드러내는 조용한 어투를 사용하고 있다. 그리고 자신이 가꾼 배추와 같은 삶을 꿈꾼다. 그는 다양한 생명체 안에 존재하는 숨소리를 듣고 있다. 그럼으로써 생명체의 삶이 자연 그대로 존중되기를 바라고 인간의 편리나 풍요로움을 지향하지 않고 자연의 법칙을 따른다. 다만 생명체가 자신의 생명력을 충분히 발산할 수 있는 사회이기를 기원한다.

시적 화자는 배추를 기르면서 배추벌레를 죽이지 않음으로써 하나의 생명체로 인식한다. 이것은 배추벌레조차도 우리의 삶에서 소외시키지 않는 행위이다.[32] 시적 화자는 인간과 자연의 상호 교감능력에 근거한 인식을 바탕으로 배추벌레에게 애정을 표현한다. 배추벌레의 '생명'도 누군가의 생명으로부터 받은 것이고 또 누군가의 생명을 되살리는 데 사용해야 한다. '나'는 그 '배추벌레' 앞에서 순수

---

31) Edward O. Wilson, 앞의 책, p. 13.
32) 구승회, 앞의 책, p. 45.

한 자연의 법칙을 따르는 삶을 살아가고자 한다.

시적 화자는 '배추벌레'를 연약한 존재로 인식하고 있다. 배추벌레는 인간의 기준과 잣대로는 인간의 이익에 피해를 주는 존재이다. 인간의 잣대는 지속적으로 자본의 논리에 종속된다. 시적 화자는 농약에 의한 오염과 부정한 먹을거리에 대해 불신을 갖고 있다. 배추벌레도 농약을 먹고 살아갈 수 없고, 인간과 배추벌레는 똑같은 먹을거리를 공유할 수밖에 없다. 인간이 배추벌레를 죽이기 위해 농약을 쓰면 배추벌레뿐만 아니라 인간의 생명에도 해가 된다.[33]

인간은 언어를 통해 축적된 지식으로 배추벌레를 죽이려 한다. 그런데 '벌레'는 본능적으로 자신이 살아가야 할 길을 알고 그 길에서 벗어나지 않는다. 반면 인간은 오만한 이성을 가지고 자신이 살아가야 할 길을 잊고 있다. '벌레'는 무욕의 주체로서 이익을 추구하지 않는다. 인간인 시적 화자는 '벌레'의 삶과 우리 선조들의 농사법을 통해 인식의 변화를 겪게 되고 깨달음을 통해 자신과 벌레의 관계에 대해 이야기한다. 인간과 벌레는 필요악의 관계가 아니기 때문이다.

인간들은 과학 기술의 발전을 통한 생활의 편리를 계속적으로 추구한다. 음식물을 손쉽게 구할 수 있게 되었으므로 더 이상 식량에 대한 걱정을 할 필요가 없어졌다. 다만 무엇을 먹을까를 고민하는 시대가 되었다. 그러나 지구 반대편에서는 우리와 같은 인간이 먹을 것이 없어서 죽어가고 있다. 지구에서는 인류 전체를 먹여 살릴 식량을 생산하면서도 인간들의 잘못된 욕망 때문에 식량부족으로 굶어 죽어가는 사람들이 있다.

---

33) 생물학적 해충 관리는 지속 가능한 관리와 관련한 한 사례이다. 생태적 지침들을 이용하여 해충수를 조절하기 위해 자연 천적을 생태계에 도입하는 것이다. Franz Alt, 손성현 옮김, 『생태주의자 예수』, 나무심는사람, 2003.

　시인은 세계의 상처를 인식하고 상처를 치유할 수 있는 방법으로
'사랑'과 '배려'를 노래한다. 인간과 배추의 관계, 인간과 배추벌레의
관계는 인간과 모든 생명체와의 관계이다. 인간은 사랑의 대상을 인
간으로 한계 짓고 있었다. 그런데 시인은 식물이나 벌레까지도 인간
과 관계 맺고 있는 생명체임을 노래한다. 따라서 '사랑'의 대상도 인
간으로부터 '만물'로 확대한다.

　인간의 역사는 뺏김과 빼앗음의 연속된 시간으로 이루어졌다. 인
간은 타자를 '노예'로 삼고 자아는 '주인'이 되기를 갈망했다. 그러나
그 결과 너와 나는 모두 상처를 간직해야만 한다. 타자를 노예로 만
들기 위해 자신 또한 자연의 순환 원리로부터 소외되었기 때문이
다.34) 시적 화자는 이런 상처의 치유 방법으로 '사랑'을 노래한다.
시적 화자가 노래하는 '사랑'은 배추나 배추벌레라는 자연물만을 한
정하지 않는다. 인간으로서 자신의 삶을 행복하게 해주는 주변의 모
든 인간들에게 사랑을 베푼다. 또 인간이 아닌 만물에 대한 사랑으
로 부드럽게 세계를 포용하고자 한다.

(2) 우주 공동체적 의식

　생태학적 상상력을 통해 본다면 우주는 단순히 물질들의 결합을
통해 이루어진 것이 아님을 깨달을 수 있다. 생태학적 상상력은 "은
유와 상징을 통해 현대문명 속에서 잃어버린 자연, 영성과의 교감을
가능하게 해"35) 준다. 이것은 우리가 잃어버린 자연과 소통가능한
언어를 회생시킨다. 인간은 일방적인 행동을 반성하고 자연과의 의

---

34) 현재의 자연으로부터의 인간의 소외는 고전적인 희랍의 인본주의와 유태 기독교
　　문화로부터 비롯되었다고 말한다. Irene Diamond and Gloria Feman Orenstein,
　　앞의 책, p. 39.
35) 장정렬, 「생태시에 나타난 신화적 상상력」, 『신생 30호』, 2007. 봄, 전망, p. 158.

사소통 방법을 회복한다. 생태학적 상상력은 자연과의 소통을 확대
하여 우주 생성의 원리에 접근함으로써 생태계 생성의 내재적 원리
에까지 도달한다.

이러한 생태학적 상상력은 인간에게 자만심과 교만함을 버리라고
한다. 인간은 물질문명에 취해 소통을 포기했던 자연과 신뢰를 회복
하고자 한다. 시인은 과거 나무와 돌과 그 외의 자연물들에 신이 있
다고 믿고 신에 대해 감사하고 몸을 삼갔던 시대로 거슬러 올라간
다. 그리하여 우리가 잃어버렸던 영적인 능력을 되찾게 한다.

코모노는 생태학의 제1법칙에서 모든 것은 다른 모든 것과 연결
되어 있다고 한다. 이것은 서로 다른 생물 사이의, 또 개체군과 종과
개개의 생물들과 그들의 물리·화학적 환경 사이에는 상호작용의
그물이 존재한다는 것이다.[36] 인간이 살아가고 있는 것은 생명이 있
는 유기체만 연결된 것이 아니라 더 많은 무기물과도 연관을 맺고
있다. 35억년 동안 생성된 지구의 생명체는 무기물의 융합으로부터
빚어진 것이기 때문이다.

인간은 인간 존재에 대해 우월성을 확신하고 과거의 소통 방법을
의도적으로 잊었다. 그런데 타인을 향했던 '돌멩이'는 언제까지나 타
인만을 지향하지는 않고 자아를 지향한다.[37] 인간은 자연이라는 타

---

36) 제2법칙은 모든 것은 어딘가로 가야 한다. 제3법칙은 자연이 가장 잘 안다. 제4법
   칙은 공짜 점심이란 없다. 제2법칙은 물리학의 기본 법칙을 따라 자연에는 쓰레기
   라는 것이 없다. 우리가 필요 없다고 버리는 것은 단지 장소를 옮길 뿐이지 사라지
   는 것이 아니라는 것이다. 제3법칙은 자연계에서 인위적인 변화는 그 어떤 것이라
   도 자연계에 해롭다는 것이다. 제4법칙은 경제학에서와 같이 모든 이득은 어떤 대
   가를 지불하고 얻어진다는 것을 경고하고 있다. Commer Barry, 앞의 책, pp. 3
   5~49.
37) 이념은 자신을 쏟아 부어 물리화학적, 생물학적 자연을 만들고, 마침내 그 창조의
   정점에서 인간을 낳는다. 인간은 특이한 동물이어서 정신을 갖고 있다. 결국 자연
   속에서 다시 정신이 탄생하는 셈이다. 인간의 정신은 발전하여 마침내 사실은 자연

자를 지향한 파괴 행위가 인간 자아를 지향하고 있음을 깨달아야 한다. 깨달음은 문제 해결을 위해 우리가 의사 소통의 방법을 잃어버린 시점으로 안내한다. 잃어버렸던 과거의 삶의 방식으로부터 해결점을 찾아야 하기 때문이다.

「배추의 마음」에서 시적 화자의 의식이 '배추 벌레'를 지향함으로써 우주 공동체 의식을 형성한다. 시적 화자는 배추벌레 한 마리의 생명을 소중하게 생각함으로써 위에서 제시한 생태학의 제1법칙을 확인시킨다. 배추벌레 한 마리의 생명은 그것의 소멸로 끝나는 것이 아니라 벌레를 먹고 사는 새와 새를 통해 씨앗을 전파하는 다양한 식물이나 새를 먹고 사는 포식 동물, 그리고 새를 통해 바다의 유기물을 산으로 이동시켜야만 살 수 있는 인류에 이르기까지 그 생명 활동은 무한하게 전개된다.[38]

「배추의 마음」에서 시적 화자는 '이해'와 '믿음'으로 '사랑'을 실천한다. 그 이해의 내용은 타인에 대한 배려만이 아니다. 햇살·흙·물·배추의 관계에 대한 이해로부터 시작하여 인간과 우주의 형성에 대한 이해로 확장된다. 이런 폭넓은 이해를 바탕으로 해야만 우리가 지금까지 하찮게 여겼던 많은 대상에 대해 새로운 의미를 부여할 수 있기 때문이다. 시적 화자는 "들었나 보다"라는 조심스러운 어조를 통해 인간의 '사랑'을 기대한다.[39]

이 이념의 다른 모습이며, 이 모든 게 절대자가 자신을 인식하는 과정임을 깨닫는다. 이때 스스로 자연이 되었던 이념은 원래의 자기로 복귀한다. 이렇게 자신을 인식하려고 스스로 다른 게 되었다가 다시 자기한테 돌아오는 '정신의 오디세이', 이게 바로 우주의 역사다. 진중권, 『미학 오디세이』, 휴머니스트, 2008, p. 282.

38) 모든 생명체의 필수 요소인 '요오드'는 바다에서 생산되어 휘발되어 육지로 운반되거나 요오드 농축 역할을 하는 조류(algae)에 의해 다시 육지로 이동된다. James Lovelock, 앞의 책, p. 234.

39) 기대에는 계단성이 있다. 그것은 어떤 심리과정이 도래하기 전에만 존재한다. 일단 이 심리과정에만 들어가면 기대는 자연히 소실된다. 물론 이미 도래한 심리과정에

'사랑'은 인간들의 가장 소중한 감정 상태이다. 그런데 우리는 '사랑' 받는 것을 당연하게 생각하고 그것에 대해 고민하지 않는다. 태어나서 엄마나 아빠로부터 받는 '사랑'은 본능적이다. 그런 사랑을 타인에게 지속적으로 실행할 수 있을 때 비로소 '사랑'의 의미가 실현될 것이다. 시인은 '사랑'의 대상을 우주로 확대시킴으로써 인간들에게 깨달음을 촉구한다. 인간과 지구는 모두 우주의 일부분으로 살아가고 있음을 잊어서는 안 된다.

시인은 「배추의 마음」에서 우주 공동체 의식을 드러낸다. 배추와 배추벌레에 대한 애정과 관심은 모든 유기체에 대한 애정으로 확대되고 그것은 인간과 우주에 대한 새로운 인식으로 확장된다. 따라서 현대 사회에서 가장 필요한 것이 생명체에 대한 애정을 바탕으로 한 새로운 인식임을 드러낸다. 나 아닌 다른 유기체에 대한 '생태 환경에 대한 인식'을 통해 새로운 삶의 방식을 제안하고자 한다.

'우주 공동체적 삶을 지향'하는 작품들은 인간과 우주가 소통하던 시대의 교감을 회복하게 한다.[40] 인간은 현대 산업 사회에서 잃어버린 것을 찾아야 한다. 과거에 인간이 자연과 소통하고 우주에 대한 경외감을 가졌음을 떠올려야 한다. 우리는 자연물과의 교감을 통해 조화를 유지함으로써 현대 사회에서 발생한 다양한 문제를 해결할 수 있다.

인간이 자연을 대상화함으로써 가져온 결과는 인간의 생존 문제

서 또 새로운 기대가 탄생할 수 있다. 그러나 기대의 내용은 이미 있던 내용의 중복이 아닐 것이다. 전국권, 앞의 책, p. 208.

[40] 우주관은 일종의 신념체계다. 특히 목적론적 우주관은 우주 안의 모든 현상은 물론 우주의 존재 자체가 어떤 의미를 갖고 있다는 입장을 취한다. 첨단과학이 지배하는 현대에도 신화적인 시각은 유용하다. 오늘날에도 모든 동물이나 식물 그리고 생명 현상이 적어도 일상의 경험적 차원에서는 목적론적으로 쉽고 명료하게 설명된다. 박이문, 앞의 책, pp. 38~46.

에까지 영향을 미치고 있다. 인간은 자기의식을 통해 자연이 자기와 동일한 존재라는 것을 알게 되고, 그럼으로써 자연과 인간이 통일체라는 인식에까지 도달할 수 있다. 자연과 우주가 수많은 생명체를 낳고 길러내듯이 인간도 우주 공동체에 대한 새로운 인식으로 생명을 소중히 해야 한다. 수많은 유기체의 생명과 그 상호 작용에 대한 깨달음을 지녀야 한다.[41)]

2 상호 텍스트성 활용

국어 수업의 설계[42)]를 위해서 교수 - 학습에 대한 위계적 학습 내용을 정한 후 방법[43)]적 측면에 대한 고려가 필요하다. '교수 - 학습 방법'은 교수 - 학습 목표, 교수 - 학습 내용을 바탕으로 하여 설계해야 한다. 특히 교수 - 학습 방법이 구체적으로 목표를 실현시키기 위해서 효율적인 교수 - 학습 모형[44)]을 선정하여 수업을 구안

---

41) 생태학자들은 우주 속에서 질서를 찾는 것을 희망하였고, 자연의 균형과 자연의 경제에 관한 전통은 이러한 신의 섭리에 의한 혹은 자연적으로 발생한 질서를 바탕으로 예견되었다. 생태학자들이 겪는 어려움 중의 하나는 복잡한 자연 생태계의 흐트러짐 속에서 해석, 예상, 수량화 등을 적절하게 실현시킬 수 있는 구조적 규칙성이나 양상을 확인하는 것이다. Robert P. Mcintosh, 앞의 책, p. 494.
42) 국어 수업의 설계는 국어 교사가 국어과 교육 과정상의 학습 목표 달성을 위해 국어교육과 관련된 전문 지식과 경험, 교재를 바탕으로 학습자의 학습이 최단 시간 내에 가장 효과적으로 달성될 수 있도록 계획하는 창의적인 활동이다. 최지현 외, 앞의 책, p. 68.
43) '교수 - 학습 방법'은 교수 방법(또는 교수법)과 학습 방법(또는 학습법)을 포괄하는 개념으로, 최근에 수업 장면에서 교사와 학생 간의 상호작용(interaction)을 중시하는 경향을 반영하고 있다. 교수 - 학습 방법은 실제 수업 전개를 위해 교수자가 어떤 수업 모형이나 기법 등을 적용하여 구성한 구체적인 수업 계획을 가리킨다. 방법은 모형의 적용과 관련된다. 즉, 교수자에 의해 모형이 실제 적용되었거나 혹은 적용될 모형의 구체적인 계획이라고 할 수 있다. 위의 책, pp. 30~31 참고.

해야 한다. 이 때 교사 자신에 대한 분석, 학습자 분석, 교수 – 학습 환경과 매체를 고려하여 수업 모형을 적용해야 할 것이다.

교수 – 학습 방법은 교수 – 학습 목표 설정에서부터 목표 실현에 이르기까지의 모든 과정을 포함하는 개념이다. 교사는 학습 모형을 구안할 때, 실제 교실 현장에서 다양한 활동의 장면에서 취해지는 교수 – 학습 과정[45]을 포함한다. 특히 생태시 교육을 위해서 그동안 현대시 교육에서 사용하지 않던 방법을 시도할 수 있다. 생태시에 대한 배경지식을 바탕으로 한 상호텍스트성이나 토론 학습 방법이 그것이다.

교사는 특별한 생태시 교수 – 학습 방법을 구안하기 위해서 다양한 요건을 고려해야 한다. 교사 요인·학습자 요인·과제 요인 등을 고려하여 다양하고 변동적인 교실 환경에서 최적의 수업 모형을 찾아야 한다. 생태시 교육을 위한 수업 모형은 국어과 수업 모형[46] 중에서 구안하는 것이 적절하다. 학습자들의 적극적 활동을 통해 '생

---

44) 일반적으로 유형 또는 모형(model)은 어떤 현상이나 사물에 대하여 알기 쉽게 설명하기 위한 것으로 일정한 형태로 정형화해 놓은 것을 뜻한다. 예를 들어, 아파트 모형도라고 하면 아파트의 중요한 부분들을 축약해서 제시해 놓은 것을 말한다. 그런데 교수 – 학습 모형 또는 수업 모형에서 모형이라는 말은 일반적으로 이보다 제한적인 의미로 사용된다. 즉, 수업의 중요한 특징을 축약해 놓은 것이라기보다는 교수 학습 절차 또는 단계를 지칭하는 용어로 흔히 사용된다. 예를 들어, 문제 발견, 문제 탐구, 문제 해결, 일반화 등으로 제시하거나 계획, 진단, 지도, 평가 등으로 제시한 것을 교수 – 학습 모형 또는 수업 모형, 교수 모형 등으로 부른다. 이재승, 앞의 책, p. 60.

45) 문학 교육 과정의 일부분으로서의 교수 – 학습 과정으로 본다. 교육 과정에서 생태시 교육의 목표 체계가 이루어졌다는 가정하에 생태시 교육의 목표에 도달하기 위한 교사의 수업 설계와 수업 활동, 학습자의 학습 활동과 내면화까지 포함하는 개념으로 본다.

46) 국어과 수업 모형은 일반적인 수업 모형과 달리 국어 교육의 목표를 달성하는 데 최적화된 형태를 의미한다. 생태시 교육에서는 생태시의 특성을 고려하여 뒤의 세 가지 학습 모형을 수업에 적용하고자 했다.

태 환경에 대한 인식'을 형성하고, 그에 따른 문학 작품 감상 능력을
키우는 것이 목표이다.

교수 – 학습의 과정에서 중요하게 고려해야 할 요소 중 과제 요인
으로 생태시가 정해진다. 생태시 과제는 학습자들에게 미래를 살아
가기 위해 반드시 필요하다. 생태시는 현대 사회에서 파괴되어가는
생태 환경에 대한 문제를 해결하기 위한 방법을 제시해 준다. 따라
서 학습자들에게 생태시를 통한 '생태 환경에 대한 인식'의 필요성을
주지시켜야 할 것이다.

학습자는 생태시를 통해 문학 작품의 미적 가치와 태도를 형성해
야 한다. 교사는 생태시 교육의 필요성을 확신하고 수업 환경에 따
라 능동적으로 대처해야 한다. 학습자들이 생태시를 통해서 주제적
측면뿐만 아니라 형식적 측면에서의 아름다움과 감동을 찾도록 조
력해야 한다. 앞서 제시한 과제 측면과 교사 측면은 통제 가능한 요
소로서 생태시 교육에 활용 가능하다.

그런데, 학습자 측면은 예측과 통제가 불가능하다는 특성을 지닌
다. 학습자들은 즉흥적이며 교수 – 학습 목표에 가치를 두기보다는
교수 – 학습 방법의 흥미와 평가의 실질적 이익을 중요시한다. 따라
서 학습자들의 흥미를 얼마나 잘 유도해 내느냐 하는 것이 수업 목
표 도달에 기여할 것이다. 상황 측면 또한 학습자들의 흥미 유발과
반응에 따라서 다양하게 달라질 것이다.

생태시 교수 – 학습 방법을 실현시키기 위해서 수업 모형을 구안
해 보았다. 생태시 교육을 위해 가능한 수업 모형은 직접 읽기 사고
활동법,47) 반응 중심 학습법,48) 문제 해결 학습법49)이다. 이것은 생

---

47) '직접 읽기 사고 활동법'은 '직접 읽기 활동법(DRA)'을 변형·발전시킨 것이다. 직
접 읽기 사고 활동법은 교사의 구체적인 안내를 강조하는데 직접 읽기 활동법에

태시가 학습자들의 인식 변화를 학습 목표로 설정한 계획이다. 이외에도 교사의 판단 하에 다양하고 적절한 수업 모형이 학교 현장에서 사용될 수 있을 것이다. 교사는 상황에 따라 생태시에 대한 내용을 범교과 학습 활동으로 실행 가능하다. 본고에서는 예시 자료를 통해 생태시 교육 모델을 제안한다.

학습자가 작품을 읽는 행위를 문화적 맥락과 연관지어 볼 때 텍스트의 의미는 상호주관성뿐만 아니라 텍스트가 조건 지어지는 환경인 상호텍스트성에 의해서도 결정된다. 모든 텍스트는 다른 텍스트들과의 관계 속에서 쓰여진다.[50] 따라서 학습자가 읽는 작품은 다른 작품과의 연관성을 바탕으로 창작되었다. 학습자가 작품을 정확하게 이해하기 위해서는 상호텍스트성에 대한 이해가 필요하다.

학습자 자신이 읽은 작품과 다른 작품을 비교하며 읽는 것은 학습자들의 반응을 풍부하게 하고 또 문학적인 사유를 촉진시킬 수 있다. 이 단계에서 다른 텍스트와 관련지어 읽는 것은 두 작품의 연결뿐만 아니라 더 큰 범주로 확대할 수 있다. 이전 학습에서 읽은 작품

비해 학생 중심적이고 활동 중심적인 방법이다. 이 방법에서는 학생들의 예측 활동을 강조하면서 전반적으로 사고 활동을 강조한다. 우선, 글 읽기를 위한 준비 활동을 시작으로 예측하고 예측한 것이 맞는지를 생각하며 글을 읽고, 자신의 활동을 평가하도록 진행한다. 이 방법은 읽기 영역에서 주로 적용될 수 있으며, 기능이나 전략을 다룰 때 사용한다. 이재승, 앞의 책, p. 116.

48) 반응 중심 교수 – 학습법에서 중시하는 반응은 교사의 권위적인 학습 방법에서 탈피해 학습자의 사고와 감상을 중시하는 방법이다. 학습자들의 반응은 다양하므로, 교사는 그들의 반응을 적절히 조절하고 유지하며, 방향을 제시함으로써 학습 목표 도달로 이끌어내야 한다. 교사는 학습자들의 반응을 긍정적인 측면에서 받아들이고, 학습자들의 다양한 해석과 감상의 중요성에 대해 강조해야 한다. 최지현 외, 앞의 책, p. 286.

49) 문제 해결 학습 모형은 학습자가 스스로 학습 문제를 분석·이해하고 그 문제를 해결하기 위한 최선의 방법을 선택하여 문제를 해결하는 모형이다. 위의 책, p. 41. 참고.

50) 장도준, 『한국 현대시 교육론』, 국학자료원, 2003. p. 99.

과 관련시킬 수 있고, 나아가 동일 작가의 다른 작품 또는 그 작품의 주제, 인물, 문체 등에서 서로 관련지을 수 있는 작품과 비교하는 것도 가능하다. 이러한 과정에서 학생들은 텍스트에 대한 확산적인 통찰을 얻을 수 있을 것이다.[51]

생태시 한 편을 읽고 다른 생태시와 비교하며 읽는 것은 생태시에 대한 학습자의 반응을 풍부하게 한다. 생태시는 주제뿐만 아니라 배경의 역할, 시적 화자의 상황과 태도, 분위기 등에서 서로 관련지을 수 있다. 이런 활동을 통해서 학습자는 생태시의 특성을 파악하고, 생태시에 대하여 포괄적으로 인식한다. 학습자는 생태시가 드러내는 시인의 의도를 통합하여 '생태 환경에 대한 인식'에 도달할 수 있다.

독자가 시 작품을 읽으면서 작품의 표현 효과를 이해하고 평가하기 위해서는 다양한 방법을 이용한다. 시의 표현 효과에 대한 배경 지식은 초등학교 교수 - 학습 과정[52]에서 도달했다고 볼 때, 생태시의 특성을 이해하고 감상하기 위해서는 다양한 생태시 작품을 읽는 것이 필수적이다. 생태시는 다양한 이론과 철학적 배경을 바탕으로 하면서 다양한 표현 방법을 사용한다. 상호 텍스트성을 이용한 수업 방법은 다양한 텍스트를 제시하고 작품들 간의 표현상 공통점과 차이점을 파악하도록 한다.

이 때 교사는 역량을 충분히 발휘하는 수업 계획을 해야 한다. 상호 텍스트 활용을 위해서는 시 이외의 다양한 장르를 포함할 수 있

---

51) 최지현 외, 앞의 책, p. 294.
52) 초등학교 교육 과정 5학년에서 "문학 작품의 인상적이거나 재미있게 표현한 부분 찾기"의 활동으로 짧은 글짓기를 요구하고 있다. 6학년에서는 "자신이 좋아하는 문학 작품을 들고 그 이유를 설명한다"와 "문학 작품에 나타난 비유적 표현의 특성과 효과를 이해한다"는 내용이 구체화되어 있고, 독서 감상문을 돌려 읽거나 토론 활동을 하도록 제시했다. 교육과학기술부, 『초등학교 교육 과정 해설서』, 교육과학기술부, 2008, pp. 127~153.

다. 우리가 어떤 문학 텍스트에 대해 시, 소설, 희곡 등과 같이 장르 규정을 하는 것은 그것들에 대한 우리의 글읽기를 미리 계획하게 해 줌으로써 복잡성을 감소시켜 준다. 다양한 장르를 수용하여 상호텍스트성을 파악함으로써 생태시를 이해·감상하는 데 도움이 된다.

다음에 제시하는 상호 텍스트성을 활용하는 수업의 학습 목표는 시어와 일상어의 관계를 이해하고 작품의 분위기와 주제를 파악한다. 이것은 앞에서 제시한 교수 - 학습 내용 중 위계성을 바탕으로 한 설계에서 생태시를 이해하고 감상하는 가장 기본적이면서 기능적인 측면의 전략이 될 수 있다. 교수 - 학습 과정은 학습자가 읽기 과정에서 적절한 전략을 세움으로써 목표 도달이 가능하다.

상호 텍스트성을 활용하는 수업에서는 읽기를 중심으로 하는 예측 활동이 중요한 역할을 차지한다. 따라서 텍스트를 읽고 텍스트 사이에서 압축된 시어들이 어떤 의미를 갖고 있는지 예측함으로써 상호 텍스트성의 성격을 규명할 수 있다. 학습자들이 갖는 예측 내용은 텍스트에 자주 사용됨으로써 강조된 시어를 바탕으로 한다. 따라서 학습자는 시 읽기를 통해 소재, 주제, 표현기법, 분위기에 대한 내용을 파악하고 그것을 바탕으로 작품에 대한 호기심이나 흥미를 갖는다.

예측한 내용은 작품 읽기를 통해서 확인하고 근거를 제시한다. 따라서 학습자들은 상상력이나 창의성이 작품에 근거를 두어야 함을 인식해야 한다. 자료로 사용한 작품은 비슷한 시어를 중심으로 의미를 전개한다. 하지만 시어들은 각각의 작품에서 다양한 의미로 사용된다. 따라서 학습자들은 작품들 간의 공통적인 시어를 발견하고 내용을 예측함으로써 생태시의 특징을 규명할 수 있다.

교사는 학습자들의 학습 동기를 유발하기 위해 제목이나 제재에 대한 내용을 예측해 보도록 하였다. 이것은 생태시가 가지고 있는 속성을 예측하게 함으로써 생태시를 이해하고 감상하는 데 도움을 준다. 지금까지 교육 과정에서는 학습자의 생태 환경에 대한 이해를 교수 – 학습 목표로 설정하지 않았다. 따라서 학습자들이 시어와 일상어의 의미를 파악하는 과정에서 일반적인 현대시와 다른 점을 스스로 발견할 수 있도록 유도한다.

1) 제재 분석

「배추의 마음(각주 p224 참고)」과 상호 텍스트성을 파악하기 위한 작품으로는 황동규의 「귀뚜라미(각주 p223 참고)」를 제시한다. 「배추의 마음」은 9학년 1학기에 실려 있는 제재인데, 「귀뚜라미」는 8학년 1학기에 실려 있다. 학습자들은 「귀뚜라미」에 대해 이미 학습했으므로 「배추의 마음」과 상호텍스트적인 측면에 대해 학습할 수 있다. 두 작품은 인간이 가치를 두지 않았던 대상물에 대해 노래한다는 공통점을 가진다.

「귀뚜라미」는 도시에서 볼 수 없는 곤충이 된 지 오래다. 그런데 시인은 '귀뚜라미'가 아파트에 들어온 광경을 보고 귀뚜라미에 대해 관심을 갖는다. 귀뚜라미는 아파트 공간에 들어와서 먹이와 쉼터를 찾지 못함으로써 죽고 만다. 학습자는 귀뚜라미의 이동 경로를 추측해 보면서 귀뚜라미의 상황에 대해 안타까움을 느낄 수 있다. 귀뚜라미는 아파트의 가장 외진 곳으로 찾아들지만 죽음을 벗어날 수 없다.

귀뚜라미는 잡식성으로 인가 주변에 서식했으나, 도시화의 과정에서 사라져 버렸다. 귀뚜라미는 가을의 정서를 느끼게 해 주는 곤충이다. 시적 화자는 현대 사회에서 흔치 않은 귀뚜라미를 발견하고 그것을 통해 가을을 잠깐 느꼈을지 모른다. 그는 자신의 정서를 직접적으로 표현하지 않고 다만 귀뚜라미의 이동 경로를 추측하면서 객관적으로 보여준다.

위의 작품에서 소재는 자연 대상물이다. 학습자들에게 소재를 찾아 보게 하고 그 소재의 의미를 확인함으로써 시인의 의도를 파악한다. 두 소재의 공통점은 벌레라는 것과 약하다는 것, 인간의 주변에 산다는 것이다. 그러나 도시에서는 학습자들이 쉽게 볼 수 없는 대상물이다.

두 소재의 차이점은 다음과 같다. 귀뚜라미는 인가 주변에서 가을철에만 볼 수 있었던 벌레이다. 배추벌레는 농약을 치지 않는다면 여름이나 가을에도 볼 수 있다. 농부는 배추벌레를 발견하면 즉시 농약을 뿌린다. 그러나 농부는 귀뚜라미에게 농약을 치지 않는다. 농부는 배추벌레를 농작물을 해치는 해충으로서 죽여야 한다고 생각하지만, 귀뚜라미는 해충으로 인식하지 않는다.

귀뚜라미는 인간이 죽이려는 의도를 갖지 않았음에도 사라지고 없다. 배추벌레는 죽이려고 농약을 계속 뿌리지만 사라지지 않는다. 이와 같은 사실은 자연의 생태계가 인간의 의도대로 움직이지 않음을 알린다. 인간이 의도한 것과 오히려 반대 현상이 일어난다. 이런 현상은 인간의 과학과 기술이 자연 생태계를 제대로 이해하지 못하기 때문에 발생한다. 학습자는 두 대상의 차이점을 바탕으로 인간의 어리석음을 지적한다.

인간이 두 작품에서 드러나는 제재를 대하는 태도는 다르다. 그럼에도 불구하고 시적 화자는 동일하게 인식한다. 시적 화자는 배추벌레와 귀뚜라미를 생명체를 가진 동일한 것으로 인식한다. 따라서 생명체를 가진 대상물을 귀하게 여기고 그 생명을 살려야 한다고 본다. 생명체를 살리기 위한 방법은 두 작품 간에 차이를 보인다. 하지만 미물이라도 인간이 보살피고 관심을 가져야 한다는 측면에서 공통적인 인식이 보인다.

시인이 두 작품을 통해서 의도하는 바는 '생태 환경에 대한 인식'으로 귀결된다. 귀뚜라미는 의도하지 않았으나 사라진 것, 배추벌레는 의도했으나 사라지지 않는 현상을 통해서 우리 인간의 의도대로 자연 생태계가 움직이지 않는다는 사실을 발견한다. 자연의 생태계는 자연의 순환 법칙에 의해 존재한다. 인간의 책임과 권한은 생태계의 순환 법칙을 인식하고, 자연의 법칙에 순응하는 것이다.

두 작품은 다른 소재를 사용하여 다양한 의미망을 형성한다. 「배추의 마음」에서는 씨앗, 가을, 여름, 배추포기, 배추벌레, 잎, 풀물이 자연을 대표하는 대상물이다. '농약'은 자연물을 파괴하는 대상물로 시적 화자의 생명에 대한 인식을 위협한다. 하지만, 시적 화자의 강인한 의지가 농약의 위협을 이겨내고 생명체의 공존을 추구한다.

「귀뚜라미」에서 자연을 대표하는 대상물은 '귀뚜라미'이다. 그 밖의 '아파트', '다용도실', '베란다', '텔레비전'은 문명을 상징하는 대상물이다. 귀뚜라미는 아파트에서 다용도실·베란다·부엌을 지나가며 공간을 이동한다. '귀뚜라미'는 생존하기 위해서 부지런히 공간 이동을 하면서 삶의 터전을 찾지만 결국 아파트 내의 어떤 공간에서도 가능성을 찾지 못한다. 귀뚜라미는 생존의 욕구를 드러내지만 살 수 없는 상황만이 존재한다.

의미 관계의 차이는 두 텍스트의 관계에서 명확하게 드러난다. 두 텍스트에서 비슷한 시어는 자연을 지칭하는 대상이다. 자연을 의미하는 시어가 다른 작품에서 어떻게 사용되는지 파악할 수 있다. 하나의 일상어가 시어로 기능하기 위해서 어떻게 의미를 확장할 수 있는지도 알 수 있다. 시어는 문장이나 문맥을 통해 그 의미 관계를 완벽하게 형성한다. 또 시어 사이의 불충분한 서로의 의미 관계를 보충해 주기도 한다.

두 작품 사이에는 각각 공통점과 차이점을 찾을 수 있다. 학습자들은 작품에서 사용된 소재의 의미에 대해 각각 생각하고, 다른 작품과 비교하면서 상호 텍스트성을 바탕으로 한 작품을 이해한다. 이때 학습자의 배경 지식과 생태학적 상상력의 활성화는 중요한 기능을 담당할 것이다. 생태 환경으로부터 시작하여 작품과 인간 자신에 대한 이해로까지 확장된 학습 경험을 얻게 된다.

현재 우리들은 다양한 문제 상황에 처해 있다. 이런 상황에서 어떤 의식을 가지고 행동해야 하는지 생각해야 한다. 예전에는 먹을 것이 없어 굶어 죽을 위기에 처해 있었는데, 현재는 충분히 먹고도 죽을 위기에 처해 있다. 방부제와 농약으로 인해 벌레는 물론 인간도 죽음의 위기에 처해 있다. 인간들은 눈앞의 이익에 어두워 화학 물질을 사용했는데,[53] 그것의 독성은 더 적응력이 뛰어난 해충을 만든다.

인간의 자본에 대한 욕망이 자신의 '생명'을 담보로 하는 상황이 됐다. 인간은 이성을 바탕으로 이 문제를 해결할 수 있으리라 기대한다. 그런데, 이성을 바탕으로 한 과학과 기술은 지구 생태계에 대한 이해를 잘못하고 있다. 더 많은 화학 물질과 농약은 생태계의 순환 고리를 점점 약화시킨다. 이런 상황에서 인간은 어떻게든 문제 해결 방향을 찾아야 한다.

생태시에서는 이런 생태계의 순환 고리에 대한 분명한 해답을 제

---

53) 살충제의 수와 다양성, 그 파괴성이 매년 실질적으로 증가하면서 환경 저항은 점점 더 감소하고 있다. 그러다 보니 시간이 지나면서 질병을 옮기고 농작물을 해치는 곤충의 개체수는 유래 없을 만큼 심각하게 증가했다. Rachel Carson, 앞의 책, p. 287.

시한다. '벌레'로 중심 제재를 삼고 있는 두 작품은 인간의 지혜를 되찾게 한다. 인간이 어떤 생각과 마음을 가지고 있느냐에 따라서 생명체가 살고 죽는 결과를 맞는다. 가장 징그럽고 가치 없다고 알고 있던 '벌레'가 살아야 인간도 생존 가능하다. 벌레를 통한 새로운 인식만이 생태계의 문제를 해결할 수 있다. 인간은 자연[54]을 새롭게 인식함으로써 새로운 삶을 추구할 수 있다.

지구 안의 가장 약한 '벌레'의 소멸은 생물 다양성[55]을 약화시킨다. 생물 다양성이 풍부할수록 지구 환경의 급격한 변화에도 살아남는 개체수가 많아질 확률이 커진다. 지구상에 살아남은 개체수는 인간의 생존과 직접적으로 연결되므로 지구상의 생태계의 순환이 지속돼야만 인간이 생존 가능하다. 인간이 아무리 적응력이 뛰어난 개체종이라고 해도 지구상의 급격한 환경 변화에 살아남을 수 있을지는 미지수이다.

그런데 이런 생물 다양성도 자본에 의해 잠식당하고 있다. 지식과 생물 다양성의 사유화는, 지역적 지식의 가치를 절하하고 지역적 권리를 박탈함으로써 생물과 지식의 다양성을 축소한다. 이와 같은 자본의 논리로는 지식과 자본이 선택한 '벌레'만 가치를 지니고 다른

---

54) 구승회는 인간의 자연에 대한 태도를 세 단계로 분석한다. ①인간은 자연에 대해 인식적(이론적으로)으로 관계할 수 있다. ②인간은 자연에 대한 수행적(실천적) 관계를 갖는다. ③인간은 자연에 대해 반성적(미적)으로 관계한다. ①의 인식은 관찰과 관조를 통해 자연에 대한 하나의 '이론'을 세우는 것이라고 본다. ②는 자연에 대한 관조(theoria)를 토대로 실천적, 기술적 능력을 획득한 인간이 능동적으로 대자연 활동을 펴는 단계이다. ③은 미적 체험의 쾌, 불쾌의 능력에 따라 반성적으로 평가한다. 이것은 종교적·윤리적 경험과 연결되어 있다. 앞의 책, pp. 33~40 참고.
55) 생물종 중에서 생태의 운명을 쥔 핵심종(keystone speices)이 있다. 이것은 환경을 바꾸어놓아서 다른 동물에게 보금자리를 만들어주면서 생태계의 건강을 좌우하는 살림꾼이다. 가령 비버는 댐을 쌓아서 습지를 만들고 숲을 풀밭으로 바꾼다. 비버가 없으면 환경은 메마르고 삭막해진다. Larry Gonick·Alice Outwater, 앞의 책, p. 136.

'벌레'는 멸종할 수밖에 없다. 자본주의로 의한 편협한 논리에서 벗어나야만 생물 다양성이 확보될 것이다.

2) 시적 화자의 태도

문학 작품은 작품 자체와 독자가 상호 교섭하면서 새롭게 태어난 심미적 실현물이다.[56] 우리는 시를 접하면서 시적 화자의 목소리를 듣는다. 시적 화자의 목소리는 사용된 문장의 종결 어미로 드러나거나 대상물에 대한 태도로 드러난다. 시적 화자가 대상물을 어떻게 드러내느냐가 주제를 형상화하는 하나의 방법이다.

작품 안에는 대상물이 등장하고 시적 화자는 대상물의 생김새나 특징을 이미지로 형상화한다. 그 때 그 대상물이 처해 있는 상황과 분위기를 파악할 수 있다. 대상물의 이미지는 대상물이 처한 상황을 상상함으로써 구체화된다. 다음 작품에 드러나는 대상물은 '벌레'이다. '벌레'에 대한 시적 화자의 위치나 태도에 따라서 학습자들은 다른 정서를 느낀다.

자연을 드러내는 대상물은 인간이 어떤 마음을 가지고 있느냐에 따라서 각각 다른 삶을 살아간다. 「배추의 마음」에서 시적 화자는 배추와 배추벌레의 생명을 존중하는 태도를 지니므로 배추와 배추벌레는 공존하는 삶을 산다. 그런데 「귀뚜라미」에서 시적 화자는 대상물의 죽음을 예측하면서도 방관하는 태도를 보임으로써 귀뚜라미가 죽는다.

대상물과 시적 화자의 거리감은 시적 화자의 태도를 드러내는 데

---

56) 권혁준, 앞의 책, p. 148.

기여한다. 「배추의 마음」에서 시적 화자는 배추의 포기를 묶어주고 있다. 시적 화자와 배추의 거리는 매우 가깝다. 접촉을 함으로써 더욱 서로에 대한 친밀감이 깊어진다. 시적 화자는 배추의 성장을 안타깝게 기다렸으므로 배추에 닿는 손길이 정성스럽고 부드럽다.

「귀뚜라미」에서 시적 화자는 대상물을 바라볼 수 있는 거리에 있지만 귀뚜라미에게 관심을 갖고 찾지 않는다. 시적 화자는 베란다 벤자민 화분 부근에서 소리로만 귀뚜라미의 존재를 인식했다. 귀뚜라미를 보지 못하고, 귀뚜라미의 이동을 소리로만 확인한다. 시적 화자는 귀뚜라미의 행적을 상상해 봄으로써 귀뚜라미에 대한 안타까움을 전한다.

「배추의 마음」에서 배추는 시적 화자의 의지에 의해서 '농약' 없이 키워진다. 따라서 배추와 배추벌레는 공존할 수 있다. 시적 화자가 농약을 사용했다면 표면적으로 더 풍요로운 수확을 했을지 모른다. 그런데 시적 화자는 풍요로운 수확보다는 함께 나누는 따뜻한 마음에 더 가치를 두었다. 배추의 마음에서는 하찮은 배추나 배추벌레도 존중받고 생명의 가치를 인정받는다. 시적 화자는 배추벌레에게 관심과 애정을 표현한다.

「귀뚜라미」에서 '귀뚜라미'는 인간이 만든 아파트에서 죽을 수밖에 없다. 귀뚜라미는 농약 없는 아파트에 들어왔다. 그런데 농약보다도 더 나쁜 생존 조건과 만난다. '아파트'라는 공간은 자연과 분리되고 차단된 공간이다. 자연의 불편함을 최대한 인위적으로 제거한 공간이다. 귀뚜라미에게는 편리한 공간이 생존하기에 부적절한 최악의 조건이 된다. 여기서 시적 화자의 태도가 적극성을 띠지 않음으로써 귀뚜라미는 죽음을 맞는다.

이 작품에서 시적 화자는 귀뚜라미에게 잠깐 동안 주의를 기울인

다. 그런데 현대인의 바쁜 일상 중에서 귀뚜라미는 시적 화자의 주
의를 지속적으로 끌지 못한다. 시적 화자는 아침부터 저녁까지 직장
에서 바쁜 일상을 보내고 집에 돌아와서 또 가사일을 해야 한다. 그
런 일상에서 '귀뚜라미'라는 존재는 잠깐 추억을 회상하는 정도일 뿐
이고, 시적 화자의 새로운 행위를 이끌어내지 못한다.

　　두 작품의 공통점은 인간의 관심 영역 밖의 '벌레'가 대상물이라
는 것이다. 시적 화자는 벌레가 징그럽고 보기 흉하고 인간에게 무
익한 것으로 알고 있었다. 그런데 두 작품에서는 그런 인간의 인식
이 잘못됐음을 짚어준다. 「귀뚜라미」에서 시적 화자는 벌레에게 주
의를 기울이지 않지만, 「배추의 마음」에서는 주의를 기울일 뿐만 아
니라 배추나 인간과 동일한 생명체로 본다. 두 작품을 통해서 느낄
수 있는 것은 아무리 하찮은 존재라도 인간이 주의를 기울일 때 생
명체로서의 존귀함이 살아난다는 것이다.

　　「배추의 마음」에서 시적 화자는 배추벌레에 대해 애정을 갖고 배
추벌레를 배려하는 행위를 한다. 그리고 배추벌레에 대해 배추와 의
논함으로써 의사소통하는 태도를 보인다. 배추는 배추벌레에게 배
려하는 존재이며 시적 화자는 그런 배추의 삶을 긍정적으로 인식한
다. 학습자는 배추와 배추벌레의 삶을 따뜻하고 아름답게 바라보는
시적 화자의 태도를 읽는다.

　　「귀뚜라미」에서 시적 화자는 대상물인 귀뚜라미를 지켜볼 뿐 어
떤 행위도 하지 않는다. 귀뚜라미에게 먹이를 준다거나 귀뚜라미가
살 수 있는 공간을 마련해 주지 않는다. 다만 소리를 듣고 주의를
기울인다. 귀뚜라미가 사라진 후에도 감정의 변화를 보이지 않는다.
그런 시적 화자의 태도를 통해 시인은 단절된 현대인의 삶을 보여준
다. 자연물과 소통하지 못하는 현대인을 통해 위의 작품과 대조적인

측면이 제시된다.

생명이 살아가기 위해서는 여러 가지 물질 순환으로부터 시작해서 원소들이 살아 있는 유기체를 만들고 꾸리는 서로 얽히고 설킨 커다란 고리 안에서 이루어진다.[57] 「배추의 마음」에서 시적 화자는 배추와 배추 벌레의 생명에 대한 소중함을 드러낸다. 그런데 「귀뚜라미」에서는 시적 화자가 귀뚜라미의 죽음을 예측하면서도 냉담한 태도를 유지한다. 전자가 생명의 순환 고리에 대한 인식을 바탕으로 생명 공간을 그린다면, 후자는 싸늘하게 고립되고 여유 없는 현대인의 삶의 단면을 보여준다.

두 작품을 통해서 인간은 귀뚜라미의 죽음의 원인을 살펴보고 귀뚜라미와 인간의 관계에 대한 의문을 가져야 한다. 귀뚜라미가 인간에게 어떤 의미를 갖는지 파악함으로써 인간과 곤충의 공존에 대한 의미를 파악할 수 있다. 「배추의 마음」에서 드러난 시적 화자의 행위와 정서는 바람직한 생태 환경을 보여준다. 위와 같은 작품을 통해서 학습자들은 생태 환경에 대해 의문을 갖고 그에 대한 답을 찾을 수 있을 것이다.

3) 배경의 의미

인간은 생존을 위해 가장 빠르게 환경에 적응하며 살아왔다. 현재 지구는 인간에게 동·식물의 관계 속에서 새로운 삶의 방식을 요구한다. 생태계의 순환 구조는 변한 지구의 환경 조건에 맞추기 위해서 부지런히 움직인다. 그러나 사라진 이스터섬[58]을 떠올릴 때, 적

---

57) Larry Gonick · Alice Outwater, 앞의 책, p. 19.
58) 이스터 섬은 절해고도의 섬으로 여의도 면적의 20배가 조금 넘는 5,400만 평의 넓

응할 수 있는 시간적 여유가 반드시 필요하다는 인식을 하게 한다.

　이스터섬은 한 때 풍족한 삶을 살 수 있는 공간이었다. 그런데 인간들의 욕망 때문에 이스터섬의 나무가 모두 사라지고 더 이상 생명체가 살 수 없는 공간이 되었다. 지금은 인간의 욕망의 상징으로 새겨진 석상만이 남아 있다. 이스터섬의 풍경은 우리들이 지구라는 생태 환경을 지속적으로 유지하기 위해서는 욕망을 조절해야 한다는 사실을 알린다. 조그만 섬에서 인간의 욕망이 부족의 멸종을 가져왔듯, 지구라는 행성에서 인류는 욕망을 적절히 조절해야 한다. 욕망은 한계가 없으므로 인간은 이성에 의해 욕망을 조절해야 한다.

　「배추의 마음」에서 공간적 배경은 배추밭이다. 배추밭은 자연과 소통할 수 있는 터진 공간이다. 그곳은 자연의 유기체들이 공존할 수 있는 공간이며 자연을 가꾸기 위해 만들어진 공간이다. 그런 곳에서 시적 화자는 자연과 의사소통이 가능하다. 의사소통을 통해 공존의 삶을 살 수 있고, 다른 유기체의 생명과 인간의 생명이 연관되었음을 보여준다.

　'밭'은 자연물이 생산되는 곳이면서 대지를 느낄 수 있는 공간이다. 대지가 씨앗을 품고 그것에 영양분을 주어 키워내는 공간이다. 이 공간은 단절된 공간이 아니라 자연의 기운을 호흡하고 전달하는 곳이다. 이런 공간에서 시적 화자는 배추를 보고 있다. 배추가 성장

이를 가진 곳이다. 이 섬은 어느 뭍에서도 3,800km 이상 떨어져 있다. 400년경 폴리네시아인이 이스터섬에 터를 잡았다. 이들은 나무를 열심히 베어내 만든 자리에 집을 짓고 농사를 지었다. 얌, 토란, 빵나무, 바나나, 사탕수수, 코코넛을 주식으로 삼고 닭과 폴리네시아쥐(작지만 맛있음)에서 단백질을 얻었다. 생활은 풍족했다. 아이들도 쑥쑥 컸다. 인구는 빠르게 불어났다. 시간이 남아도니까 사람들은 심심풀이로 돌을 깎아서 석상을 만들기 시작했다. 완성된 석상을 운반하기 위해 통나무가 필요했고, 결국 1400년 무렵 이스터섬에는 나무의 씨가 말랐다. 그 섬에는 석상만 남고 인류가 사라졌다. Larry Gonick · Alice Outwater, 앞의 책, pp. 7~12.

하는 과정을 살펴보면서 자연의 조화로움과 신비스러움을 체험한다. 잘 자랄 것 같지 않던 배추가 결실의 계절이 되면서 어김없이 속을 채워 풍성함을 선사하기 때문이다.

'밭'은 인위적인 행위가 자연의 순환 법칙을 따르지 못함을 인식하게 하는 공간이다. 인간이 아무리 약을 치고, 빨리 자라라고 해도 그것은 인간의 마음대로 되지 않는다. 싹을 틔우고 잎을 키울 충분한 시간이 주어져야만 배추가 자랄 수 있다. 인간의 욕망은 어쩔 수 없이 자연의 법칙에 따라야만 한다는 이치를 깨닫게 한다. 자연을 숨쉴 수 있는 공간 설정이 시적 화자의 태도에 영향을 미친다.

「귀뚜라미」에서 공간적 배경은 아파트로 인위적 공간이면서 자연과 소통할 수 없는 곳이다. 이 공간은 자연뿐만 아니라 타인과도 완전히 단절된 공간이다. 아파트는 인간이 개인적 생활을 하는 곳으로 사적 공간이다. 사적 공간에서는 개인적인 사생활이 보장되는 대신 소외감을 낳는다. 작품에서 귀뚜라미와 인간은 소통하지 못한다. 한 공간 안에 있어도 소통하지 못하는 것은 인간끼리도 마찬가지다. 인간의 소통 단절 현상은 집안의 단절된 구조로부터 발생한다.

과거에 귀뚜라미는 속성상 인가 주변의 땅에서 살았다. 잡식성이기 때문에 작은 곤충도 잡아먹고 인간이 먹다 남은 음식을 섭취하기도 했다. 그런데 현재에는 인간들이 귀뚜라미를 찾으려고 해도 찾을 수 없다. 아파트 내에 작은 곤충은 발견되자마자 살충제로 처리된다. 그러니 곤충이나 음식물을 섭취해야 하는 귀뚜라미가 살 수 없다. 살충제로 죽은 곤충을 먹는 귀뚜라미는 이내 죽을 수밖에 없다. 또, 현대인들은 해충과 익충을 구별하지 않고 무조건 죽인다. 무조건적인 살생이 귀뚜라미를 살 수 없게 한다.

귀뚜라미가 아파트에 들어온 것은 과거의 기억 때문인지 모른다.

과거에 인가 근처에서 살았기 때문이다. 하지만 현대의 아파트는 귀뚜라미가 살아갈 수 있는 환경이 되지 않는다. 다만 인간의 편리를 위주로 지어진 곳이므로 다른 생명체의 삶에는 부적절하다. 시적 화자는 '귀뚜라미'의 삶에 부적절함을 보여줌으로써 아파트가 인간들의 생존 공간으로도 문제가 있음을 보여준다.

아파트는 물질적이며 육체적인 편리는 보장하지만 정신적인 소외감을 주는 공간이다. 아파트는 가족 간에도 단절된 공간이다. 아파트 내에 거실이 있지만 각자 문을 닫고 방에 들어가면 만날 수 없다. 바쁜 일상에서 식사 시간도 공유하지 못한다. 가족이라도 하루 동안 얼굴을 보고 이야기할 수 있는 시간이 없다. 이런 상황에서 이웃과 단절된 삶을 사는 것은 어쩌면 당연하다. 조금의 소음도 용납하지 않기 때문에 위 아래층 간의 다툼이 빈번하다.

아파트는 거주 공간으로서 빈부 격차를 보여준다. 집값이 비싼 아파트와 싼 주택의 구분은 현대 사회의 단면을 보여준다. 현대 사회에서 인간의 행복은 상대적 가치로 인식된다. 인간들은 다른 인간들이 갖지 못한 물질을 소유함으로써 행복을 느낀다. 반대로 소유하지 못한 인간은 박탈감을 느낀다. 인간은 나 아닌 다른 유기체를 소외시킴으로써 결국 스스로가 가장 소외받는다.

학습자는 아파트와 배추밭을 통해 대조적인 공간의 의미를 발견한다. 그 공간에 거주하는 생명체를 통해서 자연 공간과 인위적인 공간의 차이를 인식할 수 있다. 자연물이 살 수 없는 공간이 결코 인간에게도 적절하지 못함을 이해하고 자연물과 공존할 수 있는 공간을 추구해야 한다.

「배추의 마음」에서는 계절적 배경이 주로 나타난다. 봄부터 여름, 가을까지 시간의 흐름에 따라 시적화자가 배추에게 쏟는 정성이 드러난다. 특히 배추가 포기를 채우고 배추벌레도 통통하게 살이 오르는 늦가을이 의미의 중심을 이룬다. 늦가을은 추위가 닥치기 전에 겨울을 준비하는 계절이다. 사람은 배추포기를 묶어주며 배추가 얼지 않도록 하여 얼마 남지 않은 김장을 준비한다.

늦가을의 준비는 겨울에 대한 대비이다. 겨울을 지구의 멸망으로 대치할 경우 추위의 대비는 인류의 지구 멸망에 대비하는 의미이다. 생태계 파괴로 인한 다양한 기후 재난에 대한 인간의 준비 과정을 연상할 수 있다. 인간은 생태계 파괴를 예측하고, 그것에 대해 준비해야 한다. 그 준비는 배추 포기를 묶어주는 행위처럼 자연의 법칙을 거스르지 않고 따르는 방법으로 해야 한다.

「귀뚜라미」에서 시간적 배경은 '밤'이다. 귀뚜라미가 우는 시간도 '밤'이고, 인간이 직장에서 퇴근해서 거실에 머물 수 있는 시간도 '밤'이다. '밤'은 낮 동안의 밝음과 분주함 대신 마음과 몸을 편안하게 쉬는 시간이다. 인간은 밤에 휴식을 취해야 다음 날 바쁜 일정을 소화할 것이다. 인간이 쉬고 있는 동안 귀뚜라미는 '밤' 동안 울음을 울어 자신의 상황을 알린다. 그러나 도와주는 이는 없고 낮 동안에는 거실을 지나 생존할 수 있는 공간을 찾아 헤매지만 죽을 수밖에 없다.

'밤'이라는 시간적 배경은 어둡기 때문에 사물의 형상을 제대로 파악하기 어렵다. 시적 화자는 베란다 화분 뒤에서 울고 있는 귀뚜라미의 형상을 보지 못한다. 낮이 아니기 때문에 시적 화자의 시야도 장애가 된다. 따라서 귀뚜라미를 위한 어떤 행위를 구체적으로 행하지 못하고 소리만을 들었다. 그리고 귀뚜라미의 삶에 대해 추측만 한다. '밤'은 귀뚜라미가 마음껏 활동할 수 있는 시간이지만 아파트라는 공간에서는 제대로 활동하지 못한다.

「배추의 마음」과 「귀뚜라미」는 시간적 배경이 다르다. 「배추의 마음」에서 낮은 인간과 배추가 공유하는 시간이면서 둘 다 생명활동을 활발하게 할 수 있는 시간이다. 또 추위를 대비해서 준비하는 시간이다. 그런데 「귀뚜라미」에서는 밤이기 때문에 추위에 대비할 수 없다. 밤은 모든 생명체가 생명활동을 쉬는 시간이다. 두 작품에서 시간적 배경의 차이는 대상물에 취하는 시적 화자의 태도를 달라지게 한다.

「배추의 마음」에서 사회적 배경은 농약에 대한 거부감을 지닌 시적 화자의 모습에서 찾을 수 있다. 농약이 얼마나 인체에 유해한지는 누구나 다 아는 사실이다. 따라서 유기농 제품은 갈수록 인기를 누린다. 누구나 유기농을 선호하지만 가격 차이로 인해 소비자들이 선택하지 못한다. 「귀뚜라미」에서는 아파트라는 공간의 특성을 바탕으로 인간 소외 현상과 의사소통이 단절된 사회상을 보여준다.

이와 같은 사회적 배경은 두 작품에서 공통점을 보여준다. 인간이 만들어내는 것들은 모두 인간의 욕망을 채우기 위한 수단으로 기능한다. 인간은 자신의 건강을 위해 유기농 제품을 원하고, 편리함을 위해서 아파트라는 공간을 원한다. 그런데, 유기농 제품과 아파트는 인류 대다수를 위한 물질이 아니다. 소수 특권층을 위한 물질로서 현대 사회에서 물질과 자본의 가치를 대신하는 대상물이다.

4) 주제 의식

지구가 탄생한 지 얼마 안 된 시기에는 지구상에 산소가 부족했고 따라서 지구 안에 동물이 존재할 수 없었다. 원시 미생물의 출현과 더불어 식물이 나타나면서 산소 분자가 노폐물로 생성되었다. 이 때,

노폐물로 생성된 산소를 빨아들이는 새로운 생물이 등장함으로써 지구상의 무기물의 농도가 자동적으로 조절되는 현상이 일어났다.[59] 이런 생명체의 기원을 고려해 보는 것은 인류가 왜 다른 생명체의 생존에 귀 기울여야 하는지를 설명해 준다.

인간은 생태 환경이 파괴될 때 어떤 종이 먼저 파괴되고 어떤 종이 우점종으로 가장 중요한지를 파악하고자 한다. 그런데, 그 우점종에 대한 연구는 아직까지 분명하게 드러나지 않는다. 그 중에 양서류를 지표종으로 설명한다. 지표종이란 생태계가 얼마나 건강한지를 알아보는 기준으로 이것은 환경이 악화되면 제일 먼저 반응한다. 양서류는 피부가 얇고 알이 흐물흐물해서 오염된 공기, 물, 흙에 바로 영향을 받는다. '귀뚜라미'도 찌르레기, 어치, 개곰, 집고양이처럼 개체수가 줄어들어 점점 사라지고 있다.

귀뚜라미는 점점 사라져 찾아볼 수 없고, 대신 배추벌레는 농약에도 더 강한 내성을 가진 종들이 지속적으로 출현한다. 이와 같은 현상에 대한 설명은 인간이 가지고 있는 우점종이나 지표종에 대한 지식으로 불충분하다. 인간의 과학적 논리로 설명되지 않는 현상이 과학이 우위를 점한 세계에서 일어나고 있다. 이런 현상을 인식하지 못하고 지속적으로 과학에만 몰두하는 것은 더 큰 오류이다.

한편 생태시에서는 자연을 드러내는 제재와 시적 화자의 태도·시간적·공간적 배경을 통해서 새로운 인식을 보여준다. 두 작품은 각각 다른 제재와 배경을 선택하고 시적 화자의 태도도 다르다. 그럼에도 불구하고 주제는 '생태 환경에 대한 인식'으로 귀결된다. 「배추의 마음」에서는 하찮은 배추와 배추벌레의 생명도 소중히 여기는

---

59) Larry Gonick · Alice Outwater, 앞의 책, pp. 19~30 참고.

인간의 마음을 읽을 수 있다. 「귀뚜라미」에서는 귀뚜라미의 죽음을 객관적으로 봄으로써 인간이 자연 생태계에 행하는 파괴 행위에 대해 간접적으로 인식할 수 있다.

인간은 살아가기 위해서 공간이 필요하다. 인간은 자신의 정체성을 추상적인 철학적 사고나 가족 등의 인간관계에 우선하는 '살고 있는 장소'[60]와의 관계 속에서 수립한다. 이것은 달리 말하면 환경에 대한 감각으로, 토지·하천·동식물·기후 등으로 이루어지며 그 위에 사회 경제적 구성 요소를 쌓는다.[61] 인간은 이러한 관계 인식을 통해 새로운 문화를 생성해낼 수 있다.

논과 밭도 인간이 농사를 짓기 위해 만들어 놓은 장소이다. 아파트도 인간의 주거 공간이면서 그 위에 재산 가치를 나타내거나 문화적 생활까지 영위하도록 하는 공간이다. 둘 다 인간이 만든 공간이지만 논과 밭은 인간이 생존하기 위해 최소한의 자연을 이용하고 자연과 함께 하는 공간이다. 그런데 아파트는 자연을 배려하지 않고 최대한 자연을 이용한 곳이다. 이런 차이로 인해 생태 환경을 만들기 위해서는 인간이 최소한으로 자연을 이용하고 자연과 함께 하는 삶의 공간을 만들어야 한다는 결론이다.

---

60) 장소와 관련된 개념으로 '대지의 윤리'는 인간이 대지로부터 유리되어 온 기존의 삶의 방식을 반성하고, 대지에 대한 애정, 존경, 감동 등의 '감성'과 함께 대지의 생태학적 메커니즘을 이해하는 '지성'을 길러야 한다고 강조한다. 또, 이와 관련된 개념인 '생태 지역주의(bio regionalism)'에서의 '지역'은 정치·행정적인 경계를 기초로 한 지역이 아니라, 자연 생태계나 하천 유역 등을 기반으로 하여 형성된 지역을 가리킨다. 생태 지역주의는 이러한 후자의 지역을 인간 생활의 중심에 두어야 한다고 주장한다. 이러한 생태 지역주의는 무엇보다도 우선 구체적 장소를 살아갈 것을 요구한다. 곧 하나의 구체적 장소에 살면서 생태계와의 관계에서 자신을 재교육하고, 지역의 토양이나 동식물에 대한 정확한 지식을 획득하는 동시에 생태계에 대한 인간의 책임을 확인하는 것이다. 장원철, 「자연, 생태 그리고 문학 : 생태비평의 가능성」, 『인문학과 생태학』, 백의, 2001, p. 158.

61) 위의 책, pp. 155~156.

이런 공간에 대한 인식은 학습자들이 '생태 환경에 대한 인식'을
바탕으로 성립한다. 인간이 올바른 가치관과 인식 방법을 가지고 있
을 때, 모든 삶의 형태들이 변할 것이다. 지금 가지고 있는 지구 생
태 환경을 보존하기 위해서는 인식의 변화가 최우선이다. 이 때 생
태시는 학습자들의 감동을 바탕으로 새로운 인식을 끌어낼 수 있는
가장 좋은 도구이다. 생태시를 읽는 과정에서 '생태 환경에 대한 인
식'은 생성될 수밖에 없다.

두 작품 모두 생태 환경이 인간에게 소중하며 인간이 생태 환경을
보호하고 되살릴 책임이 있음을 알린다. 특히 인간과 벌레의 관계
또는 인간과 동물과의 관계에 대한 인식을 엿볼 수 있다. 이런 인식
은 인간이 살아가기 위해서는 벌레와의 관계를 재정립할 필요가 있
음을 알린다. 교사는 학습자들에게 두 작품의 상호 텍스트성을 통해
인간과 동식물의 관계에 대한 새로운 인식을 교육할 수 있다.

앞서 학습한 두 작품에 대한 내용을 바탕으로 시의 전체적인 주제
를 정리한다. 주제 파악은 연상과 유추를 통해 이루어지는데 생태시
에서는 생태학적 상상력이 중심을 이룬다. 학습자는 생태학적 상상
력을 통해 작품 안에서 구체적으로 형상화[62]된 주제와 만난다. 학습
자들은 생태시를 읽음으로써 이미지를 바탕으로 형상화한 내용을
장기 기억에 저장함으로써 생태시의 교육적 효과가 발현될 수 있을
것이다.

학습자들은 주제를 파악하기 위해 먼저 떠오르는 생각을 정리한
다. 교사는 학습자들에게 부담감을 없애주기 위해서 다양한 실례를
제시할 수 있다. 학습자들은 실례를 바탕으로 하여 자신의 느낌과

---

62) 차호일, 『현장 중심의 현대교육시론』, 다솜출판사, 2008, p. 98.

생각을 자유롭게 정리한다. 학습자가 방향이 다른 주제를 발표해도 교사는 수용적 태도로 학습자들을 격려한다. 학습자들은 다른 학습자들의 발표를 통해서 자신의 생각과 표현을 정교화한다. 이런 과정에서 스스로 자신의 부족한 부분을 보충하는 학습이 이루어진다.

기존의 시 작품을 이해하고 감상하는 최종 목표는 주제 파악이라고 해도 과언이 아니다. 그 정도로 주제 파악은 중요하다. 특히 생태시에서 시인은 파괴된 생태 환경을 보고 이상적인 생태 사회를 향한 이미지를 제시한다. 이 때 작가의 생각이 생태시에서 주제로 형상화된다. 학습자들은 작가의 주제에 접근함으로써 생태학적 상상력을 이해하고 느낄 수 있다. 더 나아가 주제를 파악해 나가는 과정에서 감동과 미적 쾌락을 맛본다.

학습자들은 처음부터 주제 문장을 정리하기보다는 위의 과정을 단계별63)로 학습한 후에 정리하는 것이 좋다. 학습자들이 제시한 주제문장이 완성된 문장형태가 아니거나 앞 뒤 말이 맞지 않을 수도 있다. 이런 경우에는 다른 학습자들에게 발표시켜 봄으로써 스스로 교정하게 한다. 위와 같은 활동을 다양한 생태시 작품에 적용하여 시도한다면 생태시가 가지고 있는 성격을 파악하는 데 도움이 된다.

생태시는 다른 작품들과 다르게 시인의 뚜렷한 인식을 바탕으로 한다. 시인은 '생태 환경에 대한 인식'을 바탕으로 하여 자신이 생활하면서 알거나 느끼게 된 것 또는 깨달음을 드러낸 작품을 창작한다. 따라서 학습자들은 자연을 소재로 한 작품과 생태시를 읽어보고 구별해 보는 활동을 하는 것도 좋겠다.

---

63) 메사추세츠 주의 언어예술 교육 과정에서는 '읽기와 문학'의 일반 기준을 설정하고 있다. 이것은 학년에 따라 구체적인 학습 기준을 갖는데, 각 학년에 따라 학습 기준을 구체화하기 위해서 장르와 구성 요소를 기준으로 분류하고 있다. 최지현 외, 앞의 책, pp. 165~166.

3. 토론 학습

'토론'은 학습자의 능력 개발에 적합한 방법으로 학습자들의 성향과 교수 - 학습 환경에 따라서 적절하게 시도한다.64) 교사나 학습자들은 토론의 중요성을 알기 때문에 토론 수업의 필요성을 절감한다. 하지만 실제로 교실 수업에서 많은 제약을 갖는다. 국어 수업 시간은 중학교에서는 45분, 고등학교에서는 50분 수업으로 운영된다. 1차시 수업으로 토론 수업을 진행하기 위해서는 시간상 제약을 받는다.

토론 수업 과정에서 학습자들은 적극적인 의사 표현을 해야 하는데 의사표현 기회를 다수의 학생에게 균등하게 배분해야 한다. 그러나 몇몇의 학습자들만이 토론 수업의 기회를 독점하기 때문에 표현의 기회를 균등하게 가질 수 없다. 교사가 골고루 발언 기회를 줘도 능력에 따라 발표하지 못하는 학습자도 발생한다. 이 때문에 교사와 학습자 모두 토론 수업을 꺼린다.

그러나 생태시 교육은 학습자가 자기주도적 학습 방법으로 학습할 때 가장 효율적이다. 교사와 학습자가 적극적으로 수업에 임하면

---

64) 독서 토론은 그 전략에 따라 '양서 탐구 토론', '대화식 독서 토론', '토의망식 토론' 등이 있다. 양서 탐구 토론(Great Books' Shared Inquiry)은 미국 양서협회(GBF, Great Books Foundation)가 아동, 청소년, 성인 등의 독서를 촉진시키기 위해 제안한 방법이다. 대화식 독서 토론(Conversational Discussion Group)은 야외 카페의 안락한 분위기에서 영화에 대한 자유로운 대화를 하듯이 읽은 책에 대하여 대화를 나누는 독서 토의이다. 토의망식 토론은 작품을 읽고 난 후 흔히 나타날 수 있는 견해의 불일치나 상반되는 의견을 보다 명료하게 하려는 데 목적이 있으며, 이 목적을 달성하기 위해 그래픽 보조 자료로서 토의망을 이용한다. 토의망은 분석적인 글을 쓸 때 도움을 주는 그래픽 보조 도구로서, 무엇이 일어났느냐보다는 그것이 왜 일어났느냐, 또는 왜 그 행동을 했느냐에 초점을 맞춘다. 토론의 과정은 책의 선정 등 독서를 위해 준비하기, 토의망 설명하기, 소집단 토의하기, 전체 토의하기, 종합 토론 등의 단계로 이루어진다. 한철우·김명순·박영민, 『문학 중심 독서 지도』, 대한교과서주식회사, 2002, p. 18.

만족도도 커지고 내면화 과정을 통한 심화 학습이 가능하다. 정규 수업 시간이 아니더라도 방과 후에 특기 적성 시간을 활용한다면 필요한 학습자들에게 의미 있는 시간이 될 것이다.

교사들은 수업 시간을 '블록타임제'를 적용하여 확보할 수 있다. 토론 수업이나 실험 실습의 경우에는 두 시간을 연달아 사용함으로써 수업의 흐름을 지속할 수 있을 것이다. 학습자들 또한 학습하면서 충분히 사고하고 토론할 수 있는 기회를 제공받기 때문에 효율적이다. 토론의 방법은 모둠별 토론과 학급 전체 토론을 통해서 무임승차하는 학습자들이 없도록 배려한다.

두 번째 교사는 비주도적인 학습자들을 수업에 참여시키기 위해서 학습자들에게 배경 지식을 충분히 제공한다. 학습자들은 생태시를 이해하고 감상한 내용을 근거로 발표해야 한다. 이 때 자신의 배경 지식이나 경험이 근거로 활용된다. 배경 지식이 없는 학습자들은 토론 활동 과정에서 자신감을 잃게 된다. 따라서 학습자들에게 적절한 배경 지식을 제공함으로써 학습의 흥미를 갖게 한다.

세 번째로 학습자들은 토론 수업을 해 보지 않음으로써 토론의 규칙에 익숙하지 않다. 토론 수업은 학습자들의 적극적인 참여 없이는 불가능하다. 토론 수업이 효율적이기 위해서는 토론 방법에 대한 배경지식과 경험이 중요하다. 이를 바탕으로 토론 수업을 실제로 할 수 있어야 한다. 따라서 초등학교 국어 수업 과정에서부터 토론 활동을 지속적으로 수행하는 것이 필요하다. 토론의 규칙을 알고 토론 활동에 적극적으로 참여함으로써 생태시 교육의 수업 목표에 도달할 수 있다.

토론 활동은 학습자들이 반응을 표현할 수 있는 기회를 제공하는 것이다. 학습자들이 학습 목표에 도달하는 과정이 토론 활동으로 표출된다. 교사는 표출 내용에 따라서 수업에서 융통성을 발휘할 수 있다. 토론 활동에서 학습자의 반응을 부각시키는 학습 방법을 활용하면 좋다. 이것은 배경지식 형성 과정에서부터 작품을 읽고 내용을 파악하는 과정, 반응을 형성하고 정리하여 표현하는 과정을 상세하게 드러낸다.

최근 인공지능에 대한 연구가 활발해지고 있는데 그 연구 내용이 교육학에서도 적용되고 있다. 교육학에서 '다중지능이론'은 인간의 능력(지능)을 세분화하고 개인들의 능력차를 인정하도록 했다. 교실 수업에서도 토론 활동을 통해서 개인차를 표출할 수 있는 기회를 제공해야 한다. 개인차를 인정함으로써 다양성과 보편성을 확보하는 학습 내용이 필요하기 때문이다. 학습자들은 학습 목표에 도달하는 과정에 적극적으로 참여해야 할 것이다.

토론 학습 과정에서는 학습자들의 다양한 반응[65]이 표출된다. 이 때 반응은 교사의 권위적인 학습 방법에서 탈피해 학습자의 사고와 감상을 중시한다. 학습자들의 반응은 다양하므로 교사는 그들의 반응을 적절히 조절하고 유지하며 방향을 제시함으로써 학습 목표 도달로 이끌어내야 한다. 교사는 학습자들의 반응을 긍정적인 측면에서 받아들이고 학습자들의 다양한 해석과 감상의 중요성에 대해 강조해야 한다.

---

65) 토론 학습은 반응 중심 교수 - 학습법에서 사용할 수 있는데, 반응 중심 교수 - 학습법에서의 반응의 개념은 다음과 같다. 첫째, 반응은 환기 - 텍스트에 의해 구조화된 경험 - 와는 구별되는 개념이다. 둘째, 반응은 텍스트의 중요성을 배제하지 않고 독자의 위치를 부상시킨다. 셋째, 반응은 독서의 전 과정을 포함시킬 정도로 확대된다. 넷째, 반응은 개인적이면서 사회적·문화적인 행위이다. 다섯째, 반응은 감정과 동일한 것이 아니며, 심리적 감정에 제한시키기보다는 페이지에 있는 단어를 이해하는 과정에서의 복잡한 인식 작용을 포함한다. 최지현, 『국어과 교수·학습 방법』, 역락, 2007, p. 286.

　　토론 학습 과정에서 학습자들의 반응을 명료화하기 위한 단계로
서 학생과 텍스트 사이의 거래, 학생과 학생 사이의 거래의 활동이
이루어지도록 한다. 이 때 활동은 반응에 대한 질문과 답, 토의 또는
역할놀이 활동을 제안하면서 짝이나 소집단, 전체 토의의 방식을 사
용할 수도 있다. 본고에서는 토론 활동을 중심으로 생태시에 나타난
'생태 환경에 대한 인식'을 이해·감상한 반응으로 드러내고자 한다.

1) 자료 제시를 통한 동기 유발

　　학습자들은 앞에서 나희덕의 「배추의 마음」에서 인식한 내용을
통해 '나' 아닌 개체, 즉 유기체에 대한 새로운 인식을 할 수 있었다.
특히 인간과 벌레(또는 동식물)의 관계를 새롭게 인식했다. 그런데,
다음 「사진 속의 한 아프리카 1, 2」에서는 아프리카 소녀가 기아로
죽어가고 있는 절실한 상황을 본다. 학습자들의 삶과 비교해 볼 때
어떤 생각이 드는지 고민해야 할 것이다.

　　김기택의 시는 케빈카터의 사진을 보고 지어졌는데, 사진 자료는
퓰리처상을 받은 작품으로 아프리카에서 기아로 죽어가는 소녀를
찍은 것이다.[66] 이 사진을 학습자들엑 보여줌으로써 학습자들은 기
아의 현장을 실제로 목격한듯한 반응을 보인다. 그 반응을 바탕으로

---

66) "수단 남부에 들어간 카터가 아요드의 식량센터로 가는 도중에 우연히 마주친 것
　　은, 굶주림으로 힘이 다해 무릎을 꿇고 엎드려 있는 어린 소녀의 모습이었다. 그
　　뒤로 소녀가 쓰러지면 먹이감으로 삼으려는 살찐 독수리가 소녀가 죽기만을 기다
　　리고 있다. 셔터를 누른 후 그는 바로 독수리를 내쫓고 소녀를 구해주었다. 이 사진
　　은 발표와 동시에 전세계의 엄청난 반향을 불러 일으켰다. 그리고 퓰리처상을 수상
　　한 뒤 일부에서 촬영보다 먼저 소녀를 도왔어야 했다는 비판이 일었다. 결국 케빈
　　카터(Kevin Carter)는 수상 3개월 뒤인 1994년 7월 28일에 친구와 가족 앞으로
　　편지를 남긴 채 스스로 목숨을 끊었다. 33살의 젊은 나이에…".《한겨레신문》
　　(2008-05-08 15 : 40) 곽윤섭 기자.

학습자들이 '생태 환경에 대한 인식'을 올바르게 할 수 있도록 시 자료를 순서대로 제시한다.

독수리가 인간을 먹잇감으로 노려보고 있는 장면은 가히 충격적이다. 학습자는 텔레비전을 통해서 독수리가 다른 짐승의 고기를 먹는 장면을 익히 보았다. 그런데 독수리가 인간을 먹잇감으로 노리는 사진은 처음 본다. 순간을 기발하게 포착한 사진은 학습자들에게 충격과 더불어 새로운 인식을 갖게 한다.

사진작가는 소녀의 사진을 찍고 독수리를 금방 쫓아 버렸다. 그 주변에는 소녀의 어머니도 있었다고 한다. 어머니조차도 어쩔 수 없는 상황이었는가 보다. 그런데 이런 기아 현상이 아프리카에서는 흔한 일이라는 게 더욱 충격적이다. 국제기구에서도 아프리카 아이들 중에서 회생 가능한 아이들과 사람들을 선택하여 음식과 의료시술을 제공한다고 한다. 학습자들은 이런 자료를 보면서 기아 현상이 얼마나 심각한지 느낄 수 있다.

사진을 통해서 학습자들은 우리 주변에서 볼 수 없는 기아 현상을 생각한다. 기아가 우리와 상관없는 일이나 지구상 반대편에 있는 일이라고 치부할 수도 있다. 이때 교사는 북한의 기아 현장에 대한 첨부자료를 보충한다. 또 우리나라에서 경제적 어려움 때문에 굶고 있는 학생들에 대한 자료를 활용할 수도 있다. 최근에 우리나라에서도 급식을 못하는 학생들이 너무 많다는 보고가 있었다.[67] 교육청에서 급식 보조를 받는 수가 급격하게 늘었다는 이야기를 통해 기아 문제가 우리 가까이에 있는 문제임을 상기시킨다.

---

67) 광주시교육청 학교급식계 최철형씨는 "학생들의 신체적 성장과 정서적 안정을 해치는 결식을 없애는 사업이 학습보다 시급한 현안"이라며 "차상위계층 자녀 5000여명을 포함하면 점심값 지원 대상자가 전체 학생의 10%에 이를 전망"이라고 말했다.《한겨레신문》(2008-02-04 08:27) 안관옥 기자.

    기아의 현상을 실감하지 못하는 학습자들에게 그림 자료는 충분
히 효과적이다. 그런데 기아 문제는 단순히 환경의 문제만이 아니다.
환경보다는 오히려 사회 구조적인 문제임을 주지시킨다. 기아를 극
복할 수 있을 만큼 과학기술이 발전했음에도 지구상에 기아문제가
점점 심각해지는 현상에 대한 이해가 필요하다. 교사는 학습자들이
이런 내용을 알고 어떤 반응을 표출하는지 발표할 수 있는 기회를
제공한다.

    다음은 김기택의 작품이다. 이 작품은 모두 아프리카 한 소녀의
아사 직전 모습을 소재로 한다. 위 사진을 보고 난 후에 학습자들은
다음 생태시를 쉽게 이해할 수 있다. 교사는 다음 작품을 순서대로
보여주고 어떤 반응을 하는지 주의 깊게 살피면서 수업한다.

자료 1.

　　　　아이는 모래 위에 웅크리고 앉아 있다
　　　　살이란 살은 굶주림이 모두 발라먹은
　　　　지금은 생선 가시처럼 눈만 뜨고 있는
　　　　한줌의 아이
　　　　빵을 기다리는 동안
　　　　있는 힘을 다해 머리를 들어올리던 가냘픈 모가지를
　　　　졸음이 톡, 꺾어버린다
　　　　무너지는
　　　　무너져 모래 위에 선명한 무늬를 남기는
　　　　한줌의 갈비뼈

　　　　오랫동안 끈질기게 한자리에 앉아서
　　　　독수리는 아이를 노려보고 있다

아아, 이렇게 슬픈 먹이도 있었던가
슬픈 먹이로
날개가 강해지고 눈에 매서운 빛을 더할 독수리는
의식을 진행하는 사제처럼 경건한 자세로
기다리고 있다
졸고 있는
배고픔의 기억이 말라 없어질 때까지 졸고 있는
한줌의 먹이를

김기택, 「사진 속의 한 아프리카 아이 1」전문

자료 2.

앞에서 바람이 불면
살갗은 갈비뼈 사이 앙상한 틈을 더 깊이 후벼판다.
뒤에서 바람이 불면
푹 꺼진 배는 갑자기 둥글게 부풀어오른다.
가는 뼈의 깃대를 붙잡고 나부끼는
검은 살갗.

아이는 모래 위에 뒹구는 그릇을 내려다보고 있다.
가는 막대기팔과 다리로 위태롭게 떠받친 머리통처럼
크고 둥근,
굶주릴수록 악착같이 질겨지는 위장처럼
텅 빈,
그릇 하나.

김기택, 「사진 속의 한 아프리카 아이 2」전문

자료 1. 2. 는 기아 문제의 현장을 보여주는 생태시이다. 교사는 작품을 보여주고 학습자들의 반응을 관찰한다. 학습자들은 다양한 반응을 표출하면서 자신의 의견을 정리한다. 학습자들은 작품 속의 소녀의 모습을 상상할 것이고, 그 소녀를 이해하고자 할 것이다. 소녀의 모습에서 느껴지는 안타까움과 애처로움을 깊이 있는 인식으로 이어나가야 한다.

'사진'과 '시' 자료는 매체상의 차이점을 지닌다. 사진에서 쉽게 볼 수 있는 아이의 이미지를 시에서는 학습자들의 상상력을 통해 채워야 한다. 그런데 사진 자료를 먼저 보여준다면 상상력의 제약을 가져올 수 있다. 교사는 이점을 적절히 조절하여 시를 먼저 보여주고 학습을 유도할 수 있을 것이다. 학습자는 사진과 생태시를 보면서 두 매체 사이의 차이점과 공통점을 찾아 학습해야 한다.

2) 생태시 자료 이해

앞에서 토론 학습을 위해서 김기택의 「사진 속의 한 아프리카 1, 2」의 두 작품을 제시했다. 이 두 작품의 주제를 파악하고 그와 반대되는 의견을 가지거나 또는 그에 동조하는 자료를 보충할 수 있다. 이 때 학습 목표는 "작품이 사회·문화적 상황의 산물임을 이해할 수 있다"와 "해석의 관점과 근거를 비교할 수 있다"로 제시한다. 학습자는 학습 목표를 숙지하고 교사는 학습자가 내면화하기 위한 학습 과정을 안내함으로써 그동안의 주입식·암기식 학습 방법에서 탈피한다.

학습자들은 토론을 준비하는 과정에서 자신의 학습 목표나 문제를 인지하고 그것을 해결하기 위해서 배경지식을 활용한다. 토론 학습 방법68)은 문학 작품을 이해함에 있어서 자신의 주장을 정리하고 표현함으로써 가치를 명료화한다. 토론 학습의 과정에서 제시하는 근거는 타당성과 논리성을 확보한 것으로 학습자들이 국어 수업뿐만 아니라 다른 교과 수업에서도 응용 가능하다.

　학습자는 자료로 제시된 작품 외에도 다른 작품과 관련지어 사회·문화적 배경을 이해한다. 자료로 사용한 김기택의 「사진 속의 한 아프리카 1, 2」는 아프리카 아이들의 기아 현상을 보여 준다. 이 작품은 아프리카 기아 현상이 소외된 빈민국의 일반적인 현상임을 알게 하고 우리들의 삶과 비교한다. 특히 문제는 기아 현상이 지구 상의 생태계와 연관된 현상이며 사회구조적인 문제로 발생한다는 사실이다.

　교사는 학습자가 토론을 정리하도록 '자유롭게 쓰기' 혹은 '반응일지 쓰기69)'의 활동을 계획할 수 있다. 그러나 본고에서는 토론 활동 과정을 중심으로 하므로, 토론 활동을 정리하는 학습지를 제공하여 정리하게 한다. 교사는 다양한 반응 과정이 충분히 정리되도록 지도한다.

　자료 2-1은 2연으로 구성되어 있다. 1연에서는 '아이'에 초점을 맞추어 묘사하고 2연에서는 '독수리'를 중심으로 묘사한다. 시적 화자는 일정한 거리를 두고 두 대상물을 바라보고 있다. 1연에서의 대상물은 "한줌의 아이"이다. 이 아이는 아사 직전의 상황이다. 시적 화자는 "가냘픈 모가지", "생선 가시", "한줌의 갈비뼈"를 통해 어린

---

68) 선주원은 학습자가 시 텍스트에 대한 자신의 반응을 표현하고, 이를 동료 학습자와 공유하기 전에 교사는 학습자에게 문학 토론에 능동적이고 의미 있는 문학 토론 방법을 모델화하는 것이 좋다고 한다. 문학 토론은 학습자의 이해를 촉진하고, 시 텍스트에 대한 이해와 반응을 명료하게 하며 동료와 협력적인 상호작용을 할 수 있다고 한다. 『시교육의 원리와 방법』, 박이정, 2003, pp. 66~80.

69) 위의 책, p. 173.

아이의 모습을 적나라하게 표현한다.

시적 대상물인 '아이'는 처참한 모습이다. 살이 하나도 없는 갈비뼈는 생선 가시와 같다. 한줌밖에 되지 않는 아이의 체구는 '빵'을 기다리고 있지만 그것조차 마음대로 하지 못한다. 아이에게 남아 있는 졸음이 아이의 의지를 꺾어버린다. 아이는 아사 직전의 졸음 때문에 모래 위에 무너져 내린다. 그 모습을 시적 화자는 '선명한 무늬'로 바라본다. 선명한 무늬는 독자들의 가슴에 새겨지는 안타까움으로 해석된다.

반면, 2연에서는 '한줌의 아이'를 노리고 있는 '독수리'를 묘사하고 있다. '독수리'는 "오랫동안 끈질기게" 기다리고 있다. 독자는 그 기다림을 보고 있는 시적 화자에게서 답답함을 느낀다. '독수리'는 생존을 위해서 아이의 죽음을 기다리지만 시적 화자는 아이를 살려야 하는 입장이다. 그런데 시적 화자가 행동하지 않음으로써 학습자들은 자신의 행동이 필요함을 느낀다.

'독수리'는 아이가 정신을 잃고 쓰러질 때를 노리고 있다. 독수리는 한줌의 먹이를 놓치지 않으려고 끈질기게 기다린다. 아이를 노려보고 쓰러지는 순간을 잡으려고 한다. 약육강식의 자연 섭리에 따른다면 독수리는 충분히 아이의 포식자가 될 자격이 있다. 하지만 인간이 독수리에게 자신의 아이를 먹이로 내준다는 것에서 우리는 도의적인 책임을 느낀다. 인간으로서 충분히 그 상황을 해결할 수 있기 때문이다. 동물이라도 새끼를 보호하기 위해서 최선을 다하는 것이 자연의 법칙이기 때문이다.

시적 화자는 두 대상물에 대한 자신의 태도를 일정하게 보인다. 시적 화자는 대상물과 일정한 물리적 거리를 확보하면서 심리적 거리도 조절하고 있다.[70] 시적 화자는 '슬픈 먹이'라는 표현을 통해서 자신의 감정이 '독수리'보다는 '한줌의 아이'를 향하고 있음을 알린다. 자신의 감정을 노출한 것은 한 행이고 다시 객관적인 거리에서 아이와 독수리를 묘사한다. 시적 화자의 시선은 '한줌의 아이'에서 '독수리'로, 다시 독수리에게서 아이로 옮겨진다.

이런 묘사의 방법은 시적 화자가 대상물을 객관적으로 인식하고 있음을 보여준다. 되도록 자신의 감정을 배제함으로써 독자들 스스로 판단하고 느낄 수 있는 여지를 남긴다. 자료 1에서 보여준 바와 같이 사진속의 사물은 객관적 대상물이다. 독수리와 쓰러져가는 아이가 일정한 거리를 두고 있듯이 카메라와 두 사물 사이에도 일정한 거리를 가진다.

학습자들은 궁금해진다. 과연 시적 화자는 도대체 어디서 무엇을 하는지 답답함을 느낀다. 어린 아이를 구해야 할 상황에서 시적 화자의 위치가 확인되지 않음으로써 긴장감을 형성한다. 학습자들도 시적 화자의 시선 이동을 따라 대상물을 읽는다. 대상물에 대한 안타까움은 자신의 삶을 바라보게 한다. 우리들은 먹을거리에 집착하고 더 맛있는 것을 찾는다. 그런데 빵 한 조각이 없어 죽어가는 아이를 보면서 반성적 사고를 한다. 이것은 시인 자신을 포함한 인류에 대한 비판의식을 이끌어낸다.

가난한 국가의 아이들은 선진국 아이들의 풍요로움과 대조적인 빈곤을 겪는다. 선진국 농민들은 수많은 농약과 비료를 살포하여 곡물을 대량 생산하고 발전된 과학 기술로 식량을 증산한다. 증산된 식량은 선진국의 부를 축적하는 도구로 이용된다. 선진국은 대량생

---

70) 심리적 거리는 미적으로 인식할 수 있는 마음의 상태이기 때문에 시를 창작하는 사람은 누구나 대상에 대하여 심리적 거리를 갖는다. 그러나 인식 주체자의 태도나 능력, 관점 등 여러 조건에 의해서 거리 조정이 달라진다. 조태일, 『알기쉬운 시창작 강의』, 나남출판, 1999, p. 137 참고.

산된 곡물을 수출함으로써 더 많은 부를 축적한다. 대량 생산된 곡물이 넘쳐나도 가난한 국가의 아이들에게까지 혜택이 돌아가지 않는다.

가난함은 생태학적 위기의 가장 우선적인 수혜자가 된다. 선진국의 아이들은 더 많은 돈을 지불하고 좋은 환경을 찾는다. 하지만 가난한 아이들은 가장 먼저 생태학적 위기로 오염된 환경과 만나야만 한다.71) 가난한 국가에서는 오염된 식량이라도 수입해서 생계를 이어나가야 한다. 수입된 식량조차 전 국민에게 제대로 배급되지 않기 때문에 아이들은 더욱 큰 피해자가 된다.

빈곤과 생태학적 위기는 서로 분리될 수 없는 문제들이다. 서로 다른 생태학적 위기들 사이에 시너지 효과가 존재하는 것처럼 전반적인 생태학적 위기와 사회적 위기 사이에서도 마찬가지다.72) 과학 기술이 발달하면서 선진국은 과학 기술을 개발도상국으로 수출하고 후진국은 기술 유입과 더불어 환경 오염원을 수입한다. 선진국은 오염 위험이 많은 기술을 이전함으로써 자국의 위험도를 낮추려고 한다. 그럼으로써 후진국은 환경 오염원도 고스란히 수용해야 한다. 결국 빈곤은 환경 오염원을 수입함으로써 자국의 생태계 파괴와 국민의 희생을 감수하게 한다.

"생선 가시처럼 생긴 한줌의 아이"가 죽음을 기다리고 있는 모습은 너무나 안타깝다. 그 아이는 '살'이 전혀 없고, 눈만 뜨고 있을 뿐 움직일 힘도 없다. 아이는 "배고픔의 기억"조차 간직하지 않은 듯싶다. 아이 뒤에는 '독수리'가 "아이를 노려보고 있다." 아이가 쓰러지

---

71) Jean Ziegler, 유영미 옮김, 『왜 세계의 절반은 굶주리는가?』, 갈라파고스, 2007 참고.
72) Herve Kempf, 진민정 옮김, 『부자들이 지구를 어떻게 망쳤나』, 에코리브르, 2008, p. 74.

기만을 기다리고 있는 독수리의 모습은 아이의 모습과 대조적이다. 대조적인 두 대상물을 통해 학습자는 긴장감을 느낀다.

자료 2-2에서 '아이'의 모습이 더욱 구체적으로 묘사된다. 아이는 외부의 시련에 맞서 생존하기 위해 투쟁하고 있다. 1연에서는 바람이 아이를 고통스럽게 한다. 아이에게 부는 바람은 '갈비뼈'를 후벼 팔 정도로 강하다. 사실적으로 아프리카에서 그렇게 강한 바람은 불지 않는다. 그런데 아이의 상태가 쓰러지기 직전이므로 더욱 강하게 느껴진다. 아이의 '푹 꺼진 배'는 돛대처럼 부풀어 오른다. 굶주림 때문에 부풀어 오른 것이다.

제 2연에서 아이의 시선 이동이 그려진다. 아이의 시선이 멈춰 있는 것은 '그릇'이다. 생존하기 위해서 음식을 섭취해야 하지만 먹을 음식이 없다. 굶주림은 일상이 되고 그것은 일상을 넘어서 죽음의 위기에 처해 있다. 생물학적으로 굶주린 위장은 더 살고 싶은 욕망 때문에 질겨진다. 하지만 채울 음식이 없는 그릇은 텅 비어 있다. 텅 빈 그릇은 텅 빈 위장으로 대치되고, 이것은 다시 생명이 사라지는 공간을 의미한다.

하나의 생태시 안에서도 어떤 배경지식을 가지고 있느냐에 따라서 이해와 감상에 차이가 나타난다. 생태시를 이해할 수 있는 배경지식을 제공해주고 이해와 감상 내용을 표출하게 한다. 위의 생태시는 인류의 생존과 가장 밀접한 관련이 있는 식량 문제에 대해 쓰고 있다. 인류는 역사 이래로 굶주림과 싸워야만 했다. 현재 지구에서 생산되는 식량으로 인류가 풍족하게 사용할 수 있지만 아프리카 및 아시아 일부 국가의 국민들이 극도의 기아로 죽어가고 있다.

과거에 교통수단이 제대로 발달되지 않았을 때에 인간은 흉년으로 많은 수가 죽어갔다.[73] 하지만 그것은 일부 지역에 한정된 것이었고 널리 퍼지지 않았다. 한 지역의 흉년이 다른 지역까지 영향을 미치지 않았기 때문이다. 그런데 교통수단이 발달된 현재에는 부를 획득한 소수에 의해 다수의 사람들이 기아로 죽어가고 있다. 부자 한 사람의 의지에 따라서 다른 나라의 가난한 사람들이 죽어가는 것이다.

부자들에 의해서 키워지는 애완용 개는 인간보다 더 호화로운 대접을 받는다. 인간은 개를 길들여 최초의 가축으로 삼았다.[74] 개는 수렵 사회에서 가축을 몰고 식량이 부족할 때는 식량원으로서 존재했다. 하지만 현대 사회로 올수록 애완동물로서의 기능이 강화되고 있다. 인간과 인간 사이의 소통이 단절되면서 애완동물을 통해 감정을 배출하기 위해서이다. 상대방을 배려하고 인정하는 인간과의 소통 대신 애완견은 마음대로 할 수 있다. 이와 같은 애완견에 대한 태도 변화는 자연의 섭리가 아니다.

생태 사회에서 개 또한 인간과 마찬가지의 생명체이다. 앞서 벌레와 인간의 생명을 동일하게 보는 '생태 환경에 대한 인식'에 대해 고찰했다. 인간은 소통의 대상으로서 애완견도 배려해야 한다. 최근에는 개의 식량소비와 환경오염에 미치는 영향이 문제되고 있다. 애완견은 위의 생태시에 등장하는 주인공보다 잘 먹고 좋은 시설에서 삶을 유지한다. 학습자들은 애완견에 대한 문제를 생태시에서 제기하고 있는 기아 문제와 논할 수 있다.

앞의 생태시에서 배추나 배추벌레, 귀뚜라미의 생명에 대한 새로운 인식을 이해했다. 그런데 아프리카에 태어났다는 이유만으로 죽어가는 아이들을 바라보면서 인간들의 욕심을 비판하지 않을 수 없

---

73) Larry Gonick · Alice Outwater, 앞의 책. pp. 117~119.
74) Charles B. Heiser, 앞의 책. pp. 63~66.

다. 배추는 배추벌레를 살리고 인간에게 자신의 생명을 나눈다. 그
런데 인간은 자신의 욕심을 채우기 위해 다른 인간을 희생시킨다.
우리는 타자에 대한 생명 존중의식이 없는 자본주의 사회에 대해 새
롭게 인식해야 한다.

학습자들은 앞의 「배추의 마음」에서 인간과 벌레(또는 식물이나
동물)의 관계에 대해 재인식했다. 시적 화자는 우리가 하찮게 여겼
던 벌레나 배추벌레의 생명도 소중함을 알려 주었다. 그런데 현실은
아프리카의 수많은 인류가 굶주림으로 죽어가고 있다. 생태시는 기
아의 현장을 고발하면서 인류가 살아가야 할 방향에 대해 제시해야
하며 학습자는 '생태 환경에 대한 인식'을 바탕으로 인류의 공존에
대해 고민하고 바람직한 미래 세계를 설계해야 한다.

3) 기아에 대한 배경 지식 제시

앞에서 그림 자료와 생태시를 이해함으로써 기아의 현장과 참혹
함을 볼 수 있었다. 그것만 가지고는 생태시에 대한 본질을 모두 이
해했다고 할 수 없다. 우리는 흔히 생태시를 환경과 관련된 것으로
만 인식하는데 그것을 넘어서는 철학적 배경과 사회 구조적인 문제
를 학습자들에게 이해시킬 필요가 있다.

따라서 다음과 같은 자료를 제시한다면, 학습자들이 기아의 현상
이 왜 일어나고 왜 문제 해결이 되지 않는지를 파악할 수 있다. 자료
를 이해하고 자신의 주장을 강화시킴으로써 기아 문제를 해결할 수
있는 방법을 찾을 수 있을 것이다. 다음의 자료는 선진국의 국민과
인권 단체, 또는 개별 국가가 기아 현상을 바라보는 시각이 다름을
보여준다.

자료 3.

기아는 자연도태? 아니면 어쩔 수 없는 운명? (부록1)

장지글러 지음/유영미 옮김, 『왜 세계의 절반은 굶주리는가?』, 갈라파고스, 2007.

자료 4.

기아문제를 전면 다시 생각하라

부자들의 쓰레기는 가난한 이들 먹을거리 (부록2)

http://blog.naver.com/chunginbok/90019083142

자료 5.

식량 위기, '강 건너 불'인가 (부록3)

-김성훈(상지대 총장, 전(前) 농림부 장관), 《경향신문》, 2008. 03. 06.

자료 3은 기아의 기원을 소개하면서 산업 발달 이후에 기아가 점점 사라지기 시작했다고 한다. 과학 기술의 발달로 기아가 점점 줄어들고 현재는 지구에서 생산되는 식량으로 더 많은 지구의 인구도 먹여 살릴 수 있다. 하지만, 식량의 잘못된 '분배'에 의해서 기아가 발생한다. 게다가 서구 부자나라 사람들은 기아를 '자연도태설'로 설명하면서 기아를 당연히 받아들여야 하는 운명이라고 주장한다.

지금 지구의 인구는 60억으로 알려져 있다. 최근 자료에 의하면 4억에서 7억의 인구가 영양 부족에 시달리고 매년 기아 및 그와 관련된 질병으로 1천 3백만에서 1천 8백만 명이 죽는다고 한다. 영양 결핍은 아시아, 아프리카, 라틴아메리카의 국민들에게 이루어진다. 이곳에 전 세계 인구의 대다수가 밀집해 살고 있다.75) 현재 지구는

---

75) Charles B. Heiser, 앞의 책, pp. 303~304.

120억 명의 인구를 살려낼 수 있는 식량이 생산되고 있다. 그런데도 가난한 자들은 굶주림을 이겨내지 못하고 있다.

이런 기아 문제를 해결하기 위해서 많은 사람들이 농업 혁명에 기대를 걸고 있다. 농업의 생산력 증가는 석유 에너지의 사용과 밀접한 관련을 맺고 있다.[76] 석유 에너지와 더불어 비료와 제초제, 살충제를 살포하는 데에도 석유가 필요하다. 제초제는 잡초를 죽일 뿐만 아니라 경작지의 생산력을 줄인다. 그럼으로써 점점 더 많은 비료와 농약을 필요로 한다. 제초제에 대한 사용 양상은 변화할 것이다. 저항성 유전자가 잡초로 전파되면서 제초제에 대한 저항성은 점진적으로 확장될 것이고, 제초제는 더 많이 그리고 보다 널리 사용될 것이다.[77]

기아문제는 인간 사회의 부익부 빈익빈 현상을 가장 큰 원인으로 한다. 인간은 자연의 혜택을 입으면서 그것을 나누려 하지 않기 때문에 문제가 발생한다. 개인의 이익을 추구함으로써 발생하는 사회적 위기는 생태계의 위기와 연관을 가진다.[78] 이 두 가지 문제는 자본주의에서 소수 지배층의 이익 추구 때문에 기인한다. 그런데 소수 지배 체제는 이 문제들을 유리시킴으로써 기존 질서를 유지한다. 지배층은 기존 질서를 유지하기 위해 교육을 이용하는데 이것을 역이용함으로써 생태계와 사회적 위기를 구할 수 있다.

위에서 생태시를 이해시키고 반응을 유발하기 위한 자료로서 도서 자료, 인터넷 자료, 사진 자료, 신문 자료를 활용하였다. 사진 자

---

76) 위의 책, pp. 307~308 참고.
77) Vandana Shiva, 앞의 책, pp. 171~172 참고.
78) Herve Kempf, 앞의 책, pp. 6~7 참고. 저자는 이 책을 쓰게 된 동기를 지구의 생태학적 상황은 지구 자체의 악화뿐 아니라 위기를 자각하는 수백만 시민의 노력까지 저하된 상태라는 것과 현재 사회 체제가 자본주의라는 것에 문제 제기한다.

료는 퓰리처상을 수상한 케빈 카터(Kevin Carter)의 작품이다. 이 작품은 아사 직전의 소녀가 쓰러져가고, 독수리가 뒤에서 소녀가 죽기만을 바라고 있는 모습을 기묘하게도 포착하고 있다. 이 작품에서 소녀는 앙상한 모습으로 독수리와 굶주림에 의한 죽음의 위협에 놓여 있다. 이 때 독자들은 누군가의 도움도 존재하지 않는 상황에 대해 안타까움을 느낀다.

자료 3의 「기아는 자연도태? 아니면 어쩔 수 없는 운명?」에서도 기아의 기원을 이야기한다. 기아는 사회구조에 의해 더욱 비극적인 방식으로 심각해지고 있음을 밝힌다. 따라서 FAO의 평가를 인용하여 120억 인구도 먹여 살릴 수 있는 식량이 생산되지만 분배의 문제가 발생한다고 한다. 부자 나라 사람들은 '자연도태설'을 통해 점점 높아지는 인구밀도를 기근이 적절히 조절하고 있다고 본다. 따라서 기아가 산소 부족과 인구 과잉에 따른 치명적인 영향으로부터 지구를 보호한다는 것이다.

자료 5는 기아 문제의 심각한 사례를 제시하면서 소는 배를 채우고, 사람은 굶어 죽어가는 현상을 설명한다. 전 세계에서 수확되는 곡물의 25%가 선진국 소들의 사료로 제공되는데 이 양은 만성적인 기아에 허덕이는 잠비아 같은 나라의 연간 필요량보다도 많다. 또 필리핀에서는 빈민층이 부자들의 쓰레기 더미에서 식량을 찾아 하루하루를 연명하고 있는 현실을 보여준다. 이들은 오염된 음식을 섭취함으로써 기생충과 전염병에 노출되어 있다고 한다.

자료 5에서는 지구촌의 식량위기를 알린다. 지구촌은 애그플레이션(agflation) 현상으로 몸살을 앓고 있는데 이것의 원인은 자연 현상뿐만 아니라 구조적 요인들이 복합적으로 얽혀 있다. 그 원인은 이상 기후, 유가 급등, 육류 소비 증가로 인한 사료 곡물의 수요 증가, 경제 정책, 곡물 수출 강국들의 '식량 자원 민족주의(무기화) 전략' 때문이다. 우리나라도 식량 자급률이 낮기 때문에 식량 자급률을 늘려서 만약을 대비해야 한다.

교사가 이와 같이 다양한 자료를 제시함으로써 학습자들은 배경지식을 형성한다. 학습자는 자료를 이해하고 그것들에 대해 반응한다. 학습자는 학습 자료의 특성을 이해하고 학습 자료를 자신의 목적에 따라 적절히 활용할 수 있는 능력이 필요하다. 학습자들은 이해하지 못하는 내용을 교사에게 질문하거나 학습자들 상호간에 토의함으로써 해결할 수 있다.

가장 직접적인 효과를 가지는 것은 사진 자료이다. 배경지식이 부족하여 다른 자료에 대한 이해와 정리를 하지 못하는 학습자라도 사진 자료는 이해하기 쉽다. 학습자들은 수준에 따라 사진 자료를 이해하고 그에 적절한 반응을 표출한다. 반면 도서 자료나 인터넷 자료, 신문 자료는 교사의 설명을 필요로 하는 학습자가 다수이므로 배경지식을 형성하기 위해서는 교사의 역할이 중요하게 부각된다.[79]

위의 내용을 바탕으로 기아 문제가 단순히 한 국가의 문제가 아님을 알 수 있다. 우리들이 경험하지 못한 내용이지만 시적 상상력과 자료를 통해 배경지식을 형성한다. 특히 북한에 사는 우리 동포들의 생활상을 보여주는 것도 도움이 된다. 학습자들은 기아에 대한 배경지식과 사진 자료를 통해 생태시를 좀 더 구체적이고 실감나게 이해할 수 있을 것이다.

---

[79] 메사추세츠 교육 과정에서는 교육 과정 운영에서 학생들의 수준 차이로 인해 학습 기준 적용이 적합하지 않을 때에는 이전 기준을 적용하거나 혹은 더 어려운 텍스트를 다룰 수 있도록 명시되어 있는 점이 특이하다. 이는 교육 과정 운영이 상당 부분 교사에게 위임되어 있음을 보여준다. 최지현 외, 앞의 책, p. 167.

4) 토론 학습

'토론'은 학습자들의 적극적인 학습을 이끌어 낼 수 있어 생태시 교육에서 필요하다. 교사는 토론 활동 과정 중에서 작품에 대한 학습자의 개인적 반응을 정리하고 그 반응에 대한 적절한 표현 기회를 제공한다. 다양한 '교육적 의사소통'[80]이 활발하게 이루어지게 하기 위해서이다. 학습 과정에서 토론하기의 내용과 활동 과정을 통해서 학습자들은 표현의 기회를 제공받는데, 토론 시 학습자들은 찬성자와 반대자로 양분하여 토론을 진행한다.

토론의 진행 방법은 6~8명씩 짝수로 모둠을 구성하여 찬성자와 반대자로 나눈다. 그리고 찬성자와 반대자를 선택하여 그 비율을 조절한다. 토론 주제는 학습자들이 모둠별로 토의 과정을 거쳐 하나의 문장 형태로 진술하도록 한다. 교사는 찬반 양론이 성립 가능한 토론 주제를 선택해서 토론 주제가 적절한지 판단하고 반 전체 학생들에게 주제를 제시한다.

찬성자는 토론 주제에 대한 긍정적 가치를 주장하고 반대자는 토론 주제에 대한 부정적 가치를 주장한다. 이 때 찬성자와 반대자의 근거 제시가 가장 중요하다. 학습자들은 근거를 제시할 때 그 근거의 타당성과 신뢰성, 실현 가능성에 대한 판단 능력이 부족하다. 이 때 교사가 적절히 지도함으로써 학습자는 근거 제시의 타당성에 대한 판단 능력이 생성될 것이다.

---

80) 교육적 의사소통은 교사가 학생들의 학습이 일어나게 하고, 그 학습을 유지하거나 수정하게 하며, 학생들이 자발적으로 자신들의 학습 상황을 성찰하도록 돕는 것을 말한다. 이러한 의사소통에는 학생들 자신이 이해한 것을 수정할 수 있는 기회가 포함된다. 교사가 학생들의 사고 과정, 장점, 한계 등을 이해할 뿐 아니라, 후속적인 교육적 조치를 시작할 수 있다는 점에서 그러하다. 최지현 외, 앞의 책, p. 101.

학습자들은 자신의 주장을 표현하는 데 부담을 느낀다. 교사는 학습자들에게 예시 반응을 제공함으로써 자연스러운 표현을 이끌어 낼 수 있다. 학습자들이 토론에 익숙해지면 논쟁의 재미를 알게 되고 토론 학습에 적극적으로 참여한다. 학습자는 토론 과정에서 근거를 바탕으로 주장하면서 미처 정리하지 못했던 내용도 자연스럽게 정리한다. 타인의 주장을 들으면서 자신의 생각을 수정할 수 있는 기회도 제공되는데 이런 과정이 학습자의 자기주도적 학습이 된다.

교사는 학습자들의 의사소통 과정을 살펴보면서 학습자들의 의견을 정교하게 다듬는 역할을 한다. 교사는 학습자의 의견을 듣고 그것이 찬성 의견이라면 어떤 근거를 제시해야 하는지를 안내한다. 학습자는 교사의 정리 내용을 통해 자신의 표현 방법에 문제점을 인지한다. 학습자들은 기존 교육 과정에서 표현 기회를 많이 갖지 못했는데 자신의 의견을 분명히 정리하고 표현하는 방법에 대해 학습할 수 있다.

교사는 의사소통 과정에서 학습자들의 생각을 끌어내는 발화를 제시하고, 그 결과 발생하는 학습자들의 부족한 부분을 긍정적으로 처치해 주어야 한다. 부족한 부분에 대한 질책이나 경고보다는 부족한 부분을 보충할 수 있는 구체적인 방법을 제시한다. 구체적 방법은 학습자의 주장을 교사가 반복하면서 부족한 부분을 설명함으로써 가능하다. 실제 수업에서는 토론 내용을 정리하고 예시 자료로 사용한다.

학습자들은 자연도태설에 대해 충분히 이해하는 과정이 필요하다. 따라서 자연 과학에서 제기하는 자연도태설을 먼저 배경지식으로 이해한다. 학습자들은 과학 과목에서 교수 – 학습한 상황이라도 다시 개념을 익힌다. 자연도태설은 자연 생태계에서 강한 종이 환경에 적응하여 살아남고 약한 종은 도태된다는 학설이다. 그러나 자연도 태설이 인간 사회의 구조적 문제로 발생하는 기아를 설명할 수 있느 냐는 의문이 제기된다. 문제 제기를 바탕으로 자연도태설에 대한 부 정적 입장의 의견을 모을 수 있다.

부정적 입장[81]으로 첫째, 기아가 인류의 잘못된 욕망이 원인이라 고 지적한다. 인간은 끊임없는 욕망 충족을 위해서 자연뿐만 아니라 타인까지 희생시킨다. 현대 사회의 물질욕은 끝이 없다. 소비를 촉 구하는 광고와 사회 구조 때문에 현대인은 자신도 모르는 사이 욕망 의 희생물이 된다. 자연을 훼손하고 타인을 지배하려는 인간의 이기 심이 인류 전체를 멸망의 길로 내몬다는 의견이다.

둘째, 기아 문제는 얼마든지 인간의 힘으로 해결 가능하다는 것이 다. 지구상에서 생산되는 식량의 양이 120억 명의 인구를 먹여 살릴 수 있다. 그런데도 굶어죽는 인류가 발생하는 것은 인간이 해결 의 지를 갖고 있지 않기 때문이다. 기아 문제는 강대국의 이기적인 발 상으로부터 시작한다. 강대국은 기아를 겪고 있는 아프리카나 아시 아 일부 국가에 식량을 원조하는 대신 더 많은 기득권을 요구한다. 강대국으로서 다른 국가에 대한 힘의 과시를 원한다. 그들은 식량을 무기로 사용하여 원조 대상 국가에 권력을 행사하고자 한다.

셋째, 아프리카의 정부도 기아 문제에 대한 해결 의지를 가져야 한다. 아프리카 정부는 자신들의 이익을 위해 기아 문제를 외면한다.

---

81) 유전공학적 패러다임은 살아 있는 유기체와 생물 다양성을 '인공적'인 현상으로 재 정의함으로써 생태학적 패러다임의 마지막 영역마저 몰아내려고 있다. 그러나 유전공학과 생명공학 기업들의 상업적 이익을 뒷받침하는 환원주의적 생물학 패러 다임의 발흥은 그 자체가 조작된 것이라고 할 수 있다. 왜냐하면 이것은 연구자에 대한 포상과 인정뿐만 아니라 연구비 지원을 통해서 이루어져 왔기 때문이다. Vandana Shiva, 앞의 책, pp. 56~57.

인도적 차원에서 기아 문제를 해결하려는 국제 기구의 도움이 지속되고 있지만 정부는 지원받은 식량을 자신들의 이익과 편리대로 이용한다. 그들은 원조한 식량을 무기와 교환하여 아프리카의 내전에 사용한다. 내전과 무관한 국민들은 정치적 의사 결정권 없이 아사 직전의 상황으로 내몰린다.

넷째, 기아 문제는 분배의 문제이다. 부의 집약은 지구 전체를 대상으로 한다면 강대국 대 약소국, 대륙으로는 아메리카와 유럽 대 아시아와 아프리카로, 한 국가 내에서는 부자와 가난한 자로 나뉘게 한다. 따라서 기아를 겪고 있는 사람들은 약소국인 아시아 · 아프리카의 가난한 자로 정리된다. 가난하기 때문에 최소한의 인권조차 보장받지 못하고 있는 상황이다.

이에 반해 긍정적 입장을 취하는 학습자도 있다. 이들은 지구라는 환경에 적응해서 살고 있는 인간도 생물체의 일부분으로 본다. 인간 또한 동물이므로 동물의 생태에서 거론되는 자연도태설이 성립 가능하다는 입장이다. 생물체는 환경에 적응해 살 수밖에 없다. 그렇지 않다면 멸종한다. 인간은 생명체 중에서도 한 종으로서 가장 많은 종을 식량으로 섭취할 수 있기 때문에 가장 번성한 동물이다. 인류의 번성은 지구에게 최악의 상황이므로 자연도태설이 필요하다는 것이다.

긍정적 입장[82]은 자연도태설이 유한한 지구의 자원을 고려한다면 어쩔 수 없는 상황이라는 것이다. 앞에서도 말했듯이 인간은 지구상에서 번성할 수 있는 가장 좋은 조건을 갖춘 종이다. 그럼에도 불구

---

82) 유전공학과 생물학의 발전에서 등장하는 환원주의는 단 하나의 종(즉 인류)에만 본질적인 가치를 부여하고, 다른 종들에 대해서는 도구적 가치만 부여한다고 주장함으로써 긍정적 입장을 취한다. 위의 책, pp. 57~66 참고.

하고 더 많은 인류를 지구상에 수용하기 어렵다고 보고 자연도태설을 긍정적으로 판단한다. 인간이 기하급수적으로 늘어난다면 식량 문제와 더불어 이산화탄소의 증가, 인류의 터전을 만들기 위해 사라져야 할 숲을 고려해야 한다. 따라서 이런 문제를 해결하기 위해서 인류에게도 자연도태설은 자연의 법칙으로 적용시켜야 한다.

둘째, 인간도 자연의 일부분이므로 자연의 법칙인 자연도태설을 따르는 것이 마땅하다. 생명체에게 자연도태설의 예외는 없다. 환경의 변화에 민감하게 적응하지 못하는 생명체는 사라질 수밖에 없다. 인류는 환경의 변화에 가장 잘 적응한 생명체이다. 그 중 환경의 변화에 적응하지 못하는 인류만이 도태되므로 또 다른 인류의 희생을 막기 위해서 필연적일 수밖에 없다. 따라서 자연도태설에 도덕적인 죄의식을 가지지 않는다.

셋째, 현대 사회는 경쟁 사회로 그 경쟁에서 살아남기 위해서 더욱 치열한 싸움을 해야 한다. 경쟁 사회는 개인의 지적 능력을 바탕으로 한 더욱 전문적인 능력을 요구한다. 전문적인 능력이 없는 인간은 기계로 대치 가능하다. 이 경쟁 사회에서 생존하기 위해서 교육에 대한 투자가 필수적이다. 자본이 없어서 교육에 투자하지 못한 인간은 낙오되고 자연 도태될 수밖에 없다. 아시아·아프리카의 빈민국은 가난 때문에 교육에 투자할 여력이 없다. 따라서 이들은 경쟁 사회에서 도태될 수밖에 없다.

넷째, 자연도태설에 의해 적정 수준의 인구비가 맞춰진다면 지구 생태계 측면에서도 효율적이다. 현재 사회를 이루는 자본주의는 소비지향적이다. 인간은 소비 행위를 지속함으로써 자연 자원을 소모한다. 자연 자원의 유한성을 고려한다면 능력 없는 인류의 자연도태는 적절한 희생이다. 어쩔 수 없는 상황에서 최선의 선택이라는 결론이다.

이와 같이 학습자들은 자연도태설에 대한 자신의 의견을 제시한다. 그리고 그 해결 방안을 이끌어내기 위해서 다음과 같은 제안을 했다. 우선은 아프리카 및 각국 정부의 해결 의지가 필요하다는 것이다. 아프리카는 내란으로 인해 정부가 식량 원조 물품을 국민들에게 배급하지 않는다. 자신들의 정치적 우위를 점하기 위해서 국민들을 희생양으로 삼는다. 그러므로 아프리카를 포함한 아시아 각국 정부의 노력이 시급하다.

둘째, 지구 생명의 역사는 생명체와 그 환경의 상호작용의 역사이다. 20세기 들어서 오직 단 하나의 생물종, 즉 인간만이 자신이 속한 세계의 본성을 변화시키는 놀라운 위력을 획득했다.[83] 인류는 동물 중에서도 특별한 능력을 가지고 있기 때문에 자연도태설을 인류에게 적용시키는 것은 적절하지 않다.

셋째, 기아 문제에 대한 심각성을 인식한 세계 각국의 노력이 필요하다. 인도적인 차원에서 다른 국가의 기아 문제를 인식해야 한다. 다른 국가의 기아 상황이 국부적인 지구의 문제가 아님을 인식해야 한다. 식량을 무기화하는 강대국이 늘어난다면 식량 자급률이 낮은 우리나라도 언제 원조 대상 국가가 될지 모른다. 따라서 우리나라의 식량 자급률을 늘릴 뿐만 아니라 기아국에 대한 인도적인 노력 또한 더해야 할 것이다.

넷째, 현대 자본주의 체제의 문제점을 인식한다. 기아 문제가 분배의 문제임을 인식하고 그에 대한 대책을 세워야 한다. 강대국 또한 이기적인 발상을 전환해야 한다. 식량을 무기화함으로써 다

---

83) Rachel Carson, 앞의 책, p. 36.

른 나라에 대한 기득권을 요구해서는 안 된다. 지구 생태계가 예측가능하지 않은 범위로 변했을 때, 대륙의 토착민의 지혜로부터 해결책을 얻을 수도 있다. 자본주의 체제에 길들여진 삶의 방식 외의 다양한 삶의 방식을 이해하고 수용해야만 인류의 번성도 지속될 것이다.

토론 내용으로 주장과 그에 따른 근거를 정리할 수 있다. 학습자들은 자신의 주장에 따라 적절한 근거를 제시하였다. 하지만 그 주장과 근거는 교사가 기대하는 도덕적 가치 기준과 동떨어져 있다. 학습자들은 대부분 자연도태설에 대해 긍정적 입장을 취하고 있었다. 이 때 교사는 학습자들에게 도덕적 기준을 어떻게 부여할 수 있을지 고민한다. 교사가 학습자들의 반응에 대해 도덕적 가치 기준을 부여한다면 학습자의 반응의 자유가 구애를 받을 수 있다. 그렇다고 가치 기준을 제시하지 않아도 문제가 발생한다. 교사는 적절한 범위에서 가치 기준을 부여하는 것이 바람직하다.

토론 학습을 통해서 학습자들의 자유로운 반응을 정리한 결과, 도덕적 가치에 대한 교육이 필요함을 절실하게 느낀다. 따라서 학습자들에게 다시 한 번 생각해 볼 수 있는 보충·심화 과제를 제시해 주는 것도 하나의 방법이다. 교육은 지속성을 지녀야 하므로 이번 학습 내용이 다른 생태시 교육 내용에서 다시 통합될 수 있도록 교수－학습 방법을 설계한다. 자연도태설의 부정적 입장을 나타내고 있는 자료를 더 첨부함으로써 학습자 스스로 주장을 재검토한다.

학습자들은 시적 상황을 급박하게 인식하고 반응했다. 그들은 자신들이 마치 소녀를 바라보고 있는 것처럼 흥분했다. 이런 반응은 시교육의 장점으로서 학습자들과 시적 화자 사이의 공감대 형성이 용이함을 보여준다. 학습자들은 문학적 상상력을 통해서 자신들이 읽고 있는 시에서 하나의 장면을 떠올리고 장면을 생생하게 기억할 수 있다.

학습자는 작품 속 등장인물의 상황을 바탕으로 '생태 환경에 대한 새로운 인식'을 형성한다. 교수 – 학습 활동에서 생태시의 정서와 분위기를 호흡한다. 토론 학습 방법은 학습자의 적극적인 활동이 담보되어야만 효과를 누릴 수 있다. 이 때 학습자의 생태시 이해와 감상 능력이 다소 부족하다고 하더라도 학습자들의 인식 변화를 기대할 수 있다.

학습자들은 생태시를 읽고 가장 감정적인 반응을 하기 쉽다. 이런 감정적 반응은 금방 잊혀진다. 교사는 감정적 반응을 인지적인 반응으로 이끌어 내기 위해서 '비평문 쓰기 활동'을 제시한다. 비평문 쓰기는 반응을 심화하는 단계이므로 학습자들은 각자의 의견을 정리하는 기회가 되고 학습자들의 '생태 환경에 대한 인식'으로 발전한다.

4 비평문 쓰기

문학 교육의 목표는 '문학 능력'을 키우는 것이다. 이 '문학 능력'은 '학습자가 문학 현상에 능동적으로 참여하여 문학 문화를 형성하는 데 필요한 능력'이다.[84] 문학에 적극적으로 참여하는 방법은 문학 작품의 창작과 수용 과정에서 가능하다. 문학 창작 교육과 더불어 문학 수용에 대한 다양한 교육적 방법에 대한 고려가 필요하다.

문학 교육 중에서도 특히 생태시 교육은 다양한 방법으로 창작 교

---

84) 박경신 외, 『문학(하) 교사용 지도서』, 금성출판사, 2006, p. 11.

육을 시도할 수 있다. 생태시를 다양하게 읽고 그에 대한 시어와 일
상어의 의미를 이해하는 데 그치지 않고 모방시 창작과 한줄 감상
쓰기 활동 등을 할 수 있다. 이를 바탕으로 하여 10학년에서는 생태
시를 이해하고 감상한 내용을 비평문으로 작성할 수 있으리라 기대
한다.

　문학 과목은 다른 과목과 달리 정의적 성격이 강하므로 문학 과목
의 교육 목표 또한 학습자들의 정의적 성격의 변화를 요구한다. 문
학 과목을 교수 ‐ 학습함으로써 문학을 통해 학습자들이 '생태 환경
에 대한 인식'을 깨닫고 감동을 느낀다. 그런 과정에서 일상생활에
'생태 환경에 대한 인식'이 반영되는 삶을 살아가기를 기대한다. 따
라서 7차 교육 과정에서는 문학 과목에서 '내면화'와 '영속화'[85]의
과정을 중요하게 다룬다.

　학습자는 문학 작품을 읽고 학습 내용의 내면화와 영속화를 위한
수업을 한다. 교사는 비평문 쓰기 활동을 제시한다. 비평문 쓰기는
7차 교육 과정에서 다루어지지 않았다. 다만 7차 교육 과정에서는
표현의 효과에 대해서 평가하도록 했는데, 교수 ‐ 학습과 평가 이후
에 능동적으로 의미를 구성했다. 이 때, 적극적인 이해 활동의 일부
분으로서 평가의 과정을 중요하게 다루었다. 표현의 효과에 대해서
는 수필과 외국인의 글을 제시했다. 수필 「산정무한」에서는 다양하
고 세련된 표현 기법에 대해 교수 ‐ 학습하고자 했으며, 외국인의
글에서는 객관적인 근거를 찾아보게 함으로써 학습자들이 글쓰기를
할 때 필요한 요소에 대해 교수했다.[86]

　그런데 개정 교육 과정에서는 문학 작품에 대한 학습자들의 비평

---

85) 위의 책, p. 16 참고.
86) 교육인적자원부, 『고등학교 국어(하)』, 교학사, 2007, 6단원 '표현과 비평' 참고.

안목을 향상시키고자 하는 의도로 학습 내용을 제시한다. 실제로 학습자들이 글쓰기를 두려워하기 때문에 비평문 쓰기가 쉽게 이루어지기는 어렵다. 앞서 7차 교육 과정에서 비평적 준거에 대한 이론을 학습하기는 했지만 그 학습 내용을 글쓰기에 적용하기 쉽지 않다. 대학 입시에서 요구하는 논술문 쓰기에 대한 부담감을 고려해 볼 때 비평문 쓰기를 위한 교수 - 학습 방법에 대한 연구가 필요하다.

학습자들에게 제시되는 학습 내용과 주제 의식에 따라 학습자들의 반응이 달라진다. 생태시는 학습자들이 쉽게 이해·감상하고 자신이 알고 있는 배경지식을 활용하여 비평문 쓰기가 가능하다. 비평문이라는 생소한 글의 형식을 완전하게 요구하기보다는 학습자들이 비평에 대한 인식을 갖게 하고, 나름대로 감상 내용의 근거를 찾게 함으로써 비평문에 접근하는 것이 바람직하다.

학습자들이 입시에 대한 부담을 느끼는 것처럼 글쓰기에 대해서도 막연한 부담을 가진다. 이 때, 생태시를 접근시킨다면 현실에 대한 문제 제기와 해결 방향이 글쓰기에 적용될 수 있다. 막연한 생태 환경에 대한 불안보다 문제 상황을 부각시킴으로써 좀 더 자연스러운 글쓰기를 통한 해결이 될 것이다. 생태시는 바로 학습자 자신의 현실 문제와 연결되므로 해결 방향이 더 구체적으로 제시된다. 해결 방향도 공격적이거나 경쟁적이지 않고 포용적이고 조화로운 상생의 삶을 구하기 때문에 더욱 학습자들의 인성 형성에도 도움을 준다.

본래 생태 비평은 문학과 환경의 관계를 드러내고자 한다. 본고에서는 생태시 교육을 통해 인간의 생존과 직결된 생태시에 대한 비평을 학습자들에게 제공했다. 교육 과정의 위계성을 찾기 위해서 10학년의 최종 단계에서는 앞서의 학습 방법을 아우르면서 학습자 자신의 내면화 단계로서 비평문 쓰기를 제시한다. 교사는 '비평문 쓰기'

를 학습자들이 선수 학습 과정을 통해 자연스럽게 접근하도록 한다.

'비평문 쓰기'를 위해서 우선적으로 학습자들이 생태시를 읽고 주제 문장을 만들어 보게 했다. 그리고 그에 따른 근거 찾기 과정을 교수 - 학습했다. 비평문은 과학적 방법을 통해 작품을 이해하고 감상하는 것이다. 따라서 과학적으로 보편타당한 내용이 근거로서 제시되어야 한다. 근거는 문학 작품을 정확하게 읽어낼 수 있는 힘이다. 그리고 문학 작품에 대한 독창적인 이해와 감상 내용이 필요하다. 많은 학습자들이 개성적인 표현 방법을 찾기 어렵지만 거친 표현을 수용한다면 학습자들의 개성 찾기가 좀 더 쉬워질 것이다.

비평문을 쓰고 난 후에는 평가의 내용이 구체적으로 이어져야 한다. "문학은 수용과 창작 영역을 중심으로 문학의 본질, 문학과 문화, 문학의 가치화와 태도 영역의 평가가 조화를 이루도록 한다."[87] 특히 문학 작품의 수용에 관련된 비평문 쓰기는 '창의성과 적절성'을 기준으로 평가한다. 평가 과정에서는 구성 요소를 분석적이기보다는 총체적으로 다룬다. 교사는 학습자의 의도를 살려 학습자 개인의 성취 수준을 판단한다.

학습자들은 작품을 읽고 다양한 이해와 감상 내용을 정리한다. 자신이 정리한 내용과 교사가 예시로 제시한 비평문을 통해서 이해와 감상의 다양성을 고려한다. 학습자들은 미처 자신들이 발견하지 못한 부분을 읽거나, 자신들이 감상했어도 표현 방법을 몰라서 표현하지 못한 부분에 대한 학습을 이룰 수 있다.

학습자들에게 비평문을 쓰도록 하기 위해서는 비평문을 제시해주고 비평문을 많이 읽을 수 있는 기회를 제공하는 것이 중요하다. 다양

---

87) 박경신 외, 앞의 책, p. 21.

한 자료를 통해서 비평문의 형식을 학습자들이 익히도록 한다. 다음
은 비평문 쓰기를 위한 과정을 순서대로 재현해 보았다. 학습자들이
단계별로 학습하면서 비평문 쓰기의 작업을 진행할 수 있을 것이다.

1) 빈 칸 채우기

다음 활동은 초등학교 1학년부터 10학년까지 다양하게 교수 – 학
습에 활용할 수 있다. 10학년에서는 학습자들의 이해와 감상 내용을
정리하여 표현할 수 있도록 계획하였다. 순서대로 위계성을 가지고
있어 학년과 학습자의 수준에 맞게 수업 내용을 계획하여 시행할 수
있다. 간단하게 '빈칸 채우기'부터 '감상문 쓰기'에 이르기까지 학습
활동을 제시한다.

이것은 한 시간 교수 – 학습 과정에서도 학습자들의 모둠별 수업
을 통해 다양하게 실현시킬 수 있다. 예를 들어 모둠을 6명씩 6개로
조직했다면 구성원의 능력에 따라서 같은 생태시를 이해·감상하고
다른 표현 양식을 요구한다. 또는 구성원 각자에게 다른 작품을 주
고 같은 방법을 요구할 수 있다. 학급 전체에게 같은 생태시를 이
해·감상하게 하고 모둠별로 다른 표현 양식을 요구하거나 모둠별
로 다른 작품을 제시하여 다른 표현 양식을 요구할 수도 있다. 교사
는 학습의 제 요건을 고려하여 다양한 방법을 구안·적용한다.

감상 표현에서 학습자들의 수준과 학습 능력을 고려하여 다음과
같이 위계적인 내용을 구안했다. 자료는 「배추의 마음」을 통해 비평
문 쓰기의 과정을 제시한다. 앞서 토론 학습을 통해 학습한 「아프리
카의 아이」를 자료로 사용한 비평문 쓰기는 예시문으로 제시할 수
있다. 예시문을 통해 학습자들은 자신의 수준에 알맞은 비평문 쓰기

를 완성한다.

「배추의 마음」은 인간과 식물, 인간과 벌레, 인간과 인간의 관계에 대한 이해를 필요로 한다. 교사는 단답형으로 문제를 제시하여 학습자 자신의 삶과 타자의 관계론적 삶에 대해 이해시킨다. 단답형의 답은 다양하게 제시될 수 있는 포괄적인 물음을 제시한다. 학습자들이 포괄적인 물음에 대해 상상력을 펼칠 수 있도록 하기 위해서이다. 하지만 교사는 이런 활동을 통해 최종적으로 학습자들의 '생태 환경에 대한 인식'을 이끌어낸다.

빈칸 채우기에서 「배추의 마음」의 구절을 인용하여 부분 부분을 빈칸으로 남겨 놓는다. 교사는 학습자들이 배추의 마음을 읽고 연상되는 내용을 바탕으로 적절한 단어를 찾아 쓰도록 한다. 학습자들은 배추가 가지고 있는 것, 배추에게 인간이 뿌리는 것, 마음을 가지고 있는 대상에 대해 고민해 본다. 그리고 마음을 가지고 있는 대상 전체가 괄호 안에 넣거나 마음을 가지고 있지 않은 무생물에도 시적 상상력을 적용하여 괄호를 채울 수 있다. 학습자는 무생물에도 인격체로서의 마음을 부여하여 객체에 대해 배려한다.

<단답형>

1. 가장 좋아하는 음식은?
2. 농약이 가장 많이 들어가는 음식은?
3. 내가 가장 싫어하는 벌레는?

<빈칸 채우기>

배추에게도 (   )이 있나 보다.
(   ) 뿌리고 농약 없이 키우려니

> (   )에게도 마음이 있나 보다.
> 동현이에게 반 넘어 먹히고도
> 속은 점점 순결한 잎으로 차오르는
> 내 마음과 뭐가 다를까?

최근 학교 급식에서 식중독이 자주 일어난다. 학습자들은 쇠고기 수입에 관련된 문제가 거론될 때 급식에서 수입 쇠고기를 사용한다는 점 때문에 아주 예민한 반응을 했었다. 그런데, 학교 급식에서 식중독은 학습자들의 의식을 더욱 예민하게 한다. 식재료의 원산지를 모두 표기하도록 한 정부의 방침에도 불구하고 학습자들은 무방비 상태로 급식을 먹어야 하는 상황이기 때문이다. 이런 상황에서 학습자들에게 단답형 문항은 흥미를 유발하기에 적당하다.

가장 좋아하는 음식을 묻는 문항에서 학습자들은 인스턴트 음식이나 조미료를 많이 사용한 음식명을 댄다. 그런데 두 번째 항목에서는 학습자들이 농약이 가장 많이 들어간 음식으로 본인들이 첫 번째 항목의 답으로 찾았던 것을 많이 적을 것이다. 우리 선조들이 예로부터 먹던 음식보다는 서구화된 음식 문화로 유통되는 음식이 더 많이 오염되어 있음을 알기 때문이다. 학습자들은 자본주의 사회에서 대량 생산되는 음식에는 첨가물도 더 많이 들어간다는 사실을 안다.[88]

세 번째 항목의 질문은 앞서 「배추의 마음」을 통해서 인간과 유기체의 관계에 대해 학습했다. 관계에 대한 문제를 다시 정리해 보는 질문으로서 자신의 편협한 생각을 교정할 수 있다. 가장 싫어하는 벌레를 찾는다면, 가장 좋아하는 벌레를 찾을 수도 있다. 이 부분

---

88) 패스트푸드의 첨가물과 유해성에 대해 참고한다. Eric Schlosser · Charles Wilson, 노순옥 옮김, 『맛있는 햄버거의 무서운 이야기』, 모멘토, 2006.

에서 벌레에 대한 새로운 인식이 필요하다. 학습자들은 벌레도 지구 상의 생태계에서 중요한 역할을 하고 벌레가 사라진다면 인류도 생존할 수 없다는 인식이 생길 것이다.

학습자가 좋아하는 벌레에 대한 답을 한다면, 교사는 왜 좋은지에 대한 구체적인 이유를 되물을 수도 있다. 벌레를 좋아하는 이유가 애완곤충에 대한 잘못된 인식으로 발전할 가능성이 있다. 상술에 의해 벌레를 사고파는 행위가 이루어지는 것은 도덕적으로 문제가 있음을 주지시킨다. 교사는 벌레가 있어야 할 곳은 자연이며 벌레가 인간의 삶의 터전에서 살 수 없음을 상기시킨다. 「귀뚜라미」에서 학습한 내용을 통해 다시 한 번 '생태 환경에 대한 인식'을 강조한다.

<예시 답안>

(　대현이　)에게도 마음이 있나 보다
(　간식　) 먹이고 (　회초리　)없이 일년을 키우려니
하도 공부하지 않아
3학년이 되어도 헛일일 것 같더니
어느새 졸업,
드넓은 (　세상　)으로 보내고 싶다 <중략>

- 나는 너희로 기쁠 것 같아.
- 잘 자라 기쁠 것 같아.

예시 답안의 내용은 교사로서 학습자들을 지도하면서 느낀 바를 표현했다. 요즘 학생들에게 교사로서 할 수 있는 지도 방법을 생각해 본다. 학습자들이 가장 좋아하는 간식을 먹이고 회초리를 대지 않는 교육 방법을 써 보지만 의도대로 되지 않아 순간순간 실망한

다. 하지만 교사는 마음 조리고 안타깝게 1년을 보내고 난 후 드넓은 세상 속으로 학생들을 떠나보내는 순간 보람을 느낀다.

「배추의 마음」에서도 시적 화자는 힘겨운 1년을 보낸 이후에 보람을 느낀다. 시적 화자는 자신의 의지대로 배추를 키우지 못한다. 배추는 뜨거운 여름날을 견뎌내고 찬바람을 맞으며 세월과 싸워야 했다. 그 결과 늦가을이 되어서 배추포기를 채운다. 시적 화자가 기다리기에는 너무 긴 세월이었는지도 모른다. 그러나 잘 자라준 배추를 보며 깨달음을 얻는다. 이와 같이 학생들을 교육하는 것도 세월과 싸우는 작업이다. 시적 화자가 배추를 키우는 심정과 교사가 학생들을 키우는 마음은 같다. 여기에서 생태 환경에 대한 새로운 인식을 가질 수 있다.

위의 내용을 통해서 학습자들은 작품이 드러내는 주제를 분명하게 인식한다. 내가 가장 좋아하는 것과 싫어하는 것, 그 중에서도 식물이나 벌레로 한정했을 때 학습자들은 어떤 반응을 할지 궁금하다. 그리고 미국산 쇠고기 문제 이후 학습자들의 식탁 위 먹을거리에 대한 관심을 끌어낼 수도 있다. 농약과 음식물과의 관계, 농약으로 인한 환경오염과 그로 인한 인간의 피해에 대한 영향까지 교수 - 학습이 가능하다.

교사는 '생태 환경에 대한 인식'을 학습자들에게 상기시킨다. 학습자들은 배경지식을 통해 원작의 의도를 파악하고 그 의도와 부합하는 빈칸 채우기를 해야 한다. 빈칸 채우기에도 학습자의 의도가 포함될 수 있음을 주지시킨다. 무생물도 빈칸에 들어갈 수 있음을 예시로 보여주고 생태학적 상상력을 사용하게 한다.

교육 과정에서 시 작품의 감상은 개별 작품에 대한 이해를 바탕으로 하여 학습자 자신의 인식 변화를 도모한다. 학습자들은 시 작품을 감상한 후에 자신의 생각과 느낌을 정리해 표현하는 훈련을 하지 않았다. 교사는 학습자들의 수준을 고려하여 수준별로 감상 내용을 표현한다. 교사는 표현 방법을 다양하게 제시해 줌으로써 표현에 익숙하지 않은 학습자들에게도 거부감을 없앨 수 있다.

2) 한 줄 쓰기

'한 줄 쓰기' 활동은 학습자들이 부담감을 느끼지 않고 쉽게 할 수 있는 방법이다. '한 줄 쓰기'를 시도하기 위해서 학습자들이 생태시를 읽고 가장 중요한 핵심이 무엇인가를 파악해야 한다. 학습자들은 자신의 경험과 배경지식에 따라 다양한 내용을 문장으로 표현한다. 학습자의 수준에 따라 주제와 직접적으로 연관되지 않는 내용도 다양하게 표출한다. 그 중에서 다음과 같은 문장을 구성한 학습자들이 많았다. 학습자들은 한 줄 쓰기를 바탕으로 감상문 쓰기 활동을 시도한다.

교사는 학습지 한 장 안에 다양한 활동을 하도록 구성한다. 학습지 안에 빈칸 채우기와 한 줄 쓰기가 모두 이루어진다. 빈칸 채우기를 통해 한 줄 쓰기의 내용이 연결 가능하다. 빈칸 채우기를 통해 만족감을 얻은 학습자가 한 줄 쓰기도 의욕적으로 시도하도록 구성한다. 한 줄 쓰기 형태는 짧은 문장과 긴 문장 쓰기로 구별하여 지도한다.

> * (　　　　)의 풀물이 (　　　　)에도 들었나 보다.
> * (　　　　)의 순수함이 (　　　　)에도 들었나 보다.

---

* (포도   )의 보라물이 (내 손   )에도 들었나 보다.
* (영수   )의 순수함이 (내 마음   )에도 들었나 보다.

위의 빈칸 채우기는 「배추의 마음」에서 한 구절을 제시하고 그 구절의 의미를 고려하면서 활동하도록 했다. 빈칸의 주체는 '풀물'과 '순수함'을 가지고 있는 대상이어야 한다. '풀물'은 자연의 색채로 자연물 중에서 빈칸을 채워야 한다. '순수함'의 앞에도 '순수함'을 가진 대상을 주체로 해야 할 것이다.

학습자는 과거에 풀물이 들었던 경험을 떠올려 보고 그 상황을 재현한다. 풀물이 들 수 있는 환경에 공존했던 사물을 통해 빈칸을 채울 수 있다. 순수함의 주체도 자신의 경험 중에서 순수하다고 느꼈던 순간을 회상한다. 순수함은 자신의 욕심을 채우지 않고 마음에서 원하는 대로 행동하는 것이다. 욕심보다는 애정을 중심으로 한 대상을 주체로 선정 가능하다.

따라서 첫 번째 문장에서 예시 답은 자연물 중에서 물이 들 수 있는 '포도'를 선택했다. '포도'의 붉은 선명한 빛깔이 내 손에 듦으로써 자연의 풍성함을 느낀다. '포도'는 늦은 여름에 수확하는 과일이다. 포도를 먹다 보면 우리 손과 입에 보랏빛 물이 든다. 포도가 햇빛에 잘 익을수록 달콤한 맛과 향을 인간에게 선사하는데, 인간은 자연의 선물인 '포도'를 먹으면서 생태 환경의 소중함을 느낀다.

순수함의 주체로는 학습자들의 주변에 있는 '친구'를 선택했다. 친구 중에서도 다른 친구들에게 양보 잘 하고 배려하는 아이가 있다. 그런 친구를 통해서 '순수함'을 배운다. 순수함은 나에게 옮겨지고 나의 순수한 양보를 받은 친구는 또 다른 친구에게 양보할 것이다.

좋은 관계를 형성함으로써 학교에서 많은 시간을 보내는 학습자들은 따뜻하고 행복한 삶을 살 수 있다. 생태시는 자연과 인간의 관계를 드러낼 뿐만 아니라 인간과 인간의 관계를 재정립하는 계기를 마련한다.

위의 자료에서는 '풀물'과 '순수함'을 동질성의 시어로 보고 학습자들이 그 어휘에 대한 감각을 살리도록 했다. 풀물은 푸른 빛깔을 가진 대상으로부터 옮을 수 있다. 학습자들은 푸른 빛깔의 대상물과 순수함의 특징을 가진 대상물을 생각해 본다. 순수함을 가진 대상은 자연물일 수도 있고 친구일 수도 있다. 그런 대상물의 속성을 인식하고 찾아보게 함으로써 관찰력을 높일 수 있다.

빈칸 채우기 활동은 어떤 학습자라도 가능한 학습 내용이다. 가장 단순한 단어를 찾아 넣을 수 있다. 그러나 그것을 이해하고 해석해 내는 것은 학습자의 수준에 따라 달라질 수 있다. 따라서 교사는 학습자들이 단순한 학습 내용으로 그치지 않고 빈칸 채우기라는 단순한 활동에서도 '생태 환경에 대한 인식'을 찾을 수 있도록 지도한다. 학습자가 어떤 의식을 갖고 있느냐에 따라 '빈칸 채우기' 활동의 결과는 달라질 수 있다.

다음은 빈칸 채우기 활동에 이어 한 줄 쓰기를 제시한다. 한 줄 쓰기도 학습자들이 부담감을 갖지 않는다. 학습자들은 「배추의 마음」을 통해서 알게 된 것이나 느낀 것에 대해 솔직하게 쓴다. 학습자들은 가장 인상 깊었던 부분이나 구절을 인용하면서 자신의 생각을 표현한다. 특히 새롭게 알게 된 내용은 한 줄 이상으로 길어질 수 있다. 길어지는 내용도 모두 수용함으로써 다음 단계 활동으로 연결되도록 한다.

> * 배추가 우리들을 키우는구나.
> * 배추벌레도 우리와 공존해야 해.
> * 나는 배추와 관계를 맺고 있고, 배추벌레와도 똑같은 관계를 맺고 있다.
>   그럼으로써 내가 살아갈 수 있다.

한 줄 쓰기 활동에서는 위와 같은 내용을 확인한다. 첫 번째 문장은 음식으로서 배추가 우리의 생명을 살리고 키운다고 제시한다. 배추는 우리들이 생명활동을 하도록 에너지를 제공한다. 그것은 육체적 성장뿐만 아니라 정신적 성장의 에너지이다. 배추가 푸르게 성장하는 모습은 농부에게 보람이다. 배추가 밥상에 오른 것은 음식을 준비하는 이의 정성과 손길이 더해진 결과이다. 이런 정성을 느낌으로써 음식을 대할 때마다 감사함을 느낀다.

이런 과정을 통해서 배추에 대한 새로운 인식뿐만 아니라 배추와 연관된 다른 생명체 또는 다른 인간의 손길을 생각한다. 배추와 관련된 인간만 생각해도 배추의 씨앗을 판매하는 사람으로부터 심고 가꾼 농부, 운반한 이, 판매한 이, 음식으로 만든 인간이 관련된다. 또 그 안에 사용된 유기물과 무기물·석유 에너지까지 모든 관계에 대한 인식을 새롭게 가질 수 있다. 생태시를 통해 만물의 관계에 대한 인식을 전개한다.

관계에 대한 인식에서는 '배추'와 '배추벌레'에 대한 공존이 가장 중요하다. 앞의 생태시 분석 과정에서 상세하게 다룬 것처럼 배추와 배추벌레는 농약 없는 공간에서 공존한다. 농약은 배추벌레를 해칠 뿐만 아니라 배추까지 오염시킨다. 오염된 배추는 그것을 먹고 살아가는 동물과 최종 포식자인 인간에게까지 영향을 미친다. 결국 배추와 배추벌레가 공존하는 삶을 살 때 동식물과 인간까지 건강한 삶을 살 수 있다.

생태시를 학습하면서 생성되는 '생태 환경에 대한 인식'은 인간으로서 책임감을 느끼게 한다. 인간이 파괴하고 있는 생태 환경에 대한 반성과 함께 생태 환경의 복구에 대한 인식이 그것이다. 파괴된 환경을 복구하기 위해서 가장 중요한 것은 인간의 새로운 인식 전환이다. 생태시를 교육함으로써 학습자의 인식을 변화시킨다면 얼마 지나지 않아 교육적 효과가 발휘될 것이다. 생태시 교육은 선택 사항이 아니라 필수 사항이다. 인간인 '내'가 생존하기 위해서 어쩔 수 없는 방법이기 때문이다.

3) 모방시 쓰기

'모방시 쓰기'는 학습자들의 개성을 파악하기가 더욱 쉽다. 교사는 「배추의 마음」을 제시해 주고 작품에서 의미하는 바를 먼저 파악하도록 한다. 학습자들이 파악한 내용을 설명할 수 있는 기회를 제공하고 모방시 쓰기의 예시문을 보여주었다. 다음 예시글을 쓴 학습자들은 작품의 의도를 충분히 파악하고 있다. 그리고 모방시 쓰기에도 적극적으로 임함으로써 다음과 같은 작품을 창작했다.

7차 교육 과정에서 9학년 1학기에 「배추의 마음」을 학습한 후 '생각 넓히기' 과정에서는 모방시 짓기를 계획하고 있다. 교사용 지도서에 다음과 같은 학생의 모방시가 수록되어 있다. 다음 작품에서는 '나무'를 마음이 있는 존재로 본다. 1연에서는 나무가 계절에 따라 변하는 모습을 통해서 친구를 구하고 친구를 통해서 위로 받는 내용으로 창작했다. 2연에서는 추운 겨울이라는 혹독한 시련 앞에서도

무섭지 않은 이유를 '산새'와 '흰눈'이 친구가 되어 주었기 때문이라
고 한다.

> 나무에게도 마음이 있나 보다.
> 찬바람 불어 낙엽 지니
> 하도 외롭고 쓸쓸하여
> 겨울을 어찌 나나 하였더니
> 산새도 날아오고, 눈도 내려
> - 내가 너의 친구가 되어 줄게.
> - 내가 너를 포근히 감싸 줄게.
> 추운 겨울 견디고 보니
> 이젠 다시 혼자 남게 되어도 무섭지 않아.
> - 산새야, 한여름 내가 너의 그늘이 되어 줄게.
> - 흰눈아, 기다릴게. 꼭 다시 나를 찾아와 줘.
> 매서운 겨울 바람이 나무를 강하게 키웠나 보다

이 작품을 살펴보면, '나무'와 '나'의 거리감을 인간과 대상물로 느
낄 수 없다. '나무'의 마음과 '나'의 마음이 동화되어 친구로 묶여 있
다. 원작에서 나타나는 배추의 마음과 시적 화자의 마음이 일치되는
것과 같다. 또 '나무'에 대한 '나'의 걱정이 '배추'에 대한 시적 화자
의 마음이다. 원작에서는 시적 화자가 늦가을 배추포기를 묶으며
'배추벌레'를 걱정하는 '나'의 마음과 '배추벌레'에게 잎을 나눠주는
배추의 마음을 읽을 수 있다.

모방시에서는 '나무'와 '산새'와 '흰눈'에 대한 배려와 애정이 드러
난다. 이것은 일방적인 배려가 아니다. '나무'가 외롭고 쓸쓸함을 느
낄 때 '산새'와 '흰눈'이 친구가 되어 주었기 때문이다. 서로가 서로
에게 의미 있게 다가가고 서로의 어려움과 아픔을 도와줄 수 있는

관계이다. 이 작품을 통해서 학습자는 교사의 의도보다 시인의 의도를 먼저 이해 감상하였다. 그리고 감상 내용을 모방시로 작성했다. 교사가 생태 환경에 대한 적극적인 의도를 가지고 안내한다면 더욱 '생태 환경에 대한 인식'을 깊이 있게 표현하는 작품이 창작될 것이다.

교사는 배추와 배추벌레의 이미지를 바탕으로 작가의 세계관을 이해하고 학습자들에게 지도할 수 있다. 학습자들은 시각적 이미지를 바탕으로 배추와 배추벌레의 삶을 연상한다. 생태학적 상상력을 바탕으로 생태 환경에 대한 의도를 조화롭게 표현해야 한다. 상황을 개성적으로 표현할수록 작품의 주제가 살아나는데, 다음은 학습자들이 모방시 쓰기에 참여한 작품이다.

> 지렁이에게도 마음이 있나 보다.
> 씨앗 뿌리고 농약 없이 키우려니
> 하도 자라지 않아
> 가을이 되어도 헛일일 것 같더니
> 여름내 화분 지키며 잊지 않았던 말
> ―나는 너희로 하여 행복한 것 같아.
> ―맑은 공기 마시며 기쁠 것 같아.
> 열심히 만들어낸 영양분 때문에
> 화분도 튼실하게 꽃을 피웠다.
> ―혹시 지렁이 한 마리
> 이 속에 갇혀 나오지 못하면 어떡하지?
> 농약 뿌리지 못하는 사람 마음이나
> 매일 영양분 만들어내는
> 지렁이의 마음이 뭐가 다를까?
> 지렁이의 마음이 엄마 밥상에도 들었나 보다.

학습자들이 모방시를 쓴 작품을 읽으면서 하나의 현상을 발견한다. 학습자들은 한 생명체의 삶에 초점을 맞추고 있다. 지렁이의 삶은 농약이나 비료가 없는 곳에서 가능하다. 비료를 치지 않아 식물의 성장이 늦어질 수 있지만 지렁이가 흙을 먹고 양분을 토해내는 과정만큼의 기다림이 필요하다. 기다려주는 시간이 확보되지 않는다면 지렁이는 자신의 역할을 다할 수 없다.

이 작품에서 시적 화자는 지렁이를 위해 충분한 시간만큼 기다린다. 기다림은 지렁이만을 위한 것이 아니다. 결국 화분에 심은 화초나 상추에게도 좋은 결과가 있다. 여름내 화분을 지키면서 잊지 않았던 말은 지렁이의 영양분과 함께 화초나 상추를 키운다. 여름 내내 기다림의 시간을 이겨낸 후에야 만개한 꽃송이를 대할 수 있고 엄마가 정성껏 키운 상추를 맛볼 수 있다.

시적 화자와 지렁이의 관계는 시적 화자는 지렁이의 삶을 보장해주고 시적 화자가 수확을 얻는다. 수확물은 꽃을 보는 즐거움과 농약 없이 키운 상추이다. 이것은 시적 화자가 정성껏 차린 엄마의 식탁에서 기쁨을 느끼듯 지렁이가 키운 화초와 상추에게서 보람을 느낀다. 엄마의 정성을 받아 자란 시적 화자가 지렁이와 화초와 상추의 관계를 인식하고 고마움과 기쁨을 느낄 수 있다.

시적 화자의 기쁨을 통해 학습자들도 지렁이의 역할에 주의를 기울인다. 모방시에서 마음을 가진 대상은 '지렁이'이다. '지렁이'는 흙에서 영양분을 만들어내므로 화학 비료가 없던 시대에는 아주 중요한 존재였다. 지금은 지렁이를 징그럽거나 더러운 벌레로 여기므로 학습자들이 그것에 대한 가치를 제대로 인식하지 못한다. 하지만 모방시를 통해서 지렁이에 대한 새로운 인식에 도달할 수 있게 된다.

영양분을 만들어 우리를 살리는 존재는 '엄마'이다. '엄마'는 매일 똑같은 노동을 반복해야 하지만 아이들의 밥상을 준비하면서 행복

을 느낀다. 엄마가 차려주는 밥상처럼 지렁이는 흙 속의 유기물을
조합하여 영양분을 만든다. 지렁이가 만들어낸 영양분을 소비한 동
식물은 최종적으로 인간의 양분이 된다. 결국 지렁이의 영양분이 우
리의 식탁을 기름지게 한다.

　어떤 두 대상물의 공통점이나 연관성을 바탕으로 위와 같은 모방
시 짓기를 개성적으로 할 수 있다. 하지만 두 대상물에 대한 공통점
을 찾을 수 있는 배경지식이 없다면 모방시 짓기에서 재미를 느끼지
못한다. 따라서 교사는 학습자들이 충분한 배경지식을 갖고 모방시
짓기를 하도록 지도한다. 학습자들은 지렁이 외의 다른 사물에 대한
배경지식을 갖고 모방시를 지을 수 있다. 교사는 학습자들에게 '지
렁이'를 통해 화분에 필요한 유기물을 만드는 활동을 실험해 볼 수
도 있다.

4) 감상문 및 비평문 쓰기

　학습자들은 '감상문 쓰기'와 '비평문 쓰기'에서 부담감을 갖기 쉽
다. 7차 교육 과정 이후부터 창작 교육에 대해 강조하고 있으나 그
것은 학습자들에게 가장 어려운 과제이다. 교실 현장에서 쓰기 활동
을 지도하기가 가장 어렵다. 먼저 시수의 부족으로 인하여 쓰기 활
동에 시간을 할애할 수 없다. 교사는 쓰기 과정을 하나하나 지도할
수 있는 학습 과정을 상세하게 알지 못한다. 따라서 학습자들에게
주제를 주고 쓰라고 전달할 뿐 과정을 제시하지 못함으로써 문제가
발생한다.[89]

---

89) 박영민은 「작문 교사의 수업 전문성 신장 방안 연구」에서 작문 교사의 전문성 신장
　　을 위해서 첫째, 학생에 관한 교과 심리학적 지식 및 활용 능력, 둘째, 학습목표의

　　쓰기 활동을 지속적으로 교수 - 학습한 학습자의 경우에는 관찰력을 바탕으로 하여 다양한 사물에 대해 관심을 갖는다. 그리고 그 사물의 속성을 이해함으로써 다양한 사고를 이끌어 낸다. 학습자들에게 쓰기 교육은 중요하지만 특히 감상문 쓰기와 같이 장문 쓰기는 힘들어 한다. 감상문 및 비평문 쓰기에서는 학습자들이 스스로 작품을 이해하고 감상한 내용을 정리하고 표현하는 기회를 제공한다.

　　'쓰기' 활동은 초등학교 교육 과정에서부터 중요하게 강조하고 있다.[90] 따라서 초등학교 1학년부터 꾸준히 글쓰기를 한 학습자들은 쉽게 '감상문 쓰기'를 할 수 있다. 교사와 학습자는 쓰기 활동을 교수 - 학습하는 것이 다른 영역보다 어렵다. 교사는 개인차가 큰 학습자들의 욕구를 개별적으로 하나하나 충족시켜야 한다. 개별적인 지도를 위해서 수업시간 부족과 교실 안의 다른 환경적 요소의 어려움이 존재한다. 학습자들이 이해할 수 있는 내용을 정리함으로써 학습 지도에 참고자료로 삼을 수 있다.

　　생태시 교육은 기본적이고 쉬운 교수 - 학습 후에 보충·심화 학습의 단계를 계획한다. 전 학년에서 학습했던 작품을 이해하고 감상하는 데 필요한 위계적인 학습 방법을 고려하여 학습자에게 맞는 것

제시 및 진술 방법에 대한 지식 및 능력, 셋째, 작문 과제의 구성 방법에 대한 지식 및 능력이 요청된다고 함. 『새국어교육』제77호, 한국국어교육학회, 2007.

90) 1학년에서는 그림일기 쓰기, 2학년에서는 쪽지와 일기 쓰기, 3학년에서는 '감상문 쓰기'가 포함되었다. 4학년에서는 편지쓰기, 5학년에서는 기사문, 사과문, 상상하는 글쓰기를 지도한다. 6학년에서는 요약하는 글, 연설문, 기행문, 축하하는 글쓰기를 지도한다. (3학년의 '감상문 쓰기'는 생활 동화, 전래 동화, 우화, 시 등 3학년 아동의 수준에 맞는 글을 읽고 생각과 느낌을 자유롭게 표현하도록 한다. 감상문의 형식은 틀을 정해놓기보다는 인상 깊은 장면을 덧붙인 그림일기, 느낌을 표현한 시, 주인공에게 보내는 편지 등 다양한 형식이 가능함을 인식시키고, 학습자들이 꾸준하게 감상문을 모아서 독서 기록장을 만들도록 안내한다). 『초등학교 교육 과정 해설』, 교육과학기술부, 2008 참고.

을 선택한다. 교사는 방법뿐만 아니라 학습자의 상황에 맞는 생태시를 선택해서 적절히 활용한다.

앞에서 토론 활동을 정리해 보고 학습자의 반응을 살펴보았다. 학습자들은 토론의 과정에서 자신의 생각을 정리하고 타인의 의견을 들으면서 자신의 생각이 잘못되었음을 인식하게 된다. 학습자들이 토론의 근거로 제시했던 내용을 글쓰기 자료로 활용한다. 그리고 그들의 주장을 정리함으로써 다음 단계의 구체적인 학습을 진행할 수 있다.

감상문 쓰기는 학습자들의 수준에 따라 다른 결과를 빚는다. 어떤 학습자들은 한 줄 쓰기도 힘겨워 한다. 또 어떤 학습자는 비평문의 형식과 내용에 맞지 않는 글을 쓸 수도 있다. 그러나 교사는 학습자들이 자신의 생각을 정리해서 표현한다는 측면에서 의의를 가져야한다. 그럼으로써 학습자들이 자신감을 잃지 않도록 하는 것이 중요하다. 학습자들을 격려할수록 교사가 미처 생각하지 못했던 측면에서 창의적인 능력을 발견할 수 있다.[91] 학습자들은 충분히 개성적이면서 창의적인 '생태 환경에 대한 인식'을 표현할 것이다.

비평문 쓰기는 학습자에게 문제 상황이다. 학습자는 비평문 쓰기라는 문제[92]를 인식하고 문제를 해결하기 위한 다양한 방법을 구안

---

91) 권혁준은 창의성과 쓰기의 관련성을 중시하고 창의성 신장을 위한 글쓰기 방법을 제안하고 있다. 작문 행위는 학습자의 아이디어 생성, 조직, 문자로 정착하는 과정을 거쳐야 하는데, 이 일련의 과정에서 유창성, 통합적인 사고력, 독창력과 같은 고등 정신 능력이 필요하다. 특히 이것은 확산적 사고와 창의성을 신장시키기에 적당하다고 한다. 고던은 창의적 문제 해결 모형을 제안하기도 했다. 앞의 책, pp. 319~348.

92) 문제는 구조적 문제와 비구조적 문제로 나눠볼 수 있는데, 비평문 쓰기라는 것은 구조적 문제로 문제를 정확하게 인식할 수 있다. 그러나 비평문 쓰기 과정에서 나타나는 문제는 비구조적 문제로 문제를 학습자 스스로 찾아내고 필요한 정보를 검증하며, 실행 계획을 세우는 과정을 필요로 한다. 박영균 외, 『교육 방법 및 교육

할 수 있다. 이들은 다양한 문제 상황에 부딪히고, 그 문제를 해결하기 위해서 자신이 가지고 있는 다양한 정보를 통합하거나 분류해야 한다. 비평문 쓰기의 과정에서 더 많은 문제 상황에 부딪히는데 그 순간순간 문제를 적절히 해결할 수 있는 방법을 모색한다.

교사는 비평문 쓰기를 위해서 학습자들에게 다양한 비평문을 제공하여 목표 수준을 정해준다. 또 제시된 비평문에서 근거를 찾아보게 함으로써 타당한 근거 제시 방법을 교수 - 학습한다. 교사는 학습자들이 문제를 해결함으로써 학습 목표를 인식하고 그것을 내면화93)하고 영속화94)하는 과정을 안내한다. 학습자가 문제에 부딪힌다면 순간순간 조언자로서의 역할을 충실하게 한다.

특히 생태시는 내면화의 과정이 중요하다. 생태시 교육은 '생태 환경에 대한 인식'을 내면화하는 데 목표를 두기 때문이다. 따라서 내면화의 과정을 살펴보면 도움이 될 것이다. 내면화의 과정은 '감수 → 반응 → 가치화 → 조직화 → 성격화'95)이다. 이 과정을 따른다면 학습자가 어떤 지식이나 정보에 가치를 부여하고 행동 특성으로 간직하는지를 알 수 있다.

공학』, 학지사, 2003. p. 132.

93) 내면화는 본래 블룸(Bloom) 등이 정의적 영역의 정신 기능들을 세목화하는 과정, 즉 정의적 영역의 교육 목표 분류 체계에서 나타낸 개념이다. 이들은 내면화 과정을 어떤 대상(현상) 감지에서 세계관 형성에 이르기까지의 행동 변용이라는 관점에서 설명한다. 이는 문학 경험이 상상력의 변용에 의해 수용자로 하여금 비평적·창조적 주체로 나아가게 하는 문학 수용의 내면화 기제와 상동성을 가진다. 이러한 '내면화'는 '수용'의 하위 범주적 성격을 지니는 것으로 이념태로서의 '수용' 개념을 구체적 작용 개념으로 설명하는 것이다. 이는 수용자(독자, 학습자)의 정신적 과정을 구체적 국면에서 설명할 수 있도록 하며, 수용자와 텍스트와의 상호 교섭적인 양상을 보다 구체적 국면에서 드러낼 수 있는 개념이다. 박인기, 『문학교육 과정의 구조와 이론』, 이회문화사, 1998, p. 360.

94) 박경신 외, 앞의 책, p. 16 참고.

95) 블룸 외, 임의도 외 역, 『교육목표 분류학 II : 정의적 영역』, 교육과학사, 1983, pp. 231~251 참고.

학습자에게 가장 중요한 변화는 '가치화'[96)]의 단계이다. '감수'나 '반응'은 배경지식을 가지지 않는 학습자라도 교수 - 학습이 가능하다. 그런데 '가치화'의 단계는 배경지식을 어느 정도 갖춘 학습자가 목표에 도달할 수 있다. 생태시 교육의 목표가 '생태 환경에 대한 인식'에 도달하는 것이므로 '가치화'의 과정에 초점을 맞추는 것이 필요하다.

'비평문 쓰기'로 수업을 진행하는 것은 연속적인 과제와 그 해결 과정이다. 처음에는 교사가 '비평문 쓰기'라는 과제를 주었으나, 학습이 진행될수록 학습자들은 자신의 과제를 스스로 발견하고 문제를 해결해 나간다. 예를 들면, 생태시의 특성을 파악하거나 다양한 표현 방법 찾기, 시어의 의미를 이해하고 다른 시어와 연관관계를 파악하는 행위가 모두 과제를 해결하는 과정이다. 그리고 가장 큰 문제는 비평문을 쓰면서 근거를 찾는 부분이다. 따라서 전 단계에서 비평문을 읽으면서 근거를 찾아 밑줄을 긋게 함으로써 문제 해결 과정에서 학습자의 자기주도적 학습이 가능하다.

배추의 마음에서 시인은 생명 존중 사상을 강조한다. 배추는 자신을 해하고 있는 배추벌레마저도 감싸주고 있다. 자신을 희생하면서도 다른 생명을 존중해주고 공존을 꾀하는 자세를 보인다. 이는 곧 배추의 마음이 시적 화자의 마음을 뜻한다. 화자는 배추를 보며 자연 속에서의 공존을 원하고 있다. 공존이란 하나가 다른 것에 눌림 없이 상호작용하여 사는 것이다. 그에 반해 지금까지의 인류의 행동은 일방적이었다. 자연이 인간에 의해 난도질당하면서 그 속

---

96) 가치화(valuing)는 현상이나 사태에 대해 감수의 수준을 넘어서서 의의와 가치를 부여하여 내면화하는 행동 수준을 말한다. 어떤 가치의 인정뿐만 아니라 적극적인 자세로 그 가치를 추구하는 행동을 말하는 것이다. 이때 가치화는 앞서 말한 동일화된 내용의 적극적 옹호나, 판단 유예된 가치에 대한 적극적 판단을 동반한다. 유성호, 『현대시 교육론』, 역락, 2006.

의 생명들도 고통을 받고 있다. 인간은 인간중심적 사고를 버리고 다른 개체
들과 공존하는 방향으로 새로운 사고를 모색해야 한다. (10학년)

학습자들은 「배추의 마음」을 이해하고 감상한 후에 문제 해결 활
동을 한다. 학습자들이 '비평문 쓰기'를 하기 위해서 우선적으로 '비
평문'의 특성을 알아야 한다. 교사는 학습자들에게 문제 상황을 분
석시키기 위해서는 작품에 등장하는 시어나 표현기법, 주제의식을
찾고 그것과 연관되는 배경지식을 상기하도록 한다.

학습자들은 비평문을 읽고 새로운 시각으로 작품을 이해하게 된
다. 미처 자신이 읽어내지 못했던 부분에 대해 이해함으로써 작품의
가치를 높이 평가한다. 어떤 작품이라도 좋은 비평가를 만나는 것은
중요하다. 따라서 학습자들은 위의 비평문을 읽어 보고 새롭게 자신
의 말로 비평문을 쓴다.

한 작품에 대한 비평문을 살펴보면 비평가들의 표현 방법은 다르
지만 비평의 방법과 내용은 비슷하다. 사람들은 제 각각 작품을 이
해하고 감상하지만 공통적인 부분을 발견할 수 있다. 학습자들 또한
표현의 방법은 다르지만 작품에 대한 공통적인 이해와 감상을 한다.
교사는 학습자들에게 비평문을 읽고 공감한 부분에 밑줄을 치게 한
다. 밑줄 친 내용은 동료 학습자들과의 토의를 통해 확실하게 이해
하고 감상한다.

감상문 쓰기의 과정 이후에는 '비평문 쓰기' 활동을 제시한다. 비
평문은 다양한 해석과 감상을 인정하는 범위 내에서도 '근거 있는
해석'[97]이 필요하다. 근거 있는 해석이 되기 위해서는 작품을 깊이

---

97) 최지현은 앞의 책에서 '근거 있는 해석'의 중요성을 논한다. 독자가 문학 텍스트를
해석할 때 제시하는 근거는 문학 텍스트를 근거로 한 것이어야 하며, 독자는 자신
의 해석을 가능한 텍스트의 특성 요소를 통해 해석해야 한다고 한다. 앞의 책, pp.

있게 읽는다. 그런데 깊이 있는 읽기는 학습자의 배경지식이나 감상 능력과 밀접한 관련을 맺는다. 따라서 학습자들의 비평문 쓰기 활동은 사전에 학습 내용을 충실히 해야 한다는 전제가 따른다.

감상 표현에 대한 기존의 학습 방법으로 '빈 칸 채우기', '한 줄 쓰기', '그림으로 표현하기', '한 문단으로 쓰기', '감상문 쓰기', '비평문 쓰기'의 활동을 다양하게 제시한다. 감상 표현은 다양한 표현 방법에 대한 예시를 통해 모방 학습을 하고 새로운 형태의 창작 결과물을 얻어 낸다. 최종적으로는 다양한 작품을 학습자 스스로 찾아 읽고[98] 비평문 쓰기를 적용할 수 있다.

5. 생태시 교육의 확장

학습자들은 생태시 교육을 통해서 '생태 환경에 대한 인식'을 형성한다. 학습자들이 '생태 환경에 대한 인식'을 가치 체계로 받아들이고 그 내용을 바탕으로 삶의 형태를 변화시킬 때 생태시 교육의 의의를 찾을 수 있을 것이다. 학습자들은 '생태 환경에 대한 인식'을 다른 교과 학습을 하거나 현장 체험을 갔을 때, 또는 다른 문화 양식을 접할 때마다 떠올리게 된다. 학습자의 변화된 인식이 순간순간 발현될 때, 생태 환경을 무시하고 개발과 소비에 집중하는 자본주의 사회의 폐단을 막을 수 있다.

289~290 참고.

98) 학습자의 텍스트 수용 능력을 향상시키기 위해서는, 학습자들이 자신의 문학 능력에 맞는 텍스트를 스스로 선정하고 반응할 수 있는 기회를 많이 주어야 한다고 한다. 선주원, 앞의 책, p. 104.

자본주의 사회의 폐해로 인한 생태 환경의 파괴를 보여주는 학습 내용은 교실 내에서보다 교실 밖의 삶의 장면 장면에서 더 다양하게 부딪칠 것이다. 그때마다 학습자들은 그때그때 생태 환경의 중요성을 인식하고 인간이 살아가기에 적합한 환경을 추구해야 한다. 생태 환경 조성을 위해서는 생태 환경에 대해서 배운 모든 교과목의 통합적 지식이 필요하다. 통합적 사고력을 바탕으로 해야만 '생태 환경에 대한 인식'을 실천으로 연결할 수 있을 것이다.

교사는 생태시 교육의 중요성을 인식하고 실현시키는 방법을 찾아야 한다. 다양한 학습 내용과 통합하는 교육은 다른 교과 학습 내용을 포괄하는 것으로 그 방법은 다양하다. 통합이란, 내용 영역 간 지식과 능력들의 통합으로 교과 간 통합, 그리고 지식과 능력의 통합으로서의 의미를 지닌다. 특히 생태시 교육을 하고 난 후에 생성된 인식을 통합 교육함으로써 학습자의 활동과 통합하기 위해 통합 교육을 실시한다.[99]

학습자들의 인식 내용을 확인해 볼 수 있는 기회는 현장 체험학습이다. 현장 체험학습은 생태 환경의 중요성을 인식할 수 있는 장소에 직접 가 봄으로써 효과가 크다. 말로만 듣던 수질 오염 현황이나 독극물 오염으로 인한 동식물의 주검을 확인하는 것은 학습자들에게 깊은 인상을 심어줄 것이다. 생태시를 학습했을 때 가졌던 생태학적 상상력을 확인해 봄으로써 '생태 환경에 대한 인식'이 분명히 자리 잡을 것이다.

요즘 학습자들은 다른 문화 양식을 접할 기회가 많다. 특히 음악이나 영화는 학습자들이 좋아하고 쉽게 즐기는 양식이다. 영화는 생

---

99) 최지현 외, 앞의 책, p. 368. 국어과 교수 - 학습 방법으로의 통합적 교수 - 학습의 필요성을 제기한다.

태시의 주제와 부합하는 내용들이 많이 있으므로 교사가 의도만 가진다면 수업에 쉽게 도입할 수 있다. 다른 문화 양식도 현대 사회의 다양한 양상을 반영하는 매체이므로 각각의 특성을 이해하여 통합 교육에 활용 가능하다.

학습자들은 다양한 과목을 학교에서 학습한다. 각 과목의 교과서는 학습자들이 현대 사회를 살아가는 데 필수적인 교육 내용을 선별하여 제시한 자료이다. 학습자들은 현재 그들이 살아가고 있는 환경에 대한 이해를 바탕으로 해야만 미래 사회를 설계할 수 있다. 그렇기 때문에 환경에 대한 지식을 전달하고자 하는 내용을 포함한다. 생태시 교육은 범교과 학습의 환경에 대한 이해를 바탕으로 '생태 환경에 대한 인식'을 함양할 수 있다.

학습자는 다른 교과 학습 내용을 연관시켜 통합함으로써 의미를 형성한다. 생태 환경에 대한 학습은 생물 교과서뿐만 아니라 사회 교과서, 윤리 교과서, 국어 교과서에도 포함되어야 한다. 특히 학습자의 실천은 다른 교과 학습 내용이 통합되어 뚜렷한 인식으로 형성됐을 때 이루어질 수 있기 때문이다.

국가는 국민들이 안전하게 살 수 있는 권리를 보장해야 한다. 그런데 우리 정부에서는 교과서에 '생태 환경에 대한 인식'에 대한 의도를 구체화시키지 않고 있다. '환경'에 대한 논의는 언급되어 있지만 그것만으로 '생태 환경'을 만들어내기는 역부족이다. 정부가 적극적으로 '생태 환경에 대한 인식'을 형성하는 목표 체계를 만들고 그 목표 체계 아래 평생 교육 및 홍보 활동을 지속해야만 할 것이다. 그래야 아름다운 산천을 보전하면서 생태적인 삶을 살 수 있다.

현대인은 아파트에 큰 비용을 들여 연못을 만들어 놓고 '생태 환경'을 조성했다는 광고를 한다. 그것은 진정한 생태 환경의 모습이라고 보기 어렵다. '생태 환경'은 보여주기 위한 전시용이 아니라 자연스러운 현상에 의해서 연못이 이루어지고 그곳에 물고기가 모여 살 수 있는 환경이다. 이런 환경이 되도록 인간의 욕망을 줄이는 것이 교사와 학습자의 몫이다.

현장을 체험할 수 있는 교육은 강의식 수업보다 학습자들이 보다 적극적이고 활발하게 활동을 전개하게 한다. 그런데 학습 활동 후 목표를 진단해 보면 만족스럽지 않은 결과가 도출될 수 있다. 따라서 학습 목표인 '생태 환경에 대한 인식'에 도달할 수 있도록 교사가 지속적으로 주지시키고 수업 활동이 학습 목표로 자연스럽게 연결되도록 구안해야 할 것이다. 다음은 체험 교육을 위한 다양한 교수 - 학습 방법을 구체적으로 살펴보겠다.

1) 환경 체험하기

학습자가 학습 후 자연스럽게 학습 내용을 통합한다는 전제하에, 생태시의 주제와 연관된 활동 중심 학습을 구안할 수 있다. 활동 중심 학습은 교실 수업에서 할 수 없었던 현장 체험을 직접 함으로써 학습의 효과를 증진시킬 수 있다. 하지만 활동 중심 학습은 통제가 어렵기 때문에 학생들이 위험에 노출되기 쉽다. 따라서 교사들이 책임감 때문에 꺼려하는 경우도 있는데, 교사의 부담을 줄여준다면 활동 중심 학습이 가능하리라 본다. 교사는 다양한 교수 - 학습 방법으로 학습자의 학습을 증진시키는 방법을 실현하는 것이 필요하다. 앞으로는 활동 중심 수업의 장점을 살려 체험학습을 유도하는 수업이 많이 이루어져야 한다.

(1) 현장 견학

7차 교육 과정에서 현장 체험 학습은 두 가지 방법으로 실현할 수 있다. 하나는 학교 교육 과정의 일환으로 학교 교육계획에 의거한 체험 학습이 있으며 또 하나는 가정 체험 학습이 있다. 체험 학습을 통해서 학습자들은 현장을 견학하고 실제 체험할 수 있는 기회를 가질 수 있다.

학교 현장에서 현장 체험 학습은 적극적으로 권장되고 있다. 학습자들은 현장 체험 학습을 신청해서 학부모 동행 또는 단체 활동으로 자신이 원하는 체험 학습을 할 수 있다. 교육 과정의 일부분으로 학습자들의 체험 학습도 가능하다. 체험 학습은 학습자들의 자기주도적 학습을 진행시키고 현장에 대한 구체적인 체험을 할 수 있다는 장점이 있다.

특히 생태시 교육을 받은 학습자들에게 현장 체험 학습은 '생태 환경에 대한 인식'을 확고히 하는 데 중요한 역할을 한다. 교사는 생태시의 주제에 따라서 다양한 체험학습을 계획할 수 있다. 생태시 중에서 정호승의 「빈틈」을 학습하고 난 후에는 오염 때문에 철새가 죽어 있는 곳을 방문한다. 철새의 죽음을 보면서 그 원인을 규명해 보고, '생태 환경에 대한 인식'을 확고하게 가질 수 있을 것이다.[100]

최승호의 「코뿔소는 죽지 않는다(각주 p80 참고)」를 학습한 후에는 멸종되었거나 희귀한 동물을 전시해 놓은 박물관을 관람한다. 박물관에 가서 멸종된 동물을 보거나 게시물을 통해 멸종된 이유를 확인할 수 있다. 학습자들은 희귀 동물 보존의 필요성을 인식함으로써 미래 생태 환경을 유지하기 위해 노력할 것이다.

---

100) 카프라는 『생명의 그물』에서 박테리아의 진화 과정과 시스템 이론을 통해 생명체의 환경 조건을 설명한다. Fritjof Capra, 앞의 책.

　정일근의 「로드킬(각주 p76 참고)」은 동물 이동지역에 도로를 설치해 놓음으로써 많은 동물이 희생되고 있는 현장을 고발한 작품이다. 학습자는 동물 이동 지역에 설치된 도로에 직접 가 본다. 동물의 죽음을 보면서 감수성이 민감한 학습자들은 쉽게 반응할 것이다. 차를 타고 느끼던 속도감과 도로변에 서서 지나가는 자동차의 속도감의 차이로 위협을 감지할 수 있을 것이다. 속도감의 위협 때문에 실제 동물들이 보금자리를 잃고 죽음에 처하는 상황을 확인할 수 있다.

　수질 오염에 대한 현장 학습을 위해서는 낙동강 오염 지역에 가 본다. 학습자들은 낙동강 페놀 유출 사건과 관련된 배경지식을 바탕으로 현재 낙동강의 환경을 조사한다. 늪지대와 서식 동물을 관찰해 봄으로써 독극물 유출이 미칠 영향에 대해 탐구하게 한다. 학습자들은 현장 체험을 통해서 수질 오염의 피해가 생물에게 어떻게 영향을 미치는지 확인이 가능하다. 이와 관련된 작품으로는 나희덕의 「부패의 힘」을 제시할 수 있다. 이것은 자연스러운 부패를 긍정적 가치로 보고 방부제 처리를 하는 상품에 대한 비판의식을 보여주기 때문이다.

　이런 체험학습은 봄·가을 정기적인 체험학습 시간을 활용할 수 있다. 또는 학교 차원에서 교육 과정의 일부분으로 계획하여 시행할 수도 있다. 학생들 대다수는 체험학습을 가정에서 실시하지 못하고 있다. 이런 학생들에게 현장 체험을 할 수 있는 기회를 갖도록 학교 차원에서 계획하는 것이 필요하다.

(2) 모둠 활동 학습

　학습자들은 생태 환경을 만들기 위해 현장의 필요성을 바탕으로 모둠 활동을 실시한다. 모둠 활동은 학습자들의 자발적인 참여를 바탕으로 하는 조사 활동으로 계획한다. 실재 인천 중학교 교사가 생태

환경을 조사하고 환경 오염을 줄일 수 있는 실천 방법을 제시하여
학습자들에게 실천 의지를 높인 활동의 예이다. 학교 공간에 '자연생
태 학습장'을 조성하여 환경 감수성을 함양하는 목표를 설정했다.[101]

　교사는 '대기 질 측정', '주변 하천의 수질 측정'을 통하여 환경오
염원을 파악하고 학습자들에게 환경 오염을 줄일 수 있는 실천 방법
을 제시하고자 했다. 따라서 학교 주변의 미나리 밭의 생태 환경 및
생물종을 조사하거나 근처 하천을 탐사하고 작은 연못을 만들어 보
는 등의 활동을 실시했다. 이런 과정을 통해서 학습자들은 실천 의
지를 다지게 된다.

　또 1년에 8톤 트럭 1,400여대의 음식물 쓰레기가 토양 오염의 원
인이 됨을 밝혔다. 음식물 쓰레기를 줄이기 위한 노력의 방안으로
지렁이 사육을 시도했다. 그 결과 학습자들은 지렁이를 만져 보고
살핌으로써 지렁이에 대한 새로운 인식을 하게 된다. 평소에 자신들
이 관심을 갖지 않거나 혐오스럽게 생각한 생물체가 지구 환경을 깨
끗하게 변화시킨다는 사실을 알게 되었다.

　위의 내용은 김선우의 「깨끗한 식사(각주 p144 참고)」와 연관지
어 교수 - 학습할 수 있다. 이 작품에서는 채식주의자와 육식주의자
를 같이 비판한다. 현대인들은 한 생명을 죽이면서 감사의 기도를
올리지 않기 때문이다. 과거 수렵과 채취를 통해 음식물을 섭취할
때, 인간들은 자연에 대해 감사하는 마음으로 기도를 올렸고 자신이
필요한 만큼만 취했다. 그런데 현대인들은 필요하지 않은 것에 대한
소유욕으로 생명체를 파괴한다.

　앞으로 지구는 인간의 풍요로움을 지속적으로 보장할 수 없다. 인

---

101) 진근영, 「교내 자연생태 학습장 활용을 통한 학교 주변 생태 환경 조사」, 환경부,
　　『환경체험교육 프로그램 모음집』, 문원미디어, 2007, pp. 124~137.

간의 자만심이 자연의 순환 법칙을 파괴하기 때문이다. 따라서 인간은 원시시대의 인간이 생존을 위해 생태계의 자연 법칙을 따랐던 것을 기억해야 한다. 자연 법칙을 존중하고 그 안에서 감사하는 삶을 살아야만 자연이 인간에게 생존을 허용할 것이다.

다음은 생태 환경에 대한 내용을 바탕으로 전개하는 탐구 학습 내용이다. 탐구 학습은 학습자들이 스스로 문제를 발견하고 문제를 해결해 나가는 과정을 통해서 학습 목표에 도달하도록 한다. 모둠별로 탐구할 문제를 선택하여 실제 현장을 방문함으로써 문제를 해결할 수 있는 방안을 조사한다. 조사 후에 모둠별로 모여 토의 과정을 통해서 결론을 도출하도록 한다.

탐구 과제로 '생활 기반 시설의 입지 결정'과 관련된 탐구 활동이 가능하다. 교사는 학습자에게 쓰레기 매립장의 입지 선정과 관련된 자료를 제공한다. 수도권 쓰레기 매립장의 이용 상황을 보여주고 그 매립지가 앞으로 22년 동안만 유용함을 밝힌다. 그리고 새로운 매립지를 선정하기 위한 정부 관계자의 입장, A 후보지의 주민 대표와 B 후보지의 주민 대표의 의견, 환경 단체 대표의 의견을 나누어 탐구 학습한다.

학습자들은 모둠별로 현장을 방문하여 각 대표의 입장을 들어 봄으로써 다음과 같이 내용을 정리한다. 정부 관계자는 쓰레기 매립장 조성을 추진하는 의견, A 후보지의 주민 대표는 쓰레기 매립장을 절대 반대하는 의견, B후보지의 주민 대표는 적절한 보상과 대책이 수립된다면 쓰레기 매립장 건설을 찬성한다는 의견, 환경 단체 대표는 환경 보호 차원에서 쓰레기 매립장의 건설 반대 의견을 제시할 수 있다.102)

이와 같은 논의는 이동순의 「어머니의 품(각주 p108 참고)」과 연관지어 교수 – 학습할 수 있다. 이 작품은 자연을 어머니의 모습으로 의인화하여 보여준다. 인간은 '자연'의 어머니로부터 태어나고도 그 사실을 제대로 인식하지 못한다. 따라서 어머니가 "새싹들", "살구꽃", "해맑은 눈빛", "강물", "높푸른 하늘", "흙덩이"로 모습을 보여줘도 인간인 '나'는 어머니의 모습을 알아보지 못하는 어리석음을 범한다.

이와 같은 작품과 탐구 학습 결과물을 비교함으로써 눈앞의 이익만 추구하는 인간의 모습을 비판할 수 있다. 학습자는 생활 기반 시설을 마련하기 위해서 자연을 파헤치고 그 안에 서식하던 유기체의 생명을 빼앗아 버리는 인간의 행태에 문제를 제기할 수 있다. 이런 문제의식을 가져야만 인간의 생존을 위한 생태 사회를 건설할 수 있다. 학습자들은 새로운 형태의 학습 방법을 통해서 국어 시간에 배운 생태시와 탐구 학습 내용을 통합하여 스스로의 삶에 적용하고 판단하여 행동할 것이다.

2) 여타 문화 양식 활용

학습자들은 언어 이외의 다양한 매체에 흥미를 느낀다. 특히 학습자들은 시각적 이미지에 쉽게 반응한다. 이런 특성을 이용하면 생태시를 바탕으로 형성된 '생태 환경에 대한 인식'을 확고하게 전달할 수 있을 것이다. 본고에서는 다양한 매체 중에서 영화와 광고를 활용한 통합 교육을 실시해 보고자 한다. 영화는 종합 예술로서 시각적 매체 언어만을 사용하는 것이 아니라 다양한 매체 언어를 사용한

---

102) 김주환 외, 『사회 교과서』, 중앙교육진흥연구소, 2008, p. 140.

다.103) 학습자들은 복합적인 기호를 분석하여 의미를 형성하는 통합적인 인식 과정을 수행할 것이다.

(1) 영화 활용

'에린 브로코비치'는 실화를 바탕으로 한 영화이다. 이 작품에서 주인공 에린 브로코비치는 두 번의 이혼 경력에 난독증을 가진 가난한 여자이다. 그녀는 어렵게 법률회사에 취직해서 소송과 관련된 자료를 수집한다. 그녀는 천연가스 압축공장의 오염물질에 의해서 현지 주민들이 병들어 가고 있는 사실을 밝혀 대기업이 주민들에게 대대적인 배상금을 지불하도록 한다.

이 영화에서 오염원은 크롬으로서 그 주변지역의 지하수를 오염시켜서 주민들에게 코의 출혈로부터 폐암에 이르는 다양한 질병을 유발했다. 대기업은 과대 광고로 자신들을 미화시키기에 혈안이 되어 있지만, 그 배후에서는 생태 환경을 오염시키는 주범으로서 기능하고 있음을 알 수 있다.

이 영화는 생태시 중에서 수질 오염과 관련된 작품을 연관시키거나 음식물과 관련된 작품을 선정하여 함께 교수 – 학습할 수 있다. 작품으로는 나희덕의 「부패의 힘」과 관련지어 자연스러운 부패를 인위적으로 방지한 음식물에 대하여 조명한 작품을 활용한다. 인류가 부패하지 않도록 방부제 처리를 한 음식물은 오염된 음식물과 마찬가지로 인류의 건강에 치명적인 영향을 미친다.104)

---

103) 매체 언어는 텍스트의 종류에 따라 음성, 문자, 소리, 이미지, 동영상 등이 복합적으로 통합되면서 의미를 형성한다는 특징을 지닌다. 최지현 외, 앞의 책, p. 367.
104) 스프레이, 분말, 에어로졸 형태의 화학제품은 농장과 정원, 숲과 가정에서 광범위하게 사용되는데, '해충'은 물론 '익충'에 이르기까지 모든 곤충을 무차별적으로 죽였고 노래하는 새와 시냇물에서 펄떡거리며 뛰놀던 물고기까지 침묵시켰다. 인간

  인간은 기본적인 생활을 영위하기 위해서 토지에 터를 잡고 음식물과 공기를 마셔야만 생존가능하다. 그런데 대기업의 제품 생산과정에서 대기업측은 오염원과 오염 결과를 파악하고 있으면서도 경제적인 이익을 위해서 교묘하게 숨기려는 의도를 보인다. 이런 의도적인 행위는 '생태 환경에 대한 인식'과 위배되는 행위이다.

  이 외에 미야자키 하야오 감독의 작품들이 있다. 그 중에서 '바람 계곡의 나우시카'의 배경은 거대 산업 사회가 붕괴되고 천년의 세월이 지난 후, 지구에 곰팡이류만이 서식할 수 있는 환경이다.[105] 인류는 오염된 환경에서 자연과 공존하는 방법을 터득하면서 근근히 살아간다.

  그러던 어느 날 불타는 비행선이 도착하고 그 비행선 안의 알을 되찾으려는 함대가 쳐들어 온다. 바람 계곡은 순식간에 전쟁의 소용돌이에 휩싸인다. 인간들은 최소한의 생존조건에서도 기득권을 확보하기 위하여 침략과 살생을 금하지 않는다. 함대는 무차별적으로 살아남아 있는 생명체를 죽인다. 이 과정에서 화가 난 자연은 인간과의 전쟁을 시작한다. 나우시카는 인류의 생존을 위해서 자신의 희생을 각오한다. 자연은 나우시카의 희생을 통해서 태도를 바꾼다. 그로 인해 인류는 생존의 길을 찾는다.

  주인공 나우시카는 자연에 대한 두려움과 신성성을 깨닫고 있었다. 그녀는 인간이 생존할 수 있는 길은 자연의 힘을 인정하고 자연과 친

  이 살충제를 뿌리는 과정은 끝없는 나선형처럼 이어지게 마련이다. 이 물질들은 식물과 동물의 세포조직에 축적되는데, 심할 경우 세포를 뚫고 침입해 유전물질을 변형시키기도 한다. Rachel Carson, 앞의 책, p. 30.
105) 생태학자인 조지아 대학의 유진 오덤과 플로리다 대학의 하워드 오덤 형제는 '생명 유지계'라는 공학 용어를 사용하여 자가재생하고 생명을 낳는 지구의 자연계를 묘사한다. Yvonne Baskin, 앞의 책, p. 22.

화적인 삶을 선택해야 함을 알았다. 인간은 소박한 삶을 선택할 때 자연과 공존할 수 있다. 이와 같은 작품으로는 문정희의 「초록 나무 속에 사는 여자(각주 p105 참고)」를 활용할 수 있다. 이 작품에서는 자연의 보살핌을 느끼는 시적 화자를 찾을 수 있다. 영화와 마찬가지로 자연에 대한 새로운 인식을 갖게 하는 작품이다.

'아일랜드'는 생명 공학의 발전으로 인한 인간 복제 가능성에 관한 내용이다. 그들은 21세기 중반 지구상에 일어난 생태계의 재앙으로 인해서 인류의 소수만이 살아남았다고 세뇌 당한다. 그들은 이상적인 공간인 '아일랜드'에 가기 위해 기다림의 삶을 산다. 주인공 링컨 6 - 에코와 조던 2 - 델타는 자신들이 속고 있음을 알게 된다. 자신들은 복제인간으로서 의뢰인이 장기나 피부 조직을 필요로 할 때 사용할 목적으로 관리되고 있음을 안다. 이 둘은 본능적으로 탈출을 시도하고 인간 세계로 나온다.

이 작품은 과학자들의 의도대로 과학 기술의 발전이 인간의 생명을 연장시키거나 노화된 피부를 회복시킬 수 있음을 보여준다. 하지만 그 결과로 희생되는 타자가 발생되는 상황을 알린다. 의도적으로 설정된 생태계의 재앙과 남자 주인공의 이름에 붙여진 (eco)는 생태 환경의 중요성을 전달하고자 한다.

이 작품은 이재무의 「팽나무가 쓰러, 지셨다(각주 p99 참고)」를 활용하여 교수 - 학습할 수 있다. 시적 화자는 '팽나무'를 통해 삶을 인식하고 성장한다. 어릴 적 나무 밑에서 소꿉놀이하고 누군가를 기다리며 가슴 두근거려 했던 추억을 회상하기도 한다. 그리고 나무와 함께 늙어가는 자신을 발견한다. 나무를 어른으로 모시면서 깨달음을 얻던 시대와 인간조차 일회용품으로 전락시키는 현대 사회를 대조적으로 살펴 볼 수 있을 것이다.

　'아름다운 비행'은 여행 중이던 에이미가 교통사고로 엄마를 잃는다. 그래서 아버지를 10년 만에 만나 함께 살게 된다. 에이미는 상처를 치유하지 못하고 늪지대를 방황하다가 거위알을 발견한다. 거위가 부화하여 에이미를 엄마로 알고 쫓아다니는데, 에이미는 거위로부터 동질감을 발견하고 거위들을 키운다.

　거위떼들은 철새로 추위가 몰아치기 전에 남쪽으로 이동해야 한다. 그런데, 거위의 새로운 보금자리를 개발하려는 업자와 에이미가 대립하는 상황이 발생한다. 에이미는 개발을 저지하기 위해 추워지기 전에 거위들을 늪지대로 이동시킨다. 그 과정에서 에이미는 자신만의 비행기를 만들어 비행 연습을 하고 무사히 어미거위로서의 역할을 한다. 결국 개발업자의 계획은 무산되고 에이미의 노력으로 거위의 보금자리가 지켜진다.

　이 작품에서 엄마를 잃은 에이미와 거위는 산업 사회의 희생자이다. 에이미가 엄마를 잃은 것은 자동차 때문이다. 거위가 어미를 잃은 것은 개발업자의 무차별한 늪의 파괴 때문이다. 결국 인간이 자본의 이익을 위해 개발에 치중하는 산업구조를 폐기하지 않는다면 자연이라는 어머니를 잃을 것이다. 자본주의 사회에서 개발의 의미를 다시 한 번 생각해 보고 인류가 편리를 위해 자연을 훼손해서는 안 된다는 사실을 인식하게 한다.

　정호승의 「물고기에게 젖을 먹이는 여자(각주 p126 참고)」를 이 작품과 활용할 수 있다. 시적 화자는 튼튼한 생명력을 가진 '여자'가 물고기에게 젖을 먹이는 상황을 목격한다. 그럼으로써 감동과 신비로움을 느끼고 자신이 받은 상처도 치유받기를 원한다. 영화 속 주인공 '에이미'의 모습이 바로 사랑을 나눠주는 여자의 모습과 일치한다.

(2) 광고 활용

학습자들은 매체를 활용한 수업에 흥미를 느낀다.[106] 광고는 시각과 청각 매체를 이용한 자료로서 학습자들의 주의와 관심을 끌기에 적합하다. 기업 광고는 예전의 상품 광고에서 벗어나 이미지 광고로 전환하고 있다. 기업은 이미지에 따라서 상품의 판매도가 달라지므로 과거보다 더 심리적인 측면을 고려한 전략적 방법을 사용한다. 특히 생태 환경을 많이 훼손하는 기업일수록 생태 환경에 대한 이미지를 살리는 데 치중한다. 교사는 학습자에게 유한킴벌리 회사의 두 개의 공익 광고를 제공한다.

자료 1은 유한킴벌리 회사의 기업 광고이다. 유한킴벌리는 화장지와 일회용 위생용품을 주로 판매하는 회사이다. 특히 일회용 위생용품 판매 1위를 지속적으로 유지하고 있다. 이 회사는 나무 없이는 상품을 생산할 수 없으며, 지속적으로 나무를 베어 상품을 생산해야 한다. 따라서 숲을 파괴하는 기업이지만 광고 내용은 숲을 살려내는 데 투자하는 기업이라고 한다. 대기업은 생태계보다는 경제학을 근거로 이전과 같은 대규모 성장을 지속할 수 있다는 환상을 광고하며 현실을 외면하고 있다.[107]

자료 1에서는 "배움은 숲에서 시작합니다. 학교 숲이 아이들을 푸르게 합니다"의 광고 문구를 사용하고 있다. 이 광고는 춘하추동 연작 시리즈로 제작하여 학교 숲에 대한 시청자의 관심을 유도한다. 학습자들은 숲의 중요성을 잘 알고 있다. 특히 학교는 부지의 부족으로 운동장이 점점 줄어드는 실정이고, 학교 숲은 없어진 지 이미 오래다. 그런 과정에서 이와 같은 광고는 매우 효과적이고 깊은 인

---

106) 정현선, 『다매체 시대의 국어교육과 문화교육』, 역락, 2004.
107) John Bellamy Foster, 앞의 책, p. 43.

상을 남긴다.

자료 2는 나무의 이미지를 산소로 구성하면서 나무에서 발산하는 산소 같은 기업이라는 메시지를 전달한다. 유한킴벌리는 이외에도 "우리 강산 푸르게 푸르게 유한킴벌리"라는 광고 문구를 사용한다. 또, 숲 속의 아침 나무 냄새를 맡으며 출근하는 모습으로 기업 이미지를 만들어 내고 있다.

유한킴벌리는 나무가 없이는 제품을 생산하지 못한다. 유한킴벌리가 생산하는 제품은 우리들이 일상용품으로 매일 수시로 사용한다. 인간들이 가장 편리하게 사용하는 대신 자연 생태계를 가장 많이 파괴하는 주범이기도 하다. 유한킴벌리는 생태 환경을 파괴하는 제품을 생산하는 회사이기 때문에 기업의 이미지를 중요하게 생각하고 미래를 생각하는 기업이라는 인식을 심어주기 위해 애쓴다.

자료 2는 공익광고로서 일회용품 사용 제한을 의도한다. 화장지 한 개를 만들기 위해 50년 동안 나무를 키워서 순식간에 버린다는 사실을 알린다. 화장지는 편리하지만 나무를 베어 만들기 때문에 생태 환경을 훼손한다. 또 일회용 위생용품은 썩지 않기 때문에 생태계 파괴를 주도한다. 자연의 생산물은 자연 속에서 스스로 분해되도록 구성되어 있다. 그런데 인류는 분해되지 않는 물건을 생산해 냄으로써 인류의 생존에 최악의 조건을 만든다.

위의 광고와 배한봉의 「과수밭은 둥글다」를 함께 교수 – 학습할 수 있다. 시인은 자연의 나무들이 살아가는 모습을 보고 "손을 잡고" 있다고 한다. 그리고 시적 화자와 나무의 관계를 '둥근' 것으로 만들고자 한다. 그런데 자본주의 사회에서 미덕으로 여기는 소비로 숲이 존속할 수 있을지에 대해 고민한다. "거대 자본이 뿜어내는 소비사회의 강풍"에 숲이 존재할 수 있을지 의문이다.

지금과 같이 소비하다 보면 숲은 사라질 수밖에 없다. 종이나 화장지로 사용하기 위해서 나무를 베어낼 뿐만 아니라 갖가지 오염원들이 나무를 제대로 자랄 수 없게 한다. 이런 상황에서 거대 자본은 지속적으로 소비를 부추긴다. 광고의 내용처럼 숲을 가꾸는 기업이 되기 위해서는 상품 생산을 멈춰야 한다. 그리고 국가가 일회용품 사용 규제에 대한 법적 규제를 시행해야 한다.

3) 타 교과와의 연계 학습

국어 교과는 도구 교과로서의 성격을 가진다. 국어는 언어의 특성상 다른 교과목 학습을 돕는 도구적인 성격을 지니는데 국어가 매체로서의 성격을 지니기 때문이다. 생태시는 주제적 특성상 다른 교과목과의 관련성을 가진다. 특히 생물이나 사회는 생태 사회를 구성하는 요소와 직접적인 연관성을 지니고 있다.

현재 생물이나 사회·체육·윤리 교과서 등을 찾아보면 생태 환경과 연관된 대단원이 포함되어 있다. 그것은 환경의 중요성을 제시하지만 '생태 환경에 대한 인식'이 깊이 있게 다뤄지지 않고 있다. 따라서 생태시와 연관지어 통합 교육을 실시한다면 더욱 효과적인 인식을 형성하여 실천으로 연결되리라 생각한다. 다음은 생물과 사회 교과를 예로 들어 생태시의 통합 교육 방법을 살펴 보겠다.

(1) 생명체의 특성 활용

생태시는 지구상의 모든 유기체의 생명 현상을 깊이 있게 다룬다. 그런 측면에서 생물 교과는 생물이 살아가기 위해서 환경과 맺고 있는 상호작용에 대해 교수 – 학습하는 과목이다. 생물이 살아가는 환

경을 관찰하고 과학적으로 규명함으로써 인간의 삶을 위해 기능해
왔다. 생물 교과서는 생물 과목을 이수한 학생의 인간에 대한 형태
적, 생리적 기본 개념을 이해하는 데 초점을 맞추며, 인체를 중심으
로 생명 현상을 통합적, 거시적으로 이해하는 입장을 취한다.108)

　　생물학은 인간을 중심에 두고 인간의 삶을 연장시키거나 편리한
삶을 추구하기 위한 방법으로서 기능한다. 이것은 '생태 환경에 대
한 인식'과는 차이점을 지닌다. 따라서 생태시와 연관지어 살펴볼
때 바람직한 가치 체계를 형성할 수 있다. 생물 교과서의 내용은 국
제적인 노력보다는 국민 개개인이 노력의 중요성을 인식하고 일상
생활에서의 실천을 의도한다.109) 생태시 교육에서 의도하는 '생태
환경에 대한 인식'도 생활 속에서 학습자가 실천을 중시한다는 공통
점을 지닌다.

　　생물Ⅰ 과목110)의 구성 내용은 생명체의 특성을 확인하고 인간의
생명 현상을 이해하도록 편집되어 있다. 특히 생태시와 연관지어 생
각할 부분은 '유전'과 '생명 과학과 인간의 생활'이다. '유전' 부분에
서는 생명 공학의 발전과 더불어 발생하는 인간의 생명 창조의 역할
에 대한 고민이 필요하다. '생명 과학과 인간의 생활'에서는 인간이
편리하고 풍요로운 삶을 추구하면서 개발이 진행되고 이로 인해 자
연과 생태계가 파괴되었다는 내용을 다룬다. 따라서 자연과 생태계
의 파괴가 최소화되는 개발을 요구한다.

　　이와 같은 내용은 현재의 생태계 파괴에 대한 문제 제기 측면에서
는 의미가 깊으나 생태 환경을 보호하고 유지하기 위한 방법 제시

---

108) 김윤택 외, 앞의 책 머리말 참고.
109) 위의 책, p. 227.
110) 위의 책 참고.

측면에서는 추상적이다. 더 구체적인 실천 방안이 따를 때 학습자들의 삶에 변화를 가져올 것이다.

인간의 배아 복제와 관련된 내용은 인간의 생명을 인간이 창조한다는 것에서 많은 문제제기가 이루어진다. 과학자들 간에도 '복제 인간 탄생'을 찬성하는 사람보다는 반대하는 사람들이 많다. 이것은 복제된 인간이 일회용품으로 전락하는 결과가 발생할 것이고, 그것으로 인해 정상적인 인간도 복제 인간과 마찬가지로 일회용품이 될 수 있기 때문이다.

> 자신의 유전인자를 의심하며
> 노란 귤에 대한 기억이 없다고
> 푸른 쑥갓이 어질어질
> 싱싱하다
> 잘못 태어난 것 같군
> 순리를 파괴한 것만큼이
> 나의 생이구나
> 나의 가치구나

함민복 「거대한 입」 부분

위 작품에서는 유전자 조작이 된 식물의 외침을 들을 수 있다. 제철이 아닌 계절에 태어난 '쑥갓'은 "노란 귤"을 처음 본다. 자신의 유전인자로는 도저히 추운 겨울에 태어날 수 없지만 태어났고, 싱싱하기까지 하다. '쑥갓'은 잘못 태어난 자신의 삶에 대해서 이야기한다. 하지만 자신의 의지와 상관없이 자신의 삶이 정해졌다는 것에서 한계 상황을 인식한다.

자본주의는 모든 생명체와 유기체를 자신의 의지와 상관없이 살게도 하고 죽게도 한다. 자본주의 사회에서는 자연의 섭리보다는 자본을 바탕으로 한 이익 추구가 우선이다. 따라서 모든 생명체는 자본의 이익 추구에 기여해야만 삶을 유지할 수 있다. 그런데, 지구는 생물과 무생물의 복합체로 구성된 하나의 거대한 유기체이다.[111] 생명체는 자연의 섭리를 따르도록 창조되었다.

이 작품에서는 자본주의 사회의 이익 추구 때문에 파괴된 생태를 보여준다. 우리는 이런 생태 환경에 대한 올바른 가치 체계를 가질 때 삶의 의미를 찾고 아름다운 생명을 누릴 수 있다. 이와 같이 생태시가 가진 생명체에 대한 인식과 생물학을 연관지어 수업을 전개할 수 있다. 그럼으로써 생태계의 순환 법칙의 중요성을 인식해야 한다.

(2) '관계' 법칙의 활용

고등학교 사회 교과서를 보면 '2장. 자연 환경과 인간 생활'과 '6장. 환경 문제와 지역 문제'가 있다. 이 대단원과 생태시를 연관지어 학습할 수 있다. 대단원 6장의 "환경 문제의 발생 원인과 해결 방안"에 대한 내용은 환경 문제의 발생 원인으로 인구 증가, 산업화와 도시화를 제시하고 있다.[112] 인간의 사회 구성은 인간과 인간의 관계를 긴밀하게 함으로써 더 많은 이익을 추구하기 위해서이다. 이 관계에서 소외된 것들은 착취의 대상이 되고, 자연 또한 소외 대상으로 남는다.

생태시에서는 유기체와 인간의 관계뿐만 아니라 모든 대상간의

---

111) James Lovelock, 앞의 책, p. 293.
112) 다음에서는 대기 오염을 유발하지 않는 대안 자동차에 대한 제안을 한다.
　　　DaveReay, 이한중 옮김, 『너무 더운 지구』, 바다출판사, 2006, pp. 60～66.

관계를 다시 확인한다. 유기체 간의 '관계'와 관련된 생태시로는 최문자의 「나무고아원」이 있다. 나무고아원은 도시 개발로 인해 숲을 갈아엎는 현상에 대해 쓴 생태시이다. 과학과 의학 기술의 발달로 인해 지구상에 인구가 증가하고 늘어난 인구는 주거 지역을 위해 숲을 개발한다. 개발의 여파로 나무가 터전을 빼앗기고 파헤쳐지는 현상을 보여준다.

> 개발한답시고
> 생땅 갈아엎을 때
> 풀들은 뼈도 못 추리고
> 인부들은 아이 밴 나무까지
> 아스팔트 바닥으로 휙휙 집어던졌다.
> 터져버린 살, 꽃, 태아
> 삐약거리는 진달래 죽지 않는 나무는
> 결코 살고 싶지 않은 곳으로
> 손목 잡혀 왔다.

최문자 「나무고아원 3」 부분

위 작품에서 '나무'는 고아가 된다. 나무가 고아가 된 원인은 '개발' 때문이다. '개발'은 인간의 편리한 삶의 공간을 만들기 위한 목적을 지닌다. 인간의 편리함을 위해 나무는 제가 살던 곳에서 삶을 지속할 수 없다. 나무보다 약한 풀은 삶을 지속하지 못하고 죽는다.[113] 나무는 자연의 터전을 잃음으로써 생명력을 상실하고, 자연과의 관계를 지속하지 못한 채 절망한다.

---

113) 김지하는 "문제는 자연적인 죽음이 아니라 인위적인 살해, 곧 죽임"이라고 문제 의식을 제기한다. 『생명학』, 앞의 책, p. 62.

'꽃'과 '태아'는 나무의 생명력을 의미한다. '꽃'은 수분을 통해 열매를 맺기 위해 피어난다. 열매는 '태아'와 의미가 통하면서 열매보다는 더 구체적인 이미지를 갖는다. 열매가 식물의 탄생 가능성을 보여준다면 태아는 생식력을 통해 탄생될 아기를 구체적으로 보여준다. 나무와 학습자들의 정서적 거리가 '태아'를 통해 좁혀지고, 더 구체적인 감각적 형상을 갖추게 된다. 따라서 '나무 고아원'의 풍경이 참혹한 상황으로 전달된다.

'고아원'은 부모 없는 아이들이 모여 사는 곳으로 국가 차원에서 아이들을 관리하고 키운다. 이곳에서는 부모의 따뜻한 애정 대신 공적인 업무가 수행된다. 이런 공간에서 아이들은 자신의 생명이 소중하고 축복받은 삶이라는 것을 인식하지 못한다. 아이들과 맺어진 부모와의 애정 관계가 없기 때문이다. 이들은 성장 과정에서 상대적인 박탈감을 통해 불행한 삶으로 인식하기 쉽다.

인간은 이런 공간에 '나무'들을 묶어놓음으로써 나무의 생명력을 소멸시키고 있다. 고아원에서 느끼는 인간과 인간의 관계가 기형적이듯 나무 고아원의 나무들의 관계 또한 불행하다. 나무가 불행해지면 인간 또한 행복해질 수 없으므로 인간은 자연과 새로운 관계를 정립해야 한다. 인간은 자연의 일부분이며 자연이 허락한 생존 법칙을 따라야만 할 것이다.

4) 실천화 방안

다음 내용은 정부가 국가 차원에서 평생 교육 프로그램을 계획하거나 홍보 활동을 통하여 '생태 환경에 대한 인식'을 국민에게 심어줘야 함을 강조하는 내용이다. 정부는 국민에게 올바른 가치관을 정립시킴으로써 평생 생태 환경을 조성하도록 해야 한다. 특히 생태 환경을 보호하고 생태 사회를 가꿔야 하는 필요성을 인식하고 실천할 수 있는 교육 내용을 만들어야 한다. 생태 사회는 국민들이 모두 '생태 환경에 대한 인식'을 실천할 때 가능하다. 국가는 국민들이 삶의 순간순간 생태 사회를 만드는 데 일조할 수 있도록 다양한 프로그램을 개발해야 할 것이다.

(1) 교육 과정의 재편

우리나라는 환경 교육에서 적극성을 보이지 않고 있다. 그런데 일본 문부성의 환경 교육은 이미 오래 전부터 진행되고 있다.[114] 문부성은 교육 과정위원회에서 환경 교육에 관해 논의하고 새로운 교과 과정을 편성하는 데 활용했다. 교과 과정은 필수적이며 표준적인 형태로 제시되는데, 통합학습시간을 통해 교육된다. 통합학습시간은 국제간의 이해, 정보, 환경, 복지, 건강 등과 관련된 활동을 구체적이면서 포괄적으로 학습하도록 제안한다.

문부성은 교사용 환경교육 소책자인 '환경 교육 교수'를 발간하였다. 이 책자는 중등학교용, 초등학교용으로 구분하고 있는데, 환경 교육의 개념은 환경과 그 문제에 대해 인식하고 지식을 갖고 인간 활동과 환경 사이의 관계를 구체적으로 이해하여 환경을 적절히 보존할 수 있는 기술, 사고능력, 판단력을 가지고 있고, 보다 나은 환경을 창출하기 위한 의지와 환경에 대한 책임 있는 행동양식을 채택하려는 태도를 갖춘 시민을 양성하는 것으로 정의한다.

---

114) 최석진 · 박선미, 『환경교육 교수 − 학습 및 평가 방법 연구개발, 연구보고 RRC』, 한국교육과정평가원, 2001. http : //classroom.re.kr/uploadfile/content/content13/second08/data02 참고.

일본은 문부성에서 환경 교육의 중요성을 인식하고 환경 교육을 위해서 교사 교육을 실시한다. 환경학회는 교사들을 위해서 교사 환경 교육을 실시함으로써 교사들이 환경의 중요성을 인식하게 하고 모든 교과목에서 교수 – 학습을 의도한다. 그리고 환경 교육의 구체적인 방법을 제시함으로써 교사와 학습자가 삶 속에서 실천하도록 교육한다.

그런데 우리나라는 환경 교육에 대한 중요성을 제대로 인식하지 못하고 있는 듯하다. 환경부에서 나온 자료로 환경 체험 교육을 실천한 사례집과 교사 직무연수 자료집을 찾을 수 있다.[115] 사례집은 초·중·고등학교 교사가 학습자들에게 환경 교육을 위해 실천한 것이다. 이것은 2005년부터 2006년까지 운영한 프로그램을 모은 것으로 묶여 있다. 이것을 보면 우리나라의 환경 교육이 너무나 미약함을 알 수 있다.

자료집은 초·중·고등학교 교사들에게 환경 교육을 실시하기 위해 제작했다. 교사의 직무 연수를 통해 학습자들에게 환경 친화적인 가치관을 정립하기 위해 추진되었다. 교사들에게 환경 전문 지식 및 교수 방법을 연수함으로써 환경 교육의 성과를 높이기 위해서이다. 그런데 정작 교사들에게는 제대로 홍보되지 못한 아쉬움이 있다.

앞으로는 환경부와 교육부가 함께 '생태 환경에 대한 인식'을 교육하기 위한 다양한 방침을 제시해야 할 것이다. 학교 교육 과정에 직접적인 지침을 제시하여 교사들이 수업을 구안할 때 '생태 환경에 대한 인식'을 학습 목표에 포함시키도록 해야 한다. 다양한 프로그램을 제작하여 연수시킨다면 모든 교사들에게 '생태 환경에 대한 인

---

115) 환경부, 『2008년 하계 초·중등교사 환경교육직무연수』, 순천대학교, 2008. 환경부, 『환경체험교육 프로그램 모음집』, 앞의 책.

식'이 투입될 뿐만 아니라 이러한 인식을 바탕으로 한 교과 수업이 진행될 것이다.

팀티칭 형태로 수업을 진행하면서 모든 교과목을 통합하여 '생태 환경에 대한 인식'을 드러내는 수업이 이루어지도록 계획한다. 수업 시수 확보에서의 어려움은 팀티칭이 이루어지는 수업을 블록 타임으로 묶어 수업함으로써 해결할 수 있다. 예를 들어 국어 과목과 생물 과목을 연이어 수업할 수 있다. 이 때 두 시간을 묶어 '생태 환경에 대한 인식'을 드러내는 통합 교육으로 교수 - 학습 한다. 학습자들은 새로운 형태의 수업을 통해서 흥미가 유발될 것이다.

교과서는 교육 과정을 학습자의 수준에 맞게 가장 잘 구성해 놓은 자료이다. 교과서에 단순한 환경 교육에 대한 인식보다는 '생태 환경에 대한 인식'을 드러내는 자료를 투입하여 제작해야 한다. 생태 환경은 환경과 달리 인간을 포함한 모든 유기체가 환경과 상호작용하는 관련성 및 생명체에 대한 생명 사상에 대한 인식을 모두 드러내야 한다. 따라서 환경 교육을 포괄하는 총체적인 의미를 갖는다.

교과서에는 '생태 환경에 대한 인식'을 드러내는 과정을 제시할 뿐만 아니라 인식을 실천으로 연결할 수 있는 방법까지 제시해야 한다. 구체적인 예로 학교 내에서 쓰레기 투기 및 분리수거 문제에서부터 거론이 가능하다. 쓰레기를 발생시키지 않기 위해서 학생들은 쓰레기를 유발시키는 제품을 사지 않을 수 있다. 학생들 나름대로의 기준을 정하고 실천할 수 있는 방법을 제시하는 교과서를 편찬해야 한다.

(2) 실천 교육 및 홍보

생태 교육은 의무 교육 과정에서만 교육해야 할 내용이 아니다.

인류가 생존하기 위해서는 인간이 평생 살아가면서 생태 환경을 의식하고 그것에 반하지 않는 삶을 살아야 한다. 그러기 위해서 평생 교육 프로그램을 개발하여 실현시켜야 한다. 평생 교육 프로그램은 교육부 자체에서 개발할 수도 있겠지만 다양한 문화센터나 복지 기관에서 개발하고 교육할 수 있다. 더욱 다양한 프로그램을 마련하고 활성화시키려는 정부의 의지가 필요하다.

인간이 편리함만을 추구하다 보니 생태적인 삶과는 점점 유리되고 있다. 자연 생태계가 아파트 주변에 형성되고 공존할 수 있다면 이상적이다. 그런데 현대 사회에서 외치고 있는 도시와 아파트 주거 형태는 유기체와 공존할 수 없는 구조이다. 생태시 교육을 지속하다 보면 건축학 분야에서도 '생태 환경에 대한 인식'을 가진 건축설계사가 나타날 것이다. 그렇게 된다면 건축 양식이나 주거 형태도 달라질 것이다.

우리들이 살아가야 할 세상은 실천 교육을 통해서 새로운 생태 환경을 만들 때 더욱 아름다워질 것이다. 실천 교육의 방법으로 다양한 홍보 활동을 할 수 있다. 교육부에서는 다양한 공익 광고를 제작하거나 홍보 책자를 만들 수 있다. 현재 공익 광고로는 수질 오염을 방지하거나 물의 중요성을 드러내는 광고, 흡연의 폐해를 드러내거나 청소년들의 방종에 대한 위험을 경고했다. 앞으로는 공익 광고에서 다양한 생태 환경의 모습을 보여주고 실천할 수 있게 노력해야 한다.

앞에서 살펴본 바와 같이 대기업의 이미지 광고로부터 환경 파괴 행태를 포장하는 광고를 볼 수 있었다. 그러나 앞으로는 '생태 환경에 대한 인식'을 심도 있게 보여주거나 새로운 깨달음을 줄 수 있는 광고가 제작되어야 할 것이다. 학교 교육 과정에서 생태시 교육을 받은 학생이 사회로 배출될수록 그런 광고도 다량 제작될 것이다.

교육부는 국민들이 '생태 환경에 대한 인식'을 함양하기 위해 알기 쉽게 책자를 제작하고 실천 가능한 기본적인 생활 수칙을 마련하여 홍보한다. 생태 환경은 일개인에 의해 지켜지는 것이 아니라 모든 국민이 생활 수칙으로 실천할 때 이루어진다. 따라서 교육부는 평생 교육을 위한 홍보 책자를 만들어 관공서나 지하철 등 대중들이 많이 애용하는 곳에 거부감 없이 비치하도록 한다.

예를 들어 우리는 삼림을 낭비하지 않는 생활을 해야 한다. 열대 우림이 지구의 허파 기능을 하기 때문에 중요하다는 것은 누구나 다 아는 사실이다. 그런데, 그 열대 우림을 지키기 위해서 실천할 수 있는 것들은 제대로 알지 못한다. 그러므로 더욱 구체적인 사실을 인지시키기 위해서 자료를 활용한다.

다음과 같은 통계 자료는 우리가 낭비하는 삼림 자원의 실태를 보여준다. 나무로 만들어진 일회용 제품은 티슈, 일회용 기저귀, 종이팩, 나무젓가락을 들 수 있다. 1990년 자료에 의한 소비량을 살펴보면, 화장지는 19만 6천 톤, 일회용 기저귀가 17억 개(어린이용과 어른용을 합쳐서), 종이팩이 54억 개, 나무젓가락이 41억 쌍에 이른다[116]고 한다.

이와 같은 자료를 바탕으로 한 구체적인 실천 내용은 우선적으로 나무젓가락을 사용하지 말아야 한다. 나무젓가락 외에도 일회용품을 사용하지 않음으로써 나무를 살릴 수 있다. 일회용 기저귀는 편리하지만 나무를 훼손할 뿐만 아니라 분해되지 않음으로써 토양을 오염시킨다. 또, 아기의 피부 건강에도 좋지 않아서 피부병이나 다

---

116) 최주섭, 『더불어 사는 세상』, 김영사, 1992, p. 107.

양한 질병을 유발시킨다.

 '실천 교육'을 통해 국민 모두가 작은 일 하나부터 실천할 때 새로운 환경이 만들어질 것이다. 새로운 환경은 인간이 모든 자연 자원을 쓰고 버리는 삶의 방식을 벗어날 때 만들어진다. 인간은 자연 자원이 자연적으로 회복될 수 있는 시간만큼 기다려야 한다. 자연으로 되돌아갈 수 있는 사회를 만들 때 생태 환경은 이루어질 것이다. 미래의 생태 환경을 만들기 위해서는 '생태 환경에 대한 인식'을 국민들에게 평생 교육의 일환으로 교육하는 일이 무엇보다 시급하다고 하겠다.

6장

결론

한국 현대 생태시 교육

6장

| 결론 |

*

생태시 교육은 현 학습자들의 삶에 매우 필요하다. 생태시는 학습자들에게 '생태환경에 대한 인식'을 바탕으로 한 삶의 지표를 제시해 줄 수 있기 때문이다. 생태 환경의 파괴로 인해 다양한 자연 징후가 일어나고 있는 불안한 시기에 학습자들의 삶의 양태를 변화시켜야 한다는 점에서 교육적으로 그 의미가 깊다고 하겠다. 생태시의 장점을 잘 살려 교육한다면 학습자들의 물리적·심리적 환경에서 발생하는 문제에 대한 해결 방향을 제시할 수 있을 것이다.

본고에서는 생태시 교육의 위상을 살펴보기 위해서 생태학의 유입과 생태 문학의 형성 과정에 대해 소개하고, 생태시의 개념을 "산업 발달 이후에 모든 유기체 간의 관계를 바탕으로 생태 환경 파괴의 위기 의식을 다루거나 생명 의식을 바탕으로 바람직한 생태 환경에 대한 지향점을 다루는 작품"으로 규정했다. 생태시는 미래 사회에 대한 지향점을 제시함으로써 학습자들의 인식과 가치관을 바꾸는 역할을 할 수 있다.

이와 같은 생태시의 개념을 통해 생태시의 유형을 세 가지로 분류했다. 1970년대 산업 발달 과정에서 발생한 생태계 파괴와 환경 오염의 실태를 고발하는 작품, 생태계 보호와 유기체적 생명 의식의 고양을 드러내는 작품, 이러한 해결 방법을 통해 우주 공동체적 삶을 지향하는 모습을 보여주는 작품으로 분류하였다. 공동체적 삶은 유기체와 인간의 관계, 인간과 인간의 관계에 대한 인식으로부터 출발하여 변화된 '생태 환경에 대한 인식'을 통해 가능하다.

'생태 환경에 대한 인식'이란 인간이 살아가는 유·무형의 환경에서 인간이 살아가는 최적의 생태적인 환경에 대한 깊이 있는 사고를 말한다. 이것은 학습자들의 '환경'에 대한 민감성을 고려한 개념이다. 학습자들은 자신이 처해 있는 다양한 환경에서 적절한 반응과 행동을 취한다. 그 때 환경에 대한 구체적 인식이 '생태 환경에 대한 인식'으로 확장돼야 한다는 의도이다.

'생태'란 수식어는 생명체 간의 상호 연관성, 자연의 순환 구조와 가이아의 조절 기능을 인식하는 의미를 드러낸다. 이와 같이 생태시에서는 모든 유기체의 생명을 중요시하는데 이것은 생물학적 배경지식을 필요로 한다. 이뿐만 아니라 생물이 삶을 영위하기 위해 필요한 다양한 학문적 배경지식이 통합되어야 생태시를 제대로 이해할 수 있다. 학습자들은 생태 비평 학습 과정을 통해 타교과의 학습 내용을 통합하는 범교과적 학습을 하게 된다.

본고는 생태시 교육의 선행 작업으로서 교과서에 나타난 생태시를 파악하였다. 그리고 교과서에 나타난 작품은 공동체 의식과 생명 공간의 재인식을 드러내는 작품, 자연과의 동일성 지향과 상실 의식을 드러내는 작품, 생명 의식의 존귀함과 연대적 각성을 드러내는 작품으로 분류했다. 특히 교과서에 수록된 작품 중에서 나희덕의 「배추의 마음」을 자료로 생태시의 교수 – 학습 모형을 구안했다.

현재 교육 과정에서는 생태시가 교과서에 수록되어 있어도 '생태 환경에 대한 인식'을 교육하지 않고 있다. 따라서 학습자들은 생태시에 나타난 생태계의 현실과 인간 생태 사회를 제대로 이해할 수 없다. 학습자들의 생태 환경에 대한 올바른 인식 부족은 생태시 교육의 필요성을 제기한다.

따라서 본고에서는 생태시 교육의 실제를 위해서 나희덕의 「배추의 마음」을 자료로 선택하여 학년별 체계를 구성했다. 7학년에서는 「배추의 마음」에 나타난 시어의 이해와 해석을 통해 기초적인 고찰을 한다. 생태시에서는 다른 현대시와 다르게 생명 활동을 표출하거나 물질문명을 비판하는 시어가 자주 사용된다. 이것은 생태시가 주제 의식으로 드러내고자 하는 내용이 생명 사상을 바탕으로 하기 때문이다.

8학년에서는 「배추의 마음」에 나타나는 구조적인 고찰을 통해 생태시를 이해하고자 했다. 구조적인 고찰 내용은 생태시의 형식적 측면인 표현 기법으로 알아보았다. 생태시에서는 생태 환경의 파괴에 대한 위기의식을 다루기 위해서 대조의 기법을 사용하거나 자연물을 의인화함으로써 가이아에 대한 인식을 드러낸다. 자연시와 다르게 자연물이 인간의 대상물로서 존재하는 것이 아니라 인간과 대등한 존재로 지구상에 공존함을 보여준다. 시인은 독자와 의사소통을 시도하기 위해 대화체 문장으로 독자의 관심을 유도하기도 한다.

9학년에서는 「배추의 마음」에 나타난 생태적 의미를 고찰했다. 학습자들은 다양한 배경지식을 활용하여 생태시에 수용되어 있는 생태적 의미를 이해할 수 있다. 생태시의 생태적 의미는 산업 발달과 자본주의로 인한 토양의 오염에 대한 이해, 생명애에 대한 새로운 이해를 갖게 한다. 이런 이해가 인간 자신의 존재를 실현시키기 위한 방법으로서 가치 있음을 알고 이런 깨달음을 우주로 확장시켜 공동체적 인식을 추구하고자 했다.

10학년에서는 앞의 교수 – 학습 내용을 통합적으로 아우르는 생태시의 주제 의식에 대해 살펴보았다. 생태시의 주제 형상화는 관계에 대한 인식으로부터 시작한다. 관계는 배추와 인간의 관계, 배추벌레와 인간의 관계에서 나아가 인간과 인간에 대한 관계로 확장할 수 있다. 더 나아가 자연과 인간의 관계로부터 우주에 대한 인식으로 확장할 수 있다. '관계'에 대한 인식을 바탕으로 한 생태학적 상상력은 우주에 대한 새로운 인식을 생성한다.

생태시 교육의 방법은 '상호 텍스트성 활용', '토론 학습', '비평문 쓰기', '통합 교육'을 제안했다. 이 네 가지 학습 방법의 중요성은 익히 알고 있으나 실제로 학교 현장에서는 제대로 이루어지지 않는다. 모든 제약 조건에도 불구하고 교육적 의미를 충분히 지니므로 다양한 방법을 통해 '생태 환경에 대한 인식'과 실천을 실현시켜야 할 것이다.

'상호 텍스트성'은 「배추의 마음」과 전 단계에서 학습했던 황동규의 「귀뚜라미」의 상관성을 통해 파악하였다. 상호 텍스트성은 제재, 시적 화자의 태도, 배경, 주제에서 찾아보았다. 제재적 측면은 '벌레'를 대상으로 한다는 것이다. 시적 화자의 태도는 「배추의 마음」에서는 시적 화자가 대상에 대해 따뜻한 배려를 하지만, 「귀뚜라미」에서 시적 화자는 배려나 정서의 변화를 드러내지 않는다. 배경은 배추밭과 아파트라는 차이점을 보이지만, 주제적 측면에서는 동일한 생태의식을 드러내고 있다. 특히 벌레와 인간의 관계에 대한 새로운 인식을 보여준다.

'토론 학습'은 교육적 효과에도 불구하고 토론 학습을 위한 배경지식의 부족 때문에 토론 활동이 제대로 이루어지지 않는 경우가 많다. 생태시 교육에서는 범교과적 학습 내용을 통합한 배경지식이 시의 감동을 배가시킨다. 따라서 김기택의 「사진 속의 한 아프리카 아이1, 2」와 '자연도태설'을 자료로 제시하여 토론 학습을 제안했다. 학습자들은 '자연도태설'에 대한 주장과 근거를 제시하면서 문제 의식을 갖고 생태시에 대한 새로운 감동을 찾았다. 토론 활동을 통해서 벌레와 인간의 관계에서 확장된 인간과 인간의 새로운 관계를 인식한다.

'비평문 쓰기'에서는 비평문 쓰기의 과정을 제시하여 학습자들이 부담을 적게 갖는 방법을 찾았다. 따라서 비평문 쓰기의 과정을 세분화하여 학습자들에게 제시하고 단계별로 학습 목표에 도달하는 과정에서 비평문 쓰기를 완성하도록 계획하였다. 학습자는 단계별로 빈칸 채우기, 한 줄 쓰기, 모방시 쓰기, 감상문 쓰기 및 비평문 쓰기의 활동을 할 수 있다. 학습자들은 수준별 과정을 선택할 수 있으므로, 교수 ― 학습 과정에서 수준에 맞는 활동을 지속할 수 있다.

'생태시의 통합 교육'은 범교과적 학습 내용을 통합하여 학습자의 실천으로 연계되므로 중요하다. 교사는 자기주도적 학습 방법이나 다른 문화 양식을 활용하는 학습, 인접 교과목과의 연관성을 바탕으로 하는 학습을 통해 '생태 환경에 대한 인식'을 확고히 교수할 수 있다. 학습자들은 이런 학습 내용을 통해 인식을 분명히 할 뿐만 아니라 실천으로 연결시킬 수 있다.

　이와 같이 다양한 학습 방법으로 교수 - 학습했을 때, 학습자들은 생태시에서 필요한 배경지식을 활용하고 생태시에 대한 이해를 쉽게 하였다. 작품에 따라서 배경지식이 더 많이 요구되는 것도 있는데, 이것은 '통합'을 통해 보완할 수 있다. 교육의 특성을 고려할 때 생태시 교육에 있어서의 위계성을 고려한 학습 내용과 방법도 중시되어야 할 것이다.

　생태시 교육은 '생태 환경에 대한 인식'을 교육 과정으로 흡수하여 문학 교육의 목표로 설정하고, 교수 - 학습해야 한다. 그렇다면 생태시 교육이 더욱 활발하게 이루어질 것이다. 그런데, 생태시가 교과서에 수록되지 않았다 해도 교사가 의도를 가진다면 다양한 교수 - 학습의 장에서 생태시 교육이 가능하다.

　방과후 활동·계발활동·동아리 활동 시간을 활용한다면 다양한 방법으로 생태시 교육을 실시할 수 있다. 이런 시간에는 소수의 학습자들과 함께 할 수 있다는 장점을 갖는다. 소수의 학습자들과 활동을 함께 하면 학습자들의 생각과 느낌을 반영한 수업으로 수업 목표 도달에 더욱 효과적이다. 가장 이상적인 생태시 교육은 생태시가 교과서에 선정되고, 교사는 '생태 환경에 대한 인식'을 교수하려는 의도를 가지며, 학습자는 이상 독자의 수준을 유지할 때 제대로 이루어지리라 생각한다.

참고문헌
부록

한국 현대 생태시 교육

참고문헌

■ 자료집

교육인적자원부, 『10학년 고등학교 국어(상)(하)』, 교학사, 2002.

＿＿＿＿＿＿＿, 『중학교 국어·국어생활』, 대한교과서 주식회사, 2002.

김기택, 『바늘구멍 속의 폭풍』, 문학과지성사, 1997.

＿＿＿, 『소』, 문학과지성사, 2005.

김선우, 『내 몸속에 잠든 이 누구신가』, 문학과지성사, 2007.

김신용, 『도장골 시편』, 천년의 시작, 2007.

김완하, 『긍정적인 밥』, 화남, 2004.

김지하, 『중심의 괴로움』, 솔출판사, 1994.

나희덕, 『어두워진다는 것』, 창작과 비평사, 2001.

＿＿＿, 『그곳이 멀지 않다』, 문학동네, 2004.

＿＿＿, 『사라진 손바닥』, 문학과지성사, 2004.

문정희, 『모든 사랑은 첫사랑이다』, 중앙M&B, 2003.

＿＿＿, 『양귀비꽃 머리에 꽃고』, 민음사, 2004.

배한봉, 『악기점』, 세계사, 2004.

신경림, 『뿔』, 창작과 비평사, 2002.

신덕룡, 『소리의 감옥』, 천년의 시작, 2006.

안도현, 『너에게 가려고 강을 만들었다』, 창작과비평사, 2004.

이재무, 『위대한 식사』, 세계사, 2002.

＿＿＿, 『푸른 고집』, 천년의 시작, 2004.

정일근, 『마당으로 출근하는 시인』, 문학사상사, 2003.

정진규, 『本色』, 천년의 시작, 2005.

정현종, 『견딜 수 없네』, 시와시학사, 2003.

정호승, 『포옹』, 창작과비평사, 2007.

최문자, 『나무고아원』, 세계사, 2003.

최승호, 『세속도시의 즐거움』, 세계사, 1994.

_____, 『진흙소를 타고』, 민음사, 2007.

_____, 『포옹』, 창작과비평사, 2007.

함민복, 『모든 경계에는 꽃이 핀다』, 창비, 2007.

■ 논문

권정임, 「근대성에 대한 생태적 비판 : 초기 계몽주의의 사회형성론 및 자연
　　　　지배이데올로기를 중심으로」, 『시대와 철학』 제18권 2호, 2007.

권혁준, 「문학 비평 이론의 시교육적 적용에 관한 연구 : 신비평과 독자반응
　　　　이론을 중심으로」, 한국교원대 박사학위논문, 1999.

김갑수, 「장자의 자연관」, 『장자사상논문선집 장자(1)』, 불함문화사, 1996.

김경미, 「한국 현대 생태시 연구 : 심층 생태론의 영향을 중심으로」, 고려대
　　　　석사학위논문, 2004.

김도남, 「상호텍스트성을 바탕으로 한 읽기 지도 방법 연구」, 한국교원대 박
　　　　사학위논문, 2002.

김명순, 「국어과 교육내용의 위계 설정과 관련된 문제」, 『새국어교육』제78
　　　　호, 한국국어교육학회, 2008.

김명원, 「생태 페미니즘시 연구」, 성균관대학교 박사학위논문, 2006.

김석영, 「신동엽의 근대문명 비판과 생태주의적 상상력」, 『어문학』 제71집,
　　　　2006.

김성란, 「현대시 감상을 통한 논술 능력 향상」, 『새국어교육』제76호, 한국국
　　　　어교육학회,2007.

_____, 「교과서에 나타난 생태시 고찰」, 『새국어교육』제78호, 한국국어교육
　　　　학회, 2008.

김정우, 「시 해석 교육 내용 연구」, 서울대 박사학위논문, 2004.

김지연, 「한국 현대 생태주의 시 연구」, 제주대 박사학위 논문, 2003.

김창원, 「시 텍스트 해석 모형의 구조와 작용에 관한 연구」, 서울대 박사학위
　　　　논문, 1994.

김혜정, 「텍스트 이해 과정과 전략에 관한 연구 : 비판적 읽기 이론 정립을
　　　　위한 학제적연구」, 서울대 박사학위논문, 2002.

남민우, 「텍스트 가치평가 활동을 위한 시교육 연구」, 서울대 박사학위논문,
　　　　2006.

노상우, 「생태주의에서 본 현대교육학의 세 가지 과제」, 『교육철학』 제39집, 2007.

도정일, 「시인은 숲으로 가지 못한다」, 『녹색 평론』 통권 제10호, 1993. 5.

박영민, 「작문 교사의 수업 전문성 신장 방안 연구」, 『새국어교육』 제77호, 한국국어교육학회, 2007.

박요순, 「한국문학에 나타난 자연관」, 『서의필선생회갑논문집』, 1989.

유영희, 「이미지 형상화를 통한 시 창작 교육 연구」, 서울대 박사학위논문, 1999.

윤여탁, 「문학교육에서 상상력의 역할」, 『문학교육학』 3, 문학교육학회, 1999.

이경수, 「대지의 생산성과 가이아의 딸들」, 『신생』 32호, 전망, 2007. 9.

이승준, 「한국 현대소설의 생태학적 쟁점 연구」, 『우리어문연구』 제27집, 2006.

이재림, 「학습자 중심 시 교육 방법 연구 : 중학교 국어 교과서를 중심으로」, 국민대 석사학위논문, 2005.

임도한, 「한국 현대 생태시 연구」, 고려대 박사학위논문, 1999.

장정렬, 「한국 현대 생태주의 시 연구」, 한남대학교 박사학위논문, 1999.

_____, 「생태 페미니즘 시가 가야할 길」, 『신생』 14호, 전망, 2003. 3.

_____, 「생태시에 나타난 신화적 상상력」, 『신생』 30호, 전망, 2007. 3.

전영민, 「한국 현대 생태시 연구」, 인하대 교육대학원 석사학위논문, 2001.

정재찬, 「현대시 교육의 지배적 담론에 관한 연구」, 서울대 박사학위논문, 1996.

정효구, 「우주공동체와 문학」, 『현대시학』 293~303호, 현대시학사, 1993. 9.~1994. 6.

최미숙, 「미디어 시대의 시 텍스트 변화 양상과 시 교육」, 『문학교육학』 제24호, 2007.

■ 단행본

강연호 외, 『시창작이란 무엇인가』, 화남, 2003.

경상대학교 인문학연구소, 『인문학과 생태학』, 백의, 2001.

교육인적자원부, 『국어·생활국어 교사용 지도서』, 교육인적자원부, 2004.

_____, 『국어과 교육 과정』, 교육인적자원부, 2007.

_____, 『고등학교 국어 (상)(하), 교사용지도서』, 서울대학교 국어
교육연구소, 2007.

_____, 『개정교육 과정』, 대한교과서주식회사, 2007.

_____, 『초등학교 교육 과정』, 교육인적자원부, 2007.

_____, 『초등학교 교육 과정 해설』, 교육과학기술부, 2008.

구승회, 『생태 철학과 환경 윤리』, 동국대학교 출판부, 2001.

구인환·우한용·박인기·최병우 지음, 『문학교육론』, 삼지원, 2004.

구자희, 『한국 현대 생태담론과 이론 연구』, 새미, 2005.

권혁준, 『문학이론과 시교육』, 박이정, 1997.

김대행, 『문학 교육 틀짜기』, 역락, 2000.

김병택, 『현대 시론의 새로운 이해』, 새미, 2004.

김봉군, 『현대문학의 쟁점 과제와 문학 교육』, 새문사, 2004.

김성곤, 『사유의 열쇠』, 산처럼, 2006.

김성기, 『패스트푸드점에 갇힌 문화 비평』, 민음사, 1996.

김성진 외, 『생태문제와 인문학적 상상력』, 나남출판, 1999.

김영석, 『도와 생태적 상상력』, 국학자료원, 2000.

김영철, 『현대시론』, 건국대학교 출판부, 1993.

김완하, 『긍정적인 밥』, 화남, 2004.

_____, 『한국 현대시와 시정신』, 새미, 2005.

_____, 『시창작의 이해와 실제』, 한남대학교 출판부, 2008.

김용규, 『문학에서 문화로』, 소명출판, 2004.

김용민, 『생태문학』, 이레, 2003.

김욱동, 『문학 생태학을 위하여』, 민음사, 2003.

_____, 『생태학적 상상력』, 나무심는 사람들, 2003.

김윤택 외, 『생물 I 교과서』, 중앙교육진흥연구소, 2003.

김은전, 『현대시 교육의 쟁점과 전망』, 월인, 2001.

김은주, 『생태 유아교육의 이해』, 한국학술정보, 2005.

김인환, 『문학교육론』, 한국학술정보, 2006.

김정우, 『시해석 교육론』, 태학사, 2006.

김종철, 『간디의 물레』, 녹색평론사, 2005.

_____, 『녹색평론 선집 2』, 녹색평론사, 2008.

김주환 외, 『사회 교과서』, 중앙교육진흥연구소, 2008.

김준오, 『시론』, 삼지원, 2008.

김지하, 『사이버 시대와 시의 운명』, 북하우스, 2003.

_____, 『생명학 1』, 화남, 2003.

_____, 『생명학 2』, 화남, 2004.

김진량, 『디지털 텍스트와 문화읽기』, 한양대학교 출판부, 2005.

김창원, 『시교육과 텍스트 해석』, 서울대 출판부, 1995,

남민우, 『시 교육의 해체와 재구성』, 역락, 2006.

노명완·박영목·권경안, 『국어과교육론』, 갑을출판사, 1988.

노 철, 『시교육 방법과 실제』, 보고사, 2002.

도정일, 『시인은 숲으로 가지 못한다』, 민음사, 1994.

문병호, 『서정시와 문명비판』, 문학과지성사, 1995.

문선영, 『현대시와 문화의식』, 청동거울, 2003.

문순홍, 『생태학의 담론』, 솔, 1999.

_____, 『생태학의 담론』, 아르케, 2006.

문순홍 편저, 『한국의 여성 환경 운동』, 아르케, 2002.

문학과문학교육연구소 편, 『문학 교육의 인식과 실천』, 국학자료원, 2000.

박경신 외, 『문학(하)』, 금성출판사, 2006.

박경신 외, 『문학(상)(하) 교사용 지도서』, 금성출판사, 2006.

박도순, 『교육평가 : 이해와 적용』, 교육과학사, 2007.

박수자 외, 『읽기수업방법』, 박이정, 1999.

박승희, 『교육과 문학의 현재성』, 새미, 2004.

_____, 『시교육과 문학의 현재성』, 새미, 2006.

박영균 외, 『교육 방법 및 교육 공학』, 학지사, 2003.

박영목·민현식·김종철 외, 『국어교육론 1, 2, 3』, 한국문화사, 2005.

박이문, 『문명의 위기와 문화의 전환 : 생태학적 세계관을 위하여』, 민음사,
        1996.

_____, 『문명의 미래와 생태학적 세계관』, 당대, 1997.

박인기, 『문학교육 과정의 구조와 이론』, 이회문화사, 1998.

박호영, 『몽상 속의 산책을 위한 시학』, 푸른사상, 2002.

박희병, 『한국의 생태사상』, 돌베개, 1999.

백순근, 『수행평가의 이론과 실제』, 원미사, 1998.

선주원, 『시교육의 원리와 방법』, 박이정, 2003.

성기옥・김수경・정끝별・엄경희・유정선, 『한국시의 미학적 패러다임과 시학적 전통』, 소명출판, 2006.

송명희・정순진・송경빈・손화숙・김영희, 『여성의 눈으로 읽는 문화』, 새미, 1997.

송수권, 『송수권의 체험적 시론』, 문학사상, 2006.

송용구, 『현대시와 생태주의』, 새미, 2002.

신덕룡, 『초록 생명의 길』, 시와사람사, 1997.

_____, 『생명시학의 전제』, 소명출판, 2002.

_____ 편, 『초록 생명의 길 Ⅱ』, 시와 사람, 2001.

신익호 외, 『현대시의 이해』, 한남대학교출판부, 2006.

양왕용, 『현대시교육론』, 삼지원, 1997.

우한용 외, 『문학교육 과정론』, 삼지원, 1997.

유성호, 『현대시 교육론』, 역락, 2006.

유영희, 『이미지로 보는 시 창작교육론』, 역락, 2003.

유종호, 『시 읽기의 방법』, 삶과 꿈, 2005.

윤석산, 『현대시학』, 새미, 1996.

윤소영, 『종의 기원』, 사계절, 2004.

윤여탁, 『시교육론 Ⅰ』, 태학사, 1996.

_____, 『시교육론 Ⅱ』, 태학사, 1998.

윤여탁・최미숙・유영희, 『시와 함께 배우는 시론』, 태학사, 2002.

윤정룡, 『시교육 방법론』, 호민, 2000.

이남호, 『교과서에 실린 문학작품을 어떻게 가르칠 것인가』, 현대문학, 2001.

이대규, 『문학 교육과 수용론』, 이회문화사, 1998.

이상섭, 『문학의 이해』, 서문당, 1999.

이수자, 『세계 여성운동후기 근대의 페미니즘 담론』, 여이연, 2004.

이승하, 『한국의 현대시와 풍자의 미학』, 문예출판사, 1997.

이승훈, 『모더니즘 시론』, 문예출판사, 1995.

_____, 『시론』, 태학사, 2005.

이재승, 『좋은 국어 수업 어떻게 할 것인가?』, 교학사, 2005.

이준모, 『생태적 인간』, 다산글방, 2000.

이형권, 『타자들, 에움길에 서다』, 천년의 시작, 2003.

장남기 외, 『생태학』, 아카데미서적, 1993.

장도준, 『한국 현대시 교육론』, 국학자료원, 2003.

장미경 편저, 『오늘의 페미니즘, 세계 여성운동』, 문원, 1996.

장원철, 「자연, 생태 그리고 문학 : 생태비평의 가능성」, 『인문학과 생태학』, 백의, 2001.

장영우, 『대표 시 대표 평론』, 실천문화사, 2000.

장자, 이강수·이권 옮김, 『장자』, 길, 2005.

장정렬, 『생태주의 시학』, 한국문화사, 2000.

전국권, 『시 창작론』, 한국학술정보, 2005.

정기철, 『창의력 개발을 위한 독서 지도법과 독서 신문 만들기』, 역락, 2001.

_____, 『읽기 교육의 이론과 실제』, 역락, 2001.

정수복, 『녹색 대안을 찾는 생태학적 상상력』, 문학과 지성사, 1996.

정현기, 『한국 현대문학의 제도적 권력과 사회』, 문이당, 2002.

정현선, 『다매체 시대의 국어교육과 문화교육』, 역락, 2004.

정화열, 이동수·김주환·이병택 옮김, 『몸의 정치와 예술, 그리고 생태학』, 아카넷, 2005.

정효구, 『20세기 한국시와 비평정신』, 새미, 1997.

조태일, 『알기쉬운 시창작 강의』, 나남출판, 1999.

진중권, 『미학 오디세이』, 휴머니스트, 2008.

차봉희, 『독자반응 비평』, 고려원, 1993.

차호일, 『현장중심의 현대교육시론』, 다솜출판사, 2008.

채수영, 『문학생태학』, 새미, 1997.

최동호, 『디지털 문화와 생태시학』, 문학동네, 2000.

최승호, 『21세기 문학의 유기론적 대안』, 새미, 2000.

최재서, 『문학원론』, 신원도서, 1962.

최주섭, 『더불어 사는 세상』, 김영사, 1992.

최지현, 『국어과 교수·학습 방법』, 역락, 2007.

_____ 외, 『문학 교육 과정론』, 역락, 2006.

한철우·김명순·박영민, 『문학 중심 독서 지도』, 대한교과서주식회사, 2002.

한희수, 『한국문학의 성과 권력구조』, 한국문화사, 2000.

홍문표, 『시창작 강의』, 양문각, 1997.

홍신선, 『한국시의 논리』, 전남대학교 출판부, 1994.

환경부, 『환경체험교육 프로그램 모음집』, 문원미디어, 2007.

_____, 『2008년 하계 초·중등교사 환경교육직무연수』, 순천대학교, 2008.

황송문, 『현대시 창작법』, 국학자료원, 나카무라 오사무, 전운성 옮김, 『경제학은 왜 자연의 무한함을 전제로 했는가』, 아카데미, 2000.

Alt, Franz, 손성현 옮김, 『생태주의자 예수』, 나무심는사람, 2003.

Barry Commer, 송상용 옮김, 『원은 닫혀야 한다』, 전파과학사, 1980.

Baskin, Yvonne, 이한음 옮김, 『아름다운 생명의 그물』, 돌베개, 2006.

Bateson, Gregory, 박대식 옮김, 『마음의 생태학』, 책세상, 2006.

Bookchin, M., 문순홍 옮김, 『사회 생태론의 철학』, 솔, 1997.

_____, 문순홍 역, 『생태학의 담론』, 솔출판사, 1999.

Buber, Martin, 표재명 옮김, 『나와 너』, 문예출판사, 2001.

Buehl, Doug, 노명완·정혜승 옮김, 『협동적 학습을 위한 45가지 교실 수업 전략』, 박이정, 2006.

Capra, Fritjof, 김용정·김동광 옮김, 『생명의 그물』, 범양사출판부, 1995.

Carson, Rachel, 김은령 옮김, 『침묵의 봄』, 에코리브르, 2002.

Commer, Barry, 송상용 옮김, 『원은 닫혀야 한다』, 전파과학사, 1980.

Crosby, Alfred W, 안효상·정범진 옮김, 『생태제국주의』, 지식의 풍경, 2000.

Diamond, Irene and Gloria Feman Orenstein, 정현경·황혜숙 옮김, 『다시 꾸며보는 세상 : 생태여성주의의 대두』, 이화여자대학교 출판부, 1996.

Foster, John Bellamy, 추선영 옮김, 『생태계의 파괴자 자본주의』, 책갈피, 2007.

Glotfelty, Cheryl and Harold Fromm, *The Ecocriticism Reader*, Athens and London : The University of Georgia Press, 1996.

Gonick, Larry·Outwater Alice, 이희재 옮김, 『세상에서 가장 재미있는 지구환경』, 궁리, 2008.

Grundmann, Reiner, 박만준·박준건 옮김, 『마르크스주의와 생태학』, 동녘, 1995.

Guattari, Felix, 윤수종 옮김, 『세 가지 생태학』, 동문선 현대신서 126,

2003.

Heiser, Charles B., 『문명의 씨앗, 음식의 역사』, 가람기획, 2004.

Joyce, Bruce., Weil Marsha, 윤기옥·송용의·김재복 공역, 『수업모형』, 형설 출판사, 1987.

Kayser, Wolfgang, 김윤섭 옮김, 『언어예술작품론』, 예림기획, 1999.

Kempf, Herve, 진민정 옮김, 『부자들이 지구를 어떻게 망쳤나』, 에코리브르, 2008.

Lomborg, Bjorn, 김기웅 옮김, 『쿨잇』, 살림, 2008.

Lovelock, James, 홍욱희 옮김, 『가이아』, 갈라파고스, 2007.

Molles Jr, Manuel C., *ECOLOGY*, MeGraw-Hill Companies, United States of America, 1999.

Mcintosh, Robert P, 김지홍 옮김, 『생태학의 배경 : 개념과 이론』, 아르케, 2002.

Menzel, Peter & D'Aluisio, Faith, 김승진·홍은택 옮김, 『Hungry Planet』, 월북, 2008.

Merchant, Carolyn, 허남혁 옮김, 『래디컬 에콜로지』, 이후, 2007.

Mies, Maria·Shiva Vandana , 손덕수·이난아 옮김, 『에코페미니즘』, 창작과 비평사, 2000.

Molles, Jr. Manuel C, 『ECOLOGY』, MeGraw-Hill Companies, United States of America, 1999.

Nettle, Daniel·Suzanne Romaine, 김정화 옮김, 『사라져 가는 목소리들』, 이제이북스, 2006.

Odum, Eugene P, 이도원 옮김, 『생태학』, 동화기술, 1994.

_____, 이도원·박은진·송동하 옮김, 『생태학』, 민음사, 1995.

Pausewang, Gudrun, 함미라 옮김, 『핵폭발 뒤 최후의 아이들』, 보물창고, 2007.

Philander, George, 김신·반창현·최은솔 옮김, 『지구 온난화의 비밀』, 민사고, 2007.

Ravan, Chris, 김문성 옮김, 『심리학의 즐거움』, 휘닉스, 2007.

Reay Dave, 이한중 옮김, 『너무 더운 지구』, 바다출판사, 2006.

Rothschild, David De, 환경운동연합 옮김, 『뜨거운 지구에서 살아남는 유쾌한 생활습관 77』, 추수밭, 2008.

Schor, Juliet B., 정준희 옮김, 『쇼핑하기 위해 태어났다』, 해냄, 2005.

Schlosser, Eric · Wilson, Charles , 노순옥 옮김, 『맛있는 햄버거의 무서운 이야기』, 모멘토, 2006.

Shiva, Vandana, 강수영 옮김, 『살아남기 : 여성, 생태학, 개발』, 솔, 1988.

Singer, Peter · Mason Jim, 함규진 옮김, 『죽음의 밥상』, 산책자, 2008.

Suzuki, David., Peter Knudtson, 김병순 옮김, 『생명은 끝이 없는 길을 간다』, 모티브북, 2008.

Shiva Vandana, 한재각 외 옮김, 『자연과 지식의 약탈자들』, 당대, 2000.

Thoreau, D., 강승영 역, 『월든』, 이레, 1993.

Weisman, Alan, 이한중 옮김, 『인간 없는 세상』, 랜덤하우스, 2007.

Wilson, Edward O, 권기호 옮김, 『생명의 편지』, 사이언스 북스, 2006.

Worster, Donald, 문순홍 편역, 『지속가능한 사회를 향한 생태전략』, 도서출판 나라사랑, 1995.

_____, 강헌 · 문순홍 옮김, 『생태학, 그 열림과 닫힘의 역사』, 아카넷, 2002.

Ziegler, Jean, 유영미 옮김, 『왜 세계의 절반은 굶주리는가?』, 갈라파고스, 2007.

기아는 자연도태? 아니면 어쩔 수 없는 운명?

기아는 언제부터 시작되었을까요?

인류의 역사가 시작되면서부터 아닐까? 기아는 인류에게 끈덕진 동반자였지. 석기시대 사람들은 아침부터 저녁까지 먹을거리를 찾아 헤맸을 거야. 우르와 바빌론 같은 도시에는 기근이 끊이지 않았고, 끔찍한 대기근이 주기적으로 로마와 그리스인들의 목숨을 대거 앗아갔지. 중세에는 농노나 자유농민, 도시민, 그리고 그들의 가족들이 수백만 명이나 굶어 죽었단다. 19세기 때도 중국, 아프리카, 러시아, 오스만 제국 등에서 수십만 명이 굶어죽었고.

그러다가 19세기 후반의 산업혁명으로 생산성이 눈부시게 향상되어, 오늘날에는 19세기 같은 '물질적인 결핍'이 사라지게 되었지. 하지만 벌써 사라졌을 것 같은 기아문제는 아직도 해소되지 못하고 있어. 아니, 오히려 그 반대야. 굶주림은 비극적인 방식으로 더 심해지고 있어. 현재로서는 문제의 핵심이 사회구조에 있단다. 식량 자체는 풍부하게 있는데도, 가난한 사람들에게는 그것을 확보할 경제적

수단이 없어. 그런 식으로 식량이 불공평하게 분배되는 바람에 안타
깝게도 매년 수백만의 인구가 굶어죽고 있는 거야.

<그러니까 세계의 모든 사람들을 먹여 살릴 만한 식량은 충분히 있다
는 건가요?>

그뿐 아니란다. 지구는 현재보다 두 배나 많은 인구도 먹여 살릴
수 있어. 오늘날 세계 인구는 60억 정도(세계 인구는 2006년 2월 26
일 현재 65억 명을 넘어섰다) 되지. 하지만 1984년 FAO의 평가에
따르면, 당시 농업생산력을 기준으로 계산하여 지구는 120억의 인
구를 거뜬히 먹여 살릴 수 있다는 거였어. 먹여 살린다는 의미는 남
녀노소를 가리지 않고 지구상의 모든 사람에게 하루 2,400~2,700
칼로리 정도의 먹을거리를 공급할 수 있다는 얘기지. 물론 각 개인
이 필요로 하는 칼로리의 양은 나이, 직업, 또는 거주지역의 기후에
따라 달라지겠지만 말이야.

<그렇다면 배고픔은 세계의 주민들이 어쩔 수 없이 겪어야 하는 고통
이 아닌 거네요?>

물론이지. 식량이 제대로 분배된다면 모든 사람이 충분히 먹고도
남게 될 거야.
서구의 부자나라 사람들을 사로잡고 있는 신화가 있어. 그것은 바
로 자연도태설이지. 이것은 정말 가혹한 신화가 아닐 수 없어. 이성
을 가진 대부분의 사람들은 인류의 6분의 1이 기아에 희생당하는 것
을 너무도 안타까워해. 하지만 일부의 적지 않은 사람들은 이런 불

행에 장점도 있다고 믿고 있단다. 그러니까 점점 높아지는 지구의 인구밀도를 기근이 적당히 조절하고 있다고 보는 거야. 너무 많은 인구가 살아가고 소비하고 활동하다 보면 지구는 점차 질식사의 길을 걷게 될 텐데. 기근으로 인해 인구가 적당하게 조절되고 있다는 얘기지. 그런 사람들은 기아를 자연이 고안해낸 지혜로 여긴단다. 산소 부족과 과잉인구에 따른 치명적인 영향으로 인해 우리 모두가 죽지 않도록 자연 스스로 주기적으로 과잉의 생물을 제가한다는 거야.

장지글러 지음/유영미 옮김, 『왜 세계의 절반은 굶주리는가?』, 갈라파고스, 2007.

한국 현대 생태시의 교육

http://blog.naver.com/chunginbok/90019083142

기아문제를 전면 다시 생각하라

"부자들의 쓰레기는 가난한 이들 먹을거리"

[북데일리] 세계 곳곳에서 어린 아이들이 5초에 1명씩 굶주림으로 죽어가고 있다. 유엔식량농업기구는 작년 10월 '2005년 기아로 인한 희생자 수'를 집계.발표했다. 이에 따르면 3분에 1명꼴로 비타민A 부족에 의해 시력이 상실되며, 5초에 1명씩 10세 미만의 어린이가 굶어 죽어가고 있다.

또한 8억 5천여만 명이 심각한 영양실조를 겪고 있다. 이는 세계 인구의 7분의 1에 달하는 숫자다.

전 세계적으로 동일한 상황은 아니다. 2000년 기준으로, 기아 인구의 25% 이상이 아프리카에 집중돼있다. 아프리카 인구가 세계 인구의 15%에도 못 미친다는 사실을 고려할 때 사태의 심각성은 더욱 확연해진다.

유엔 인권위원회 식량특별조사관인 장 지글러는 "선진국에서는 고기를 너무 많이 먹어서 영양과잉으로 사망하는 사람들이 늘고 있는데, 거꾸로 다른 쪽에서는 수많은 사람들이 영양실조로 굶어죽고 있다"고 개탄한다.

그는 저서 <왜 세계의 절반은 굶주리는가?>(갈라파고스, 2007)를 통해 기아의 실태와 그 배후의 원인들을 낱낱이 파헤치고 있다. 부자들의 쓰레기로 연명하는 사람들, 소는 배불리 먹고 사람은 굶는 상황, 전쟁과 정치적 무질서로 인해 무색해진 구호 조치... 책은 인정하고 싶지 않은, 하지만 지금 이 순간에도 엄연히 벌어지고 있는 '현실'을 고발한다.

▲ 소는 배를 채우고, 사람은 굶는다?

전 세계에서 수확되는 곡물의 25%가 선진국 소들의 사료로 쓰인다. 프랑스의 농학자 르네 두몽은 "캘리포니아 낙농 시설에서 연간 소비되는 옥수수의 양이, 옥수수를 주식으로 하면서도 만성적인 기아에 허덕이고 있는 잠비아 같은 나라의 연간 필요량보다도 많다"는 연구 결과를 발표한 바 있다.

▲ 부자들의 쓰레기는 가난한 사람들의 먹거리?

필린핀 수도 마닐라의 쓰레기장 '스모키 마운틴' 옆에는 '파야스타'라고 불리는 빈민촌이 들어서 있다. 거주인구는 30만 명, 그 중 4분의 3이 실업자다. 이들은 쓰레기 속에서 찾아낸 먹을거리로 하루하루를 연명한다.

남아시아나 아프리카, 페루, 브라질 등도 사정은 마찬가지다. 각국

의 대도시 주변에 쌓여있는 쓰레기 더미. 날이 밝으면 굶주린 사람들
이 그 위로 몰려가 날카로운 곡괭이로 쓰레기를 뒤진다. 고기 조각이
나 동물의 시체, 빵조각, 반쯤 썩은 채소, 말라비틀어진 과일 등을 빈
민가에 사는 가족들에게 먹이기 위해서.

　문제는 오염된 음식을 섭취함으로써 기생충에 감염되기 쉽다는
데 있다. 이들은 선진국에는 없거나 이미 오래 전에 퇴치된 전염병
에도 자주 걸린다. 체력이 약해진 탓에 사소한 감염증에도 대항하지
못하기 때문.

　그 중 '크와시오르코르(쇠약증)'은 주로 어린아이들에게 찾아오는
병이다. 신체를 서서히 손상시키는 질병으로 머리카락이 점차 빠지
면서, 배가 불러오고, 이가 빠지는 식으로 죽어가게 된다.

　결국 책이 내리는 결론은 하나로 집약할 수 있다. 돈이 있는 자는
먹을 것을 얻고 없는 자는 굶주린다는 것. 사람의 생사가 정치.경제
질서에 의해 좌우되는 '어이없는' 상황, <왜 세계의 절반은 굶주리
는가?>가 생생하게 전하는 '현실'이다.

　지구촌 '배고픔의 분노'… 식량 폭동 확산
　부시, 긴급자금 2억달러 지원…
　세계 식량 재고량 25년만에 최저
　FAO "37개국이 지원 절실"…
　IMF "방치땐 수십만 굶어 죽을 것"

　유엔을 비롯한 국제사회의 전 세계 식량 부족에 대한 경고가 높아

지는 가운데, 조지 W 부시(Bush) 미국 대통령은 14일 식량위기를 완화하기 위한 원조기금으로 2억달러(약 2000억원)를 지원하는 방안을 승인했다. 이 자금은 미국 국제개발처(USAID)를 통해 아프리카와 다른 지역의 식량지원 수요를 충족시키기 위해 사용될 예정이다.

백악관은 "부시 대통령은 선진국들이 어려움을 겪는 나라들을 도울 책임이 있다고 믿고 있다"고 밝혔다. 도미니크 스트로스 - 칸(Strauss-Kahn) IMF(국제통화기금) 총재도 지난 12일 IMF 총회에서 "곡물가격이 지금처럼 오르면 수십만 명이 굶어 죽고 전쟁으로 이어질 수 있다"고 경고했다.

반기문 유엔 사무총장도 14일 유엔 경제사회이사회에 참석해 "세계적인 식량부족 문제가 비상사태 수준에 도달했다"고 경고했다. 그는 "세계 도처의 기아 사태를 막기 위해 단기적인 비상조치뿐만 아니라, 식량 생산성을 장기적으로 높일 수 있는 대책이 필요하다"고 강조했다.

▲ 그래픽 = 김태욱 기자 wook1234@chosun.com이와 관련, FAO(유엔 식량농업기구)는 세계 곳곳에서 식량 폭동이 벌어지고 기아 사망자들이 발생하고 있다고 경고했다. 이미 아이티에서 식량부족 폭동으로 최소한 5명이 사망했으며, 이집트와 카메룬, 코트디부아르, 모리타니, 에티오피아, 마다가스카르, 필리핀, 인도네시아 등에서도 비슷한 소요가 일어났다.

파키스탄과 태국에서는 곡창지대의 논밭과 보관창고에서 식량 강도가 발생하는 것을 막기 위해 군대가 배치됐다. FAO는 현재 레소토, 소말리아, 이라크, 아프가니스탄, 볼리비아, 도미니카공화국 등

세계 37개국이 외부 지원을 필요로 하는 등 식량위기에 봉착해 있다고 밝혔다.

FAO는 "올해 곡물 생산량이 2.6% 증가할 것으로 전망되지만, 곡물 가격 상승으로 빈국의 식량수입 비용이 56%나 급증하면서 빈곤층을 기아로 몰아넣고 있다"고 밝혔다. FAO는 ▲중국과 인도 등의 수요 증가와 ▲바이오에너지 생산 연료로의 곡물 전환 등으로, 세계 식량 재고가 25년래 최저치를 기록하고 있다고 발표했다.

한국 현대 생태시의 교육

경향신문 2008. 03. 06

식량 위기, '강 건너 불'인가

바야흐로 지구촌은 애그플레이션(agflation) 현상으로 몸살을 앓고 있다. 지난 2년 사이에 곡물 값이 품목에 따라 50%에서 2배 이상 뛰어올라 각종 식료품 가격과 일반 물가(物價)가 오르고 있다. 농산물 가격 상승으로 인한 인플레이션이 발생한 것이다.

과거에도 국제 식량 파동은 기상 이변(氣象異變)으로 대략 6~7년 주기로 있어 왔다. 그러나 최근 곡물 파동은 자연 현상 뿐만 아니라 구조적 요인들이 복합적으로 얽힌 합병증(合倂症)이라는 데 그 심각성이 있다. 첫째, 상습적인 기상 이변으로 곡물 생산 증가율이 정체되고, 세계 곡물 재고율이 1972년 식량 파동때보다 더 낮다. 둘째, 국제 유가(油價)가 사상 최고 기록을 경신(更新)함에 따라, 농업 생산비와 보관·저장·가공·유통·수송비 역시 크게 올랐다.

셋째, 세계 인구의 40%가 넘는 중국과 인도의 지속적인 경제 성장으로 육류 소비가 2배 이상 늘어나 사료 곡물의 수요를 폭등시키고 있다. 넷째, 미국 달러화(化)의 지속적 약세(弱勢)와 금리(金利) 인하로 투기성 국제 유동 자금이 곡물과 원자재(原資材) 투기에 몰리고, 세계 곡물 시장의 메이저(major)들이 이를 주도하고 있다.

다섯째, 주요 곡물 수출 강국들, 예컨대 러시아·우크라이나·카자흐스탄·아르헨티나·베트남·중국·인도 등은 자국의 식량 수급(受給) 안정과 이익을 노려 수출을 금지하거나 수출세(輸出稅)를 높이는 등 '식량 자원 민족주의(무기화) 전략'을 강화하고 있다. 반면 이라크와 터키 등 중동의 식량 수입국들은 곡물 사재기에 나서는 등 국제 시장에서 투기 수요가 일시에 몰리고 있다. 머잖아 돈이 있어도 식량과 사료 곡물을 확보하기 어려운 상황에 직면할지 모른다.

식량 자급률이 경제 협력 개발 기구(OECD) 국가 중 최하위권인 한국은 이런 국제적인 식량 파동의 소용돌이가 휘몰아쳐도 대비책을 세우기는커녕 거꾸로 가는 대책이 난무하고 있다. 박정희 정권 때부터 '일조유사시(一朝有事時)'에 대비한 식량 기지로, 정부가 수조 원을 투입하여 조성한 '영산강 간척지'와 '새만금 벌판'을 자동차 경주장, 대형 골프장, 카지노, 호텔 등 '상공 위락(商工慰樂) 단지'로 그 용도를 임의로 바꿀 만큼 한가하고 안이하다. 현재 공식 통계가 발표되지 않고 있지만 지역에 따라 전국 농경지의 60~80%가 농사와는 관련이 없는 도시의 투기 자본과 '강부자' 등 이른바 사회 지도층에 의해 소유되고 있는 것도 문제이다. 그런데 이들의 농지 소유를 합법화하기 위해 이명박 정부는 '농지 소유제 완화'를 공약(公約)으로 내세웠다. 전국 경제인 연합회 산하 연구 기관은 조속히 농지법 규제를 완화하라고 주장하고 있다. 그런가 하면 전국의 식당과 가정에서는 연간 약 10조 원 어치의 음식물 쓰레기들이 버려지고 있다.

이래서는 안 된다. 그 피해는 고스란히 국가와 국민의 몫이다. 애꿎은 서민층과 노약 빈민층이 맨 먼저 직접적인 피해자가 된다. 당장 대단위 농업 용지로 개발한 양대 간척지의 용도 전환을 막아야 한다. 그리고 매년 4만 헥타르 가량의 농경지가 도시용 및 산업 서비스용으로 사라지고 있는 잠식(蠶食) 행위도 통제돼야 한다. 유휴(遊休) 농지의 활용 대책도 세워야 한다. 음식 쓰레기 과다 발생 식생활 문화 역시 시정(是正)돼야 한다. 이런 확고한 정책 의지 바탕 위에서 해외 자원 개발이라든지 수입처와 수입 방법의 다양화가 추진돼야 항구적인 대책이 될 수 있다.

"조선(한국) 놈들은 이마빡이 터져 피가 나야 정신 차린다."라고 했는데, 미증유(未曾有)의 국제적·구조적 식량 위기를 맞아 강 건너 불 보듯 하는 일부 사회 지도층과 정부를 두고 하는 말이 아니길 소망한다.

- 김성훈(상지대 총장, 전(前) 농림부 장관) -

* 애그플레이션 :

'농업'을 뜻하는 '애그리컬처(agriculture)'와 '물가 상승'을 의미하는 '인플레시션(inflation)'의 합성어로, 곡물 가격이 오르면서 물가도 상승하는 현상을 말합니다. 현재 전 세계의 밀과 콩, 옥수수 값이 최고 기록을 갈아치우며 고공행진을 하고 있어 큰 문제가 되고 있습니다. 이처럼 곡물 가격이 급등한 가장 큰 원인은 수요에 비해 공급이 적었기 때문이죠. 곡물 공급이 줄어든 데에는 옥수수와 사탕수수를 이용한 바이오 연료(bio-fuel)의 생산량 증가가 주원인으로 작용했어요. 게다가 카자흐스탄과 러시아 등은 물가 상승을 가라앉히기 위해 곡물에 수출 관세를 부과하여 농산물 수출을 제한했고,

이는 국제 곡물 거래 가격 상승으로 이어졌죠. 그리하여 곡물과 원유 등의 자원을 '무기'로 이용해 세계 경제를 압박하는 '식량 자원 민족주의'에 대한 염려가 현실화되고 있습니다.

* 애그플레이션이 우리 경제에 끼친 영향은 무엇인가요?

국제 곡물 가격의 상승으로 국내 물가는 지난해 12월 3.6%에서 올해 1월 3.9%까지 치솟아, 4%대에 진입하는 것은 시간 문제라는 분석이 나오고 있는 실정입니다. 이에 따라 지난해 12월 제분업계는 밀가루 가격을 24~34% 가량 올렸고, 라면 가격은 이미 50~100원이 올랐으며, 국수와 빵, 과자 등 밀가루를 이용한 가공 식품 제조업체들도 가격 인상을 검토하고 있어요. 우리나라는 쌀을 제외한 대부분의 곡물을 수입하고 있는 데다, 2006년 곡물 자급률이 28%로 OECD 국가 중 세 번째로 낮아 그 문제가 심각합니다. 앞으로도 전 세계의 곡물 수요가 공급보다 증가할 것으로 예상되면서, 애그클레이션은 10년 이상 장기화될 조짐을 보이고 있어요. 그리하여 정부는 농림 수산 식품부를 중심으로 곡물 가격 상승에 대응하는 전문가 조직인 '태스크포스팀'을 구성해 사료용 곡물 재배와 해외 식량 공급원을 늘리는 방안을 모색 중입니다.

한국 현대 생태시 교육

저자 **김성란**

　『생태시 교육 방법 연구』로 한남대학교에서 박사학위를 받았고, 현재 교육 현장에서 생태시의 문학 교육과 더불어 생태시 연구에 전념하고 있다. 2005년부터 계간지 <시와 정신>을 통해 비평 활동을 시작했으며, 연구로 「현대시 감상을 통한 논술 능력 향상」, 「교과서에 나타난 생태 문학」이 있다. 공저로 『현대시의 이해』, 『시창작의 이해와 실제』, 『생(生)으로 뜨는 시 1, 2』가 있다.

한국 현대 생태시 교육

초판인쇄 2009년 8월 18일
초판발행 2009년 8월 25일

저자 김성란

발 행 인 윤석원
발 행 처 제이앤씨
책임편집 이혜영
등록번호 제7-220호

우편주소 서울시 도봉구 창동 624-1 현대홈시티 102-1206
대표전화 (02) 992 / 3253
팩시밀리 (02) 991 / 1285
전자우편 jncbook@hanmail.net

ⓒ 김성란 2009 All rights reserved. Printed in KOREA

ISBN 978-89-5668-734-6 93810 　　　　　　　　　　　　　정가 23,000원